Cathy Gohlke a publié de nombreux romans, dont deux récompensés par un Christy Award. Elle a exercé les professions de documentaliste et metteur en scène avant de travailler au ministère de l'Éducation et de la Jeunesse. Quand ils ne se lancent pas dans l'exploration de sites historiques, Cathy et son mari coulent des jours paisibles sur les rives du Laurel Run à Elkton, dans le Maryland. Pour plus d'informations, n'hésitez pas à consulter son site Internet : www.cathygohlke.com (site en anglais).

Cathy Gohlke

LE SERMENT DU TITANIC

Traduit de l'anglais (États-Unis)
par Constance de Mascureau

Milady Grande Romance

Milady est un label des éditions Bragelonne

Titre original : *Promise Me This*
Copyright © 2012 by Cathy Gohlke

Édition française © Bragelonne 2013 avec la permission de Tyndale House Publishers, Inc.
Tous droits réservés.

Les citations de la Bible sont extraites de la *Nouvelle traduction internationale*®, NIV®.
Copyright © 1973, 1978, 1984, 2011 by Biblica, Inc.™
Avec l'aimable autorisation de Zondervan.
Tous droits réservés.

Les personnages et événements de ce livre sont les produits de l'imagination de l'auteur
ou utilisés de manière fictive.
Toute ressemblance avec des personnes, lieux ou événements existant ou ayant existé
serait purement fortuite.

ISBN : 978-2-8112-0995-7

Bragelonne – Milady
60-62, rue d'Hauteville – 75010 Paris

E-mail : info@milady.fr
Site Internet : www.milady.fr

*Ce roman est un cadeau de mariage
pour Tim et Elisabeth Gardiner,
notre fils providentiel et notre chère fille
que nous aimons d'un amour infini.*

« Car voici que l'hiver est passé,
la saison des pluies est finie, elle s'en est allée.
Dans la campagne, les fleurs apparaissent.
Le temps des chansons est venu.
Le roucoulement de la tourterelle
se fait entendre dans nos campagnes. »

Cantique des Cantiques, II, 11-12. (NIV)

Remerciements

Cette histoire et les thèmes qui y sont abordés sont offerts avec reconnaissance, comme une image de l'histoire d'amour du Christ avec le monde ; le don qu'Il nous a fait par grâce et qui a changé et rendu possible pour toujours tout ce que nous sommes et espérons être.

Je voudrais exprimer ma profonde gratitude envers :

– mon mari, Dan, pour avoir mis sa casquette de chauffeur et m'avoir accompagnée dans mes recherches pour ce livre à travers l'Angleterre, la France et l'Allemagne, et pour sa précieuse compréhension de ce manuscrit. Son amour est une bénédiction pour moi ;

– mon fils, Daniel, pour avoir parcouru la France et l'Allemagne avec moi, et m'avoir servi d'interprète auprès des habitants, et de traducteur dans les bibliothèques et les musées que nous avons visités dans ce beau pays qu'est la France. C'est à lui que je dois les passages en langue française dans le présent ouvrage. Sa compagnie est une joie pour moi ;

– ma fille Elisabeth, pour être venue avec moi dans mes expéditions de recherche à travers Berlin et Oranienburg, et pour l'inspiration que me donne sa nature aimante. Ce livre lui est dédié, à elle et à son nouvel époux, Timothy Neil Gardiner, un homme de Dieu, que nous avons accueilli avec joie dans la famille. Que Dieu les bénisse ;

– Natasha Kern, mon agent, pour avoir suffisamment aimé cette histoire pour me pousser à aller toujours plus loin, m'avoir donné des conseils avisés quand j'étais en territoire inconnu, et avoir trouvé une maison d'édition ;

– Stephanie Broene et Sarah Mason, mes perspicaces et talentueuses éditrices, pour m'avoir aidée à faire un livre d'une histoire qui me tenait à cœur ; Babette Rea, ma directrice de marketing ; Christy Stroud, mon attachée de presse ; les équipes très créatives de design, relations publiques et vente, et tous les gens de Tyndale House Publishers, qui ont travaillé pour donner vie à ce livre ;

– ma grande équipe si appliquée d'amis, de membres de la famille et de collègues partageant ma vision de cette histoire, pour avoir lu ou critiqué ce livre à ses débuts : Gloria Bernice Goforth Lemons, Gloria Delk, Dan Lounsbury, la révérende Karen Bunnell, Carrie Turansky, Terri Gillespie, et Tracy Leinberger-Leonardi ;

– ma famille et ma belle-famille, mes amis, ma famille de l'Église méthodiste unie d'Elkton et mes collègues auteurs, qui prient pour moi et m'encouragent régulièrement. Je sais que je ne suis pas seule dans l'aventure, et j'en éprouve une grande reconnaissance ;

– Marge et Henry Jacobs, pour m'avoir montré les photos de guerre de leur père et l'héritage de leur famille, et m'avoir raconté des histoires sur la Première Guerre mondiale ;

– Debbie et Dominique Desmettre, pour avoir ouvert leur maison à des voyageurs fatigués et m'avoir recommandé des sites de la Première Guerre mondiale à visiter en France ;

– l'historien Somers Carston, les bénévoles enthousiastes de la Société d'histoire du comté de Cape May, et les employés de la bibliothèque de Cape May Court House dans le New Jersey, pour leur aide précieuse. Ils ont fait revivre pour moi le comté de Cape May (1912-1919) ;

– les propriétaires et créateurs des Leaming's Run Gardens à Swainton, dans le New Jersey, tout près de Cape May Court House. Je me suis inspirée de leurs ravissants jardins, gracieusement ouverts au public, pour les Jardins Allen ;

– les conservateurs du Musée maritime de Southampton en Angleterre, pour leur belle exposition sur le *Titanic* et leurs nombreux ouvrages ; le gardien du cimetière de Bunhill Fields à Londres, pour avoir patiemment répondu à mes questions ; les employés serviables des nombreux musées et librairies, anciennes ou nouvelles, de Londres, Douvres et Lincoln ; le personnel des musées et les habitants de Calais, Verdun, Colmar, Reims, Lyon et de la campagne française, pour leur aide ; les nombreux guides touristiques et les employés de musées et librairies de Berlin, et les aimables familles allemandes qui ont ouvert leurs maisons à une Américaine bien curieuse ;

– Charles Haas, pour ses excellents ouvrages sur le *Titanic*, Lyn MacDonald pour ses interviews approfondies du personnel médical et militaire de la Première Guerre mondiale, et Arlen Hansen pour ses recherches sur les ambulanciers de la Première Guerre mondiale.

Et merci infiniment, oncle Wilbur, de me rappeler que, pour être sûr d'agir selon la volonté de Dieu, il faut se demander : « Ai-je de la joie dans ma vie ? Ce joug est-il bon ? Cette charge est-elle légère ? »

PREMIÈRE PARTIE

Chapitre premier

L'IMMENSE PAQUEBOT REVINT TARD DE SES ESSAIS EN MER AU large des côtes de Carrickfergus. Une fois ses papiers de navigation en règle et après un dernier chargement de marchandises et du courrier de Belfast, il filerait vers Southampton.

Dans l'empressement à transporter la cargaison, deux lourdes caisses tombèrent par inadvertance sur la main d'un docker. Le capitaine de l'imposant bateau de ravitaillement, un homme grand et robuste, s'énerva et jura tant et si bien que son cou devint cramoisi.

Les yeux et les oreilles grands ouverts, du haut de ses quinze ans, Michael Dunnagan était fasciné par ce spectacle.

—Eh, toi, là-bas! Gamin! Tu veux te faire un shilling?

Michael se retourna au son de la voix bourrue, certain d'avoir mal compris. Deux heures avant la fin de sa journée de travail, le jeune ramoneur s'était empressé de rentrer se laver chez lui afin d'arriver à temps pour le départ du *Titanic*.

—T'es bouché, gamin? Je t'ai demandé si tu voulais te faire un shilling! lança de nouveau le matelot à bord du bateau de ravitaillement.

—Oui, monsieur! Oui! s'écria Michael avec enthousiasme, craignant que l'homme ne change d'avis.

—Alors viens nous donner un coup de main. Un de mes hommes s'est écrasé une pogne et on doit charger ces marchandises sur le *Titanic*. Le paquebot est rentré plus tard que prévu de ses essais et son départ est imminent!

Les pieds de Michael étaient comme cloués au quai parsemé d'éclats de bois. Pendant des mois, il s'était éclipsé de son travail pour apercevoir furtivement le navire qui prenait forme. Trois ans plus tôt, il avait assisté à la pose de sa magnifique quille. Puis, semaine après semaine, il avait été témoin de l'évolution de la construction. Il avait vu les côtes devenir squelette, les plaques de tôle former des tendons et des muscles destinés à renforcer la structure, puis les ponts et les cheminées étoffer le navire. Il avait spéculé sur sa finition, sur la beauté et les mystères de son intérieur. Et, ce matin-là, il s'était joint aux acclamations de presque toute la population de Belfast lorsque le *Titanic* avait quitté son mouillage, doucement tiré par des remorqueurs minuscules affublés de noms grandiloquents.

Pour Michael, le simple fait d'être sur le quai dans le froid crépuscule printanier à contempler le *Titanic*, ses lignes élégantes éclairées par des lumières électriques, relevait déjà du miracle. La perspective de monter sur son pont lustré – et d'être payé pour ce faire – le réjouissait au plus haut point.

Mais il pensa soudain à son oncle Tom, qui était à bord du *Titanic* dans l'une des suffocantes chaufferies, en train d'enfourner des pelletées de charbon pour alimenter les puissantes machines. Michael s'était autant faufilé jusqu'aux docks pour célébrer le départ de son oncle, dont il redoutait les poings rageurs et le ceinturon cinglant, que pour admirer le paquebot. Il n'avait jamais osé se défendre contre cet homme haineux qui faisait deux fois sa taille, mais il avait fermement l'intention de lui cracher un dernier adieu.

—Alors tu viens, oui ou non? aboya le docker.

—Oui!

Michael s'élança à bord du bateau de ravitaillement, s'efforçant d'adopter le pas agile du marin plutôt que la démarche lourde du ramoneur. Des ordres retentissaient dans toutes les directions. Sur l'embarcation pleine à craquer, d'élégants fauteuils, des caisses de nourriture et du matériel de cuisine étaient entassés un peu partout.

Des sacs de courrier volaient de main en main du quai au pont. Dès que les amarres furent larguées, le bateau de ravitaillement traversa le port à toute vitesse.

Sur le pont du *Titanic*, des employés de *Harland and Wolff* – l'entreprise à l'origine de la conception et de la construction du géant des mers –, des pompiers et des manutentionnaires attendaient d'être ramenés à terre. Le bateau de ravitaillement longea le paquebot.

Michael baissa la tête au cas où l'oncle Tom se serait trouvé parmi ceux qu'on renvoyait à terre, bien que cela lui semble peu probable. Il souleva le bas d'une caisse de cuisine et monta à bord du *Titanic*, en répétant dans sa tête les deux mots de l'unique prière dont il se souvenait : *Doux Jésus. Doux Jésus. Doux Jésus.*

— Mais ne laissez pas ça là ! vociféra un individu en uniforme bleu sur un ton autoritaire en apercevant un amas de fauteuils en plein milieu du pont. Emportez-les dans le salon de première classe !

Michael lâcha aussitôt la caisse. Un fauteuil en osier maladroitement coincé sous chaque bras, il suivit l'homme à travers un dédale de couloirs.

Frappé de stupeur, il serra les mâchoires pour ne pas rester bouche bée. Il était entouré de chêne doré, sculpté et délicatement ouvragé, tellement ciré qu'il étincelait. Il siffla d'admiration à la vue des tapis aux motifs élégants, dont les couleurs lui rappelaient les fleurs poussant sur les rives du fleuve Shannon. Un escalier en acajou d'une splendeur indescriptible disparaissait dans les hauteurs.

Michael leva les yeux vers le dôme en verre qui le surmontait, et eut le souffle coupé.

Il dut tendre le cou pour contempler les lampes qui s'étendaient à perte de vue. Elles ressemblaient à des couches de stalactites et d'étoiles, scintillant et miroitant les unes au-dessus des autres.

En promenant son regard plus bas, Michael hoqueta de surprise. Il détourna les yeux de la balustrade centrale et sentit une bouffée de chaleur remonter jusqu'à son cou. Il n'arrivait pas à comprendre comment les créateurs du *Titanic* avaient pu décider d'installer la statue d'un enfant ailé et nu brandissant une torche.

Un matelot faillit heurter le dos de Michael avec un chariot rempli de caisses.

— Eh! Regarde devant toi, gamin! On est foutus si on érafle ces cloisons. J'ai pas envie de voir ma paie me filer sous le nez à cause d'un rat d'égout qui a la tête dans les nuages.

— Je vais faire attention, monsieur. Je vous le promets, monsieur.

Michael ne s'était pas offusqué de l'insulte. Il considérait qu'il appartenait à une classe de vermine encore plus basse que celle des rats d'égout. Il déglutit et songea : *Mais la vermine la plus chanceuse qui ait jamais existé!*

— Posez-les par là, ordonna sèchement l'homme.

Immédiatement, le salon de première classe fut envahi par des rangées d'hommes et de fauteuils, et résonna d'ordres contradictoires. Une dispute éclata entre deux individus vêtus d'uniformes flambant neufs, à propos de l'agencement des sièges.

L'homme qui se tenait juste derrière Michael recula en murmurant :

— Ces jeunes gaspillent leur salive.

Une minute s'écoula avant qu'il secoue la tête et ajoute du bout des lèvres :

— Viens, mon petit gars. Allons chercher un autre chargement. Ils seront encore en train de se chamailler à notre retour.

Mais, alors qu'ils tournaient les talons, les hommes en uniforme appelèrent Michael pour qu'il change la disposition des sièges, ayant manifestement trouvé un terrain d'entente. Celui-ci s'avança vivement et fit ce qu'on lui demandait de bon cœur, en prenant son temps. Il déplaça deux autres fauteuils, uniquement pour le plaisir de s'attarder dans la magnifique pièce.

L'immense salon se vida aussi vite qu'il s'était rempli. Le dernier des hommes en uniforme fut appelé dans la salle à manger voisine, et Michael se retrouva seul.

Il commença à se diriger vers le couloir, puis s'arrêta. Il savait qu'il aurait dû retourner sur le pont avec les autres membres d'équipage et terminer de charger les marchandises. Mais s'il restait ici? S'il s'asseyait et prenait ses aises? S'il s'installait dans cette belle salle jusqu'à ce que le *Titanic* arrive à Southampton? Et s'il descendait du bateau et posait simplement le pied en Angleterre?

Michael fronça les sourcils, assailli par une soudaine angoisse. Il s'arrêta un instant de respirer, pris de vertige à la perspective qui s'offrait à lui : quitter l'Irlande pour de bon, se mettre à l'abri des coups de ceinturon que l'oncle Tom faisait pleuvoir sur son visage ou ses épaules.

Et il y avait aussi Jack Deegan. Quand Deegan s'était blessé à bord du dernier navire sur lequel il avait embarqué, l'oncle Tom et lui avaient conclu un marché. Il avait promptement accepté d'échanger son livret maritime – une place de chauffeur à bord de l'un des grands paquebots – contre l'appartement de l'oncle Tom et un an de salaire de ramoneur de Michael. Malgré la cruauté dont son oncle avait toujours fait preuve à son égard, Michael redoutait encore plus Jack Deegan.

Fuir son oncle Tom, Jack Deegan, le souvenir de ces six misérables dernières années, et même la culpabilité et la honte d'avoir failli à Megan Marie – voilà le rêve ambitieux et incroyable qui traversa l'esprit de Michael.

Il déglutit. Pendant la traversée, l'oncle Tom ne quitterait pas la chaufferie et le quartier des pompiers. Une fois à Southampton, il passerait très certainement sa permission dans les pubs. Michael pourrait réussir à l'éviter pendant ce court voyage.

— Doux Jésus, murmura de nouveau Michael, le cœur battant à tout rompre.

Il avait supplié le ciel pendant des années, sans jamais croire que ses prières avaient été entendues ou seraient un jour exaucées.

Michael attendit trente secondes. Comme personne ne venait, il traversa la pièce à pas de loup pour s'éloigner de l'entrée principale et se glissa dans l'espace étroit sous la table la plus proche du mur.

Que pourrait-il m'arriver dans le pire des cas ? s'interrogea-t-il. *On me renverra chez moi ? On me jettera en pâture aux requins ?*

Il grimaça en songeant qu'il ne mériterait pas mieux.

Les minutes s'écoulèrent, mais personne ne vint. Des coups de sifflet aigus retentirent, annonçant l'appareillage du *Titanic*. Michael se demanda si le matelot qui l'avait engagé avait pesté contre lui, ou s'il s'était estimé heureux d'avoir fait l'économie du shilling promis. Il se demanda si l'oncle Tom ou Jack Deegan découvriraient ce qu'il avait fait et le traqueraient pour le ramener de force à Belfast. Il se demanda s'il était possible que le Seigneur Jésus écoute les prières des créatures encore plus viles que les rats d'égout.

Chapitre 2

— Je ne peux tout simplement pas garder cette enfant seule avec moi plus longtemps, déclara Eleanor Hargrave en frappant avec sa canne à poignée d'argent sur l'épais tapis persan de son salon. Tant que je suis encore capable de me déplacer, j'ai la ferme intention de voyager à travers le continent. Mes chers cousins berlinois attendent ma visite depuis si longtemps… Mais je n'ai jamais pu prendre le temps d'aller les voir quand j'étais au service de mon père, puis lorsque j'ai dû élever votre sœur orpheline.

Cela faisait des années que la tante d'Owen, restée vieille fille, lui racontait l'histoire de son martyre pour susciter chez lui – avec succès – un sentiment de culpabilité : sa dure existence faite d'abnégation et d'esclavage, d'abord pour s'occuper de son père veuf et exigeant, égoïstement abandonné par la sœur cadette d'Eleanor, puis des enfants orphelins de cette même sœur et de son mari. Sa tante répétait souvent qu'elle avait accompli ce sacrifice par égard pour le pauvre père défunt d'Owen, mais ne mentionnait jamais la mère d'Owen et d'Annie, sa propre sœur. Le jeune homme s'efforça d'écouter patiemment.

— Il est injuste de votre part à tous les deux d'abuser plus longtemps de ma bonté. Vous devez absolument emmener votre sœur et l'entretenir, ou bien revenir ici pour m'aider. Sans quoi je serai contrainte de l'envoyer dans un pensionnat, en Écosse par exemple.

—Je suis d'accord avec vous, ma tante. Je vais vous soulager immédiatement de ce fardeau.

—Vous n'imaginez pas l'inquiétude et les tracas que me cause cet… (Sa tante interrompit brusquement sa litanie.) Qu'avez-vous dit ?

—J'ai dit que j'étais d'accord avec vous. Vous vous êtes montrée extrêmement patiente et généreuse à l'égard de ma sœur et de moi… Une vraie sainte.

Ce qu'Owen se garda bien de dire, c'est qu'il avait aussi remarqué qu'Annie ressemblait chaque jour davantage à leur ravissante mère, cette sœur que tante Eleanor détestait tant. Il n'était pas surprenant qu'elle veuille se débarrasser d'Annie.

—Vous allez revenir ici, alors ?

Il perçut une pointe d'espoir dans la voix de sa tante.

—J'ai fait le nécessaire pour inscrire Annie dans un pensionnat à Southampton.

—Southampton ? Vous voulez dire que vous n'allez pas… (Elle s'interrompit, joignit les mains et leva le menton.) Aucune personne d'importance ne va à l'école à Southampton.

—Nous sommes loin d'être importants sur le plan économique, ma tante. Comme nos parents, nous sommes des gens travailleurs au caractère bien trempé.

Cela faisait des années qu'Owen brûlait de lui dire cela.

Les yeux de sa tante étincelèrent.

—Vous êtes bien fier, jeune homme. Comme aurait dit mon père : « Vous ne pouvez renier votre sang irlandais, Allen. »

Owen sentit sa mâchoire se crisper.

Mais sa tante sourit, et c'était une chose si rare qu'Owen haussa les sourcils, étonné.

Elle se pencha pour lui caresser la joue.

—Vous êtes impétueux. Comme Mackenzie. Chaque fois que je vous vois, vous lui ressemblez davantage. Autant par votre physique que par votre caractère.

Owen eut un mouvement de recul. Il n'avait jamais aimé la façon possessive dont sa tante le touchait, ni sa manie de le

22

comparer sans cesse à son défunt père. À présent qu'il avait des vues sur la belle veuve Lucy Snape, dont le bambin avait besoin d'un père financièrement stable, il était indispensable qu'il prenne son indépendance.

Eleanor se renfonça dans son fauteuil en reniflant.

— C'est impossible. Elisabeth Anne doit rester à Londres. C'est la seule société convenable pour une jeune femme de son rang. Vous allez revenir vous installer à Hargrave House. (Elle but une petite gorgée de thé, puis reposa résolument sa tasse sur la soucoupe.) Votre chambre est prête.

— Pas cette fois, ma tante, répondit Owen d'une voix calme. À partir de maintenant, c'est moi qui subviendrai aux besoins d'Annie.

— Avec un salaire de jardinier ! Et en l'envoyant dans un pensionnat ! Dans une ville portuaire, par-dessus le marché ! ricana-t-elle.

— C'est pourtant très pratique quand on part en mer. (Owen s'interrompit, réfléchissant à la meilleure façon de poursuivre.) Ou quand on traverse l'océan.

— L'océan ?

Comme Owen le redoutait, sa tante prit un ton suspicieux, voire même menaçant. Mais il ne reculerait pas, malgré sa peur.

Owen se pencha de nouveau vers sa tante, en murmurant la prière qui ne manquait jamais de l'aider.

— Vous souvenez-vous d'oncle Sean Allen, en Amérique ?

Elle se raidit.

— Après la mort de mère, tante Maggie et lui avaient proposé à père la moitié de leur entreprise d'aménagement paysager dans le New Jersey, poursuivit-il.

— C'était une proposition stupide, un rêve d'enfant ! L'idée d'arracher à leur foyer deux orphelins de mère pour les emmener dans un endroit perdu…

— C'était une proposition qui aurait pu lui permettre de surmonter le chagrin qui l'a emporté… si vous ne vous en étiez pas mêlée !

Owen s'arrêta, horrifié d'avoir formulé à voix haute les mots qu'il avait gardés dans son cœur pendant ces quatre années, mais ravi d'avoir enfin trouvé le courage de parler.

Sa tante se redressa sur son fauteuil.

— Il est mort non pas par accident, mais parce qu'il se languissait ridiculement d'une femme trop stupide pour l'aider à diriger son entreprise ! Votre père a tout obtenu de moi sur un plateau d'argent – cette maison, mon héritage, une place au sein de la bonne société. Il n'aurait même pas eu besoin de travailler, et, s'il y avait vraiment tenu, j'aurais pu lui obtenir toutes les relations professionnelles d'Angleterre qu'il voulait. Je peux faire la même chose pour vous, Owen. Je vous offre la même chose.

Et vous anéantiriez ainsi tous mes espoirs avec Lucy – ou même avec quelqu'un qui lui ressemble –, tout comme vous avez anéanti les espoirs et les rêves de père.

— Je vous suis reconnaissant de nous avoir accueillis, Annie et moi, pendant ces quatre années, ma tante. Mais il est temps pour nous de partir. Oncle Sean m'a fait la même proposition qu'à père, et j'ai accepté. Je prends la mer à Pâques.

— Pâques ! hoqueta-t-elle.

— Dès que l'entreprise sera rentable, j'enverrai chercher Annie.

— Depuis tout ce temps, il n'est pas encore parvenu seul à faire du profit ?

Elle émit un grognement méprisant, mais l'angoisse liée au départ de son neveu ne quittait pas son regard.

Il s'avança vers elle.

— Vous ne le voyez donc pas, ma tante ? Vous ne voyez pas que c'est une chance unique pour Annie et pour moi ?

— Ce que je vois, c'est que vous êtes un idiot doublé d'un ingrat, et que vous n'avez pas plus de sens commun que votre père ! Ce que je vois, c'est que vous êtes prêt à gâcher votre vie pour un stupide projet qui ne mènera à rien, et que vous voulez entraîner une enfant dans votre chute !

À chaque mot, sa voix se faisait plus aiguë et perçante.

Owen eut un mouvement de recul. Pour rien au monde il n'aurait fait de mal à Annie. À quatorze ans, elle n'était plus une enfant à ses yeux. Mais tante Eleanor la considérait encore comme telle, et c'était en soi une raison suffisante pour l'éloigner de Hargrave House.

Le visage de la vieille femme afficha un air suppliant.

— Owen, dit-elle d'un ton enjôleur, restez ici. Je peux vous permettre d'ouvrir votre propre entreprise de jardinage, si c'est ce que vous souhaitez. Vous pourrez faire toutes les expériences que vous désirez dans nos serres. Elles seront à votre entière disposition.

Owen replia sa serviette et la posa sur le plateau à thé. Ce geste l'aida à retrouver son calme, enfin.

— Je suis désolé que vous ne puissiez vous réjouir pour nous, ma tante. C'est pourtant la solution à nos dilemmes mutuels.

Le silence s'installa pendant une minute, mais Owen ne faiblit pas.

— Si vous vous en allez, Owen, je vous déshériterai, déclara-t-elle sur un ton aussi insidieux qu'un baiser de Judas.

Owen se leva et salua sa tante.

— Mon domaine ne signifie donc rien pour vous?

— Le prix à payer est trop élevé, ma tante. (Owen respira, soulagé d'avoir dit ce qu'il était venu lui dire.) Je vais passer la nuit ici, puis je repartirai pour Southampton. Je viendrai chercher Annie et ses affaires au début de la semaine prochaine.

Il salua de nouveau et s'éloigna, mais la voix de sa tante le retint.

— Il y a encore une chose. Je n'avais pas l'intention de vous le dire… du moins pas encore.

Owen se retourna.

Sa tante joignit les mains sur ses genoux.

— C'est la faute de votre grand-père.

Annie s'agenouilla près de la balustrade de l'escalier, les nerfs à fleur de peau, les yeux écarquillés par l'inquiétude. Lorsque enfin Owen franchit la porte du petit salon, elle soupira profondément. Elle ne s'était pas rendu compte qu'elle avait retenu son souffle.

Mais Owen ne bougeait pas. Annie se pencha par-dessus la rampe pour mieux voir son frère. Appuyé contre l'encadrement de la porte, la tête dans les mains, il gémissait faiblement. Elle recula en se mordant la lèvre inférieure. Jamais elle ne l'avait vu dans un tel état.

— Owen ? Owen ! chuchota-t-elle vivement en direction de l'entrée.

Enfin il monta les marches, deux par deux. Il paraissait extrêmement las.

— Je l'ai entendue crier jusqu'ici. Que s'est-il passé ? demanda Annie en venant à sa rencontre sur le palier et en se précipitant dans ses bras.

— Viens par ici et ferme la porte, Annie, murmura Owen en l'entraînant dans sa chambre. Prépare tes affaires, tout ce à quoi tu tiens. Nous ne reviendrons pas.

— Préparer mes affaires ? Pourquoi ? Où allons-nous ?

Mais son frère évitait son regard. Il tira le sac de voyage de sa sœur du haut de l'armoire et l'ouvrit, puis s'empara de la photographie de mariage de leurs parents sur sa table de chevet.

— Tu seras contente de l'avoir avec toi.

— Mais qu'est-ce que tu fais ?

Owen enveloppa le cadre dans le tissu de lin sur lequel il était posé puis le rangea au fond du sac.

— Je t'expliquerai tout une fois que nous serons arrivés là où nous allons dormir. Mais, pour le moment, fais ta valise, et vite.

— Vais-je vivre avec toi ?

Il secoua la tête.

— Annie, dépêche-toi.

— C'est tante Eleanor qui ne veut plus de moi ?

— Elle sait que nous partons. Elle…

Ils sursautèrent tous deux lorsque la porte de la chambre d'Annie s'ouvrit d'un seul coup.

— Jamison ! s'exclama Annie.

La silhouette voûtée du vieux majordome se dessinait dans l'embrasure de la petite porte. Il jeta un coup d'œil par-dessus son épaule, posa un doigt sur ses lèvres et fit signe à Owen de s'approcher.

—Vous vous êtes arrangé pour Miss Annie, monsieur?

Owen se passa la main dans les cheveux.

—Oui, à Southampton. J'ai pris les dispositions nécessaires. Mais je ne sais pas ce que nous allons faire ce soir.

Jamison glissa alors un morceau de papier froissé dans la main d'Owen.

—Jamison! hurla Eleanor Hargrave depuis le rez-de-chaussée.

—Que se passe-t-il? demanda Annie sur un ton suppliant.

—Allez chez ma vieille sœur, Nellie Woodward. Son adresse est inscrite au dos. Elle vous hébergera cette nuit, murmura le majordome.

—Jamison! Venez ici immédiatement!

Annie entendit leur tante frapper sèchement avec sa canne contre l'encadrement de la porte du petit salon.

—Au revoir, Miss Annie.

La voix toujours si formelle de Jamison s'étrangla.

Troublée et incrédule, Annie secoua la tête et tendit les bras vers Jamison.

—Non! Je ne peux pas faire mes adieux dans ces conditions, dit-elle, les yeux remplis de larmes. Peut-on m'expliquer ce qu'il se passe?

Le majordome lui prit les mains pendant un court instant, toussa et recula.

—Que Dieu veille sur vous et votre sœur, monsieur Owen. Écrivez-nous à votre arrivée en Amérique pour nous donner de vos nouvelles à tous les deux. Vous pouvez adresser votre lettre à ma Nellie. Elle me la fera parvenir.

—En Amérique? s'écria Annie. Nous partons pour l'Amérique?

Jamison regarda Owen, visiblement désolé d'en avoir tant dit, puis détourna les yeux. Mais Owen serra avec émotion la main ridée du majordome.

—Merci, mon vieil ami.

Jamison quitta rapidement la pièce et descendit l'escalier ciré à pas de loup.

—Owen…, commença Annie, l'espoir naissant dans sa poitrine.

—Chut, Annie! Dépêche-toi, avant que tante Eleanor ne te renvoie d'ici les mains vides!

Annie virevolta vers l'armoire.

—Nous allons en Amérique! Par où commencer?

Elle sortit sa robe du dimanche de l'armoire pendant qu'Owen rangeait ses tenues les plus pratiques dans la valise, puis elle prit son papier à lettres et ses crayons de couleur tandis qu'Owen emballait sa bible, *Le Voyage du pèlerin* et les quelques livres de poésie préférés de leur mère.

—Couvre-toi de tes capes de printemps et d'hiver. Mets tout ce que tu peux sur toi.

—Mais il ne fait pas si froid! bredouilla Annie.

—Fais ce que je te dis, insista Owen.

Ils fourrèrent tout ce qu'ils purent dans son sac de voyage et une taie d'oreiller. Dix minutes plus tard, ils éteignaient la lampe, descendaient discrètement par l'escalier de service et refermaient doucement derrière eux la porte de l'arrière-cuisine.

Chapitre 3

—EH BIEN…, DIT LA VEUVE WOODWARD AVEC ÉTONNEMENT. Vous partez donc pour de bon en Amérique, Miss Annie ?

Ne sachant que répondre, Annie prit une profonde inspiration et jeta un regard impuissant vers son frère, puis haussa les épaules.

—Je crois que oui.

Mais Owen détourna le regard.

—Cela ne va pas plaire à madame, n'est-ce pas ? demanda Nellie Woodward en haussant les sourcils, tout en leur servant le thé.

Cela faisait quarante-cinq ans que Jamison travaillait pour les Hargrave, et cette riche et triste famille n'avait plus de secret pour lui. Annie avait dans l'idée que pendant toutes ces années, alors qu'il retrouvait sa sœur à l'heure du thé le dimanche après-midi, il n'y avait rien qu'il ne lui ait raconté. Malgré tout, ne sachant pas ce qu'il était convenable de dire ou de taire, elle préféra garder le silence.

À peine la veuve eut-elle quitté la pièce pour aller chercher des assiettes et des scones qu'Annie se tourna vers son frère :

—Alors, quand partons-nous pour l'Amérique ? demanda-t-elle sur un ton insistant.

Owen reposa lentement sa tasse sur sa soucoupe et posa sa main sur celle de sa sœur. Annie le vit déglutir avec peine à plusieurs reprises.

—Père nous parlait souvent de son frère, oncle Sean… Tu t'en souviens ? Oncle Sean et tante Maggie d'Amérique ?

Annie faillit éclater de rire tant elle était contente.

— Oui, bien sûr ! Ils nous ont invités à les rejoindre là-bas après la mort de mère, s'exclama-t-elle avec enthousiasme. C'est donc là que nous allons !

— C'est là que *je* vais.

Le rire d'Annie s'étrangla dans sa gorge.

— Que *tu* vas ?

Il hocha la tête.

Elle tourna brusquement la tête vers lui, certaine qu'il plaisantait.

— Ce n'est pas drôle, Owen.

— Je ferai en sorte que tu me rejoignes dès que possible.

Annie sentit le sol se dérober sous ses pieds. Elle regarda fixement son frère avec un air ahuri.

— Avant de t'emmener à l'autre bout du monde, je dois m'assurer que ce n'est pas une erreur de s'installer là-bas. Tante Maggie m'a écrit pour me dire qu'oncle Sean n'allait pas très bien. Ils ont besoin de moi. Je n'ai rien oublié de tout ce que père m'a enseigné sur le jardinage, et je me suis amélioré ces dernières années. J'ai même créé mes propres variétés de fleurs et de rosiers de l'Ancien Monde. Je suis persuadé de pouvoir les aider.

— Moi aussi ! Je suis capable de travailler dur !

Owen prit le visage de sa sœur entre ses mains.

— Tu es la personne la plus travailleuse que je connaisse, petite sœur. Mais tu dois terminer tes études. J'ai promis à père sur sa tombe que je prendrais soin de toi.

— Comment pourras-tu prendre soin de moi si nous sommes séparés par un immense océan ? demanda Annie d'une voix de plus en plus aiguë en le repoussant.

Il lui prit les mains et poursuivit doucement.

— En m'assurant que tu es en sécurité ici. Père était d'avis que l'entreprise d'oncle Sean était pleine de promesses, et qu'il avait simplement besoin de l'aide de sa famille pour la faire prospérer. J'ai envie de le croire. J'ai envie que nous puissions vivre le « rêve américain ». Mais, avant de nous embarquer tous les deux dans cette aventure, je dois d'abord m'assurer qu'il ne s'agit pas seulement un rêve.

— Ne fais pas ça, Owen. Emmène-moi avec toi. Je t'en supplie, emmène-moi maintenant.

— Dans six mois, un an tout au plus, je te ferai venir. Dès que je serai certain que l'entreprise est viable sur le long terme.

— Mais…

— Je t'ai inscrite dans un pensionnat à Southampton tenu par une dame très bien, Miss Hopkins. Elle veillera sur toi comme sur les autres jeunes filles de son établissement.

— Southampton ? Je serai près de toi alors ?

Annie sentit l'espoir renaître dans son cœur.

— Jusqu'à ce que je prenne le bateau. Jusqu'à Pâques.

— Pâques, déjà !

— L'important est que tu sois loin de tante Eleanor. Je refuse de quitter l'Angleterre en te sachant coincée chez elle.

Incrédule, Annie se renfonça dans son fauteuil, souhaitant désespérément avoir mal compris. Elle n'arrivait pas à accepter l'idée d'être laissée seule sur la même île que leur tante.

— Tu ne peux pas partir comme ça, murmura-t-elle.

Owen fit un geste d'impuissance.

Annie ne put supporter ni la souffrance qu'elle décela dans le regard de son frère… ni d'en être la cause.

— Elle a été plus mauvaise que jamais ces derniers temps.

— Jamison m'a dit la même chose dans une lettre, fit remarquer Owen, soulagé de changer de sujet. Je suis désolé. Je n'aurais pas dû te laisser seule avec elle.

La respiration d'Annie se fit saccadée.

— Il n'y avait pas d'autre solution. Toi, elle te tient en très haute estime, mais quand tu n'es pas là elle se montre odieuse avec moi, dit Annie en secouant la tête d'un air perplexe. Je ne comprends pas pourquoi. Je ne lui ai pourtant rien fait.

— Grand-père était un homme plein de haine. C'est tout ce qu'elle a connu.

—Mais mère n'était pas ainsi.

—Non, mère était l'amour incarné, tout comme père. Tante Eleanor lui en voulait terriblement d'être partie et d'avoir trouvé le bonheur avec lui… Jamais elle n'a pu comprendre le courage et le bonheur de sa sœur.

Annie chiffonna nerveusement sa serviette.

—La semaine dernière, elle m'a appelée par le prénom de mère. Et pas sur un ton aimable.

—C'est aussi pour cette raison que tu ne peux pas rester.

Owen dégagea le front de sa sœur de la mèche de cheveux qui le barrait.

—Je ne veux pas rester. Je veux seulement que tu m'emmènes avec toi, dit Annie dont les yeux s'embuèrent de nouveau.

—Bientôt, Annie, promit Owen tout en prenant soin de ne pas croiser son regard. Dès que je pourrai.

Le lendemain matin, Annie rangea sa brosse à cheveux dans son sac de voyage. Cela faisait longtemps qu'elle rêvait de partir avec Owen, de quitter pour toujours sa tante Eleanor et Hargrave House. Mais elle voulait une nouvelle vie, et non un séjour imposé avec des étrangers. Il devait y avoir un moyen de faire rester Owen jusqu'à ce qu'il trouve l'argent qui leur permette de voyager tous les deux. Et elle n'hésiterait pas à pleurer et supplier qui leur permette de changer d'avis. Elle avait vu sa tante Eleanor user de ces stratagèmes féminins avec un grand succès.

Alors qu'elle descendait l'escalier, les chuchotements de la veuve lui parvinrent aux oreilles.

—Je vous proposerais bien de laisser cette chère enfant ici, monsieur Owen. Mais vous savez que Miss Hargrave risque de l'apprendre, et alors qu'adviendra-t-il de mon frère ? Les réactions de Miss Hargrave sont imprévisibles, et ne débordent pas toujours de bonté, n'est-ce pas ?

—Je suis navré de reconnaître que vous avez raison, madame Woodward, déclara Owen en soupirant de l'autre côté du mur. J'espère que notre présence ici cette nuit ne vous causera pas de tort, à votre frère et à vous.

La veuve fit claquer sa langue.

— Elle n'en saura jamais rien, affirma-t-elle.

— J'espère que je prends la bonne décision.

Annie entendit Owen tapoter sur la table avec une cuillère en étain. Elle s'accroupit sur les marches, appuya sa tête contre la balustrade et tendit l'oreille.

— Bien sûr que oui, monsieur! Vous ne pouvez tout de même pas rester coincé ici à subir ses caprices. Ce n'est pas une vie pour un homme, n'est-ce pas? (Annie entendit la veuve faire glisser les miettes sur un plateau.) J'ai vu ce que cela a donné avec votre défunt père, que son âme repose en paix. Je ne veux pas dire du mal d'un mort, non, loin de moi cette idée. Mais il aurait dû faire ce que vous avez fait, et surtout ce que vous allez faire. Il aurait dû avoir la force de quitter la vieille…! (La veuve Woodward s'interrompit brusquement.) Ce n'est pas ce que j'ai voulu dire, monsieur. Du moins pas aussi durement.

Annie ne put réprimer un sourire.

— Ne vous inquiétez pas, madame Woodward. J'avais besoin de l'entendre, déclara Owen, qui continuait malgré tout à tapoter nerveusement sur la table avec sa cuillère.

— Très bien, alors.

La veuve empila la vaisselle sur son plateau puis se dirigea d'un pas chancelant vers la cuisine.

— Si vous ne partez pas maintenant, monsieur Owen, vous serez coincé ici pour toujours, et Miss Annie aussi, déclara la veuve. Vous perdrez peu à peu votre vitalité, comme c'est arrivé à votre pauvre père. Et vous n'avez certainement pas envie que votre chère sœur connaisse le même sort que cette vieille fille. C'est exactement ce qu'elle en ferait: une version miniature de sa méchante et misérable personne. Je n'ai aucun doute là-dessus.

Annie sentit une vague de chaleur envahir son cou et son visage. La porte de la cuisine se referma. Elle s'agrippa à la rampe de l'escalier et se releva en écrasant les larmes qui roulaient sur ses joues, des larmes qui n'avaient pas pour but d'amadouer son frère. Elle ne pouvait gâcher la vie d'Owen en le faisant culpabiliser de la laisser en Angleterre. Un océan n'était déjà pas suffisant pour le séparer de tante Eleanor. Annie n'avait pas le droit de lui infliger ce que sa tante avait fait subir à son père. Elle ignorait comment elle supporterait de vivre aussi loin de son frère, mais, alors qu'elle remontait furtivement l'escalier, elle prit la résolution de s'y efforcer, par amour pour lui.

Chapitre 4

—Owen ?

Une heure plus tard, Annie se tenait devant le portail de la maison de la veuve, son sac de voyage à la main. Déterminée à garder son calme, elle leva le menton.

—Qui s'occupera de leurs tombes quand nous serons partis ?

Owen sourit, et son sourire réchauffa le cœur d'Annie. Il s'empara de son sac, puis plongea la main dans sa poche.

—Nous allons de ce pas désherber et défricher les tertres, et y semer toutes ces graines.

Il prit la main d'Annie et y versa les petites graines qu'il avait sorties de sa poche.

—Il y en a largement assez pour fleurir les deux tombes, précisa-t-il. Cet été, elles en seront recouvertes, et elles refleuriront chaque année, même en notre absence.

—Ne se sentiront-ils pas seuls ?

Annie sentit son menton trembler mais parvint à ravaler ses larmes.

Owen prit sa sœur par les épaules.

—S'ils peuvent nous voir du paradis, père et mère dansent sûrement de joie. Jamais ils n'auraient voulu que nous restions dans cette maison. Tu le sais.

Annie hocha la tête en s'efforçant de sourire.

—Nous avons une nouvelle vie à construire. Et, pour y arriver, nous allons avoir besoin de tout notre courage d'Anglais et de toute notre force d'Irlandais.

Annie hocha de nouveau la tête. Elle se demanda si Owen se rendait compte des trésors de courage et de force qu'elle devrait déployer pour le laisser partir.

Au milieu de la matinée, la jupe d'Annie était déjà toute tachée. Owen et elle avaient arraché les mauvaises herbes, gratté, retourné et tamisé la terre des parcelles de leurs parents, situées en plein cœur du cimetière de Bunhill Fields. Ils avaient creusé des sillons assez rapprochés pour empêcher les mauvaises herbes les plus tenaces de pousser, puis y avaient réparti les graines.

—Mère adorait ces fleurs bleues, dit Owen avec un sourire en caressant la terre de ses doigts. Père avait coutume de dire qu'ils étaient de la couleur de ses yeux.

—Comme les miens, ajouta Annie en souriant faiblement.

—C'est vrai. Ils sont aussi bleus que la lobélie la plus bleue d'Angleterre!

—Mais père…, commença Annie sans réussir à regarder Owen, assis tout près d'elle.

—Oui?

—J'ai vous ai entendus vous disputer, tante Eleanor et toi. Que voulait-elle dire quand elle a déclaré qu'il n'était pas mort par accident, mais parce qu'il se languissait bêtement d'une femme trop stupide pour l'aider à diriger son affaire?

Owen se raidit mais resta silencieux. Il s'assit sur ses talons.

—Elle parlait de mère, n'est-ce pas? demanda Annie en retenant son souffle.

Owen se leva et passa ses mains sur ses genoux pour en retirer la terre. Il ramassa le petit râteau et la petite bêche qu'il emportait partout avec lui, les essuya sur l'herbe et nettoya les traces de terre avec son mouchoir.

—Owen? insista Annie.

Mais il garda le silence et évita son regard. Il rangea ses outils puis lui tendit la main.

Annie se leva, essuya sa jupe et dévisagea son frère.

—As-tu lu le livre que je t'ai envoyé ? lui demanda-t-il.

—J'ai commencé, mais il ne me passionne pas. Et pourquoi ne réponds-tu pas à ma question ?

Un léger sourire se dessina sur les lèvres d'Owen.

—Tu n'as pas besoin d'être passionnée par ce livre.

—Il a été écrit il y a si longtemps, Owen. Tu n'aurais pas pu me trouver quelque chose d'un peu plus divertissant ?

—L'auteur est quelqu'un qui, je l'espère, deviendra ton ami. C'est un voisin de mère et de père.

—Un voisin ? Tu racontes n'importe quoi ! Il est mort depuis des lustres.

Owen sourit.

—Il a beau avoir vécu avant eux, son travail et ses écrits ont joué un rôle très important dans leurs vies, dit-il en jouant avec les boucles dorées de sa sœur. Je me souviens que mère me lisait ce livre quand j'étais plus jeune que toi aujourd'hui.

—Eh bien… Si vous me faisiez la lecture, elle ou toi, peut-être que j'y prendrais plus de plaisir, déclara Annie, les mains sur les hanches.

Owen se mit à rire.

—Très bien, je m'incline ! dit-il en l'entraînant sur le côté. Regarde, c'est notre ami et voisin… Viens jeter un coup d'œil à sa stèle.

Owen étendit son manteau sur le sol devant Annie. Il suivit de son doigt le contour du bas-relief ornant le côté de la tombe de John Bunyan [1], comme s'il le connaissait par cœur.

—C'est une représentation du pèlerin Chrétien, le personnage de son livre, reprit le jeune homme. Tu vois comme il ploie sous

---

1. Prédicateur anglais (1628-1688), auteur du roman allégorique *Le Voyage du pèlerin*, traduit dans le monde entier. (*NdT.*)

37

la charge pesante sur son dos ? Il peine à la porter, et le chemin est escarpé.

—Oui, mais tu n'as toujours pas répondu à ma question à propos de père, dit Annie en tirant sur la manche de son frère.

Owen fit mine de ne pas l'entendre.

—Ainsi va le cours de nos vies, à tous. Nous sommes accablés par des fardeaux trop lourds à porter : des déceptions, des péchés, la perte d'êtres chers. Et même par la culpabilité de ne pas réussir à surmonter les difficultés qui nous affligent. Plus nous marchons longtemps avec cette lourde charge sur notre dos, plus nous risquons de sombrer dans le désespoir.

Une minute entière s'écoula avant qu'Annie tende la main et touche timidement la stèle.

—Père était dévasté après la mort de mère, n'est-ce pas ?

Owen regarda enfin sa sœur dans les yeux.

—Elle était le soleil de sa vie. En la perdant, il a tout perdu. Un an après, il n'avait toujours pas réussi à surmonter son chagrin.

Annie plissa les yeux en se concentrant sur le bas-relief de la stèle.

—Père a été attrapé par le géant Désespoir[1], dit la jeune fille en se mordant la lèvre. Crois-tu que sa mort… (Annie ne pouvait se résoudre à le dire.) Crois-tu que ça n'a pas été un accident ?

—Je l'ignore. Seul Dieu et père le savent, répondit Owen en prenant les mains d'Annie entre les siennes. Tout ce dont je suis sûr, c'est que, malgré le découragement ou le désespoir qui peuvent nous accabler, la vie continue. Je veux que toi aussi tu en aies conscience. Quelles que soient la souffrance et les difficultés que nous rencontrons dans notre vie – et personne n'y échappe –, quels que soient les chemins obscurs que nous empruntons et les mauvais choix que nous faisons, la vie continue. (Il se releva puis l'aida à en faire autant.) Viens voir.

Annie ramassa le manteau d'Owen et le suivit.

---

1. Personnage du livre de John Bunyan, *Le Voyage du pèlerin*. (*NdT.*)

38

Il l'emmena de l'autre côté de la tombe et étendit de nouveau son manteau sur le sol, puis la fit asseoir à côté de lui.

—Regarde cette image, dit-il en désignant le bas-relief sur la tombe. Tu vois ?

—Il est libéré de son fardeau !

—Oui, la charge qu'il portait, c'est-à-dire sa culpabilité et ses péchés, est tombée.

—Il n'a plus cet air las et triste, dit Annie avec étonnement en passant le doigt sur le dos de Chrétien déchargé de son fardeau. Parce qu'il est arrivé jusqu'à la croix ?

—Parce qu'il est arrivé jusqu'à la croix et s'en saisit. Regarde comme il la tient, comme il s'y accroche. C'est une relation vivante avec Celui qui la portait ! Il est tout pour lui. Il est agenouillé sur la pierre solide, le regard tourné vers le ciel et non vers son fardeau !

—Tout le livre est résumé par cette image – ces deux images !

—Mais tu y trouveras tellement plus. Le long voyage de Chrétien accompagne notre chemin de vie. Promets-moi que tu le liras en entier, et même que tu le reliras. Et fais-moi part de tes impressions dans tes lettres.

—Je te le promets, répondit Annie en tirant sa jupe sous ses pieds. Cela ne sera pas la même chose que de t'avoir ici, mais…

—Mais tu ne seras pas seule. Tu es aimée d'un amour bien plus fort que celui que je peux te donner, Annie.

—Parfois j'ai simplement besoin de bras autour de moi, murmura-t-elle en s'appuyant sur le dos de son frère.

Owen enlaça sa sœur qui enfouit sa tête contre son torse.

—Bien sûr. Nous en avons tous besoin. Nous devons faire confiance au Seigneur, qui veillera sur nous jusqu'à nos retrouvailles. Nous ne serons pas séparés longtemps. Pas une minute de plus que nécessaire.

Chapitre 5

MICHAEL PASSA LA NUIT ET LA LONGUE JOURNÉE QUI SUIVIT À essayer d'échapper aux membres d'équipage et aux représentants du constructeur qui testaient, mesuraient et testaient encore le moindre dispositif à bord de l'incroyable paquebot sur le point de prendre enfin la mer. Après s'être faufilé de piliers en colonnes et avoir fait des allers-retours furtifs entre le pont et les cabines privées, il finit par se cacher dans un canot de sauvetage glacé suspendu à un bossoir.

Il devait être minuit lorsqu'il fut réveillé en sursaut par les sifflements stridents des remorqueurs. Sans avoir besoin de le voir, Michael sut que le *Titanic* approchait de son mouillage. Les grandes machines furent arrêtées. Il allait devoir attendre le bon moment pour descendre discrètement à terre.

L'aube commençait à poindre et les hommes se dépêchaient de fermer et recouvrir les ventilateurs et les grilles d'aération, et de sceller les portes.

— Voilà, c'est terminé, s'écria une voix, dangereusement proche.

— Pour le moment tu veux dire, répliqua une deuxième voix. Nous ferions mieux d'aller prendre notre thé maintenant, pendant le chargement du charbon. Nous devrons nettoyer le paquebot de fond en comble dès qu'ils auront terminé.

Michael savait que le ravitaillement en charbon d'un navire pouvait durer plusieurs heures. Il savait aussi qu'il ne serait plus en sécurité dans sa cachette pendant le nettoyage méticuleux de la fine couche de poussière de charbon, puis de l'inspection finale.

Lorsque les chauffeurs descendraient à terre, Michael voulait se trouver le plus loin possible du *Titanic* pour éviter de croiser son oncle Tom. Il réussit à grand-peine à s'extraire discrètement du canot et à se mêler aux allées et venues précipitées de dizaines d'hommes, vaquant chacun à des tâches différentes. Mais il n'eut ensuite aucun mal à se laisser porter le long du dock, au milieu de l'agitation générale.

Transi de froid, Michael déambula dans la ville, à la recherche d'un pub donnant sur une ruelle. Il avait entendu dire que les pubs qui verrouillaient leurs portes ne pensaient pas toujours à faire de même avec leurs fenêtres. Et, parfois, les verres n'étaient pas lavés avant la fermeture tard le soir. Il finit par trouver ce qu'il cherchait, et parvint à se réchauffer un peu en terminant une dizaine de chopes.

Dans la rue suivante, Michael aperçut l'enseigne d'un bistrot de *fish and chips*. Il attendit quelques instants, mais aucun chien ne donna l'alarme. Michael passa sa langue sur ses lèvres gercées, salivant à la pensée des emballages en papier journal imbibés de graisse de poisson frit. Avec un peu de chance, il resterait même des petits morceaux, collés sur le papier jeté en boule dans la poubelle. Les têtes de poisson n'étaient pas du goût de tout le monde, Michael le savait, mais il avait vu les rats d'égout en manger, et il y en avait sûrement à foison. Cela lui permettrait de tenir une journée de plus. Malheureusement, sa récolte fut maigre ce matin-là.

L'estomac de Michael gronda, furieux d'avoir été réveillé pour si peu. En plus de souffrir du froid et de la faim, Michael était dans un état de lassitude extrême après deux nuits passées à courir et à dormir d'une oreille dans la crainte d'être découvert.

En s'enfonçant un peu plus dans la ville, Michael arriva près d'un bâtiment en pierre. Dans la lumière du petit matin, il découvrit un jardin en piètre état, avec des briques et des dalles de travers, et du matériel de construction et de jardinage éparpillé, protégé par des toiles goudronnées. Des petits arbustes, également bâchés, montaient la garde contre le mur de pierre.

Michael souffla sur ses mains pour les réchauffer et frappa le sol de ses pieds engourdis par le froid. Il retira les bâches qui recouvraient les arbustes, en songeant qu'ils ne pouvaient avoir autant froid que lui, et en étendit une sur des planches de bois. Puis, s'allongeant sur son lit improvisé, il serra son manteau léger autour de ses côtes douloureuses, se roula en boule dans la deuxième bâche et sombra dans un profond sommeil.

Chapitre 6

MICHAEL RÊVA DE NOUVEAU DE MEGAN MARIE.

Ils étaient seuls tous les deux sur le dock, qui disparaissait presque dans la brume de l'aube. Sur son visage pâle encadré de boucles noires souples, il vit ses grands yeux bleus s'écarquiller et sentit sa petite main s'agripper à ses doigts, longs et chauds en comparaison. Il posa un bras protecteur autour des épaules de sa sœur.

Jack Deegan et oncle Tom s'avançaient vers eux en titubant sur les planches qui craquaient dans un bruit sourd. Imbibés d'alcool, ils se disputaient. C'est alors qu'un troisième homme, qui portait un grand chapeau et un manteau noir, et tenait à la main une canne en argent, se dirigea vers Megan Marie et Michael. Les sourcils froncés et les yeux plissés, il les examina attentivement en leur tournant la tête d'abord d'un côté puis de l'autre. Quand enfin il les laissa, Megan Marie se cramponna encore plus fort à son frère en gémissant, le visage enfoui dans sa manche. L'homme sortit de sa poche la plus grosse liasse de billets de livres que Michael avait jamais vue et la fourra dans les mains de Jack Deegan. Puis il s'agenouilla devant Megan Marie et Michael avec un sucre d'orge dans chaque main. Il en garda un près de lui pour attirer Megan Marie et écarta l'autre bras pour éloigner Michael.

Ils avaient faim tous les deux, si faim. Megan Marie lâcha la manche de Michael pour attraper le sucre d'orge, mais celui-ci ne s'en rendit même pas compte, trop occupé à chercher à s'emparer de l'autre. Soudain, l'homme prit Megan Marie dans ses bras tandis que l'oncle Tom attrapait Michael par le collet et le soulevait du sol en lui donnant un coup de poing dans l'estomac.

Megan Marie se mit à appeler Michael en hurlant, mais celui-ci ne voyait plus que la cape de l'étranger qui descendait le dock en courant, et la petite main de Megan Marie qui s'agitait.

— Michael ! Michael ! criait-elle.

Michael se tortilla dans tous les sens et mordit l'oncle Tom, qui lâcha prise. Tombant à la renverse, il voulut s'élancer à la poursuite de l'homme, mais Jack Deegan le rattrapa par les bretelles et par son veston usé jusqu'à la corde, et le jeta dans la mer. Ne sachant pas nager, Michael se débattait comme un beau diable, entendant toujours les cris déchirants de Megan Marie.

Il sentit soudain qu'on le soulevait, puis qu'on le lâchait. Sauf qu'il ne luttait pas contre l'eau en cherchant à se raccrocher à quelque chose ; il griffait la terre dure et nue.

Haletant, encore dans un demi-sommeil, Michael se leva d'un bond et tituba en arrière en couvrant son visage de son bras pour se protéger des coups.

— Du calme, mon garçon ! Du calme !

Michael vit un homme qui tendait les bras vers lui, mais il trébucha et tomba.

Bien réveillé à présent, il se releva brusquement et s'écarta.

— Laissez-la ! Laissez-la tranquille ! hurla-t-il.

L'homme devant lui recula en levant les mains, sans doute aussi étonné que Michael lui-même.

— De qui parles-tu ? Tu es encore en train de rêver, mon garçon.

La poitrine de Michael se soulevait et s'abaissait rapidement. Il peinait à reprendre son souffle et à calmer son cœur qui battait avec violence. Le grand jeune homme qui se tenait devant lui ne ressemblait en rien à l'homme dans son rêve, ni à l'oncle Tom ou à Jack Deegan.

— Allez-vous-en ! lança Michael d'un ton hargneux.

— Calme-toi, mon garçon. Calme-toi maintenant.

L'homme écarta les mains comme pour apaiser une bête sauvage. Il souleva la bâche.

— Tu as dormi ici toute la nuit? Dehors dans le froid? reprit-il.

Encore complètement désorienté, Michael était incapable de répondre à cause de ses dents qui claquaient furieusement.

— C'est une chance qu'il n'ait pas gelé cette nuit pour les arbustes, dit l'homme d'un air soucieux. Mais tu dois être transi!

Michael regarda successivement l'homme, la bâche, les arbustes, puis de nouveau la bâche et l'homme.

— Je… je suis désolé, monsieur, dit-il en grelottant. Je ne savais pas que vous aviez besoin de cette bâche. Je ne l'ai pas prise toute la nuit. Seulement après minuit… voire même plus tard. (Il se leva, longea le mur en regardant alternativement l'homme et la route par laquelle il allait s'échapper.) Je m'en vais. Pardon de vous avoir dérangé, monsieur.

Mais il trébucha sur la boîte avec le déjeuner de l'homme, précipitant son précieux contenu par terre. C'en était trop.

— Oh! Je suis désolé!

Michael se baissa pour ramasser le pain beurré et le fromage sorti du tissu qui l'enveloppait, mais il chancela soudain, pris de vertige.

Juste avant de s'effondrer sur le sol, il fut rattrapé par des mains puissantes.

— Réveille-toi, mon garçon! Réveille-toi!

Lorsque l'homme le mit debout en le tenant sous les aisselles, Michael ressentit comme une brûlure dans ses membres et sa poitrine. Il poussa un cri.

L'homme faillit le laisser tomber.

Michael avait l'impression de sombrer, mais il se força à ouvrir les yeux et à reprendre ses esprits. L'homme approcha son visage de celui de Michael, mais se détourna avec une grimace.

— Tu as bu, alors? Et tu es venu ici pour décuver!

Michael s'essuya la bouche avec sa manche. Une bouffée de colère l'envahit. Être accusé de suivre les traces de l'oncle Tom par un étranger!

— Je n'ai jamais… ! J'ai bu des fonds de verre, se reprit-il, mais seulement pour me réchauffer. Lâchez-moi maintenant. Je m'en vais.

Mais Michael s'interrompit en voyant le déjeuner de l'homme éparpillé par terre. Il lâcha un gémissement.

— Je suis désolé pour votre repas, monsieur. Je n'avais pas l'intention…

L'homme recula et regarda Michael avec attention. Il se frotta le menton en fronçant les sourcils.

— Il y a trop à manger pour moi, et je ne vais pas remettre le pain et le fromage dans la boîte maintenant qu'ils sont sales. Je vais devoir les jeter.

Une lueur brilla dans le regard de l'homme quand il vit l'air paniqué de Michael.

— Si tu en veux, prends. Mais assieds-toi sur cette dalle pour manger.

Michael saliva à cette perspective.

— Je n'ai rien pour vous payer, monsieur.

Il s'agissait davantage d'une supplication que d'une excuse.

— Tu n'as pas besoin de…

Avant même que l'homme n'ait terminé sa phrase, Michael s'était jeté sur le pain. Il mordait dedans avec sauvagerie.

L'homme le regarda d'abord bouche bée, puis se retourna et commença à remettre les bâches en place.

Michael engloutit le fromage onctueux avec une telle avidité qu'il s'étouffa. Comme il n'arrivait pas à reprendre sa respiration, l'homme s'approcha de lui et lui tapa dans le dos pour déloger la boule de pain et de fromage coincée dans sa gorge.

Michael savait qu'il avait fait cela par gentillesse, mais cela ne l'empêcha pas de pousser des cris, comme si l'homme l'avait frappé.

— Doucement, mon garçon. Le pain ne va pas s'enfuir. Tu as tout le temps pour le manger.

Michael s'efforça de hocher la tête pour lui montrer qu'il allait bien.

— Tu viens de débarquer d'un bateau, n'est-ce pas ? demanda-t-il.

Sans s'arrêter de manger, Michael acquiesça, mais lui jeta un coup d'œil inquiet. Il n'avait pas envie qu'on lui pose tant de questions. Il maudit son accent irlandais.

—Et tu as de la famille ici? demanda l'homme d'un air détaché.

Mais Michael vit qu'il était curieux. Il déglutit et s'essuya la bouche avec sa manche.

—Mon grand-père est parti à Londres. J'attends son retour.

C'était un piètre mensonge. L'homme pencha la tête, n'en croyant manifestement pas un mot. Michael continua malgré tout à dévorer son repas, prenant à peine le temps de respirer.

L'homme, qui était grand et large d'épaules, s'assit à côté de lui. Regardant au loin, il jouait avec un caillou qu'il avait ramassé, le faisant passer d'une main à l'autre.

—Je suppose que tu auras besoin d'un endroit pour dormir en attendant.

Michael s'arrêta de manger, certain d'avoir mal compris. Il tourna la tête vers l'homme et le dévisagea un instant avec un air surpris.

—Oui, monsieur.

—Et je suppose que tu auras également besoin d'un travail pour te nourrir, au moins jusqu'au retour de ton grand-père.

Michael faillit s'étouffer derechef.

—Oui, monsieur. Je suis un bon travailleur : j'ai ramoné des cheminées et transporté du coke pendant des années, monsieur!

L'homme hocha la tête en considérant les mains calleuses de Michael. À en juger par la crasse accumulée sous ses ongles cassés, il pouvait travailler dur.

—Vous connaissez quelqu'un qui aurait besoin d'un coup de main, monsieur? demanda Michael à tout hasard.

L'homme se leva.

—Eh bien, moi, peut-être. Mais il s'agit d'un travail sérieux et difficile. Je ne peux pas te payer, mais je pourrais partager mon repas et la chambre où je suis logé.

Michael regarda l'homme avec de grands yeux, n'en croyant pas ses oreilles.

— Vous êtes sérieux, monsieur ?

— Oui, répondit l'homme en détournant son regard. Mais tu devras travailler dur, et cet accord n'est valable que pour une semaine. J'embarque sur le *Titanic* le 10 avril.

Michael hoqueta.

— Le *Titanic* ? Vous allez voyager sur le *Titanic* ?

— Oui, répondit l'homme.

Michael cligna des yeux avec émerveillement.

— Vous partez en Amérique ?

— Oui, j'ai du travail qui m'attend dans le New Jersey. Pourquoi est-ce que tu… ?

— C'est un magnifique paquebot, monsieur, l'interrompit Michael. La traversée sera extraordinaire, j'en suis certain.

Surpris, l'homme esquissa un sourire.

— Tu as donc vu le géant des mers ? demanda-t-il en jetant par terre le caillou qu'il avait dans la main. Je pensais qu'il venait seulement d'arriver au port.

— Oui, monsieur, dit Michael en détournant les yeux. Eh bien, vous savez, on entend des choses… n'est-ce pas, monsieur ?

— C'est certain. Je m'appelle Owen Allen, et je suis heureux de faire ta connaissance, déclara l'homme en lui tendant une main puissante. Quel est ton nom, mon garçon ? Est-ce que tu vas à l'école ?

Michael déglutit avec difficulté, essuya ses mains sur son pantalon et serra la main qu'Owen lui tendait.

— Je m'appelle Tim, monsieur… Tim Delaney. Et je suis allé à l'école quand j'en ai eu la possibilité. Mais ne vous inquiétez pas, je suis intelligent ; je sais lire, écrire et tout ce qui va avec… Je serai très appliqué.

Owen secoua la tête.

— Je ne suis pas inquiet, Tim. Ce n'est pas nécessaire pour le travail que je te propose. Mais tu me sembles être un drôle de garçon.

— Oh, je suis un véritable prodigue avec les chiffres et les lettres, monsieur !

— Un *prodigue* ? (Owen prit un air intrigué, puis hocha la tête, visiblement amusé.) Un *prodige*, peut-être ?

— Oui, monsieur ! C'est cela, monsieur ! J'ai appris à lire sur les genoux de ma mère quand j'étais encore tout petit.

— Eh bien, alors, jeune prodige, dit Owen en réprimant un sourire, si tu as fini de manger mon déjeuner, que dirais-tu que nous enlevions le reste de ces bâches et nous mettions au travail ?

— Très bien, monsieur !

Michael s'essuya la bouche une dernière fois et déposa précautionneusement la boîte du déjeuner contre le mur.

Ils travaillèrent sans relâche pendant toute la matinée. À midi, le soleil brillait haut dans le ciel. Ils avaient creusé des trous, terminé de planter et d'arroser les arbustes, et empilé les planches restantes près de la route pour qu'elles soient ramassées le lendemain par la carriole des chiffonniers. À en croire le sourire qu'il lui adressait de temps en temps et l'air de ragtime qu'il sifflotait gaiement, Owen semblait satisfait de son travail.

Le voyant tirer un mouchoir de la poche arrière de son pantalon et se tamponner le front, Michael posa sa bêche.

— Crois-tu que tu pourrais trouver l'appétit pour manger un morceau, mon garçon ?

Michael traîna le reste des racines à jeter jusqu'au tas de déchets et s'épongea le front avec sa manche.

— Oui, je crois, monsieur, dit-il tandis que son estomac criait famine. Mais j'ai déjà mangé votre déjeuner, monsieur.

Owen sortit quelques pièces de monnaie de la poche de son gilet.

— Je pense que j'ai ce qu'il faut pour deux tasses de thé et une tourte au poisson à partager, que Dieu soit loué. Qu'en dis-tu ?

Michael écarquilla les yeux, incrédule.

— J'en dis que c'est un miracle, monsieur !

Owen éclata de rire.

— Le monde entier est un miracle !

Il donna une tape amicale sur le dos de Michael, qui grimaça en s'écartant.

Surpris et peiné, Owen recula, pencha la tête et plissa les yeux. Il ne posa cependant aucune question et Michael fut heureux de lui emboîter le pas.

Chapitre 7

À peine Owen eut-il posé le pied dans la cuisine du pensionnat qu'Annie l'entraîna vers la table et le fit asseoir en face d'elle. Avec précaution, elle posa au centre une théière fumante, une assiette de scones chauds à l'orange et aux raisins secs, un pot de confiture et un autre de crème.

—La cuisinière a déclaré que les scones de ma première fournée ressemblaient à des briques de cheminée, et que c'était un gaspillage de bons ingrédients, dit Annie, imitant la femme bourrue et agitant le doigt devant le visage d'Owen.

Owen éclata de rire.

—Eh bien, ma chère, tu as fait d'incroyables progrès! s'exclama-t-il en mordant à belles dents dans le petit pain chaud et moelleux. Mmmm. Je n'en ai jamais goûté de meilleurs.

Annie rosit de plaisir et sourit, révélant ses fossettes.

—Je dois quand même avouer que la cuisinière m'a aidée à préparer la deuxième fournée.

Quand elle a compris qu'ils étaient pour le « beau jardinier des roses », elle s'est empressée de mettre la main à la pâte.

Owen lui adressa un clin d'œil.

—Que Dieu la bénisse!

—Redis-moi comment il s'appelle, Owen?

Annie versa du lait dans la tasse de thé de son frère. Elle ne savait pas si elle devait se réjouir qu'Owen ait terminé plus tôt son travail la veille au soir et ait plus de temps à lui consacrer, ou bien être contrariée qu'il ne cesse de parler de ce nouveau garçon qui l'avait aidé toute la journée dans les jardins de la mairie.

—Il prétend s'appeler Tim. Tim Delaney, dit Owen après un instant d'hésitation. Mais je ne crois pas qu'il dise la vérité.

—Pourquoi te mentirait-il ?

Et pourquoi te préoccupes-tu tant de ce garçon ?

Owen fronça les sourcils.

—Je ne sais pas vraiment. Je suppose qu'il s'est enfui, dit-il en écartant sa chaise de la table. Tout ce dont je suis sûr, c'est que je l'ai appelé plusieurs fois par son prénom et qu'il n'a même pas levé le nez. Je doute qu'il s'appelle Tim.

—Peut-être qu'il est sourd, ou qu'il était tout simplement dans ses pensées.

Owen la regarda.

—J'ai l'impression d'entendre tante Eleanor.

Annie rougit. Elle fut tentée de prendre un air offusqué, mais se rendit compte que c'était également ce que ferait sa tante. Elle frissonna à cette pensée.

—Je n'ai pas voulu être désagréable, Annie. Mais nous devrions faire tout ce qui est en notre pouvoir pour aider ce garçon. Tu seras d'accord avec moi une fois que tu l'auras rencontré.

—Mais tu pars dans quelques jours, Owen. Nous avons besoin de passer du temps ensemble. Et qu'est-ce qu'une semaine de travail va changer pour lui ? Il a besoin d'un emploi fixe, non ?

—Je vais me renseigner auprès de Bealing. Peut-être qu'il aura besoin de lui une fois que nous aurons terminé les jardins de la mairie. Maintenant que la grève des mineurs est finie, il va falloir recruter du personnel pour approvisionner en plantes en pots et fleurs fraîches les paquebots de grande ligne. Et, avec le printemps, il y aura davantage de travail dans les champs, expliqua Owen en tapotant la table. Je vais en parler avec Mr Bealing aujourd'hui. Je pense qu'il l'engagera.

Il fourra dans sa bouche le dernier scone qui se trouvait sur son assiette, se leva et enfila son manteau.

— Je vais le faire venir demain avant la messe pour te le présenter. Il pourra se joindre à nous pour Pâques.

— Mais, Owen, c'est un étranger… et c'est la dernière fête religieuse que nous allons passer ensemble !

Annie était aussi incapable de masquer le désespoir qui teintait sa voix que d'arrêter les jours qui s'écoulaient inexorablement. *On dirait qu'il n'en a même pas conscience.*

Il se pencha vers elle, l'embrassa sur la joue et remit sa casquette. Elle détourna la tête.

Owen pinça gaiement sa joue, lui fit un clin d'œil et sortit dans la lumière matinale.

— C'est vrai, c'est un étranger. Et nous l'avons accueilli. Sois prête pour neuf heures ! lui lança-t-il par-dessus son épaule. Nous passerons te chercher, petite sœur !

Annie claqua la porte de la cuisine derrière lui et jeta son tablier soigneusement repassé sur la table.

Il va en rire jusqu'à la mairie !

— Eh bien, je ne regrette pas qu'il ne soit pas venu, Owen, dit Annie en glissant son bras sous celui de son frère, tandis qu'ils flânaient le long du quai. C'est peut-être égoïste et méchant de ma part, mais je suis heureuse de t'avoir pour moi toute seule le dimanche de Pâques.

Annie s'aperçut que son aveu faisait de la peine à Owen. Elle resta un instant silencieuse avant de reprendre :

— Tu es vraiment très énervé contre moi ? lui demanda-t-elle doucement.

— Non. Sûrement pas contre toi.

Owen lâcha le bras d'Annie et rajusta sa casquette en esquissant un sourire. Puis il se mit à jouer avec une longue boucle des cheveux de sa sœur.

— Je suis inquiet pour ce garçon, reprit-il. Il a terriblement peur de quelque chose, mais j'ignore de quoi il s'agit, dit Owen en donnant un coup de pied dans une pierre. Quand je lui ai demandé de se joindre à nous, il a inventé une histoire à dormir debout à propos d'un vieux prêtre – un certain père Boyd – qui lui interdisait de mettre les pieds dans une église protestante. Celui-ci aurait déclaré que ce n'était qu'un « nid de vipères ».

—Quelle idée!

Les joues d'Annie rosirent. Elles étaient presque de la couleur du petit bouquet qu'elle portait.

—Il m'a raconté que sa mère avait été excommuniée de la Sainte Église romaine pour avoir fréquenté l'« Église du diable » et épousé un presbytérien irlando-écossais, ajouta-t-il en haussant les épaules. Impossible de l'en faire démordre. Mais j'ai pitié de lui.

Annie soupira.

—Je suis désolée pour lui, Owen. Sincèrement. Mais que peux-tu faire de plus? Tu as parlé à Mr Bealing, et il a accepté de lui laisser une chance dans ses pépinières. (Elle lissa sa jupe et regarda ailleurs.) Je crois que ce garçon ne peut s'en prendre qu'à lui-même. Tu as vu la façon dont il nous a dévisagés depuis le trottoir en face de l'église. Et quand tu l'as appelé, il a détourné les yeux. Le dimanche de Pâques en plus! En voilà des manières!

—Annie! s'exclama Owen sur un ton plus dur qu'à l'ordinaire. Tu parles de nouveau comme tante Eleanor.

Annie leva le menton.

—Et je ne crois pas qu'il s'agisse d'un manque de politesse, répliqua Owen en soulevant son chapeau pour saluer une dame qui passait. Tu as vu la souffrance sur son visage. S'il n'a pas voulu nous rejoindre, je suis persuadé que c'est pour une raison que nous ignorons.

—Peut-être. Mais je t'en prie, Owen, ne nous disputons pas. Tu m'as promis que nous passerions l'après-midi ensemble.

Le temps qu'il lui restait avec son frère filait à une vitesse vertigineuse. Elle voulait profiter de chaque minute.

Owen se redressa, et son visage se détendit.

—Tu as raison. Et c'est ce que nous allons faire, dit-il en offrant de nouveau son bras à Annie. Me feriez-vous l'honneur de venir admirer les jardins de la mairie et l'œuvre de votre frère, mademoiselle ? lui demanda-t-il avec un clin d'œil.

Elle hocha vivement la tête, heureuse de le voir plaisanter.

— J'ai gravé nos noms sous un banc du jardin. Je vais te montrer où passer tes doigts pour les sentir. Ce sera notre secret, rien qu'à nous.

Il lui sourit avec une telle chaleur qu'Annie eut l'impression que son cœur allait exploser.

— Et quand tu toucheras nos noms, tu te souviendras que je suis avec toi. Viens ici le jour de ton quinzième anniversaire, dit-il en souriant. Je penserai à toi. Considère ces lettres gravées dans le bois comme ma promesse de te faire venir dès que je le pourrai.

Annie acquiesça. Elle déglutit avec peine et resserra son étreinte sur le bras puissant d'Owen, résolue à ne pas pleurer.

— Je n'oublierai pas ta promesse, mon frère.

Chapitre 8

Michael passa le mardi après-midi sur les docks à attendre avec angoisse le coucher du soleil. Il avait rendez-vous avec Owen, le seul ami qu'il ait jamais eu, pour accomplir un dernier travail avec lui avant son départ. Il s'énerva contre lui-même en repensant à la stupidité avec laquelle il avait agi deux jours auparavant. Après avoir refusé l'invitation d'Owen à se joindre à lui et sa sœur pour la messe de Pâques, il les avait espionnés à la sortie de l'église, dissimulé derrière un réverbère. Il se frappa le genou avec sa casquette en poussant un grognement. *Quel idiot!*

Michael ne craignait pas de croiser son oncle près du quai, car il savait que les membres d'équipage du paquebot – et sans aucun doute les chauffeurs – passeraient la soirée au pub, à s'enivrer de bière jusqu'à plus soif. Ils avaient l'interdiction de consommer de l'alcool en mer, ce qui expliquait pourquoi les pubs du port étaient toujours très fréquentés la veille des départs. Par précaution cependant, Michael remonta le col de sa veste et vissa sa casquette sur sa tête.

Juste avant la tombée de la nuit, il vit arriver lentement sur le dock des carrioles débordant de pots et de plantes, tirées par des mules. Owen était derrière.

— Tim! Tu es là, mon garçon. Je vais te présenter Mr Bealing.

Owen se pencha à son oreille et ajouta :

— Tiens-toi droit, Tim. C'est l'occasion pour toi de prendre un nouveau départ.

Michael prit subitement conscience qu'on lui proposait ce qu'il désirait depuis si longtemps : une nouvelle vie.

Michael, Owen, Frank Bealing père, Frank Bealing fils et Bill Geaping, un robuste gaillard, commencèrent à faire des allers-retours entre le dock et l'immense paquebot pour y transporter des palmiers, des plantes en pots et des fleurs fraîches de toutes les variétés imaginables. Jamais Michael n'avait vu un si grand nombre de fleurs, pas plus qu'il n'aurait pu deviner leurs noms. Elles attendaient sur une immense bâche dans le hall d'entrée d'être récupérées par l'équipe de Mr Bealing et les membres d'équipage du *Titanic*, chargés de les répartir dans le paquebot. Michael ne comprenait pas où ils allaient trouver la place pour les mettre, et pourtant ils continuaient à en apporter davantage.

— Owen Allen! cria Mr Bealing père pour couvrir le vacarme. Apportez ces plantes dans la salle de réception, devant la salle à manger de première classe.

Michael arrivait avec un autre chargement.

— Et toi, mon garçon, prends ce gros palmier et donne un coup de main à Owen.

— Oui, monsieur, répondit Michael en se dirigeant aussitôt vers la salle à manger.

Il espérait que Mr Bealing remarquerait la rapidité avec laquelle il s'exécutait.

— Holà, Tim! s'écria Owen en se retournant. Où vas-tu?

Mr Bealing cria par-dessus son épaule.

— Suis-le, Owen. La salle à manger est par là.

Owen se dépêcha d'emboîter le pas au jeune garçon, mais Michael le distança. Owen réussit enfin à le rattraper, pantelant.

— Tim… Tu n'as pas entendu que je t'appelais? Comment peux-tu savoir où nous allons, mon garçon? On a l'impression que tu es chez toi sur ce bateau!

Michael s'arrêta brusquement.

— Un coup de chance, je suppose.

— Je pense que la chance n'y est pour rien.

Mais Owen n'avait pas le temps de l'interroger davantage à ce sujet.

Les heures s'écoulaient l'une après l'autre. Michael voyait défiler dans ses bras des fleurs parfumées de toutes les couleurs de l'arc-en-ciel, de saison ou cultivées dans des serres. Owen et lui déposèrent des fleurs fraîches dans la chambre froide, des petites plantes sur les tables et dans les recoins, dans le café parisien, partout où on leur indiquait. Avant la fin de la nuit, ils avaient parcouru la plupart des pièces communes et des cabines privées du *Titanic*. Ils avaient regardé les Bealing créer des compositions florales si vastes que, aux yeux de Michael, chacune formait un véritable jardin.

— C'est un Éden flottant ! s'exclama Owen quand ils reposèrent enfin le pied sur la terre ferme.

— Bon travail, approuva Mr Bealing en serrant la main d'Owen. Je regrette que vous nous quittiez pour l'Amérique, monsieur Allen. Votre aide m'aurait été précieuse dans les serres. Mais je vous souhaite malgré tout bon voyage.

— Merci, monsieur, dit Owen en ôtant sa casquette. J'étais heureux de faire ce travail en plus, et je vous remercie d'avoir accepté de donner une chance à mon jeune ami. (Il posa sa main sur l'épaule de Michael et, pour la première fois, celui-ci ne frissonna pas à son contact, moins rude que celui auquel l'avait habitué l'oncle Tom.) C'est un bon travailleur – que Dieu le bénisse. Je m'en porte garant.

— Oui, eh bien… Nous allons te mettre à l'essai, mon garçon, proposa Mr Bealing dont le regard se posa sur Michael. Tu n'as pas d'expérience, mais je vois bien que tu es prêt à travailler dur. Retrouve-moi à la serre demain matin à sept heures précises. Nous verrons comment nous procéderons.

— Oui, monsieur, répondit Michael, qui ne réussit cependant pas à manifester l'enthousiasme qu'une telle opportunité aurait dû susciter chez lui.

Mr Bealing fronça les sourcils, hocha la tête, puis regarda le paquebot.

— Le *Titanic* est paré pour le bal, mission accomplie.

Il s'interrompit, se massa la nuque et se retourna vers Michael avant d'ajouter :

— Tu aurais tout intérêt à te soigner un peu plus avant que nous chargions un autre bateau. Fais bon usage de tes premiers gages.

— Oui, monsieur.

Sentant son visage et son cou s'empourprer, Michael baissa les yeux vers ses chaussures élimées. Il savait qu'il avait l'air d'un rat d'égout, mais, pour la première fois, il se fit la réflexion qu'il devait également en avoir l'odeur. Quand il releva la tête, il vit que Mr Bealing s'était éloigné et discutait avec les conducteurs des carrioles.

— Ne t'inquiète pas, Tim, murmura Owen. Chaque chose en son temps.

Mais Michael savait qu'il n'y avait plus de temps. Non qu'il prenne tellement à cœur la remarque de Mr Bealing. Il avait connu bien pire toute sa vie. Mais cette nouvelle vie qui s'offrait à lui allait de pair avec la perspective du départ d'Owen qui, dans quelques heures à peine, quitterait l'Angleterre pour toujours. Michael n'avait jamais révélé son nom à Owen, du moins pas son vrai nom. Il avait menti outrageusement sur le fait d'avoir un grand-père, sur le prêtre et sur bien d'autres choses encore. Mais tout ce qui lui importait, c'était qu'Owen le considérait comme son ami. Et il avait lui-même été un ami pour Michael. Le seul ami qu'il ait jamais eu.

Owen toucha l'épaule de Michael pour le tirer de sa rêverie. Et Michael s'enfuit.

Il était incapable de dire au revoir à Owen, et encore moins d'essayer de le remercier d'une voix qui ne manquerait pas de se briser. Il ne pouvait pas dormir une nuit de plus sur le sol de la chambre de son ami. Il ne pouvait pas accepter une bouchée ou une gorgée, un mot de compassion ou d'encouragement supplémentaires de la part de cet homme, qui avait fait preuve de plus de gentillesse à son égard ces six derniers jours qu'on ne lui en avait manifesté en six ans, depuis la mort de ses parents.

Sans un mot ni un regard en arrière, Michael fila. Martelant violemment les planches du dock de ses souliers éculés, il franchit les portes à toute allure, puis continua à courir sur les pavés de la rue sombre, sans réussir à réfréner les larmes qui montaient. Ce déferlement de révolte inhabituel ne fit que l'irriter davantage. Il était si peu habitué à la gentillesse qu'il avait un mal fou à l'accepter.

Incapable d'aborder cette question avec lucidité, refusant d'y réfléchir davantage, Michael courut à perdre haleine. Il n'aperçut que trop tard les trois hommes robustes qui sortaient en titubant du pub *Grapes*, jurant, chantant et s'esclaffant bruyamment. Quand il leur rentra dedans et qu'ils se retrouvèrent tous les quatre à genoux, Michael reconnut l'odeur acide des haleines et des corps imbibés de bière.

La main puissante qui l'attrapa par le col de son veston et le précipita à terre ne lui était pas non plus inconnue. Michael sentit son cœur meurtri se déchirer. Il n'osa pas ouvrir la bouche. Mais le mot résonnait à toute volée dans sa tête : *Je suis perdu ! Perdu ! Perdu !* C'était une plaisanterie trop cruelle.

—Espèce d'idiot ! s'écria l'oncle Tom en balançant son poing en direction du visage de Michael, puis un deuxième qui porta.

Alors que les coups pleuvaient sur lui, Michael claqua la porte de son esprit, tourna la clé dans la serrure et se réfugia dans cet endroit sombre et secret en lui où il se tapissait quand les choses tournaient mal. De là, il ne pouvait pas entendre, voir ou sentir, ni même savoir ; c'était là qu'il se retirait, aussi longtemps qu'il le fallait, en attendant que les coups cessent. Un autre coup de poing lui coupa le souffle.

Un des compagnons de l'oncle Tom se leva, trébucha sur les pieds de Michael et tomba la tête la première sur son oncle, précipitant de nouveau les trois ivrognes à terre. L'espace d'un instant, d'un bref instant salutaire, le vieux Tom lâcha la veste de Michael. Sentant déjà le goût du sang de sa lèvre éclatée, ce dernier fit un mouvement brusque en arrière et recula en roulant sur lui-même.

Sans laisser aux hommes le temps de réagir, Michael tâtonna derrière lui et réussit à se relever. Il s'élança dans la ruelle, traversa le jardin voisin et sauta par-dessus une grille basse. Deux pâtés de maisons plus loin, il entendait encore les jurons de son oncle. Cet accès de rage raviva des souvenirs douloureux dans l'esprit de Michael, comme si une griffe de jardin lui arrachait la colonne vertébrale. Enfin, les vociférations de son oncle cessèrent.

Adossé à une grille aux barreaux froids, Michael resta tapi dans les ténèbres pendant de longues minutes, s'efforçant de calmer sa respiration et les battements de son cœur.

Il n'aurait su dire pourquoi, une demi-heure plus tard, il retourna devant le pub *Grapes*. Il n'avait aucune envie d'y aller, mais une force irrésistible l'y poussa.

Le pub était plongé dans l'obscurité, et la ruelle déserte faiblement éclairée par la lueur d'un réverbère. Michael s'effondra contre le mur d'un jardin et réfléchit avec angoisse. Son oncle l'avait-il reconnu, ou bien lui avait-il flanqué la rossée qu'il réservait à quiconque croisait son chemin? Quoi qu'il en soit, il l'avait échappé belle.

Remarquant soudain une bosse sombre dans le caniveau, là où ils s'étaient battus, Michael plissa les yeux. Cela avait tout l'air du sac d'un membre d'équipage. *Il doit y avoir un porte-monnaie!* L'espoir naquit dans son cœur. Peut-être pourrait-il acheter des vêtements, trouver à se loger, prendre un bain…

Il se sentit soudain mu par une détermination farouche à l'idée de travailler pour Mr Bealing. Tout en fouillant le sac, il s'imaginait déjà le cuir alourdi par le poids des billets et des pièces de monnaie. Il y trouva une chemise et un manteau, mais ce qu'il avait espéré être un porte-monnaie était en réalité un objet plat et dur, qui ne contenait pas un seul billet.

Sa gorge se noua. Ce n'était qu'un livre. Qu'avait-il à faire d'un livre? Il l'ouvrit à la lueur du lampadaire et, fronçant les sourcils, déchiffra les lettres lentement. Un nom, une fonction. Il essaya de comprendre de quoi il s'agissait.

Il tenait entre ses mains non pas un portefeuille rempli de billets pour démarrer sa nouvelle vie en Angleterre, mais le livret maritime d'un chauffeur, un certain Mr Hart, qui avait été affecté sur le *Titanic*.

Chapitre 9

MICHAEL FIXA PLUSIEURS COUCHES DE LIÈGE SUR LES SEMELLES cloutées de ses chaussures et en ajouta également au niveau du talon, ce qui lui fit gagner cinq centimètres. Il rembourra les épaules et les manches du manteau qu'il avait trouvé dans le sac du membre d'équipage à l'aide de journaux récupérés dans une poubelle. Puis il enfonça sa casquette sur sa tête et remonta son col. Son stratagème ne résisterait pas à une claque dans le dos, mais, de loin et dans la pénombre qui précédait l'aube, il ressemblerait à n'importe quel pompier ou soutier embarquant sur le *Titanic*.

Le jeune homme savait que son oncle Tom serait l'un des derniers à se diriger vers le paquebot après sa soirée au pub. Il décida d'embarquer avant les autres membres d'équipage et de se débarrasser de son sac. Ainsi, il aurait le temps de chercher une cachette dans les entrailles obscures du navire, dans l'une des cales peut-être, bien avant le rassemblement de huit heures.

Il ne voulait pas tenter le diable ; son déguisement ne duperait personne lors de l'inspection médicale. Michael s'efforça de repousser le sentiment de culpabilité tenace qu'il éprouvait à l'idée d'avoir pris le livret maritime et les affaires de Mr Hart. Mais comme il les laisserait sur un banc, il s'agirait plus d'un emprunt que d'un vol ; le chauffeur les récupérerait sûrement un jour.

Il ignorait encore comment il se débrouillerait pour ne pas mourir de faim ou de soif pendant la traversée, mais il verrait le moment venu. Quant à son arrivée à New York, il ne s'en inquiéta pas outre mesure, puisqu'il n'avait pas eu de difficulté à embarquer clandestinement en Irlande et à débarquer en Angleterre.

Il lui faudrait cependant éviter Owen jusqu'à leur arrivée. Mais s'il parvenait à le retrouver une fois à terre, s'il le suivait jusqu'à cet endroit appelé New Jersey, peut-être que son ami lui proposerait d'être jardinier dans l'entreprise familiale. Et sinon… Eh bien, quoi qu'il arrive, sa situation ne pourrait pas être pire qu'elle l'était à présent. Et l'Amérique n'était-elle pas le pays où tous les rêves deviennent possibles ?

Peu avant cinq heures, Michael vit un homme qui semblait faire partie des gueules noires s'approcher du paquebot, et monta à bord derrière lui. Gardant la tête baissée, il traversa lentement la cantine et la salle commune des chauffeurs, et arriva dans une grande cabine bordée de bancs. Voyant le matelot commencer à ranger ses affaires, Michael jeta d'un air détaché son sac et le livret maritime sur le banc le plus proche et disparut dans la première cage d'escalier qu'il trouva.

Debout devant la fenêtre du dortoir, Annie écrasa les larmes qui roulaient sur ses joues avec son tablier.

Owen était venu lui faire ses adieux avant le petit déjeuner. Il lui avait demandé de rester avec Miss Hopkins, de l'aider du mieux qu'elle le pouvait pendant les jours précédant la rentrée des classes, puis de se consacrer à l'étude avec assiduité.

Elle l'avait supplié de la laisser l'accompagner jusqu'aux docks pour son départ, mais Owen s'était montré intraitable.

—C'est dur pour moi de te quitter, petite sœur. J'ai besoin de te savoir au chaud et en sécurité, avec quelqu'un pour veiller sur toi. Je préfère partir avec cette image de toi ici en compagnie de Miss Hopkins, qu'avec celle d'une Annie tremblante, en larmes sur les docks. Fais-le pour moi, Annie.

Annie avait finalement accepté à contrecœur, mais uniquement pour rassurer Owen. Il l'avait alors enlacée avec une immense tendresse. Par amour pour son frère, elle s'était mordu la lèvre pour ne pas fondre en larmes, mais n'avait pu s'empêcher de frissonner. Il l'avait gardée dans ses bras jusqu'à ce que sa respiration se calme, puis il était parti.

Annie avait observé le lent et douloureux écoulement des minutes sur la pendule, tout en souhaitant remonter le temps. Les yeux rougis, elle n'avait pu avaler une bouchée de son petit déjeuner et avait fini par demander à Miss Hopkins de l'excuser, en prétendant se trouver mal.

Je ne peux pas cirer les boiseries ou lire un roman comme si de rien n'était. Je ne peux pas!

Annie laissa retomber le rideau.

Miss Hopkins la gronderait sûrement, et avec raison. Mais, pour une fois, Annie ferait les choses comme elle l'entendait. Avec un peu de chance, non seulement elle verrait le *Titanic* appareiller, mais peut-être aussi aurait-elle la chance d'apercevoir Owen.

Lorsque Annie arriva enfin sur les docks, elle s'élança en direction des cheminées géantes surplombant le *Titanic*. Elle se faufila sur les quais grouillant de monde et résonnant de rires, de cris perçants et d'acclamations, en esquivant des centaines de mouchoirs agités en l'air. Les milliers de spectateurs attendant le départ du magnifique paquebot venaient de toutes les classes et de toutes les conditions. Un air de ragtime enlevé, joué par un orchestre qu'Annie ne voyait pas, égayait l'atmosphère.

Elle scruta les centaines de visages alignés le long des ponts du *Titanic*, cherchant désespérément celui d'Owen. Mais elle ne voulait surtout pas qu'il la remarque, constate sa désobéissance et s'imagine qu'elle faisait peu de cas de sa volonté.

Annie sursauta au son des trois coups de sifflet annonçant le départ du paquebot. Des éclats de voix menaçants lui parvinrent soudain aux oreilles. Tournant la tête dans leur direction, elle eut l'impression qu'ils provenaient non pas de passagers ou de spectateurs, mais de plusieurs membres d'équipage en colère. Apparemment en retard et bloqués sur les docks, après l'abaissement et le retrait de la passerelle, ils gesticulaient et levaient les poings en vociférant pour qu'on les laisse monter à bord. L'officier les avait manifestement vus, mais refusait de faire remettre la passerelle en place. Ils continuèrent à tempêter et à jurer et certains se mirent à courir le long des docks, en vain.

L'un des hommes bloqués sur le quai s'immobilisa soudain, bouche bée, le regard tourné vers l'un des ponts du *Titanic*. De loin, Annie le vit devenir cramoisi de colère et tonner en brandissant les poings, hurlant des mots qu'elle n'avait jamais entendus de sa vie, des mots qui la firent frémir intérieurement.

Elle tourna la tête pour voir contre qui la brute épaisse s'énervait ainsi, et ses yeux tombèrent sur un adolescent appuyé contre le bastingage, les yeux écarquillés et les traits tirés, comme pétrifié. Il ressemblait à s'y méprendre au garçon qu'Owen avait aidé, celui qui s'était subitement enfui la veille au soir, d'après ce que son frère lui avait raconté. Comment s'appelait-il? Annie fouilla dans sa mémoire.

Elle le vit reculer brusquement et disparaître dans la foule des passagers.

—Tim, murmura Annie, que fais-tu…?

Le pavillon de partance du *Titanic* fut hissé au mât; les trois coups de sifflet résonnèrent de nouveau, et de la vapeur s'éleva alors des cheminées du paquebot. Les remorqueurs, crachant de la fumée, commencèrent à tendre leurs aussières. Les amarres du *Titanic* furent larguées et ramenées à terre par des dockers. Amorçant son voyage inaugural, le paquebot quitta lentement son mouillage.

Oubliant Tim, Annie se fraya un chemin le long des docks entre les coudes et les épaules, les chapeaux et les plumes des dames, les ombrelles et les cannes, les sacs et les valises, les enfants et leurs parents, cherchant désespérément à apercevoir Owen. Enfin, elle repéra le long du bastingage une casquette en cuir marron agitée en l'air par un bras puissant. C'était peut-être Owen.

À cet instant, l'air se remplit de plusieurs dizaines de milliers de fleurs lancées par les passagers du *Titanic* dans un adieu joyeux.

Mais cette nuée de fleurs de Mr Bealing, cultivées et soignées avec tant d'amour par son frère, fit l'effet à Annie d'une pluie cinglant son visage et se mêlant à ses larmes avant d'échouer sur les flots.

Chapitre 10

À PEINE MICHAEL EUT-IL TROUVÉ REFUGE DANS LA CALE, SUR le siège conducteur d'une belle automobile flambant neuve, qu'un steward le découvrit et le chassa sans ménagement.

—Si je te vois encore dans les parages, je te jette en pâture aux requins! Maintenant, file retrouver tes parents!

Michael avait couru jusqu'au pont et s'était mêlé aux passagers de troisième classe. C'était à ce moment-là qu'il avait vu le visage cramoisi et les poings rageurs de l'oncle Tom, bloqué de l'autre côté de la passerelle.

Le souffle court, Michael se renfonça en chancelant dans la foule en liesse, maintenant fermement ses bras contre son corps pour faire cesser ses tremblements. *Mais je suis en mer maintenant… et le vieux Tom est resté coincé sur les docks d'Angleterre.* Michael secoua la tête et inspira profondément pour essayer de retrouver son calme. Il avait du mal à réaliser le miracle qui venait de se produire; il était débarrassé de son oncle pour toujours.

Alors qu'il se faufilait entre les milliers de passagers qui bondissaient en agitant la main, un violent claquement vint brusquement troubler les réjouissances sur le navire et les docks. Plusieurs centaines de têtes se tournèrent en direction du bruit. Les remous causés par les gigantesques hélices du *Titanic* du côté du port avaient provoqué la rupture des solides amarres d'un paquebot, le *New York*.

L'ordre fut donné de faire machine arrière. L'imposante proue du *Titanic* pivota alors légèrement, mais trop lentement, et le *New York* continua à être entraîné dans le sillage du géant des mers. Une clameur enfla sur les quais.

Michael ne voyait rien, mais il se doutait que les lourds cordages du *New York*, en claquant, n'avaient pas épargné la foule amassée sur les docks. Il grimaça à cette pensée.

S'il n'entendait pas les ordres des officiers du paquebot, les cris et les exclamations des passagers se répandirent à bord du *Titanic*. La plupart des passagers reculèrent, mais quelques-uns s'élancèrent en avant et se penchèrent par-dessus les bastingages.

—Le bateau s'est détaché! Il va nous heurter de plein fouet! hurla un jeune homme.

—Il va y avoir une collision, gémit une femme sur le pont au-dessus de Michael. Et dire que nous ne sommes même pas sortis du port!

—Ne sois pas aussi alarmiste, Isabella, la gronda l'homme qui se tenait près d'elle. Le navire est simplement en train de dériver. Ils vont l'arrêter avant qu'il ne nous percute.

—Mais il se dirige droit sur nous!

Et c'était vrai. À côté du *Titanic*, le *New York* avait l'air d'une brindille qui allait venir s'écraser contre un rocher.

Michael se fraya un chemin sur le pont et arriva à temps pour voir un remorqueur jeter une aussière aux matelots du *New York*. Le premier cordage claqua, mais le deuxième tint bon. Le petit remorqueur tira alors vaillamment le *New York* pour l'éloigner du sillage du *Titanic*, qui n'était plus qu'à quelques mètres. Une puissante clameur s'éleva du pont, à laquelle répondirent des coups de sifflet et des signes échangés entre les bateaux alentour et la côte.

—C'est un mauvais présage, déclara un homme sur le pont au-dessus de Michael. Un très mauvais présage, déclara-t-il en se tournant vers la femme qui se trouvait à côté de lui. Vous aimez la vie?

—Je l'adore! répondit-elle.

—Alors descendez de ce navire à Cherbourg. C'est ce que je vais faire.

L'homme s'éloigna sur le pont, et Michael n'arriva plus à saisir ses paroles.

Mais une femme à côté de lui prit le pas, sans parler à quelqu'un en particulier.

—J'ai entendu ce matin même un homme affirmer – et c'était un gentleman respectable – que Dieu lui-même serait incapable de faire couler ce bateau !

Michael recula, sentant son estomac se nouer. Il n'était pas certain de croire aux présages et aux prémonitions, mais il savait qu'il ne fallait pas défier le Tout-Puissant.

Le *Titanic* n'avait pas encore quitté les eaux de Southampton que le joueur de clairon du paquebot écumait déjà les ponts, annonçant l'heure du repas avec son instrument.

—*The Roast-beef of old England !*[1] cria un garçon à peine plus vieux que Michael sur le pont situé au-dessus.

—C'est l'heure du déjeuner ! s'exclama une femme, sans doute sa mère, en le prenant par le bras. Prépare ton ticket, Teddy. Pas de ticket, pas de place assise !

Les passagers se dispersèrent précipitamment sur les ponts et se dirigèrent vers les salles à manger en fonction de leur classe, impatients de déguster leur premier repas à bord du somptueux navire. Michael, qui n'avait pas de ticket et préférait éviter de croiser Owen, suivit d'un air nonchalant quelques passagers qui semblaient habitués à voyager. Le petit groupe resta sur le pont en commentant avec sentimentalité les paysages qui disparaissaient peu à peu à l'horizon, jusqu'à ce que le navire dépasse l'île de Wight.

Un peu surpris, Michael en vint à se demander si quitter l'Angleterre était ce qu'il y avait de mieux à faire. Mais il avait pris une décision, et il ne pouvait plus faire machine arrière.

---

1. Air traditionnel de la *White Star Line* joué au clairon pour annoncer les repas.

Chapitre 11

— POTAGE AU RIZ, CORNED-BEEF ET CHOU, POMMES DE TERRE à l'eau et, oh… ce délicieux dessert aux pêches ! C'est le paquebot le plus somptueux que j'aie jamais vu ! Et l'entrepont est aussi chic que la deuxième classe ! s'exclama une femme avec un accent prononcé du Yorkshire.

Michael avait du mal à croire qu'elle avait déjà eu l'occasion de voyager auparavant. Il ferma les yeux en entendant les grognements de satisfaction des mangeurs. Son estomac criait famine. Enfin, ils se décidèrent à sortir de table et montèrent tranquillement jusqu'au pont par petits groupes.

Malgré le vent qui se levait, il y avait le long du pont et de la promenade des familles, des jeunes hommes jouant aux cartes au soleil, deux jolies filles flânant bras dessus bras dessous, et des couples qui badinaient.

Michael regarda les familles avec envie et considéra les jeunes filles avec timidité. Il aurait tant aimé pouvoir se mêler à l'un de ces groupes. Il aurait voulu qu'on lui sourie, qu'on s'occupe de lui et qu'on l'aime. Il détourna la tête et revint à lui ; c'était un rêve insensé.

En fin d'après-midi, les rayons ambre, orange et cuivrés du soleil se reflétaient sur l'eau alors que le *Titanic* approchait de Cherbourg. Michael n'aurait peut-être pas d'autre occasion d'apercevoir la côte française ; il devait néanmoins prendre garde de ne pas se faire repérer par Owen.

Il emprunta la cage d'escalier qui menait vers le pont supérieur. Les yeux baissés et sa casquette enfoncée sur la tête, il avançait à grands pas.

— Un moment, jeune homme!

Michael sursauta et faillit entrer en collision avec une jeune femme en uniforme. Elle avait une chevelure flamboyante, auréolée par le soleil couchant, et ressemblait à un sergent-major. Il s'apprêtait à prendre la fuite lorsqu'elle le saisit au collet.

— Laissez-moi! s'écria Michael d'une voix aiguë en se dégageant vivement.

Mais la femme en uniforme, aussi rapide que lui, le ramena vers elle.

— Pour que tu ailles chaparder au café dès que j'aurai le dos tourné?

Elle baissa la voix, mais n'en parlait pas moins encore très fort.

— Et, d'ailleurs, qu'est-ce que tu fabriques et comment as-tu réussi à monter jusqu'ici? Cet endroit est réservé aux passagers de première classe! Où sont tes parents?

Michael sentit et vit une dizaine de paires d'yeux se poser sur lui et le dévisager avec un mélange de curiosité amusée et de dégoût. Il recula brusquement.

— Je n'en ai pas.

— Tu n'as pas de parents? répéta la femme en relâchant son étreinte. Avec qui voyages-tu, mon garçon?

Elle força Michael à la regarder.

À ce moment précis, Michael aperçut Owen sur le pont inférieur.

— Réponds-moi! ordonna la femme.

Owen détourna la tête, et Michael le vit rejoindre la cage d'escalier avec empressement. *Il doit me détester, et avoir honte de moi.* Michael sentit son cœur battre avec violence. *Pourquoi, mais pourquoi ne suis-je pas retourné dans la cale?*

— Réponds-moi, j'ai dit!

La femme, une vraie hôtesse de la *White Star Line*, secoua Michael avec une telle force qu'il crut que ses dents allaient tomber.

Ne trouvant rien à répondre, Michael regarda fixement ses pieds d'un air impuissant.

— Tu es donc un passager clandestin, déclara-t-elle.

— Non ! s'écria-t-il d'une voix perçante, sentant la peur l'envahir. *Nous ne sommes pas encore en pleine mer. Nous n'avons même pas atteint Cherbourg, et encore moins Queenstown ! Vont-ils se débarrasser de moi et me renvoyer à terre ?*

Un gentleman qui sortait du Palm Court observait la scène d'un air étonné.

L'hôtesse, qui tenait fermement Michael par le coude, l'entraîna jusqu'au bastingage.

— Calme-toi, mon garçon ! Je ne vais pas te manger. Comment t'appelles-tu ?

— Lucy ! cria Owen.

Michael sentit son cœur bondir dans sa poitrine en entendant la voix de son ami.

Se dirigeant droit sur eux, Owen traversait le pont à grands pas. La femme se redressa en tirant sur sa veste.

— Ton nom ! insista-t-elle.

Michael sentit ses traits se décomposer et tout espoir l'abandonner.

— Michael. Michael Dunnagan, murmura-t-il au moment où Owen posa le bras sur son épaule.

— Enfin te voilà, Tim ! Où étais-tu passé, cousin ? J'ai écumé les ponts à ta recherche ! Regarde dans quel état tu es ! Tu es tout dégoûtant ! le gronda-t-il. Tu n'as pas été t'aventurer dans la chaufferie, j'espère ? Combien de fois t'ai-je répété que c'était dangereux ? Et retire ta casquette quand tu parles à une dame, d'autant plus lorsqu'elle est aussi charmante que Mrs Lucy Snape.

D'un coup de poignet, Owen fit valser la casquette du jeune garçon, qui atterrit dans ses mains tremblantes. Puis il s'inclina avec révérence devant l'hôtesse et lui adressa un clin d'œil.

La chevelure flamboyante de l'hôtesse parut soudain bien pâle à côté de ses joues.

Michael cligna des yeux, incrédule.

—Vous êtes le… Mais… qu'est-ce que vous faites ici? Vous connaissez ce garçon? bafouilla-t-elle en lâchant le col de Michael et en lissant sa jupe.

—En effet, madame Snape. Et je vous remercie d'avoir retrouvé mon jeune cousin téméraire et de l'avoir gardé avec vous.

—Votre cousin? J'ignorais que vous aviez un cousin.

—Nous sommes nombreux à avoir des cousins ici et là, madame Snape.

Elle rougit encore.

—Vous l'avez appelé Tim. Mais il prétend que son nom est Michael… Michael Dunnagan, n'est-ce pas?

—Mais oui! Il se fait appeler Tim par certains et Michael par d'autres. N'est-ce pas, mon cher Timothy Michael Dunnagan?

Owen se tourna vers Michael et lui adressa un clin d'œil.

Michael hocha vigoureusement la tête tout en déglutissant avec nervosité.

—Timothy Michael Dunnagan.

L'hôtesse répéta le nom improbable en penchant la tête d'un air dubitatif avant de demander:

—Et d'où viens-tu, Timothy Michael Dunnagan?

—Southampton, déclara Owen.

Il n'avait cependant pas été assez rapide pour devancer Michael:

—Belfast, madame, répondit celui-ci à voix basse.

Nous voilà tous deux pris en flagrant délit de mensonge.

—Belfast ou Southampton? Dites-moi la vérité, monsieur Allen, demanda l'hôtesse en se tournant vers Owen, les sourcils froncés.

—Owen George Allen, à votre service, madame. Je suis flatté que vous vous souveniez de moi.

—Nous nous sommes croisés très régulièrement ces derniers mois à Southampton, vous le savez pertinemment. Mais comment se fait-il que je ne vous aie jamais vu avec votre cousin irlandais, monsieur Allen?

Il esquiva habilement la question.

—Ah… Ce garçon a besoin de prendre un nouveau départ dans un nouveau pays. Il est né hors mariage, murmura-t-il à Lucy, qui devint écarlate. Il n'y a pas de quoi en être fier, bien sûr, mais le pauvre garçon n'y peut pas grand-chose.

Lucy tira de nouveau sur sa veste avec un air offensé, mais recula.

—Je vais aller vérifier la liste des passagers. Pendant ce temps, monsieur Allen, je vous demanderais de veiller à ce que votre cousin reste sur les ponts qui vous sont attribués. Ici, dit-elle en montrant le pont, c'est la première classe. Il est assez grand pour le savoir, ajouta-t-elle en levant son joli petit nez.

—Absolument, madame. Je vous présente toutes mes excuses. C'est le problème des garçons à cet âge-là : ils ont toujours faim et sont en permanence à la recherche de quelque chose à se mettre sous la dent. Mais ne vous inquiétez pas, je vais régler cette affaire directement avec lui, dit Owen en s'inclinant de nouveau. Je suis vraiment ravi que vous ayez été promue en première classe, madame Snape. Que Dieu vous bénisse.

Le visage de Lucy s'enflamma, et Michael comprit qu'elle n'était pas non plus à sa place ici. Owen sourit, saisit Michael par l'oreille et l'entraîna avec lui.

—Eh ! Lâchez-moi ! pleurnicha Michael.

—Viens avec moi, jeune Tim, si tu ne veux pas être jeté à la mer, murmura gaiement Owen en marchant d'un pas rapide vers le pont inférieur.

Michael sentit le regard de Lucy Snape dans leur dos.

—Alors, reprit Owen, raconte-moi, comment t'es-tu retrouvé ici ? Et qu'est-ce qui t'est passé par la tête ?

—Je ne suis pas un passager clandestin. Je suis…

Mais Owen haussa les sourcils et tira plus fort sur son oreille.

—D'accord ! bredouilla Michael en s'écartant. Je vais en Amérique… comme vous. Il n'y a rien pour moi, ni à Belfast ni en Angleterre.

—Rien, mis à part un travail pour lequel tu t'étais engagé vis-à-vis de Mr Bealing… Un emploi pour lequel j'ai mis ma réputation en jeu. Sans parler du grand-père que tu as prétendu attendre… ni du père et de la mère, qui doivent se ronger les sangs quelque part!

—Ils sont morts, rétorqua Michael. Terrassés par la fièvre, il y a six ans.

Owen s'arrêta brusquement en fronçant les sourcils. Mais Michael ne décela aucune trace de colère dans ses yeux.

—Es-tu en train de me dire que tu t'es débrouillé seul ces six dernières années? Je veux la vérité, mon garçon.

—Non, répondit Michael sur un ton hésitant. Je ne me suis pas débrouillé seul. J'ai vécu chez mon oncle Tom, à Belfast. Mais il est parti en mer… en quelque sorte.

—«En quelque sorte»? Il est ici? Tu l'as suivi sur le *Titanic*, alors? insista Owen.

—Non.

Michael se détourna, accablé par la honte. Il ne voulait pas avouer à Owen qu'il avait été battu et maltraité pendant des années. Il ne voulait pas dire à haute voix qu'il ne valait pas mieux qu'un rat d'égout.

—Il y a des opérateurs Marconi à bord. Nous pouvons lui faire savoir que tu es ici, si tu le souhaites.

—Non! s'écria Michael en se cramponnant à la manche d'Owen. Je me suis enfui pour de bon. Je ne peux pas rentrer. Vous n'imaginez pas ce que qu'il m'a fait endurer!

Michael sentit Owen se raidir et suivit son regard vers le pont supérieur, où Lucy Snape lui faisait signe. Mais Owen se retourna en frottant sa barbe naissante, et Michael comprit qu'il faisait semblant de ne pas la voir. Owen éloigna Michael du bastingage et l'entraîna vers une cage d'escalier. Le jeune Irlandais le suivit docilement. Il ne lui servirait à rien de s'enfuir, et puis Owen ne l'avait-il pas sauvé, une fois de plus? Il n'osait malgré tout fonder trop d'espoirs sur la suite des événements.

—Et si tu me racontais, justement? Tu pourrais commencer par me dire ton nom… le vrai, cette fois!

Après avoir traversé plusieurs cages d'escalier et couloirs, ils arrivèrent devant la porte d'une cabine de troisième classe.

—Voilà. C'est ma cabine, dit Owen en ouvrant la porte. Je la partage avec un Suédois qui ne parle pas un mot d'anglais. Profitons de son absence. Je veux que tu m'expliques tout depuis le début.

Owen ferma la porte et croisa les bras.

—Michael. Michael Timothy Dunnagan. C'est mon nom.

Owen leva le menton.

—C'est la vérité de Dieu.

Un petit sourire apparut sur le visage d'Owen.

—Je ne sais pas si tu reconnaîtrais la vérité de Dieu si elle te sautait à la figure. Quel âge as-tu?

—Quinze ans. J'aurai seize ans le jour de la Saint-Michel.

—On ne te donnerait pas plus de douze ans, treize tout au plus.

Michael baissa les yeux. Il sentait tout le poids du monde sur ses épaules. Dire la vérité ou mentir, quelle différence cela ferait-il? Son ami ne le croirait plus désormais.

Owen soupira.

—Bon, Michael, c'est bien ça? Pourquoi ne m'as-tu pas dit la vérité dès le début? demanda-t-il d'une voix radoucie.

—J'avais peur, avoua Michael. Je craignais que vous n'alliez chercher mon oncle Tom ou que vous ne me dénonciez à la police.

—C'est ce que je devrais faire.

Partagé entre l'affolement et le désespoir, Michael serra les dents.

Owen l'observa pensivement. Michael savait qu'il était en train de réfléchir à ce qu'il allait faire de lui.

—C'est ton oncle qui t'a fait ça? demanda Owen en désignant une longue estafilade sur la joue de Michael.

Le jeune Irlandais, submergé par l'émotion, détourna le regard. Une minute s'écoula avant qu'il réponde:

—Parfois quand il est tellement ivre qu'il ne tient plus debout, il…

La voix de Michael se brisa. Owen resta silencieux.

— Oncle Tom a quitté l'Irlande après avoir conclu un marché. Il m'a plus ou moins vendu à Jack Deegan. Je ne savais pas quoi faire. Alors que j'étais sur les docks de Belfast, on m'a demandé de donner un coup de main pour charger des meubles à bord du *Titanic*. Je me suis soudain retrouvé ici, seul, juste avant le départ.

Michael poursuivit son récit. Il raconta à Owen comment il s'était caché dans un canot de sauvetage, s'était éclipsé du paquebot à Southampton, était rentré dans un pub à la recherche d'un peu de bière pour se réchauffer, puis avait eu la chance de découvrir des têtes de poisson dans la poubelle.

— Vous m'avez donné de la nourriture et un travail, monsieur Owen. C'était la première fois depuis la mort de maman et papa que la chance me souriait.

— Tu t'es donc dit que tu allais me suivre en Amérique ?

Michael haussa les épaules d'un air impuissant.

— Comment as-tu réussi à monter à bord ?

Le jeune garçon détourna les yeux, mais Owen le saisit par l'épaule.

— Réponds-moi.

Michael sursauta et grimaça avec un mouvement de recul.

— Tu es blessé, mon garçon ? demanda Owen en baissant la voix.

Michael resta coi. Il sentit le sang refluer de son visage et chancela.

— Doucement, dit Owen en le guidant jusqu'à la couchette. Quand as-tu dormi ou mangé pour la dernière fois ?

— Avec vous.

— Bon sang, cela fait presque deux jours ! Pas étonnant que tu ne tiennes plus debout !

Owen fouilla dans ses poches et en sortit un mouchoir. Il contenait du pain et des biscuits secs, qu'il déposa devant Michael.

— Mange ça et dors un peu. Quand l'heure du thé sonnera, je remplirai mes poches et je t'apporterai tout ce que je peux.

Michael se jeta sur le pain et les biscuits comme s'il n'avait rien avalé depuis un mois. Pendant qu'il mangeait, Owen hissa ses pieds sur le lit et lui retira ses chaussures avant de rabattre sur lui le couvre-lit rouge et blanc.

Michael n'avait jamais été allongé sur un lit aussi propre et moelleux. Il s'enfonça avec délice dans l'oreiller, en avalant les dernières miettes qui restaient sur ses doigts et sa chemise. Il se sentait désormais mieux armé pour faire face à l'adversité.

—Merci, monsieur Owen, merci.

Michael était sincère. Puis, cédant à la panique, il ajouta :

—Allez-vous me dénoncer, monsieur ?

Owen secoua la tête.

—Sois tranquille, mon garçon, et repose-toi. Je ne vais pas te dénoncer. Que Dieu te bénisse. J'ignore cependant ce que nous allons faire, ce que nous pouvons faire, dit-il en baissant la lumière. Nous aviserons plus tard. Je serai dans la salle commune. Je dois écrire une lettre à Annie avant notre arrivée à Queenstown.

Michael hocha la tête, et ce fut la dernière chose qu'il vit ou entendit. Avant même qu'Owen ait refermé la porte de la cabine derrière lui, il avait sombré dans un profond sommeil.

Owen ferma la porte et se dirigea vers la salle commune. Il trouva un endroit tranquille et s'installa avec son stylo et son bloc-notes. Il regarda fixement les murs laqués de blanc, comme s'il allait y trouver une réponse.

Owen soupira.

Quelle boîte de Pandore ai-je ouverte ? Les autorités vont-elles laisser Michael entrer à New York ? Qu'adviendra-t-il de lui si elles refusent ? Et supposons qu'elles acceptent de le laisser entrer en Amérique, puis-je décemment l'emmener avec moi dans le New Jersey ? Oncle Sean et tante Maggie auront-ils de la place pour lui ? Accepteront-ils de lui faire de la place ?

Owen secoua la tête en songeant à l'audace du garçon qui lui faisait une confiance aveugle.

Mais, après mûre réflexion, un sourire étira ses lèvres et Owen ne put réprimer un bref éclat de rire. Eh bien, pourquoi cela ne marcherait-il pas ? Avec Michael, ils auraient une paire de bras supplémentaires. Et puis Dieu ne l'avait-il pas mis sur sa route à plusieurs reprises ? Il pouvait continuer à le croiser par hasard, ou bien le prendre sous son aile pour qu'ils cheminent ensemble. *Quel sens de l'humour vous avez, mon Dieu ! Quel idiot j'ai été. J'agirai désormais selon votre volonté.* C'était moins une prière qu'un moment de communion véritable avec Dieu.

La salle se remplit petit à petit des passagers qui étaient sur le pont, poussés à l'intérieur par le froid de la nuit tombante. Owen songea que le paquebot avait dû quitter Cherbourg sans même qu'il le remarque.

La ville irlandaise de Queenstown serait la dernière escale du *Titanic* avant sa traversée de l'Atlantique, et la dernière occasion pour lui d'envoyer du courrier. Il avait promis à Annie de lui écrire. Owen pouffa dans sa barbe. Il avait tant à lui raconter à présent.

Pour la première fois depuis des années, Michael rêva de ses parents.

Il avait de nouveau six ans et Megan Marie était encore un bébé dans les bras de sa mère. C'était l'été, sa mère avait étendu une nappe brodée sur l'herbe et y avait disposé un pique-nique à base de fromage, de confiture et de brioches aux raisins secs : les mets favoris de Michael. Elle était en train de servir le thé, quand soudain son père ôta ses chaussures et hissa Michael sur ses larges épaules. Il dévala en courant la berge du fleuve Shannon et s'immergea dans l'eau scintillante. Ils riaient et criaient tous deux à pleins poumons, ivres de vivre ensemble cette belle fin d'après-midi ensoleillée.

Michael vit le regard pétillant de sa mère et la profonde fossette sur sa joue gauche. Elle s'efforçait de prendre un air mécontent en voyant ses hommes se comporter comme des nigauds, s'ébattant et s'éclaboussant à qui mieux mieux, mais elle ne parvenait pas à garder son sérieux. Son rire cristallin résonna comme les cloches d'une église.

Sur sa couverture au soleil, Megan Marie se mit soudain à pleurer. Sa mère la souleva d'un bras et releva sa jupe de l'autre main. Elle descendit la berge avec précaution et goûta l'eau d'un pied hésitant. Le père de Michael cessa immédiatement ses pitreries. Son fils toujours perché sur ses épaules, il pataugea dans le courant jusqu'à son épouse, prit ses deux femmes préférées dans les bras et les porta au-dessus de l'eau. C'était le souvenir le plus heureux de Michael, un moment qui s'était perdu depuis longtemps dans les méandres de sa mémoire. Cette réminiscence lui procura une grande joie.

Quand le garçon se réveilla, il faisait encore sombre dans la cabine. Sur la couchette située en face de la sienne, un homme à la carrure impressionnante ronflait bruyamment. Sur son oreiller, Michael découvrit un morceau de papier contenant deux brioches aux raisins secs, une noix de beurre et une autre de confiture, ainsi qu'un sandwich au fromage enveloppé dans une serviette en papier. Une tasse de lait tiède avait été déposée dans sa chaussure.

Les yeux de Michael se remplirent de larmes qui roulèrent silencieusement sur ses joues.

Tout en mangeant, il se demanda où était son sauveur, et où il avait dormi pendant que Michael occupait son lit. Mais il cessa de s'interroger après avoir avalé la dernière bouchée, et dormit d'une traite jusqu'au matin, d'un sommeil lourd et sans rêves.

Chapitre 12

Owen secoua doucement le jeune garçon par l'épaule.

—Michael, Michael. Réveille-toi, mon garçon.

Les paupières lourdes de sommeil, Michael ouvrit les yeux avec difficulté et les protégea d'une main.

—Que se passe-t-il? Monsieur Owen?

—Je suis là, mon garçon. Il faut que tu te lèves et ailles te laver. Je vais te donner une chemise propre. Le petit déjeuner sera bientôt servi. Prends mon ticket-repas et va dans la salle à manger. Je veux que tu manges à ta faim.

—Mais c'est pour vous, monsieur Owen. Je ne vais pas utiliser votre ticket-repas.

—Tu feras ce que je te dis, Michael Dunnagan. Si tu veux travailler pour moi, il va falloir que tu prennes des forces. Sinon, tu tomberas comme une mouche en plein travail.

—Jamais! promit Michael. Je sais travailler dur, monsieur!

Les paroles d'Owen parvinrent alors jusqu'au cerveau ensommeillé de Michael.

—Vous voulez bien que je travaille pour vous, monsieur?

Owen sourit.

—Tu es un bon travailleur, mon garçon. Et si les Américains te laissent entrer à New York, nous pourrons en reparler. Ellis Island n'est pas vraiment connu pour son indulgence envers les immigrants, encore moins les passagers clandestins. Mais, pour le moment, va manger et débarrasse-moi cette couchette. Nous allons dormir et prendre nos repas à tour de rôle. Nous devons faire attention à ne pas gêner notre ami suédois, sans quoi il ira se plaindre au steward. Allons, dépêche-toi !

Michael se leva d'un bond.

— Oui, monsieur. Bien sûr, monsieur.

— Le petit déjeuner va te plaire, murmura Owen. Ils servent des tranches de bacon, des œufs et des pommes de terre en robe des champs.

Les yeux de Michael faillirent sortir de leurs orbites.

— Et du thé, monsieur ?

— Tout le thé de Chine, répondit Owen en riant. Mange et bois jusqu'à satiété, que Dieu te bénisse. Si tu y arrives, cache un peu de pain et de fromage dans ta poche pour plus tard. Mais n'essaie surtout pas si tu as l'impression que le serveur te regarde ; tu ne dois pas attirer l'attention sur toi. Si quelqu'un te demande ton nom, donne le mien.

— Mais vous allez avoir faim, monsieur.

— Je vais dormir. Réveille-moi quand tu aperçois la côte irlandaise, je n'ai pas envie de la manquer. J'attendrai le déjeuner pour manger. À présent, prends ce ticket et file !

Michael était sur le point d'ouvrir la porte quand Owen le rappela.

— Attends. Avant d'y aller, lave-toi et change de chemise. Tu ne pourrais pas avoir plus l'air d'un passager clandestin.

— Mais…

— Pas de mais, Michael. Fais ce que je te dis.

Owen tira une chemise propre de son sac.

— Oui, monsieur, répondit Michael en sentant son cœur se serrer.

— Qu'est-ce qu'il y a sous tes chaussures ?

— Mes chaussures ? demanda Michael en baissant les yeux. C'est du liège, monsieur. Pour avoir l'air plus grand.

Owen secoua la tête.

—Je ne veux pas le savoir. Enlève-moi ça, ce bricolage n'est pas très chic.

—Oui, monsieur.

Michael s'exécuta, mais mit plus de temps à se décider à changer de chemise. Comment allait-il procéder avec Owen juste à côté de lui ? Michael garda le dos tourné vers le Suédois endormi, faisant résolument face à Owen.

La cabine était trop exiguë pour qu'il puisse retirer sa chemise si Owen était debout aussi. Son ami s'assit donc sur la couchette et ôta ses chaussures. Quand il eut terminé, il évita de regarder Michael pour lui laisser une certaine intimité.

Mais ses yeux furent attirés par le miroir au-dessus du lavabo. Le dos de Michael était couvert d'hématomes et zébré de cicatrices, blanches pour les plus anciennes et encore d'un rouge vif pour les autres. Sentant la bile monter dans sa gorge, Owen détourna la tête. Le jeune garçon cherchait à cacher son dos, et Owen ne voulut pas l'humilier en lui montrant qu'il l'avait vu.

Il s'étendit sur sa couchette et tourna le visage vers le mur, sachant qu'il ne pourrait s'empêcher de regarder Michael avec une expression de pitié. Il fit semblant de dormir pendant que celui-ci se lavait. Lorsqu'il entendit se refermer la porte de la cabine, il ouvrit les yeux. Malgré sa fatigue et son envie de dormir, il se mit à genoux, joignit les mains et ouvrit son cœur au Dieu Tout-Puissant, L'implorant au nom de son jeune ami, et Le suppliant de lui apporter la sagesse.

Owen pria pendant une demi-heure. Quand il se releva, il savait exactement ce que Dieu lui demandait de faire, même s'il ignorait où cela le mènerait. Il sortit son journal de son sac et se mit à écrire.

Michael réveilla Owen tard dans la matinée, alors que les montages gris-vert de Cork devenaient peu à peu visibles depuis le canal Saint-Georges.

—Je rêve de voir ces côtes depuis mon plus jeune âge.

Owen, absorbé dans la contemplation du littoral, semblait éprouver un bonheur que Michael ne comprenait pas.

—Mon père rêvait de retourner chez lui dans le comté de Clare, expliqua-t-il. Il voulait nous y emmener, maman et moi, avant la naissance d'Annie. Il n'arrêtait pas de parler des falaises de Moher, ces montagnes hautes et escarpées, brillant à la lumière du soleil. Mais il n'a jamais pu réaliser son projet. Je t'envie de connaître ces terres, Michael.

Mais le garçon ignorait tout des falaises de Moher, et ne se montrait pas aussi enthousiaste qu'Owen au sujet de l'Irlande.

Le *Titanic* arrêta ses machines et jeta l'ancre à deux bons miles de la côte de Queenstown. Des ravitailleurs s'approchèrent en crachotant, transportant principalement des passagers de troisième classe. Des commerçants vendant du lin et de la dentelle d'Irlande, des pipes, des cannes et des châles furent autorisés à monter à bord pour proposer leurs marchandises aux voyageurs. Étudiant attentivement le travail des artisans, des passagers de première classe dépensèrent sans ciller des liasses de livres et de dollars, assez pour permettre à Owen et Michael de vivre pendant des mois.

—Ah, murmura Owen, j'aimerais bien acheter un peu de cette dentelle d'Irlande pour Annie, ainsi qu'un châle en laine pour tante Maggie… Et puis quelque chose de délicat pour Lu…

Il s'interrompit brusquement.

Michael le regarda d'un air intrigué.

—Lucy? Vous voulez parler du sergent-major?

Owen rougit sans répondre. C'était la première fois que Michael décelait de la gêne chez son ami. Owen baissa les yeux puis se pencha au-dessus du bastingage, détournant son visage du garçon.

—Vous avez le béguin pour elle, monsieur Owen! s'exclama Michael avec surprise.

Il s'efforça en vain de croiser le regard d'Owen.

—Oui, je suis vraiment heureux de voir enfin ces côtes. L'Irlande manquait beaucoup à père, je crois… presque autant que ma mère après sa mort.

Michael n'avait pas l'intention de laisser Owen changer de sujet aussi facilement.

— Vous avez vraiment le béguin pour elle !

Owen hésita.

— J'ai fait la connaissance de Mrs Snape et de ses parents à Southampton. C'est une dame très respectable et une bonne mère pour sa petite fille.

— Le sergent-major est *marié* ?

— Veuve, rectifia-t-il en se tournant avec une brusquerie inaccoutumée vers Michael. Elle s'appelle « Mrs Snape », Michael, et si vos chemins se croisent de nouveau, tu t'adresseras à elle avec le plus grand respect.

— Oui, monsieur, répondit Michael en s'efforçant d'adopter un air humble, malgré le sourire qui étirait ses lèvres.

Owen s'en aperçut et donna un petit coup amical sur le bras du garçon.

— Tu lis en moi comme dans un livre ouvert, mon garçon.

— Vous lui faites donc la cour, monsieur ?

Owen soupira.

— Si seulement elle voulait bien de moi. Non que j'aie quoi que ce soit à lui offrir… du moins pour le moment, dit-il en se redressant. Mais j'ai l'intention de conquérir son cœur par mon travail et ma détermination.

Debout côte à côte, ils observèrent l'embarquement des nouveaux passagers – environ cent cinquante – sur le *Titanic*. De lourds sacs postaux furent chargés et d'autres déchargés. L'un d'eux contenait la lettre d'Owen pour sa sœur.

Enfin, les trois profonds coups de sifflet du *Titanic* retentirent. Les ravitailleurs, avec à leur bord les colporteurs, le courrier, et les quelques passagers à destination de l'Irlande, repartirent vers la côte. L'ancre tribord du *Titanic* fut levée.

— Au revoir, ma douce Annie, dit Owen.

— Au revoir, ma douce Megan Marie, murmura à son tour Michael.

—Et qui est Megan Marie? demanda Owen à Michael avec un sourire. L'élue de votre cœur, jeune homme?

Michael se sentit pâlir. Ces mots lui avaient échappé.

—Michael? appela doucement Owen en tendant la main vers le jeune garçon. Qu'y a-t-il? Tu as mal?

Incapable de prononcer un mot, Michael n'osa pas regarder Owen. Il craignait que son ami ne devine la honte qu'il éprouvait à l'idée de ne pas avoir tout fait pour la protéger.

—J'ignore ce qui s'est passé, Michael, mais tu dois l'oublier. N'y pense que pour pardonner ou pour demander le pardon. Une nouvelle vie nous attend en Amérique. Nous devons aller de l'avant.

Sur ces paroles, le *Titanic*, paquebot de rêve et beauté des mers, sortit du port de Queenstown et mit le cap vers l'ouest. Ses passagers étaient au complet, intellectuels de première classe, travailleurs de deuxième, et d'immigrants remplissant ses entrailles dans l'espoir d'un nouveau travail et d'une vie meilleure de l'autre côté de l'océan. Les accents plaintifs de *Erin's Lament* résonnèrent à la poupe du navire. La poignante complainte irlandaise avait beau être très appropriée pour un départ, elle contrastait profondément avec l'agitation des nouveaux passagers.

Accoudés au bastingage, Owen et Michael étaient silencieux, tous deux plongés dans leurs souvenirs. Ils admirèrent la danse des ombres tandis que les nuages jouaient avec le soleil de l'autre côté des collines d'Irlande s'évanouissant au loin. Le *Titanic* vira de bord et se dirigea vers la lumière rougeoyante du soleil couchant. Le regard dans le vague, ils restèrent sur le pont, contemplant la mer qui s'étendait à perte de vue.

Chapitre 13

— TROIS TASSES DE THÉ ! J'AI BU TROIS TASSES DE THÉ AVEC DU sucre et de la crème, et si j'avais demandé ils m'en auraient redonné ! Deux portions de saucisses et de purée, et tout le riz et les pommes que je voulais. Vous vous rendez compte ?

Owen se réjouit de voir que Michael semblait aller beaucoup mieux depuis l'après-midi passé sur le pont.

— Je vous ai apporté un peu de pain et de beurre, et ça, déclara triomphalement Michael en tirant de son manteau une tasse pleine de hachis et de saucisses. Et il en reste encore.

— Je crois que ça suffit largement, dit Owen en riant.

— Ce soir, il y a un bal, lui confia Michael avec l'excitation d'un jeune homme sur le point d'assister à sa première soirée dansante.

Peut-être est-ce le cas, songea Owen.

— Alors vas-y, mon garçon. J'en profiterai pour dormir encore un peu. Quand tu en auras assez, tu pourras prendre la couchette et j'irai jeter un coup d'œil à mon tour.

— Cela ne vous dérange pas ?

Owen se mit à rire. Il n'avait envie de danser avec personne d'autre que Lucy, et il était peu probable qu'elle soit autorisée à prendre part à ces divertissements.

— File, et que Dieu te bénisse, mon garçon. Simplement, n'attire pas trop l'attention sur toi pour éviter que nous ayons des ennuis.

Michael prit un air grave.

—Je vous le promets, monsieur. Je vais sûrement me contenter d'observer.

Sur ces mots, il se précipita hors de la cabine.

Owen sortit alors sa sacoche du placard. Il étala son contenu sur la couchette, en vérifiant l'état des pousses et des sachets de graines soigneusement enveloppés dans du papier kraft. Il sortit les racines de ses rosiers préférés, ceux qui donnaient les roses blanches et les deux variétés que son père avait créées et nommées d'après son épouse et sa fille, la 'Lady Helen Cathleen' et la 'Elisabeth Anne'. Ces roses étaient des promesses d'avenir ; avec un peu de terre, un soleil bienveillant et des pluies abondantes, elles prendraient racine, pousseraient et fleuriraient. *Et dire que mon futur dépend de si petites choses*, songea-t-il en secouant la tête.

Owen connaissait chaque graine par son nom ; il savait quelles fleurs donneraient chaque racine et chaque plant. Il connaissait leur nom latin et leur nom commun, mais aussi leurs forces et leurs faiblesses. Il savait comment entretenir et faire fleurir chacune d'entre elles. Il comprenait tout ce qui poussait mieux qu'il ne comprenait la plupart des humains.

Owen n'avait pas étiqueté les sachets. À quoi bon puisqu'il connaissait parfaitement leur contenu à chacun. Mais, ce soir-là, il tira un stylo de sa poche et inscrivit toutes les informations nécessaires dessus : la date à laquelle il avait l'habitude de semer ces graines en Angleterre, la hauteur que les fleurs devaient atteindre, le nombre d'heures d'ensoleillement quotidien dont elles avaient besoin pour se développer, le meilleur mélange de terre, sable, tourbe et engrais qui leur correspondait. Il nota également le nom des plantes à côté desquelles elles s'épanouissaient le mieux, et précisa s'il valait mieux les faire pousser dans une plate-bande ou un parterre.

—Je lui apprendrai, Seigneur. J'en suis capable.

Owen était tellement absorbé qu'il se rendit à peine compte qu'il avait parlé à voix haute, et que deux heures s'étaient déjà écoulées depuis qu'il avait sorti sa sacoche.

Le jeune homme était encore en train de prier quand le Suédois fit irruption dans la cabine, les yeux vitreux et l'haleine chargée de vodka. Il fit un geste de la main en direction d'Owen, puis lui tourna le dos et ouvrit si brutalement son sac qu'il déchira, puis le vida sur sa couchette. Owen se demanda s'il était assez sobre pour trouver ce qu'il cherchait. Le Suédois finit par brandir une bouteille et se tourna vers Owen avec jubilation. Malgré son état d'ébriété, il regarda avec étonnement les sachets et les notes d'Owen. Intrigué, il plissa les yeux puis les écarquilla.

Se sentant étrangement mis à nu par le regard insistant du Suédois, Owen rassembla ses sachets. Il n'y avait pas uniquement son avenir dans ce sac, mais aussi celui d'Annie, de son oncle Sean, de sa tante Maggie, et à présent de Michael. Et, sans lui, il pouvait dire adieu à ses espoirs avec Lucy, ou quelqu'un comme elle, un jour.

Des dizaines de fermiers avaient quitté leur pays pour la terre fertile américaine, et peut-être le Suédois en faisait-il partie. Son stock de graines soigneusement sélectionnées représenterait une tentation pour chacun de ces hommes. Ils ne pourraient cependant pas deviner qu'il ne s'agissait pas d'un stock de graines lambda, mais du fruit de nombreuses années de travail, pour lui et surtout pour son père.

Owen ne voulut pas courir le risque de se faire voler son précieux chargement en le remettant dans son sac. Il aurait bien voulu l'apporter au bureau du commissaire de bord et lui demander de le ranger en sécurité dans le coffre-fort, mais il savait qu'on lui rirait au nez.

Il tourna le dos au Suédois, espérant que celui-ci allait se remettre à boire, mais il avait l'impression que l'autre continuait à le regarder. Owen glissa son sac entre le mur et lui, s'étendit sur sa couchette et fit mine de s'endormir. Mais le Suédois ne bougeait toujours pas, et Owen avait le sentiment qu'il attendait quelque chose.

Les minutes s'écoulèrent lentement. Après la longue journée qu'il avait passée et le peu de sommeil qu'il avait eu la nuit précédente,

Owen dut lutter pour rester éveillé. Il était sur le point de piquer du nez quand il sentit soudain la présence de l'homme tout près de lui. Ouvrant les yeux, il découvrit le Suédois debout devant lui. L'homme recula ; Owen se redressa alors en le dévisageant. Le géant enfila maladroitement son manteau et sortit à grands pas de la pièce, les joues en feu.

Owen attendit que le bruit des pas du Suédois s'évanouisse dans le couloir, puis sortit de son sac une petite trousse de couture et une chemise de nuit en lin. Il déchira le vêtement en douze morceaux et commença à coudre des poches, grandes et profondes, à l'intérieur de sa veste et de son épais manteau.

Peu de temps après, alors qu'Owen était encore occupé à coudre, Michael entra en trombe dans la cabine.

— Vous êtes réveillé, monsieur Owen ! Voulez-vous faire un tour sur la piste de danse ?

— Non, je ne peux pas. Mais je voudrais que tu enfiles ma veste et que tu ne t'en sépares plus.

— Votre veste ? Pourquoi, monsieur ?

— Parce que je te le demande, répondit sèchement Owen.

Michael resta silencieux.

Owen repoussa les mèches de cheveux qui tombaient devant ses yeux fatigués et fit craquer son cou pour détendre ses muscles. Il enfonça l'aiguille de biais dans son manteau, mais laissa échapper un juron en se piquant le doigt pour la dixième fois.

— Voulez-vous que je m'en occupe, monsieur Owen ?

— Tu sais coudre ?

— Oui, monsieur. Mrs Cairn m'a appris à repriser mes chemises.

Owen ne savait pas qui au juste était cette Mrs Cairn, mais il la bénit silencieusement et tendit avec joie l'aiguille à Michael.

— Pourquoi voulez-vous coudre des morceaux de tissu à l'intérieur de votre manteau, monsieur ?

— Ce sont des poches dans lesquelles je voudrais cacher les graines, les racines et les plants qui proviennent de mes fleurs et de mes rosiers. Ainsi nous pourrons démarrer notre jardin de l'Ancien

Monde en Amérique. Sans elles, je ne serai pas d'une grande aide à oncle Sean.

—Vous craignez que quelqu'un ne vous les vole ? C'est pour cela que vous les cousez à l'intérieur ?

—Tu comprends vite.

—C'est l'expérience, monsieur. L'expérience, déclara Michael avec le plus grand sérieux en coupant le bout du fil avec ses dents.

Owen s'efforça de réprimer un sourire.

—C'est bien alors, tu es perspicace.

—C'est le Suédois, n'est-ce pas ? Il a l'air louche. Depuis le début il ne m'inspire pas confiance.

Owen le regarda avec étonnement.

—Juste une impression, expliqua le garçon en haussant les épaules.

—Il faut toujours se fier à ce genre d'impression, Michael.

Au fur et à mesure que Michael confectionnait des poches sûres, Owen les remplissait avec ses précieuses graines.

Quand ils eurent terminé, Owen souleva le pardessus pour l'inspecter.

—Il est un peu plus lourd, c'est certain, mais il n'a pas l'air trop épais. Si je le laisse ouvert, sans le boutonner, je ne crois pas que quelqu'un puisse se douter de quoi que ce soit, dit-il en s'emparant de la veste. Tu m'as bien aidé, Michael Dunnagan. Bon travail.

Michael sourit jusqu'aux oreilles.

—J'avais l'intention d'attendre demain matin, mais je crois que le moment est bien choisi pour avoir une petite discussion, dit Owen après un instant de réflexion.

—Oui, monsieur ? demanda le jeune homme visiblement anxieux.

—Ne t'inquiète pas, tu n'as rien fait de mal, Michael. Je veux seulement m'assurer que tu approuves mon projet.

Michael ne put réprimer un soupir de soulagement.

—Oui, monsieur.

—C'est à propos des jardins que j'ai l'intention de créer. Jusqu'à la fin de la traversée, je voudrais te transmettre mon savoir sur ces graines et ces racines. Je voudrais que tu apprennes à les différencier, à en prendre soin. Et que nous commencions ensemble à concevoir certains plans de jardins.

Owen étala son manteau sur la couchette.

— Les périodes de plantation suivront de peu notre arrivée chez oncle Sean, et nous devrons mettre ces beautés en terre sans tarder. Les rosiers mettront deux ou trois ans à se développer suffisamment pour en faire des boutures, mais la plupart des graines devraient produire de belles fleurs et de quoi faire de nouveaux semis dès la première année.

— Vous êtes sérieux, n'est-ce pas, monsieur ?

— De quoi parles-tu ?

— Vous voulez vraiment que je travaille pour vous et votre oncle pour essayer de faire marcher l'entreprise ?

— Nous devons la faire marcher ; nos vies et celle d'Annie en dépendent.

Owen s'assit à côté de Michael et lui montra ses paumes.

— Regarde. J'ai la main verte, et tout ce que je touche pousse et prospère. Et je t'ai touché, Michael Dunnagan, dit-il en souriant. Tu n'as donc pas d'autre choix que de faire pousser et prospérer à ton tour. Et si les choses se passent comme je le souhaite, oncle Sean et tante Maggie ne t'accueilleront pas seulement dans leur entreprise, mais aussi dans leur famille. Cela te plairait ?

Michael s'arrêta de respirer.

— Michael ? Ce n'est pas ce que tu veux ?

Le garçon ouvrit la bouche pour parler, puis dit enfin, avec un regard suppliant :

— S'il vous plaît, ne dites rien que vous ne pensiez pas vraiment.

— Je le pense vraiment, déclara fermement Owen. Il nous est impossible de savoir à l'avance comment réagiront les autorités à New York, mais je te promets que je ferai tout ce qui est en mon pouvoir pour qu'elles te laissent entrer en Amérique, sous ma garde si c'est nécessaire. Et je voudrais que nous travaillions ensemble. Je suis persuadé qu'oncle Sean nous accueillera tous les deux. Je ne peux parler qu'en mon nom en ce qui concerne l'accueil qu'on te réservera dans la famille, mais j'ai du mal à croire que mon oncle et ma tante refusent. Et, si tu le désires aussi, Michael Dunnagan, nous pourrons être frères pour toujours.

Il lui tendit la main pour sceller sa promesse, et Michael le regarda avec des grands yeux.

Owen retira sa main.

—Mais je dois d'abord t'expliquer une chose. Annie.

—Annie?

—Ma sœur.

—Oui, Annie, répéta Michael, dont les traits se décomposèrent.

—Annie doit être notre priorité. J'ai promis de la faire venir en Amérique dès que l'entreprise irait mieux et que j'aurais réuni les fonds nécessaires. Chaque penny de ce que nous gagnerons devra d'abord être mis de côté pour son voyage jusqu'au New Jersey. Tu comprends? demanda Owen en lui tendant de nouveau la main.

—Oui, je comprends. Annie doit venir en Amérique, dit Michael, qui gardait cependant les bras le long de son corps.

Owen lui prit alors la main et la serra énergiquement.

—Et il est de notre devoir à tous les deux de prendre soin d'elle et de la protéger.

Profondément ému par les paroles d'Owen, Michael sentait son cœur battre à tout rompre. Il voulut retirer sa main, mais Owen refusait de la lâcher.

—C'est un engagement irréversible, Michael. Un don gratuit, sans condition, à l'exception du lien qui nous unit à Annie. Je vois l'homme que tu es, l'homme que tu t'efforces de devenir, et c'est le plus important.

Vous ne savez pas ce que j'ai fait à ma propre sœur, ce que j'ai laissé faire. Je ne suis pas digne de la confiance que vous m'accordez.

—Monsieur Owen…

—Ne m'appelle plus « monsieur Owen ». Je suis désormais ton frère aîné, Michael. Notre poignée de main a scellé cette fraternité.

Michael était tiraillé entre la culpabilité de son passé et la joie de se voir offrir en un instant plus qu'il n'avait jamais osé espérer – un frère, une famille.

— Je vous suis tellement reconnaissant. Mais je ne le mérite pas.

Owen sourit.

— Est-ce qu'aucun d'entre nous mérite quelque chose ? demanda-t-il en penchant la tête. Connais-tu le Seigneur Jésus, Michael ?

— Il est mort, monsieur. Ils L'ont tué, répondit-il, sans comprendre la question.

C'était à cela qu'il songeait chaque fois qu'il entendait des gens parler de Jésus-Christ comme s'Il habitait la maison voisine.

— Non, Michael. Il est bien vivant, et Il a envie de te connaître.

Michael fronça les sourcils. Il lui arrivait parfois de L'invoquer, de réciter en pleurant la seule prière qu'il connaissait, mais sans attendre de réponse. Il secoua la tête.

— Je ne comprends pas, monsieur.

— Ce n'est pas grave. Pour avoir la foi, il n'est pas nécessaire de comprendre, mais de croire. Jésus savait que jamais nous ne mériterions de nous retrouver devant le Dieu Tout-Puissant, et Il a donné Sa vie pour racheter nos péchés. Cette rédemption nous a été offerte, c'est un don immérité.

— « Immérité », répéta Michael pour s'imprégner du mot.

— Cela signifie que nous n'avons rien fait pour le mériter. C'est une grâce. Jésus a dit : "C'est moi qui suis la résurrection et la vie. Celui qui met sa foi en moi, même s'il meurt, vivra ; et quiconque vit et met sa foi en moi ne mourra jamais."

Michael ne parvenait pas à calmer la douleur dans sa gorge. Il voulait bien croire qu'un tel don soit accordé à Owen et à Annie, ou encore à ses parents. Mais il était persuadé que le Seigneur Jésus le méprisait.

Un jour, il était entré dans une église sans le dire à son oncle Tom, et il avait vu le pasteur marteler la chaire de son poing, l'avait entendu promettre aux pécheurs la damnation éternelle et les tourments de l'enfer. Michael savait qu'il était un pécheur. C'était l'une des rares choses dont il ne doutait pas. Comment expliquer autrement la vie de souffrance qu'il avait menée chez l'oncle Tom ?

Malgré tout, il n'arrivait pas à concilier ces idées avec la bonté d'Owen et la notion de grâce pour tous.

— Jésus a dit : "Venez à moi, vous tous qui peinez sous la charge ; moi, je vous donnerai le repos. Prenez sur vous mon joug et laissez-vous instruire par moi, car je suis doux et humble de cœur, et vous trouverez le repos. Car mon joug est bon, et ma charge légère."

» Réfléchis-y, Michael. Est-ce que tu avances avec peine ? Sens-tu un poids dans ta vie, un poids quelconque ?

La respiration de Michael devint saccadée. *S'il vous plaît, ne me demandez rien !*

— Tu n'es pas obligé de m'en parler, Michael, dit Owen en posant sa main sur l'épaule du garçon. Mais parles-en au Seigneur Jésus. Quoi que tu aies fait, quoi que l'on t'ait fait. Demande-Lui de te pardonner tes péchés, et raconte-Lui le mal que l'on t'a fait. Sache qu'Il veut ôter ce fardeau de tes épaules. Il le portera pour toi. Il apportera le repos à ton âme.

Un sanglot s'échappa de la gorge de Michael.

Le repos pour mon âme. Oh, mon Dieu, cela est-il possible ? Pourrais-je me libérer de ma haine, de ma peur d'oncle Tom et de Jack Deegan ? Pourrais-je demander au Seigneur de me pardonner mes péchés ?

Michael était incapable de prononcer un mot. Il avait envie de croire Owen, mais il avait du mal à s'imaginer un Dieu aussi miséricordieux. La honte qu'il portait en lui l'en empêchait.

Après quelques instants de silence, Owen leva la main vers le ciel.

— Il t'attend, Michael. Comme tout ce qui nous est donné, nous devons tendre la main pour l'attraper. Et si cela te semble impossible pour le moment, sache que, lorsque tu te sentiras prêt, il te suffira de tendre la main.

Michael n'osa pas répondre. Il était abasourdi par ce qu'Owen venait de lui révéler ; c'était la chose la plus étonnante qu'il avait jamais entendue.

—Bon, poursuivit Owen sur un ton détaché, dès demain matin, nous commencerons tes leçons de jardinage. Tu verras que, à notre arrivée en Amérique, ton savoir-faire ne se limitera plus à savoir utiliser une bêche! Nous devons convaincre oncle Sean que tu as la main aussi verte que les Allen.

Chapitre 14

LE VENDREDI À L'AUBE, LA JOURNÉE S'ANNONÇAIT BELLE ET pleine de promesses. Michael et Owen se mirent à l'ouvrage sans tarder. Dès qu'ils trouvaient un coin tranquille dans la salle commune ou sur la dunette, ils étudiaient avec soin les sachets de graines et les racines. Michael apprit le nom et les propriétés de chacune des graines. Il avait des difficultés à imaginer qu'elles produiraient réellement les splendides fleurs qu'Owen esquissait sur le papier, mais il mémorisait tout ce que son professeur lui expliquait.

Owen arrachait des pages de son journal et griffonnait des listes pour que Michael les étudie : les mélanges de terre et d'engrais, et tout ce qu'il pouvait lui expliquer sur la reproduction des différentes espèces.

— J'ignore quels sont les insectes nuisibles qui sévissent dans les jardins du New Jersey, mais oncle Sean nous le dira.

Owen remarqua soudain que Michael avait l'air perdu.

— C'est beaucoup d'informations en une seule fois, reconnut-il. Mais tout te semblera plus facile quand nous nous y mettrons, que tu toucheras la terre avec tes mains et que tu tiendras des pousses entre tes doigts.

— Il y a beaucoup de choses à retenir.

— Je suis ravi que tu aies enfin renoncé au « monsieur » ! s'exclama Owen en souriant. Tu me faisais me sentir vieux, dit-il en donnant une petite tape amicale sur l'épaule de Michael. Quoi qu'il en soit, je te garantis que cela portera ses fruits.

Owen plia les listes qu'il avait dressées et les rangea à la fin de son journal avant d'ajouter :

— Nous allons maintenant imaginer des jardins. Oncle Sean et tante Maggie possèdent quinze hectares. Mon oncle m'a écrit que les pépinières en couvraient cinq, les serres presque un demi, et leur maison et les remises un demi environ. Le reste du terrain est encore boisé.

Sur une page blanche, Owen dessina des allées sinueuses, des demi-lunes et des croissants, puis des parcelles rondes, ovales et rectangulaires.

— Apparemment, les fonds manquent pour faire vivre la pépinière, et oncle Sean et son employé ne peuvent faire face à toutes les demandes d'aménagement paysager. Ils ont besoin de main-d'œuvre, nous allons donc tous deux arriver à point nommé, dit Owen en continuant à dessiner. Après mûre réflexion, je pense que nous pourrions déboiser des parcelles sur le terrain restant et y cultiver de petits jardins, chacun avec une variété de fleurs et de rosiers, un nom et un thème différents. Et nous pourrions relier ces jardins par des sentiers à travers les bois, qui formeraient un long chemin permettant de faire le tour de la propriété. Nous pourrions aussi ajouter un étang avec des plantes aquatiques et, un jour peut-être, une fontaine, voire même une petite cascade.

Michael avait le tournis en entendant Owen rêver tout haut.

— D'après oncle Sean, le terrain dans le New Jersey est plat, et les étés y sont plus longs qu'en Angleterre. Nous pourrions ouvrir les jardins au public et faire payer l'entrée. Tante Maggie aurait son magasin en plein cœur des jardins et y vendrait des fleurs fraîches. En hiver, nous confectionnerions des bouquets, des couronnes et des guirlandes de fleurs séchées, ainsi que toutes sortes de bouquets d'herbes aromatiques pour la cuisine.

Michael se sentit gagné par l'excitation d'Owen.

— Et nous pourrions installer des bancs dans les jardins pour s'asseoir, et ces structures sur lesquelles poussent les fleurs et qui recouvrent des allées ! ajouta-t-il.

—Excellente idée! s'exclama Owen en riant. Des treillages et des tonnelles! Et même des pavillons de jardin!

—Maman avait dans son jardin une de ces petites constructions arrondies qui enjambent les allées, raconta Michael en faisant des gestes pour décrire ce qu'il avait en tête, le regard perdu dans ses souvenirs. Je viens seulement de m'en souvenir.

—Nous ferons pousser toutes sortes de variétés américaines, mais nous privilégierons les fleurs et les rosiers de l'Ancien Monde.

—Et nous ferons vite venir Annie en Amérique, déclara Michael.

—Oui, dès que possible, confirma Owen dont le visage prit un air grave. Je sens que nous allons accomplir quelque chose de merveilleux.

Michael avait le même sentiment.

Ils continuèrent à discuter avec enthousiasme de leurs projets toute la nuit et le lendemain. Dormant et prenant leurs repas à tour de rôle, ils partageaient la nourriture que chacun mettait de côté.

Rien n'avait préparé Michael au bonheur que ces moments lui apportèrent. Il ne pouvait imaginer qu'il en irait ainsi pour le restant de ses jours : c'était trop beau pour être vrai. Il avait donc enfoui dans un recoin de son cœur ce fol espoir qui germait petit et à petit. Pour la première fois depuis six longues années, la chance lui souriait.

Chapitre 15

« Mon cher Owen,

Ta lettre d'Irlande est arrivée cet après-midi. Je suis si heureuse d'avoir de tes nouvelles ! Et dire qu'elles ont été postées du pays dont notre père est originaire ! Je crois que ces trois derniers jours ont été les plus longs de ma vie, et je me réjouis de pouvoir maintenant emporter ta lettre partout avec moi. Tout est encore si nouveau ici.

Miss Hopkins est très gentille, et pas aussi sévère que tante Eleanor. Elle n'était pas très contente de ma désobéissance le jour de ton départ ; je te l'avoue maintenant, j'ai couru jusqu'aux docks pour te voir partir. Je ne suis pas restée longtemps, mais j'étais là quand le *Titanic* s'est éloigné et qu'il a failli entrer en collision avec ce bateau, le *New York*. J'avais tant besoin de te voir une dernière fois ! Six mois ou une année de séparation me paraissent terriblement longs. Il me semble avoir aperçu la casquette que tu agitais en signe d'adieu.

L'Irlande est-elle aussi belle que père le prétendait ? Les collines sont-elles aussi vertes que dans ses récits ? Tu n'as peut-être pas vu grand-chose depuis le pont du paquebot.

Comme tu t'en doutes, je ne suis pas ravie que ce garçon – Tim ou Michael, quel que soit son nom – soit parvenu à embarquer avec toi. Il est très dangereux de voyager clandestinement! Je pense que tu es beaucoup trop gentil et généreux, Owen. Si quelqu'un devait t'accompagner en Amérique, c'était bien moi.

Je suppose que ce qui est fait est fait, mais la situation est d'autant plus difficile à accepter pour moi. Je sais bien que cela part d'une bonne intention de ta part, mais sache que je n'ai aucune envie d'en «faire un frère», comme tu le suggères dans ta lettre. Tu es le seul frère que j'aie jamais eu ou souhaité. Nous nous suffisons à nous-mêmes. Je pense que tu devrais l'envoyer promener. Quoi qu'il en soit, on ne le laissera sûrement pas entrer à New York. En tout cas, moi, je ne le laisserais pas.

Le seul point positif que je vois à cette situation, c'est que, s'il travaille dur – même si son aspect chétif me fait douter de ses capacités – et t'apporte son aide pour faire prospérer plus rapidement l'entreprise d'oncle Sean, peut-être que je pourrai te rejoindre au bout de trois mois au lieu de six!

Les autres pensionnaires vont bientôt rentrer de leurs vacances de Pâques. Les cours reprennent lundi matin. Je suppose que c'est une chance pour moi de passer du temps seule à seule avec Miss Hopkins, car je me sens moins isolée depuis que je la connais mieux. Sais-tu qu'elle s'appelle Annie, elle aussi?

J'ai un peu peur de voir autant de filles arriver d'un seul coup. J'ai été habituée aux cours particuliers, d'abord avec mère puis avec les tuteurs que tante Eleanor engageait. Je ne sais pas ce que je vais trouver à leur dire. Je n'ai pas envie qu'elles me prennent pour quelqu'un de bizarre, mais je crains que ce ne soit le cas. J'espère que tu prieras pour moi, Owen.

S'il te plaît, écris-moi vite. Cette lettre sera la première que tu recevras en Amérique !

Ta sœur qui t'aime de tout son cœur,
Elisabeth Anne Allen. »

Annie plia avec soin les fines pages de sa lettre et les glissa dans une enveloppe qu'elle cacheta. Après avoir inscrit de sa plus belle écriture l'adresse de son oncle et de sa tante, elle colla un timbre dans le coin.

En sortant de la pension et en descendant la rue pavée pour aller poster sa première lettre pour l'Amérique, Annie se sentit investie d'une mission sacrée. Elle s'imagina son frère, si grand et si beau, en train d'ouvrir sa lettre et de la lire. Elle songea qu'elle lui manquerait sûrement et qu'il se rappellerait alors la loyauté qu'il devait à son unique sœur. Du moins espérait-elle qu'il réagirait ainsi, et ne comparerait pas sa jalousie à celle de tante Eleanor. Lâchant un soupir, Annie déposa un baiser sur le nom d'Owen puis glissa l'enveloppe dans la boîte aux lettres.

— Ce qui est fait est fait, murmura-t-elle en levant la tête, prête à reprendre la direction de l'école.

Chapitre 16

Le dimanche matin, le commandant Smith célébra le service religieux dans la salle à manger de première classe avec le recueil de prières de la *White Star Line*, en présence de tous les passagers.

Cela faisait bien longtemps que Michael n'avait pas assisté à un office.

Owen et lui échangèrent un regard amusé en entendant les chuchotements peu discrets et les coups de coude impressionnés des passagers de troisième classe autour d'eux.

— C'est splendide, n'est-ce pas, Owen ? dit Michael en montrant du doigt les palmiers qu'ils avaient transportés la veille du départ du *Titanic*.

Owen sourit en hochant la tête, puis fit un petit geste en direction du livre de chants.

Ô Dieu, notre aide aux temps anciens,
Espoir des temps nouveaux,
Aux jours mauvais puissant soutien,
Notre éternel repos !

L'« éternel repos » est-il vraiment à notre portée ? Michael chantait les paroles de tout son cœur, mais ne pouvait s'empêcher de s'interroger.

—Tu devrais vraiment chanter plus souvent. Tu as une très belle voix, faite pour louer le Seigneur, Michael, le complimenta Owen à la fin de l'office.

Michael se rappela que sa mère lui disait la même chose quand il était petit et qu'ils se rendaient à la messe en famille. Il avait l'impression qu'Owen faisait sans cesse remonter à la surface de vieux souvenirs. Il en éprouvait à la fois du bonheur et de la souffrance. Comment son cœur pouvait-il abriter des sentiments aussi contradictoires ? Il s'efforça de retenir les larmes qu'il sentait monter.

—Je vois que vous guidez votre jeune cousin vers les voies du Seigneur, Owen Allen.

Michael était tellement perdu sans ses pensées qu'il n'avait pas remarqué que Lucy Snape les avait rejoints.

Manifestement pris au dépourvu, Owen hésita un instant avant de la saluer.

—Bonjour, madame Snape.

Michael perçut la nervosité d'Owen. Il devait reconnaître que Lucy Snape était une très belle femme.

Lucy baissa la voix.

—Il n'y a aucune trace d'un Tim ou d'un Michael Dunnagan sur la liste des passagers.

Owen pâlit en clignant des yeux.

—J'ignore ce que vous manigancez, mais j'ai remarqué combien vous preniez soin de ce garçon, qui semble en avoir bien besoin.

—C'est ma faute, madame Snape. Je…, commença Michael, mais Owen le fit taire en posant la main sur son bras.

—Je suis entièrement responsable de ce jeune homme, madame Snape. Je…

—Taisez-vous, tous les deux ! ordonna-t-elle en marchant à leurs côtés. J'ignore comment vous vous débrouillerez à New York, mais je suppose que vous y avez déjà réfléchi. Je vous ai observés ces derniers jours, et j'ai vu combien vous étiez bon pour ce garçon, quel que soit votre lien de parenté, dit-elle en jouant avec la lanière de son sac à main. Je souhaiterais qu'on s'occupe avec la même bonté de ma fille, Margaret.

Le visage de Michael s'éclaira.

—Vous n'allez pas nous dénoncer, alors?

—Non, confirma-t-elle en lâchant un rire nerveux. C'est pourtant ce que je devrais faire! S'ils se rendent compte que j'étais au courant de vos manigances et que je ne l'ai pas signalé, je perdrai très certainement mon travail.

—Vous êtes une bonne personne, Lucy Snape, dit doucement Owen en lui prenant la main.

Dans un élan de témérité, il ajouta:

—Pourrai-je… Pourrai-je vous écrire une fois que nous serons installés dans le New Jersey?

—J'espère que vous le ferez, Owen Allen. J'espère que nos chemins se croiseront de nouveau.

Elle rougit, retira sa main et lui tendit plusieurs petits papiers pliés.

—C'est votre adresse?

—Non, dit-elle en rougissant, plus jolie que jamais. J'ai pensé que des tickets-repas supplémentaires pourraient vous être utiles. Ce garçon a besoin de reprendre des forces.

—Comment avez-vous…?

—Il y a certains avantages à être une hôtesse de la *White Star Line*, du moins si vous êtes aimable avec les bonnes personnes, avoua-t-elle en souriant. Je dois y aller. Si je n'ai pas l'occasion de vous reparler, je vous souhaite bonne chance dans vos aventures, monsieur Allen.

—Owen.

—Owen, alors, reprit-elle.

Leurs regards se croisèrent. Michael songea que, s'il agitait sa main entre leurs visages, Owen et Lucy ne s'en rendraient même pas compte.

Lucy fit mine de partir, puis se retourna vers Owen.

—RMS *Titanic*… Écrivez-moi là-bas, chuchota-t-elle avant de s'éloigner.

Immobile, Owen la regarda partir.

—Nous sommes au milieu du chemin, Owen, murmura Michael en remarquant que les passagers devaient les contourner pour passer.

Mais Owen était manifestement ailleurs, en train de rêver de la merveilleuse Lucy Snape. Michael le saisit par la manche de son manteau et l'emmena vers les quartiers de troisième classe.

Mr Fletcher passa en jouant du clairon pour annoncer le déjeuner. Michael s'empara des tickets froissés dans la main d'Owen.

—Eh, réveille-toi, Owen. Nous allons pouvoir déjeuner ensemble, grâce à ta dulcinée.

À ces mots, le sourire d'Owen s'élargit, laissa place à un gloussement puis à un éclat de rire.

Michael se serait satisfait de la soupe de légumes qu'on leur servit d'abord. Mais, après avoir mangé du rôti de porc à la sauge et aux oignons, des pommes de terre et petits pois bouillis, du pain frais, du beurre et des biscuits secs, il eut l'impression de ne plus pouvoir avaler une bouchée. Quand il vit le serveur apporter un pudding de Noël accompagné de coulis et de superbes oranges, Michael songea que le paradis devait finalement exister, et qu'il venait d'y festoyer en compagnie d'Owen.

Les deux compagnons étaient assis côte à côte, mais Michael était certain que son ami serait incapable de nommer la moitié des aliments qu'il avait fourrés dans sa bouche.

Quel dommage de ne pas profiter d'un dîner aussi exquis! L'amour a beau être grand, il semble un peu difficile à digérer.

Après le repas, ils flânèrent un moment sur le pont, où l'air était froid et sec. Ils allèrent dormir un peu à tour de rôle, puis retournèrent se promener sur le pont.

Owen semblait encore plus pressé de concrétiser ses projets depuis sa conversation avec Lucy Snape. Ses pensées semblaient tourbillonner à toute vitesse dans sa tête, comme cette toupie avec laquelle Michael avait vu jouer un enfant logé en deuxième classe, en revenant de l'office du matin.

— Nos jardins seront aussi bientôt pour Lucy et la petite Margaret. Notre famille ne cesse de s'agrandir !

Michael se réjouissait du bonheur d'Owen et espérait que ses rêves grandioses se réaliseraient. Si quelqu'un le méritait, c'était bien son ami. Mais le garçon savait que le bonheur et les rêves pouvaient s'effondrer en un instant, et il avait peur d'y croire avant l'heure, avant d'avoir quelque chose à quoi se raccrocher.

— Crois-tu vraiment que nous pourrons accomplir tout cela ?

— Nous avons chacun deux mains, Michael, le gronda Owen. Avec deux mains et un dos solide, un homme est capable de fournir un travail considérable. Il ne sert à rien d'avoir peur. La peur ne change pas le cours des choses, elle empêche seulement de se réjouir du moment présent.

Michael espérait de tout son cœur qu'il disait vrai.

En fin d'après-midi, ils sentirent la température chuter. Ils se laissèrent envahir avec délice par la chaleur réconfortante du thé qu'on leur servit, qui leur parut plus délicieux que jamais. Michael dévora les brioches aux raisins secs qu'Owen et lui aimaient tant, en les trempant dans le thé brûlant.

Pendant cette froide soirée, ils se joignirent à d'autres passagers pour chanter des cantiques, à l'initiative d'un des voyageurs qui était pasteur. Owen fit entendre sa voix puissante de baryton et Michael sa voix claire de ténor.

Ils allèrent ensuite se dégourdir les jambes sur le pont. La voûte céleste s'étendait au-dessus de leurs têtes dans toute son immensité, tandis que la mer sous leurs pieds était calme, aussi lisse qu'un miroir. Mais, saisis par le froid mordant, ils s'abritèrent à l'intérieur pour souffler sur leurs mains engourdies et taper du pied, frissonnants dans leurs manteaux et leurs bottes.

Ils décidèrent de dormir chacun leur tour par tranches de quatre heures et de se retrouver pour le petit déjeuner le lundi matin. Grâce aux tickets de Lucy, ils pourraient prendre leur repas ensemble. Owen laissa Michael se coucher en premier car celui-ci, fatigué par l'air marin, avait du mal à garder les yeux ouverts.

Quand il entra dans la cabine, le Suédois n'était pas là, mais la couchette d'Owen était froissée et son sac mal rangé. Troublé, Michael s'apprêtait à le remettre à sa place lorsqu'il constata que le fermoir était cassé et que, à l'intérieur, les affaires d'Owen étaient en désordre. Il savait que son ami ne les aurait jamais laissées ainsi.

Avant de s'allonger sur la couchette, Michael boutonna avec soin sa veste – la veste d'Owen – et vérifia que les sachets de graines tenaient bien dans les poches. Il se pelotonna sous le couvre-lit, hissé sur ses coudes et appuyé contre le mur, bien décidé à attendre le Suédois. *Je me jetterai sur ce voyou qui avait l'intention de nous voler! Puis j'irai chercher Owen et nous appellerons le capitaine d'armes. Nous allons...* Mais avant même que cette dernière pensée se soit formée dans l'esprit de Michael, ses paupières tombèrent et il sombra dans un profond sommeil.

Chapitre 17

—Tu as entendu, Michael ?

Le garçon émergea lentement de son rêve en entendant la voix insistante d'Owen.

—Réveille-toi, allez ! Réveille-toi !

Michael lutta contre le poids qui oppressait sa poitrine et s'efforça de reprendre ses esprits.

—Ça va, mon garçon ?

Michael fut aveuglé par le faisceau de la lampe de poche d'Owen et l'écarta d'un geste de la main.

—C'était un rêve… je crois, balbutia Michael.

—Eh bien, ton rêve était assez puissant pour ébranler le *Titanic*, plaisanta Owen. On dirait que les machines ont été stoppées.

—Ah bon ?

—Pour la nuit, je suppose. Il y a beaucoup de glace autour de nous, précisa Owen en desserrant sa cravate. En tout cas, j'ai entendu des grincements bizarres tout à l'heure. Selon un steward, une pale d'hélice serait tombée. Ce n'est pas très rassurant, mais il avait l'air de penser que nous arriverions malgré tout à l'heure à New York. Tu es sûr que ça va ? reprit Owen après un instant de silence. Tu as le teint un peu gris.

Michael essaya de se redresser.

—Je suis vraiment épuisé.

—C'est l'air de la mer qui donne envie dormir, voilà tout.

110

Michael repoussa le couvre-lit et s'assit au bord du lit.

— Tiens, mon garçon, dit Owen en versant un peu d'eau dans une cuvette. Passe-toi de l'eau froide sur le visage, ça ira mieux.

Michael s'aspergea docilement le visage et le cou puis s'attarda devant la cuvette.

— Tu es suffisamment en forme pour t'installer dans la salle commune ?

— C'est mon tour.

Owen se massa la nuque et s'étira.

— Peu importe. Tu ne te sens pas bien ? Tu as de la fièvre ?

— Non, dit Michael. Non, ça va. Je ne suis pas encore très bien réveillé.

Owen retira ses bottes et les rangea dans le coin.

— Tu devrais aller marcher sur le pont, l'air vivifiant te fera du bien. J'espère que le printemps sera déjà installé à New York. Ici, on en est bien loin.

Les ronflements du Suédois couvrirent la fin de la phrase d'Owen.

— Le Suédois, se souvint soudain Michael. Je crois qu'il a fouillé tes bagages. Le fermoir avait été forcé et toutes tes affaires étaient sens dessus dessous quand je suis rentré.

Owen tourna la tête vers l'homme qui dormait la bouche grande ouverte.

— Ce n'est pas grave. Je m'y attendais. Il ne nous posera pas de problème tout de suite, il est tellement ivre qu'il va dormir toute la journée. Et nous avons mis l'essentiel en sécurité, dit-il en fermant son manteau et en s'étendant avec précaution sur le dos. Je dois faire attention à ne pas écraser ces racines. Viens me chercher avant l'appel du joueur du clairon. Un repas chaud sera le bienvenu.

— D'accord, répondit Michael sans toutefois s'en aller.

Il épousseta son manteau – celui d'Owen –, lustra ses chaussures, se cura les ongles avec un canif, puis remit de l'ordre dans sa chevelure avec le peigne de son ami.

Quand il ne trouva plus de raisons pour s'attarder dans la cabine chaude, Michael ouvrit la porte à contrecœur. Il se retrouva aussitôt nez à nez avec un steward sur le point de la marteler de son poing.

— Gilets de sauvetage ! Gilets de sauvetage pour tout le monde ! C'est une précaution : ordres du capitaine !

— « Gilets de sauvetage » ? répéta Michael, incrédule.

Michael observa l'homme qui poursuivait son chemin de cabine en cabine, cognant aux portes et récitant son bref message sans donner d'explication.

— Il a parlé de gilets de sauvetage ? demanda Owen qui s'était relevé et se tenait près de lui.

— Ou-oui, balbutia Michael. Pourquoi devons-nous mettre un gilet de sauvetage, à ton avis ?

— Je ne sais pas, répondit Owen en fronçant les sourcils. Je me demande si cela a un lien avec ce craquement que j'ai entendu juste avant l'arrêt des machines, quand je t'ai réveillé.

Michael repensa à la femme sur le pont à Southampton.

— Dieu Lui-même serait incapable de faire couler ce bateau, murmura-t-il.

Owen ne répondit pas, mais Michael était certain que la pâleur de son ami n'était pas uniquement due à la lumière blafarde dans le couloir.

Owen mit les pleines lumières dans la cabine et enfila rapidement ses bottes.

— C'est probablement une sorte d'exercice. Je vais aller me renseigner. En attendant, nous avons tout intérêt à faire ce qu'on nous demande.

Juste avant de sortir, il s'arrêta et, sans tourner la tête, ajouta :

— Réveille notre ami ronfleur.

Sur ces mots, il referma la porte derrière lui.

Michael sentit sa gorge se serrer. Il tira un gilet de sauvetage du haut du placard et le déposa aux pieds du Suédois, puis s'assit sur la couchette d'Owen pour attendre. Le Suédois ronflait toujours, mais Michael, le souffle coupé par la peur, n'osa pas s'approcher pas de lui.

Il eut l'impression qu'une heure environ s'était écoulée lorsque enfin Owen reparut dans la cabine et s'empara du deuxième gilet de sauvetage dans le placard. Il le jeta en direction de Michael.

— Enfile-le, ordonna-t-il en ramassant celui qui était par terre près du Suédois.

Il toucha les grosses mains et les épaules de l'homme.

— Réveille-toi. Réveille-toi, mon vieux.

L'homme grogna et se retourna en lui faisant signe de le laisser tranquille.

Owen fit la grimace et se mit à secouer l'homme sans ménagement.

— Pour l'amour du ciel, mon vieux, prends ton gilet de sauvetage et monte sur le pont !

Il jeta le gilet sur le torse de l'homme, le prit par les épaules pour le redresser et montra la porte du doigt. Mais le Suédois, les yeux bouffis et encore imbibé d'alcool, lâcha une bordée de jurons dans sa langue. Il leva le poing et l'envoya dans la mâchoire d'Owen, lui ouvrant la lèvre.

Dans un état second, Michael ne réagit pas, mais demanda sur un ton presque détaché :

— Pourquoi le cordon de la lampe pend-il de travers ?

Owen essuya le sang qui coulait de sa lèvre.

— Le *Titanic* commence à gîter.

Michael secoua la tête, incrédule. Il savait qu'un paquebot de cette taille n'était pas censé gîter. Il avait l'impression que son corps comprenait qu'un cauchemar était en train de se préparer, mais que son cerveau refusait de l'écouter.

Owen ouvrit à toute volée la porte de la cabine.

Michael regarda le couloir blanc se remplir petit à petit d'hommes et de femmes inquiets, portant dans leurs bras des enfants endormis cramponnés à leurs poupées de chiffon et à leurs doudous, ou serrant contre leur poitrine des bébés emmaillotés dans des châles. Certains étaient sortis en chemise de nuit ou en

113

robe de chambre fine ou en laine, tandis que d'autres s'étaient couverts de plusieurs couches épaisses de vêtements.

Michael ne tenait debout qu'avec difficulté et observait la scène comme s'il y était étranger. Il aurait peut-être trouvé risible l'étrange accoutrement des passagers, leurs gros souliers éculés et leurs jambes poilues dépassant de leur chemise de nuit, leurs bonnets de nuit en laine et en flanelle enfoncés sur les oreilles, si un flot de paroles frénétiques ne s'était pas échappé de leurs bouches. Un mélange d'anglais, de gaélique, de français et de langues inconnues de Michael résonnait dans l'air qui se raréfiait peu à peu. Il ne comprenait pas ce que disaient ces gens, ce qu'ils demandaient, mais la peur et la confusion se lisaient sur leurs visages.

—Michael, reprends tes esprits !

Owen avait enfilé ses vêtements les plus chauds et essayait d'attacher quelque chose autour de Michael.

Celui-ci baissa les yeux et aperçut les lanières d'un gilet de sauvetage recouvert de toile autour de son torse, semblable à celui que portait la foule d'hommes, de femmes et d'enfants dans le couloir. Le brouillard qui régnait dans son esprit se dissipa soudain. Furieux, il tira pour faire lâcher prise à Owen.

—Je ne porterai pas ton gilet de sauvetage ! Non, Owen !

Se dégageant de l'emprise de son compagnon, Michael ôta d'un geste le gilet et le poussa contre le torse d'Owen.

—Il le faut, Michael !

Owen s'approcha de lui et lui parla à voix basse.

—Le *Titanic* a heurté un iceberg. J'ai surpris une conversation entre deux officiers près de l'escalier réservé aux membres d'équipage. Le bateau prend l'eau rapidement, la cale postale est déjà inondée. Le courrier a été remonté mais les choses s'annoncent mal. L'eau continue à s'infiltrer. Je n'aime pas ça. Je n'aime pas ça du tout.

Michael secoua la tête, comme si cela pourrait suffire à arrêter le temps. *Non, pas maintenant… Pas ça !*

114

—Les femmes et les enfants sont appelés sur le pont. Ils sont en train de faire embarquer les passagers de première classe dans les canots de sauvetage. Les femmes et les enfants d'abord, Michael !

Owen tira Michael par la manche et l'entraîna à travers la foule de passagers de troisième classe, jusqu'à ce qu'ils arrivent dans la cage d'escalier la plus proche. Mais l'escalier grouillait de monde et semblait bloqué par quelque chose ou quelqu'un que Michael ne pouvait voir.

—Que se passe-t-il ? demanda Owen en posant la main sur l'épaule de l'homme devant eux. Pourquoi est-ce que personne ne monte ?

Mais l'homme secoua la tête en répétant :

—Pas anglais. Pas anglais.

—Ils refusent de nous laisser passer ! hurla un Irlandais derrière Michael à ceux qui continuaient à se presser dans le couloir derrière lui. C'est fermé à clé ? Est-ce que la porte est verrouillée ?

—Je n'arrive pas à voir, cria Owen. Nous ne pouvons pas rester ici sans rien faire.

Il fit faire demi-tour à Michael et le bouscula.

—Viens !

Michael suivit Owen qui se frayait péniblement un passage dans la foule de plus en plus dense. En arrivant dans le couloir d'accès aux cabines, ils constatèrent que l'eau avait commencé à former des flaques par terre, comme si quelqu'un avait laissé déborder une baignoire.

—Le Suédois est parti, fit remarquer Michael quand ils passèrent devant leur cabine vide.

Mais Owen ne s'arrêta pas, et Michael, moins confus qu'à son réveil, suivit son ami à travers un dédale de couloirs.

Où qu'ils aillent désormais, les couloirs étaient inondés par une eau glaciale. Les pieds trempés, ils marchaient dans un petit ruisseau dont le niveau montait dangereusement. Ils finirent par arriver dans la salle commune. La pièce était pleine de passagers de l'entrepont, qui semblaient attendre des directives avec inquiétude.

Certains discutaient par petits groupes, tandis que d'autres, à genoux, égrenaient des chapelets.

Owen poursuivit son chemin en tirant Michael. Après avoir tourné dans de multiples couloirs, ils se retrouvèrent devant une autre cage d'escalier et commencèrent à monter les marches. Ils étaient presque arrivés en haut quand ils aperçurent un verrou sur la grille. Owen ne put réprimer un gémissement, mais Michael s'exclama :

— Une clé ! Il y a une clé !

— Merci, Seigneur Jésus ! murmura Owen. Dieu est avec nous Michael, ajouta-t-il d'une voix plus forte.

Michael tourna la clé dans la serrure, espérant de tout son cœur que Dieu était vraiment avec Owen, car il était impossible qu'Il soit avec lui. Et il avait également foi dans le géant des mers lui-même.

— Le *Titanic* ne peut pas couler. Tout le monde le disait à Belfast. Il est insubmersible.

Owen lâcha un grognement méprisant.

— Bien sûr qu'il peut couler, Michael. Ce bateau n'est fait que de bois et de métal. Allez, dépêche-toi maintenant !

Ils montèrent les marches, mais, deux paliers plus haut, ils se retrouvèrent de nouveau devant une porte verrouillée. Et cette fois il n'y avait pas de clé, pas de foule et pas de steward.

— Il y a forcément un autre moyen de monter. Réfléchis, ordonna Owen. Quand nous avons livré les fleurs et les palmiers, par quel chemin sommes-nous arrivés jusqu'au pont ?

Michael le savait. Non pas grâce à la livraison des fleurs et des palmiers, mais à la nuit qu'il avait passée clandestinement à bord entre Belfast à Southampton, à essayer d'échapper aux membres d'équipage.

— Par ici !

Sans hésitation, Michael s'élança dans un labyrinthe de couloirs et d'escaliers, Owen sur ses talons.

Ils parcoururent en courant la large coursive traversant le navire le long du pont E. C'était par là que passaient les membres d'équipage pour se rendre rapidement d'un bout à l'autre du paquebot. *Scotland Road*, se souvint Michael. *Ils surnomment ce couloir Scotland Road.*

Leurs chaussures martelaient le sol en rythme. En tournant à un angle, ils faillirent entrer en collision avec un steward qui sortait une clé de la serrure d'une cabine. Ils sursautèrent tous trois en entendant quelqu'un tambouriner à la porte.

—Laissez-moi sortir! Ne m'enfermez pas! cria une voix perçante de l'autre côté de la porte.

Cherchant avec nervosité la clé sur son trousseau, le steward laissa tomber celui-ci. Il le ramassa, mit la clé dans la serrure et ouvrit la porte.

—Je suis désolé, mademoiselle. Terriblement désolé. Je pensais qu'il n'y avait plus personne à cet étage. On m'a ordonné de tout fermer à clé par mesure de sécurité, pour éviter les pillages.

Sans dire un mot, la jeune femme, pâle et tremblante, jeta une lourde cape sur ses épaules et partit en courant.

Michael sentit Owen lui prendre le bras. Ils s'élancèrent derrière la femme qui montait l'escalier. Mais il y avait quelque chose d'étrange. Michael n'arrivait pas à poser les pieds là où il le voulait, et il se demanda si c'était la sensation que l'on avait lorsqu'on était soûl. Sauf que ce n'était pas lui qui tanguait, mais le navire. Il reprit son équilibre en se tenant à la rampe.

Michael sentit la mer avant de la voir. Quand il arriva sur le pont, l'air glacial et pénétrant de la nuit traversa son pantalon et sa veste comme s'il ne portait aucun vêtement.

Le ciel sombre, animé par des millions d'étoiles si proches qu'on aurait pu les toucher, explosa soudain. Des fusées jaillirent dans la nuit en projetant des gerbes blanches, qui laissèrent de longues traînées de lumière sur les flots sombres. Michael savait qu'il s'agissait de fusées de détresse; il avait entendu des marins en parler, mais il trouvait qu'elles ressemblaient à celles qu'il avait vues au-dessus de Belfast à l'occasion du nouvel an. *Les fusées devraient uniquement servir à égayer des festivités,* songea-t-il, *et non à annoncer la fin du monde.*

— Je ne veux pas monter sur le bateau sans papa! cria un petit garçon aux cheveux ébouriffés, en se tortillant comme un beau diable pour s'échapper des bras de sa mère.

Mais l'homme – son père, supposa Michael – le repoussa vers elle. Les yeux pleins de larmes, elle attira son enfant à elle.

— Pourquoi est-ce que papa ne peut pas venir maintenant? gémit l'enfant.

Mais l'officier britannique qui se tenait près du canot de sauvetage était inflexible.

— Les femmes et les enfants seulement. Les femmes et les enfants. Monsieur, je dois vous demander de reculer.

Michael regarda l'officier prendre dans ses bras le garçon, qui appelait à présent son père de toutes ses forces, et le tendre à sa mère une fois qu'elle fut montée dans le canot.

— Je te verrai demain matin, Robbie, assura le père à son fils, sur un ton qui manquait de conviction. Sois sage avec maman. C'est juste une précaution. Tu vas aller faire un petit tour, puis nous serons de nouveau ensemble demain matin.

S'il n'avait pas su ce qui se passait, Michael aurait imaginé qu'ils attendaient tous un train. Mais il était conscient que seuls une poignée de passagers auraient la chance de monter à bord du train cette nuit-là. Cette pensée raviva le souvenir de la soirée qui avait suivi l'enterrement de ses parents. Il revit la sage-femme du village – la vigoureuse matrone qui l'avait mis au monde, comme la plupart des habitants du village – debout sur le quai sous la pluie battante, qui leur faisait des signes d'adieu, à lui et à Megan Marie, tout en gémissant.

La petite Megan Marie gémissait, elle aussi. Elle martelait la vitre du train de son minuscule poing en pleurant toutes les larmes de son corps, parce qu'elle avait peur de ce qui l'attendait, qu'elle avait perdu tous ses repères et qu'elle savait, comme Michael, que leurs parents étaient enfermés dans des boîtes et enterrées dans la terre froide. Ils ne pourraient jamais les retrouver.

Michael songea qu'il avait dû alors avoir la même expression que ce père sur le pont. Il savait que toutes les larmes du monde ne ramèneraient pas leurs parents. Et, comme le père du garçon aux cheveux ébouriffés qui reculait en levant la main en signe d'adieu, Michael n'avait pas versé une larme.

Remarquant les longs manteaux de fourrure et les élégantes robes du soir des passagers autour d'eux, Michael comprit que la plupart des personnes embarquant sur les canots de sauvetage étaient des passagers de première classe. Il ne pouvait s'empêcher de frémir face à la souffrance autour de lui, mais la vue des visages stoïques des hommes qui restaient à bord dignement l'émouvait au plus haut point.

Pendant tout ce temps-là, de la musique résonnait sur le pont, des airs de ragtime enlevés interprétés par l'orchestre du navire. Cette musique contribuait à maintenir le calme et, même si Michael se rendait compte que c'était un leurre, il parvenait presque à se convaincre que les choses finiraient par s'arranger. Sinon, pourquoi l'orchestre continuerait-il à jouer ?

À la lueur des lumières électriques du paquebot, Michael aperçut plusieurs canots de sauvetage éparpillés sur la mer aussi lisse qu'un miroir, peut-être quelques âmes aventurières qui avaient décidé d'aller faire un tour en barque dans la nuit pour admirer de loin les lumières électriques du *Titanic* et profiter de la musique. Michael faisait travailler son imagination, pour éloigner ses pensées, ne serait-ce qu'un instant, du tragique destin auquel ils étaient promis.

Owen s'éloigna de quelques pas pour s'entretenir avec un officier. Michael oublia momentanément sa certitude que le Tout-Puissant le méprisait et pria pour que le marin laisse monter Owen à bord d'un canot, moyennant le fait qu'il prenne les rames.

Après toutes ces années passées à jardiner, il est fort et robuste ; il ferait un bon rameur. C'est un homme bon, Seigneur Jésus. Faites qu'ils le prennent !

Michael avait mis tout son cœur dans sa prière, mais il eut subitement peur que ce qu'il demandait au Tout-Puissant ne lui soit accordé à lui et non à Owen.

C'est une prière pour Owen et Miss Annie, mon Dieu… pas pour moi.

—Je ne partirai pas sans mon mari! cria une jeune femme. Nous venons à peine de nous marier. Vous devez le laisser venir!

—Ruth, tu dois y aller. Je te rejoindrai dès que possible. Fais-le. Je t'en prie, sois courageuse… pour moi, supplia l'homme.

Il l'embrassa longuement et amoureusement tout en la conduisant, comme dans une danse, vers l'un des canots.

Comment peuvent-ils se séparer? Cependant, s'ils refusent de le faire, ils devront renoncer à toute chance d'en réchapper.

Une pensée traversa alors l'esprit de Michael.

Jamais je n'aurai embrassé une femme. Je mourrai sans avoir embrassé ne serait-ce qu'une jeune fille.

Le jeune homme fut tiré de ses réflexions par la voix forte d'une dame éduquée d'un certain âge, avec un accent sans doute américain :

—Non! Je refuse d'être séparée de mon mari. Nous avons vécu ensemble, nous mourrons ensemble.

Ses cheveux grisonnants brillaient doucement sous la lumière électrique, tandis qu'elle s'écartait des canots.

Elle n'était plus de première jeunesse, mais elle était encore belle. Elle se tenait fermement à son époux, refusant les exhortations de l'officier. Qui était-elle? Michael s'imagina qu'une femme d'une telle prestance devait être issue d'une lignée royale. Se faufilant à travers la foule, il s'approcha d'elle en songeant qu'il aimerait effleurer une reine, juste une fois, avant que sa vie s'achève.

—Je crois que, par respect pour votre âge, monsieur Straus, personne ne s'opposera à ce que vous accompagniez votre épouse, lui glissa l'officier à voix basse.

Mais le gentleman barbu leva le menton et se redressa, malgré son épouse appuyée sur son bras.

—Pas tant qu'il reste du monde. Merci, monsieur, mais je ne vaux pas mieux qu'un autre.

L'officier prit de nouveau la parole, mais le couple tourna les talons. La belle dame sourit en regardant son mari, et lui rajusta son écharpe autour du cou. Il caressa délicatement sa joue ravinée.

—Notre vie est derrière nous, Isidor, dit-elle, et nous allons mourir ensemble.

Michael sentit un frisson lui parcourir l'échine. Il tourna la tête, sachant qu'il venait de saisir un moment d'intimité. Fasciné par la scène, il ne put cependant s'empêcher de les suivre du regard alors qu'ils se dirigeaient vers les baies vitrées du pont et s'installaient côte à côte sur des transats. Ils assistaient paisiblement à l'effondrement du monde, comme s'ils n'en étaient pas à leur premier naufrage. Michael se demanda s'il parviendrait à atteindre la même sérénité qu'ils affichaient.

Chapitre 18

Un sifflement strident déchira le silence de la nuit et une autre fusée de détresse explosa, embrasant le ciel. Les cheminées du *Titanic* crachaient de la vapeur dans un bruit assourdissant. Owen criait à Michael quelque chose que ce dernier ne parvenait pas à saisir dans la confusion générale.

Un homme en tenue de soirée, les yeux vitreux et un verre de brandy à la main, se retourna en entendant les cris d'Owen et lui demanda sur un ton agressif :

— Que faites-vous en première classe ?

L'officier s'approcha avec un air soupçonneux.

Une femme emmitouflée dans un long manteau de fourrure et un manchon épais rabroua l'ivrogne. Elle lui dit quelque chose avec une expression hautaine, mais une nouvelle explosion couvrit ses paroles.

Voyant l'homme porter la main à son chapeau et s'éloigner, l'officier retourna à son travail.

Quand l'homme eut disparu dans la foule, Owen cria :

— Que Dieu vous bénisse, madame !

— Que Dieu nous bénisse et nous aide tous autant que nous sommes, répondit la femme d'une voix forte. Vous feriez mieux de faire monter ce garçon dans un canot !

— Mon frère a besoin d'un sauveur ce soir, expliqua Owen. Il est encore si jeune… Accepteriez-vous de le prendre avec vous ?

—Je ne peux pas. Je ne suis pas mariée et je n'ai pas d'enfants.

—Vous en avez un maintenant, madame, dit Owen en mettant la main de Michael dans celle de la femme.

Elle hésita, manifestement prise de court.

—Non! s'écria Michael en se dégageant brusquement. Je reste avec toi, Owen. Nous allons attendre et partir ensemble.

—Je te rejoindrai plus tard. Pour l'instant, c'est seulement les femmes et les enfants, rappela-t-il en se retournant vers la femme. Je vous en prie, madame.

—Je ne partirai pas sans toi! hurla Michael, dans un état proche de l'hystérie.

Owen saisit Michael par les épaules.

—Il le faut, Michael. Il le faut. Sans quoi notre rêve ne pourra jamais se réaliser. Je te rejoindrai dès que possible. Mais, si je suis obligé de nager un moment, les racines et les graines vont geler, et nous n'aurons plus rien pour Annie.

—Je ne t'abandonnerai pas! s'écria Michael, au bord des larmes.

—Si nous ne nous retrouvons pas tout de suite, va dans le New Jersey chez oncle Sean et attends-moi là-bas. Tu trouveras son adresse dans mon journal, dans la poche de mon manteau.

Owen déboutonna son pardessus.

Michael secouait la tête avec véhémence.

—Non! Je n'en veux pas! Je ne partirai pas, Owen! Je ne t'abandonnerai pas!

Owen retira son manteau, le passa autour des épaules de Michael et le fit enfiler de force au jeune garçon qui se débattait. Il prit soudain un air grave et secoua Michael.

—Tu me l'as promis. Tu m'as promis que tu ne me laisserais pas tomber, et que tu ferais tout ce qui est en ton pouvoir pour protéger Annie et t'en occuper. Je t'ai cru!

Michael se calma soudain. À la mention du nom d'Annie, l'image de Megan Marie surgit dans son esprit.

—Vas-y à ma place, Owen. C'est de toi qu'Annie a besoin. Pas de moi.

Owen boutonna le précieux manteau sur Michael, puis lui mit le gilet de sauvetage que le jeune garçon avait refusé plus tôt. Michael avait cessé de se débattre.

— Ils ne vont pas me laisser partir, pas maintenant. Et je dois absolument trouver Lucy, m'assurer qu'elle est dans un canot. Sois un homme, Michael Dunnagan, un frère qui me rendra fier cette nuit !

Il prit Michael par les épaules et ajouta doucement :

— Je suis bon nageur. Que Dieu te bénisse, Michael. Va mettre nos rêves à l'abri. Que sommes-nous sans nos rêves ?

Michael ne pouvait pas refuser de sauver les rêves d'Owen. Impossible de dire non, sans quoi ceux d'Annie seraient eux aussi compromis. Faisant abstraction des picotements dans ses yeux, il se jeta au cou d'Owen.

— Les femmes et les enfants ! Reste-t-il des femmes et des enfants ? lança l'officier.

— Oui ! Ici ! Il en reste un ici ! cria Owen en poussant Michael et la femme qui les avait déjà sauvés une fois vers le canot de sauvetage. La femme hésita.

L'officier s'avança devant l'accès au canot.

— Les femmes et les enfants uniquement, s'il vous plaît. Ce garçon n'est pas un enfant, il doit rester. Par ici, madame.

Mais la femme se figea en dévisageant l'officier, comme si elle ne comprenait pas.

— S'il vous plaît, madame. Par ici, et vite.

La femme regarda Owen et Michael, puis de nouveau l'officier.

— C'est encore un enfant. Il a à peine douze ans.

Michael grimaça en entendant ce mensonge.

— Nous ne pouvons faire aucune exception, Madame.

— Ces canots de sauvetage ne sont pas pleins, monsieur, et c'est mon fils unique ! s'écria-t-elle, tandis que tous les regards se tournaient vers elle. Si vous refusez mon enfant, je coulerai avec ce navire ! Mes cris vous poursuivront jusqu'à ce que je touche le fond de l'océan.

— Madame, je vous en prie…

Mais, joignant le geste à la parole, la femme au manteau de fourrure passa son bras sous celui de Michael, emmitouflé dans le pardessus d'Owen, et se mit à hurler de toutes ses forces. L'officier les poussa alors avec brusquerie dans le canot de sauvetage, puis donna l'ordre de le faire descendre.

— Plus de garçons! ordonna l'officier. Les femmes et les enfants. Les femmes et les enfants!

Se balançant déjà de son bossoir, le canot de sauvetage fut descendu par à-coups jusqu'à la mer d'encre.

— Dis à Annie que je l'aime et que je prie pour elle! cria Owen à Michael.

— Owen, Owen.

Michael répéta le prénom de son ami, priant désespérément pour que cesse toute cette folie. Mais ses prières ne furent pas exaucées: la frénésie ambiante s'intensifiait sur fond de musique joyeuse, les fusées s'embrasaient, les canots de sauvetage s'évanouissaient dans la nuit, les officiers au jugement calme et sans appel exerçaient toujours leur droit de vie et de mort sur les passagers.

La mer était calme, et aucune vague ne vint ballotter la petite embarcation.

— Coupez!

L'ordre fut crié de là-haut.

Mais l'homme à la barre eut des difficultés à scier les cordages avec son canif, puis à sortir les rames, et le canot vacilla.

De l'eau éclaboussa les chevilles de Michael lorsque les rameurs poussèrent sur le flanc du paquebot puis s'éloignèrent en ramant de toutes leurs forces. Sur le moment, Michael ne se rendit pas compte qu'il était mouillé. La seule chose qui lui importait, c'était d'apercevoir le visage d'Owen. Mais, quand le canot fut suffisamment loin pour que le pont soit visible, son ami avait disparu.

Michael savait qu'il était parti à la recherche de Lucy Snape, et il l'imagina alors en train de courir partout, descendre les escaliers à toute allure, traverser Scotland Road, retourner à tous les endroits où il pensait avoir une chance de trouver la jeune femme.

Voyons, Owen, Lucy est une hôtesse ! Ils ne laisseront pas l'équipage embarquer sur les canots tant qu'il restera des passagers de première et de deuxième classe à bord du Titanic *!*

Mais Owen avait accompli un miracle pour lui, et Michael avait envie de croire qu'il serait capable d'en faire autant pour Lucy.

Alors que le canot s'éloignait, la température chuta brutalement. Près de la barre, un homme ne cessait de crier :

—Ramez ! Ramez !

Les hommes maniaient les rames à grand-peine dans les flots glacés. Une autre fusée éclata dans le ciel, produisant une traînée blanche étincelante qui retomba jusqu'à la mer.

—Pourquoi est-ce qu'on ne vient pas à notre secours ? cria une femme. Personne ne voit nos fusées ?

Il n'y avait pas l'ombre d'un navire à l'horizon, et les précieuses minutes continuaient à s'écouler.

Michael regarda autour d'eux. Des canots semblables au leur, peut-être une dizaine, étaient éparpillés sur l'eau. Il s'imagina de nouveau un pique-nique nocturne original sur la mer, animé par de la musique ragtime, à la lueur de millions de lanternes célestes.

—Ce n'est pas réel, murmura-t-il. Faites que ce ne soit pas réel.

Encore éclairée par les lumières électriques, la proue du *Titanic* s'enfonçait dans l'eau, telle une énorme baleine. Sur le pont, des passagers jetaient à la mer des transats, des tables et toutes sortes d'objets.

—Est-ce qu'ils essayent d'alléger le poids du navire ? demanda une femme, incrédule.

—Ils envoient dans l'eau des objets flottants, madame.

—Des radeaux, renchérit une voix.

—Nous devons nous éloigner davantage, dit l'homme à la barre sur un ton pressant. Quand le paquebot coulera, les chaudières vont exploser, et tout ce qui se trouve à plusieurs miles autour sera aspiré. Ramez ! Ramez !

— Non, murmura Michael.

Puis il poursuivit, plus fort :

— N'allez pas aussi loin ! Nous devons y retourner ! Nous devons récupérer Owen !

Mais personne ne prêtait attention à ses supplications.

Sur le pont, l'orchestre changea de style de musique. Plus de ragtime. Plus de valse. Mais un morceau plein de gravité, un long cantique d'une beauté aux accents douloureux. Et, bien que Michael n'en connaisse ni le nom ni les paroles, il sentit, malgré sa jeunesse, que toute la vie se résumait à cet air, et que les mots n'y suffisaient peut-être pas.

La proue s'enfonça plus profondément dans l'eau, tandis que la poupe commençait à se soulever. À l'avant, la gigantesque cheminée se mit à pencher vers la proue qui coulait. Lorsque le premier rivet de la cheminée céda, suivi de près par le deuxième, Michael tressaillit. Il regarda avec horreur la gigantesque cheminée noire ployer vers l'avant, tomber lentement, puis s'écraser dans la mer, fracassant la passerelle et faisant un sort à tous les nageurs impuissants qui se trouvaient sur sa trajectoire. Les passagers restés sur le pont commencèrent à monter vers la poupe à toute vitesse, se hissant à l'aide du bastingage, des cordages, tout ce qu'ils trouvaient à portée de main.

Un grand fracas retentit alors. C'était un grincement de plus en plus assourdissant mêlé à un craquement terrible et au rugissement monstrueux de la bête à l'agonie.

— Ce sont les chaudières et tout ce que le paquebot contient ! cria l'oiseau de malheur à la barre. Ramez !

— C'est la fin, murmura la femme qui avait sauvé Michael.

La proue sombra dans l'eau. L'immense paquebot semblait s'être brisé en deux. La poupe était en train de remonter, lentement d'abord, révélant la quille noire du *Titanic*. Elle s'éleva tant que les hélices géantes sortirent de l'eau et restèrent suspendues au-dessus du vide, dégoulinantes. Le *Titanic* demeura ainsi pendant quelques minutes tandis que des centaines de passagers, cherchant désespérément quelque chose à quoi se raccrocher, un cordage, le bastingage, tombaient en hurlant, précipités vers leur mort. Le paquebot flotta juste assez longtemps pour faire naître de faux espoirs, s'immobilisa et fit clignoter ses lumières une dernière fois. Puis, plongé dans les ténèbres, il s'enfonça peu à peu, emportant avec lui tous les passagers, comme un ascenseur descendant dans une mine. La mer se referma sur lui.

—Dieu Tout-Puissant! hurla une femme.

—Il a disparu, murmura un homme, qui regarda sa montre à la lumière d'une lampe de poche.

Il était deux heures vingt.

Le phénomène d'aspiration prédit par l'homme à la barre ne toucha pas le canot de Michael, mais l'embarcation ne fut pas épargnée par les hurlements stridents, les cris de désespoir à fendre l'âme et les supplications de plus de mille personnes à la mer – parmi lesquelles certaines ne savaient pas nager – se débattant vainement dans les vagues.

—Faites demi-tour! hurla Michael. Faites demi-tour et allez les chercher!

Mais l'homme à la barre et les rameurs, penchés sur leurs rames, regardaient d'un air hébété l'endroit où le *Titanic* se trouvait encore quelques instants auparavant. Désespéré, Michael enjamba la femme qui se trouvait devant lui pour s'emparer d'une rame.

—Assieds-toi, mon garçon! ordonna un rameur en le repoussant.

—Faites demi-tour! supplia Michael en tentant de reprendre l'équilibre.

Il secoua la femme qui l'avait aidé.

—Dites-leur de faire demi-tour!

Elle murmura d'une voix tremblante:

—Pour l'amour du ciel, vous ne les entendez donc pas? Retournez-y! Nous avons de la place pour d'autres personnes.

—Taisez-vous! siffla l'homme à la barre.

Puis, avant que quelqu'un n'ait le temps d'ajouter quoi que ce soit, il dit d'une voix forte :

— Si nous y retournons, le canot va être submergé. Vous avez envie de vous noyer, madame ?

— C'est dangereux. Ils vont tous essayer de monter dans le bateau et nous allons chavirer. Nous allons tous nous noyer ! renchérit une voix bourrue.

— Mais nous devons tenter de leur venir en aide ! rétorqua quelqu'un d'autre.

— Nous ne pouvons pas les aider et nous sauver nous-mêmes. Ils vont nous faire chavirer.

Le débat se poursuivit. Un marchandage aussi absurde que vain : personne ne bougea.

Et pourtant les supplications, les hurlements, les cris d'agonie se faisaient toujours entendre depuis l'immense vide laissé par le *Titanic*. Michael n'aurait su dire si vingt minutes ou vingt ans s'étaient écoulés depuis qu'ils attendaient la suite des événements, impuissants.

— Retournez-y maintenant, supplia de nouveau Michael, plus doucement. Je vous en prie. Retournez chercher Owen.

Mais personne ne semblait l'entendre.

— Nous devrions y retourner, dit une autre femme sans conviction.

Seul le silence lui répondit. Et plus personne ne vint le troubler, pas même Michael.

Les minutes passèrent. Peu à peu, les hurlements s'atténuèrent ; ils n'étaient plus aussi nombreux, ni aussi perçants. Des coups de sifflet incessants retentirent en provenance d'un canot de sauvetage au loin. À la faible lueur d'une lanterne, Michael vit deux ou trois bateaux s'approcher les uns des autres et s'amarrer. Des silhouettes passèrent de l'un à l'autre.

Enfin, un canot retourna à l'endroit où le paquebot avait été englouti. Michael gardait les yeux désespérément rivés sur la lumière du bateau de sauvetage. Il espéra et pria, avant de prendre conscience que la mer avait englouti jusqu'au dernier cri.

—Owen, murmura Michael. Owen…

Il répéta sans relâche le nom de son ami.

—Tais-toi maintenant, lui intima la femme qui l'avait sauvé.

Au bout de longues minutes d'un silence funeste et coupable, une femme près de la poupe commença à parler du somptueux piano dans l'un des salons, des bureaux en acajou et de toute la ravissante porcelaine à peine utilisée qui avait été brisée.

—Quel dommage! se lamenta-t-elle.

Personne ne lui répondit.

Michael s'efforça de comprendre ce que la femme avait dit. Il pencha la tête, mais, lorsque ses paroles arrivèrent jusqu'à son cerveau, son souffle se fit court. Il se tourna rapidement dans le petit espace, chercha à tâtons le siège derrière lui, prêt à bondir sur la femme sans se préoccuper des passagers qui se trouvaient entre eux. Il enverrait un coup de poing dans sa bouche pleine d'inepties, lui hurlerait à la figure et lui arracherait son chapeau ridicule pour le jeter à l'eau. Puis il obligerait les rameurs à rebrousser chemin. Il leur ferait retourner chacun des gilets de sauvetage, qui ressemblaient à présent à des oreillers, jusqu'à ce qu'ils trouvent Owen. C'est ce qu'il aurait dû faire dès le départ.

Mais la femme qui se trouvait à côté de lui le saisit par la taille et le tira brutalement pour le faire revenir à sa place. Elle le retourna, prit fermement ses mains entre les siennes, puis les fourra de force dans le manchon dont elle s'était débarrassée, les mettant à l'abri du froid mordant et de toute tentation.

Des larmes brûlantes roulèrent alors sur les joues de Michael. Des larmes qu'il n'avait jamais versées, ni pour ses parents ni pour la douce Megan Marie. Il pria pour qu'Owen n'ait pas été heurté par le « somptueux piano » ou par la « ravissante porcelaine brisée », et ait réussi à trouver Lucy et à les faire miraculeusement monter tous deux à bord d'un canot de sauvetage. Assis sur la planche de bois froide du canot, qui flottait telle une tête d'épingle dans la mer noire, Michael fit des promesses incroyables au Seigneur, si seulement Il voulait bien épargner Owen.

Les minutes s'écoulaient une à une. Soudain, une femme s'exclama qu'elle avait aperçu un bateau au loin. Même l'homme sinistre à la barre cria qu'il voyait un feu de tête de mât et ordonna alors de ramer vers la lumière.

Les hommes ramèrent sans relâche, mais ne virent pas la moindre tête de mât, pas l'ombre d'un bateau, et au bout d'un moment la lumière disparut. Quelqu'un suggéra de faire demi-tour pour se rapprocher par précaution des autres canots de sauvetage.

Michael soupira de soulagement puis hoqueta, honteux d'accorder autant d'importance à sa propre vie. Il relaya l'un des rameurs et s'aperçut que cela le réchauffait. Et le rythme machinal des coups de rame l'aidait à faire le vide dans sa tête.

Des étoiles filantes traversèrent la nuit glaciale et interminable. Tremblant et transpirant tour à tour, Michael avait mal à la tête et à la gorge. Il sentait des picotements dans ses pieds et ses jambes, qui s'engourdissaient peu à peu.

Enfin, le ciel noir se teinta de bleu foncé. Michael s'efforça de se concentrer sur les couleurs qui s'éclaircissaient, pour ne plus entendre les gémissements et les plaintes autour de lui, et pour penser une fois encore à Owen. Il voulait croire que son ami avait été sauvé, qu'il avait réussi à trouver une place sur un canot. Owen lui avait assuré qu'il était un nageur endurant. Michael serra les dents et s'accrocha à cet espoir.

—Je le retrouverai, murmurait-il sans cesse. Quand le jour se lèvera et que tous les canots de sauvetage se rassembleront, je le retrouverai.

Un navire viendra, songea Michael, *et nous irons ensemble à New York puis dans le New Jersey, chez l'oncle Sean. Nous planterons nos graines et réaliserons le grand projet d'Owen. Annie nous rejoindra au cours de l'année.*

Michael repensa à tous les détails, se remémorant les projets qu'Owen et lui avaient échafaudés ces derniers jours : les jardins, les allées qui serpentaient, les pavillons qu'ils construiraient.

Tremblant de froid, il remonta le bas du pardessus d'Owen, mouillé par l'eau qui éclaboussait ses souliers. Il portait leurs rêves, soigneusement cousus à l'intérieur de la veste d'Owen. On lui avait demandé de mettre le trésor à l'abri et de se conduire en homme. Un frère dont Owen serait fier. Il le ferait pour son ami et pour Annie.

Oui, ils reparleraient de tout cela dès le lendemain matin, se promit Michael.

Chapitre 19

ENFIN, LES PREMIÈRES LUEURS DU JOUR APPARURENT À l'horizon. Les étoiles furent chassées par des traînées rouges qui teintèrent de rose les icebergs aux alentours. Le vent se leva, accompagné d'une brume matinale, et la mer se déchaîna.

Un grondement se fit entendre au loin tandis qu'un crépitement illuminait l'horizon, attirant l'attention des passagers du canot et réveillant ceux qui s'étaient assoupis.

— Une autre étoile, déclara une femme près de la proue, encore dans un demi-sommeil.

— Une tempête se prépare ! annonça l'un des rameurs.

— Non, il s'agit d'une étoile filante, répliqua la femme près de la proue.

— Nous ne survivrons pas à une tempête sur ce bateau. Le niveau de l'eau dépasse le plat-bord à présent.

Michael reconnut la voix de l'oiseau de malheur à la barre.

Le grondement s'intensifia.

— C'est un navire ! C'est un navire ! s'écria une femme dans le canot de sauvetage le plus proche du leur.

Michael, toujours en proie à des tremblements et à des sueurs froides, la gorge en feu, ne la crut pas et ne prit même pas la peine de regarder. Mais ce refrain fut repris en chœur par d'autres passagers, et une vague d'espoir se propagea à bord des petites embarcations. Se frottant les yeux, Michael aperçut la silhouette du bateau à l'horizon. Les lumières qu'ils apercevaient étaient bien des fusées, et non des éclairs. Le navire signalait ainsi son approche.

—Il va venir ramasser les cadavres, annonça l'homme à la barre.

Les passagers du canot furent brusquement submergés par une vague de culpabilité, qui eut raison de leurs espoirs aussi sûrement que si leur embarcation avait été engloutie.

Une femme plaida le bon sens.

—Ils viendront sûrement en aide aux rescapés.

À environ un mile de distance, un canot de sauvetage lança des fusées vertes. Michael se demanda si une si petite lumière au beau milieu de l'océan était visible de loin. Mais le navire ralentit et modifia sa trajectoire. Des acclamations s'élevèrent de la flotte de canots dispersés à la vue de la cheminée noire et rouge sur laquelle se reflétaient les rayons rougeoyants du soleil levant. Le navire arrêta ses machines en arrivant aux abords du premier canot de sauvetage.

—Ramez! Ramez vers le navire! cria un rameur.

Les hommes s'exécutèrent vivement. Pour une fois, l'oiseau de malheur ne trouva rien à dire.

Carpathia – même le nom inscrit sur le flanc du bateau leur semblait magnifique. Lorsqu'ils arrivèrent à hauteur de sa coque noire, la mer était devenue dangereusement houleuse et les rameurs étaient à bout de forces. Heureusement, le *Carphathia* avait versé de l'huile dans la mer du côté qui n'était pas exposé au vent afin de faciliter l'abordage.

Malgré son état, Michael aida la dame à côté de lui, celle qui lui avait sauvé la vie, à s'asseoir sur une chaise de gabier, puis deux bambins à entrer dans des sacs en toile qui furent hissés le long du bord. Il prêta même main-forte pour hisser à bord du bateau, à l'aide d'un câble, la femme superficielle qui s'était lamentée à propos de la belle porcelaine brisée. Mais lorsque son chapeau à plumes frôla son oreille avant d'être précipité dans la mer par une bourrasque, il ne leva pas le petit doigt pour le rattraper.

Une fois les femmes et les enfants à bord du *Carpathia*, Michael et les autres hommes qui en étaient capables grimpèrent aux échelles de corde et aux filets. Michael dérapa à deux reprises, les pieds encore engourdis par l'eau glaciale.

Quand il atteignit le bastingage, Michael fut hissé jusqu'au pont du navire par des bras puissants. On déposa une couverture en laine sur ses épaules et on mit entre ses mains tremblantes une tasse de café alcoolisé.

—Owen? demanda-t-il sur un ton suppliant au steward qui lui tendait un sandwich.

—Je ne sais pas, monsieur. Je ne sais pas si quelqu'un répondant à ce nom est ici ou pas. Nous sommes en train d'établir les listes.

Michael refusa de descendre s'allonger dans l'entrepont. Il resta près du bastingage pour manger son sandwich, déterminé à examiner tous les canots qui affluaient. Il attendrait l'arrivée d'Owen pour se mettre à l'abri.

Lorsque le dernier canot de sauvetage fut vide, Michael ne bougea pas. Il était encore entouré d'une centaine de femmes, voire même davantage, des femmes qui avaient attendu en silence des époux, des pères, des fils, des frères ou des amis, des familles entières qui manquaient encore à l'appel.

—Il a peut-être été recueilli par un autre navire! Avez-vous la possibilité de télégraphier?

L'une après l'autre, les femmes venaient implorer les stewards, les membres d'équipage et le capitaine Rostron en personne.

Mais il n'y avait pas d'autres navires, et tous les canots de sauvetage étaient là.

Le capitaine Rostron fit passer le *Carpathia* à travers la glace autour de la zone où le *Titanic* avait sombré, à la recherche d'autres survivants. Cramponnés au bastingage, Michael et des centaines de rescapés du *Titanic* regardaient autour d'eux, encore animés par un espoir insensé. Des passagers du *Carpathia* se joignirent à eux, espérant et priant à leurs côtés. Mais on ne retrouva personne. Les icebergs meurtriers, semblables à des pyramides dorées, étincelaient sous le soleil levant. Certains ressemblaient à des navires à gréements complets, terrible rappel de la tragédie qui venait de se produire. *C'est diabolique,* songea Michael.

Le capitaine ordonna la mise en berne du pavillon. Un office fut célébré dans le salon de première classe par le révérend Anderson, le prêtre épiscopal du *Carpathia*. Ce fut un service d'action de grâce pour les survivants et de commémoration pour les disparus.

L'espoir finit par céder le pas au chagrin, et le chagrin au désespoir. Des femmes, restées dignes jusque-là malgré leur état de tension, s'effondrèrent sans retenue. Des larmes ruisselaient sur les visages aux traits tirés des hommes hagards. Mais Michael ne parvenait toujours pas à croire qu'Owen était parti. Il refusait de le croire.

Le *Carpathia* contourna une dernière fois la zone où le *Titanic* avait sombré, et Michael sonda désespérément les eaux. Lorsqu'un homme en uniforme s'approcha de Michael avec un registre à la main et lui demanda son nom, il lâcha :

— Owen, s'il vous plaît, monsieur. Owen.

— Nom de famille ? demanda l'homme.

— Allen. Owen Allen.

Michael poussa un soupir de soulagement, certain que l'homme avait l'intention de l'aider. Mais celui-ci s'éloigna et commença à parler avec un autre rescapé. Michael ne comprenait pourquoi il n'avait pas scruté la mer avec lui à la recherche d'Owen, pourquoi il ne s'était pas précipité vers le capitaine Rostron pour lui dire qu'Owen attendait quelque part là-bas.

Michael songea soudain qu'Owen était peut-être présent à l'office sans qu'il l'ait vu, ou bien que son ami n'avait pas eu la force d'y assister. Peut-être que l'homme qui établissait la liste de noms trouverait Owen à un autre endroit sur le navire et viendrait en informer Michael. Ce dernier se massa les tempes. Il était en proie à une violente migraine et sa gorge le brûlait affreusement. Dans ces conditions, il lui était impossible de réfléchir avec davantage de lucidité. Une vague de panique le submergea et son souffle se fit court.

Lorsque le soleil se coucha, il était toujours accoudé au bastingage, les yeux rivés sur la mer. Peut-être qu'Owen avait réussi à s'accrocher à une planche de lit, à une table ou à un des milliers de débris du *Titanic* qui flottaient à la surface, puis qu'il avait dérivé.

— Eh bien, eh bien, jeune homme! le pressa un gentleman d'âge mûr lorsque Michael, poussé enfin à l'intérieur par le froid, fit irruption dans le salon de première classe, tremblant et haletant.

L'homme, rasé de près et les cheveux blancs indisciplinés, ressemblait comme deux gouttes d'eau au père Boyd à Belfast.

— Que se passe-t-il?

— Owen? Owen?

Michael était incapable de dire autre chose. *Le père Boyd va comprendre. Il saura quoi faire.*

— Qu'est-ce que tu dis? Comment t'appelles-tu, mon garçon? Tu es avec quelqu'un?

— Owen? répéta Michael.

Il cherchait Owen, n'est-ce pas? Michael s'efforça de faire taire les voix dans sa tête, les voix qui lui disaient qu'il avait perdu Owen, ou qu'il lui avait failli. Michael n'arrivait pas à se souvenir. Et, s'il avait failli à Owen, il en ferait autant avec la sœur d'Owen. *Comment s'appelle-t-elle? Annie. C'est Annie. Owen, Annie, Megan Marie… Je leur ai failli à tous.* La liste était trop longue. Les noms martelaient le cerveau de Michael.

— Mais tu es brûlant, mon garçon! Tu as consulté le médecin de bord?

Michael n'y avait pas pensé. Peut-être celui-ci avait-il vu ou parlé à Owen.

— Monsieur! lança le gentleman à un steward. Aidez-nous, voulez-vous? Ce garçon a besoin d'être soigné, il est brûlant de fièvre. Je crois qu'il fait partie des survivants du *Titanic*. Il dit s'appeler Owen.

Chapitre 20

L<small>A NOUVELLE ÉCLATA À</small> L<small>ONDRES PUIS ATTEIGNIT</small> S<small>OUTHAMPTON</small> le lundi en milieu de matinée, sous la forme d'une dépêche affichée à la fenêtre de l'immeuble du *Times*.

D'après les rumeurs, le *Titanic* avait heurté un iceberg et était en train de faire naufrage. Les femmes et les enfants étaient embarqués sur des canots de sauvetage, et un navire, peut-être le *Virginian*, était en route pour lui porter secours. Tous les passagers seraient sains et saufs, et le magnifique paquebot à vapeur qui effectuait sa traversée inaugurale serait remorqué jusqu'à Halifax.

Mais les vieux loups de mer et les épouses et familles de ceux qui gagnaient leur vie sur des bateaux, c'est-à-dire presque la totalité de la population de Southampton, ne faisaient confiance ni à ces rumeurs ni à la mer.

En milieu d'après-midi, une bonne partie des filles du pensionnat de Miss Hopkins étaient rentrées dans leurs familles pour attendre des nouvelles de leurs proches. Parmi celles qui étaient restées en classe, certaines pleuraient en silence tandis que d'autres trituraient nerveusement leurs cheveux, se mordaient les lèvres ou se rongeaient les ongles en attendant d'en savoir plus.

Annie regardait sans la voir la page d'un manuel devant elle, sans même faire semblant d'étudier. Elle froissait fébrilement la lettre d'Owen dans la poche de son tablier en se répétant sans cesse que son frère lui avait écrit, qu'il allait bien et qu'elle pourrait le rejoindre bientôt.

Le mardi matin, juste avant le petit déjeuner, les filles entendirent des chuchotements, des gémissements et des plaintes étouffées derrière la porte du bureau de Miss Hopkins. Quelques minutes plus tard, une femme revêtue d'une robe et d'un tablier de cuisine s'éclipsa furtivement de la pièce. C'était la mère d'une des pensionnaires. Les épaules voûtées, elle tamponnait ses yeux gonflés avec un mouchoir. Elle s'empressa de descendre dans le vestibule et franchit la porte de l'école.

Annie tira le rideau et la vit partir, sans châle et visiblement insensible au froid. Le nœud qu'elle sentait grandir dans son estomac depuis la veille se resserra. Qu'est-ce que cette femme avait donc pu apprendre de si terrible pour pleurer en public et oublier son châle alors qu'il avait neigé la veille ?

Lorsqu'elle regarda de nouveau par la fenêtre, Annie aperçut des femmes et des vieux messieurs sortir un à un de leurs maisons et se rassembler par petits groupes dans la rue. Puis elle vit arriver des hommes de tous les âges en manteaux et casquettes, descendant la rue à grands pas, la tête baissée. Quelques femmes, tout de noir vêtues, les suivaient.

—Où vont-ils ? murmura Annie, sans réussir à déglutir.

—Vers les docks, jusqu'aux bureaux de la *White Star Line* rue Canute, répondit à voix basse Katie, une de ses camarades de classe, en jetant à son tour un coup d'œil par la fenêtre.

Annie la dévisagea sans rien dire.

—Pour… voir les listes.

—Les listes ?

Annie ne comprenait pas.

—Oui, sûrement. Les listes des survivants et des victimes. C'est là que les noms seront affichés.

La gorge serrée, Annie avait du mal à respirer. À l'heure qu'il était, elle aurait pu savoir à quoi s'en tenir. Elle écarta la fille de son chemin, attrapa son manteau et s'élança à toute vitesse vers l'escalier. Elle fut arrêtée dans sa course par Miss Hopkins.

—Annie ! Où allez-vous comme ça ?

La jeune fille ne répondit pas. Elle n'osait pas ouvrir la bouche de peur d'éclater en sanglots. Elle courut rejoindre la marée d'hommes et de femmes qui se dirigeaient vers les quais, jusqu'aux portes des bureaux de la *White Star Line* rue Canute, comme l'avait dit Katie. Elle s'enfonça dans la foule, mais elle était trop petite pour distinguer quoi que ce soit.

— S'il vous plaît, madame, demanda Annie sur un ton implorant à une femme plus grande qu'elle. Arrivez-vous à voir ? Le nom d'Owen Allen figure-t-il sur la liste ?

La dame secoua la tête.

— Les listes ne sont pas encore affichées, ma petite. Nous attendons. Nous avons attendu toute la matinée, et certains sont là depuis la nuit dernière.

— C'est le plus dur… L'attente et l'incertitude, intervint une autre femme.

— Toujours pas de nouvelles, ajouta une voix. Ils ont dit que le signal était faible, mais je me demande bien comment c'est possible depuis tout ce temps.

— Ce qui est sûr, c'est que le paquebot a coulé, déclara un homme debout près d'Annie. Un monsieur est sorti et a déclaré qu'il y avait des victimes mais aussi des rescapés, qui ont été récupérés sur les canots de sauvetage par le *Carpathia*. Il a fait demi-tour pour les emmener à New York. Aucun nom n'a encore été communiqué.

Annie sentit ses genoux se dérober sous elle et agrippa la manche de la dame à côté d'elle.

— Eh, jeune fille. Il ne sert à rien de s'effondrer. Nous ne savons rien encore. La *White Star Line* a annoncé qu'elle afficherait les noms des survivants dès qu'elle serait en leur possession.

Annie ne se rappelait pas que Miss Hopkins l'avait tirée de la foule pour la ramener à l'école. Elle était incapable de dire si on l'avait réprimandée. Mais elle se souvenait du moment où elle avait pris conscience que jamais son frère n'aurait pris place dans un canot de sauvetage tant qu'il y aurait eu des femmes et des enfants à bord, et peut-être même des hommes. À cette pensée, elle eut la sensation de se noyer.

Le mercredi, les premières listes de survivants furent affichées devant les bureaux de la rue Canute. Mais Annie ne sortit pas de l'enceinte du pensionnat. Elle resta debout devant la fenêtre pendant des heures. Elle ne regardait pas dehors : ses yeux étaient rivés sur son propre reflet. D'une certaine manière, elle avait l'impression qu'en ne voyant pas les listes, mais uniquement la vitre qui la séparait du monde extérieur, elle pourrait tenir à distance la terrible nouvelle qu'elle redoutait d'apprendre.

Miss Hopkins abandonna l'idée de retenir les enfants à l'école ou d'essayer de les consoler.

—Leur place est auprès de leur famille, l'entendit dire Annie à l'une des cuisinières.

Annie tourna la tête. La seule famille qu'elle avait était Owen.

Les drapeaux étaient en berne. Tout le monde portait des brassards de deuil. Les femmes étaient tout de noir vêtues. Les bâtiments d'affaires avaient drapé leurs fenêtres de crêpe noir. La foule qui attendait des nouvelles près des docks ne diminuait pas.

Même les hommes résolus à monter la garde jusqu'à ce que tous les noms aient été affichés trouvaient parfois le temps long. Ils rentraient chez eux prendre une tasse de thé ou allaient boire une pinte au pub. Mais l'incertitude et l'inquiétude les faisaient rapidement revenir.

Chapitre 21

QUAND MICHAEL REPRIT CONNAISSANCE, IL REMARQUA
d'abord qu'on avait stoppé les machines du *Titanic*. Oui, il se souvenait
qu'Owen l'avait réveillé pour le prévenir. Son ami allait sans doute
entrer dans la cabine d'une minute à l'autre pour prendre son tour
sur la couchette et lui expliquer la cause de l'arrêt des moteurs.

Mais quelque chose n'allait pas. Pourquoi était-il réveillé
alors qu'Owen n'était pas encore rentré, et pourquoi avait-il une
impression de déjà-vu ? Michael humecta de sa langue ses lèvres
desséchées. Il se frotta le front, le dégagea de ses cheveux emmêlés
et s'efforça de reprendre ses esprits.

— Te voilà donc réveillé, jeune homme, dit une voix bienveil-
lante avec un accent prononcé. Trois jours, c'est ce qu'on appelle
un profond sommeil.

Michael ouvrit les yeux à grand-peine, ébloui par la lumière.
Ce n'était pas Owen. Il essaya de se concentrer sur les paroles de
l'homme au visage tanné et fatigué.

— Tu nous as fait une sacrée frayeur, mais on dirait que tu
reviens à toi.

L'homme se tourna vers quelque chose que Michael ne voyait pas.

Il ne reconnaissait pas la pièce. Ce n'était pas la cabine d'Owen.
Le Suédois n'était pas allongé sur la couchette en face. Le couvre-
lit rouge et blanc de la *White Star Line* avait été remplacé par une
couverture en laine bleue.

Était-il en train de rêver ? Il avait mal à la tête, mais pas l'impression d'être dans un rêve. Il se souvint soudain des graines qu'il devait protéger du Suédois curieux et passa les mains sur son torse, cherchant les poches qu'Owen et lui avaient cousues à l'intérieur de la veste dont il avait promis de ne jamais se séparer. Mais il n'avait rien d'autre sur lui que la chemise prêtée par Owen. Pris de panique, Michael s'efforça de réfléchir. Avait-il ôté la veste ? Où ?

Puis en un instant, tout lui revint. Owen retirant son pardessus et le boutonnant sur Michael, lui faisant enfiler son gilet de sauvetage puis l'envoyant dans le canot, Owen partant en courant pour retrouver Lucy Snape, le *Titanic* sombrant au fond de l'océan. Plus de canots de sauvetage. Plus de bateaux.

— Nous avons accosté à New York. Les passagers de première classe sont en train de débarquer ; tu as encore un peu de temps, mais ton tour viendra bientôt. Je t'ai tenu à l'écart des autres passagers car je voulais surveiller ta fièvre, sans doute due à l'épuisement. Mais tu devrais te reposer encore un peu. Je voudrais que tu essaies de manger quelque chose, dit l'homme en souriant. Un plat chaud peut faire des miracles.

L'homme appuya sur un bouton et, quelques instants plus tard, un steward à l'air fatigué apparut sur le seuil de la cabine.

— Oui, docteur ?

— Pourriez-vous apporter un peu de bouillon chaud pour mon patient ?

— Tout de suite, monsieur.

Et le steward disparut.

— Nous avons trouvé dans ton portefeuille ton adresse dans le New Jersey.

Michael regarda l'homme sans comprendre.

— Dans la poche de ton manteau. Mr and Mrs Sean Allen à Swainton, dans le New Jersey. Viennent-ils te chercher ? Ce sont tes parents, Owen ?

Le cœur de Michael battait à tout rompre. Il resta silencieux mais secoua la tête.

—Tu es Owen Allen, n'est-ce pas ? Ce ne sont pas tes affaires ?

L'homme avait l'air plus inquiet que soupçonneux. Michael ne savait pas quoi répondre. Si Owen n'était venu réclamer ni ses affaires ni Michael, cela signifiait qu'il ne se trouvait pas sur le bateau. La réalité le rattrapait, mais le garçon refusait de pousser plus loin sa réflexion.

—C'est ton manteau ?

—Oui, monsieur, réussit à dire Michael, soulagé de voir à la fois le pardessus et la veste.

—Tes parents viennent-ils te chercher ? Souhaites-tu que quelqu'un les contacte ?

Michael ne répondit pas.

—Tu voyages accompagné ?

—Non, monsieur.

—Ah, je vois, dit l'homme qui eut l'air d'autant plus préoccupé. Je suis désolé, fiston.

Michael ne pourrait refouler longtemps les flots de larmes qu'il sentait monter, ni la vérité dans son esprit.

—La Croix-Rouge américaine fera tout son possible pour te venir en aide. J'ai entendu dire qu'il était possible de voyager gratuitement avec l'une des compagnies de chemin de fer.

La bienveillance du docteur menaçait de faire sortir Michael de sa réserve.

Michael s'efforça de penser à autre chose. Le prix du billet de train, par exemple.

Owen m'a dit d'aller dans le New Jersey, et qu'il me rejoindrait là-bas si nous étions séparés.

L'aimable médecin tourna la tête vers la porte.

—Laisse-moi voir ce que je peux faire, dit-il en s'arrêtant sur le seuil. Des ambulances attendent pour transporter les rescapés jusqu'aux hôpitaux de St Luke et St Vincent. Tu aurais tout intérêt à te faire examiner de façon plus approfondie. Et tu pourrais ainsi te reposer davantage avant de poursuivre ton voyage.

Michael ne connaissait rien aux hôpitaux, mais il savait que, là-bas, on lui poserait d'autres questions. Le médecin semblait penser

144

qu'il était Owen, et ce n'était sans doute pas un mal. Si les autorités le croyaient aussi, peut-être le laisseraient-elles entrer en Amérique.

Une fois seul, Michael réfléchit à ce qui se passerait s'il se levait et sortait, tout simplement. D'après le médecin, ils avaient accosté à New York. Serait-ce plus dur que d'embarquer sur le *Titanic* à Belfast ou d'en descendre à Southampton ? Qu'avait dit Owen à propos des agents à New York ? Quelque chose à propos d'Ellis Island ? Il n'arrivait pas à s'en souvenir.

Michael essaya de se redresser, mais il prit alors conscience de la faiblesse de ses bras et de ses jambes flageolantes, ainsi que du bourdonnement dans sa tête. Il n'avait ni vu ni entendu le steward apporter le bouillon, mais il ne l'en but pas moins avidement. Michael avait toujours la gorge en feu, mais le bouillon consistant le réchauffa et réveilla son appétit.

Il fourra le morceau de pain posé sur le plateau dans la poche de son pantalon et fouilla dans le placard pour trouver ses chaussures. Il avait la sensation que la pièce bougeait autour de lui. Il avait envie de s'allonger et de dormir encore un jour ou deux, ou même trois, mais il ne pouvait pas. Plus vite il disparaîtrait dans les rues de New York, plus vite il serait oublié.

Boutonnant la veste d'Owen, puis son pardessus, il sortit furtivement de la cabine et referma doucement la porte derrière lui. Traversant la salle à manger, désormais déserte, il entendit une horloge sonner dix heures. Il avançait péniblement en respirant lourdement et en se tenant aux murs pour garder l'équilibre.

Non loin de là, il sentait l'air de la nuit. Distinguant des voix au loin, il tourna dans les couloirs jusqu'à rejoindre un important groupe de passagers.

— Au moins, ils ne nous font pas passer par Ellis Island, fit remarquer une femme.

— Je subirais volontiers vingt interrogatoires et examens médicaux, dit une autre d'une voix tremblante, si seulement Harry était avec moi.

Elle réprima un sanglot, et l'autre femme passa son bras autour de ses épaules.

Michael ravala le mélange de bouillon et de bile qu'il sentait remonter de son estomac, puis s'infiltra dans leurs rangs. Il marcha, sans se faire remarquer, le long de la passerelle du quai 54.

Des membres des familles des passagers, retenus par des cordes et des barrières, se ruèrent sur les survivants, pleurant de soulagement et de douleur.

Michael se sentit perdu et infiniment seul au milieu de la joie confuse des retrouvailles et des grandes effusions. Il se faufila jusqu'à la sortie qui donnait sur la route, et enfin vers l'entrée de l'embarcadère.

Mais il fut surpris et déconcerté de se voir assailli par les questions des journalistes et les flashes violents des photographes.

—Ah, pourquoi ne nous laissent-ils pas tranquilles et ne rentrent-ils pas tout simplement chez eux ? N'avons-nous pas déjà assez souffert ? demanda un homme à côté de lui.

Michael n'en avait pas la moindre idée. Il savait seulement qu'il devait trouver la compagnie de chemin de fer dont le médecin avait parlé.

—Excusez-moi, monsieur. On m'a dit qu'il y avait une gare non loin d'ici. Sauriez-vous me l'indiquer ?

—Oui, bien sûr. Je vais moi-même prendre le train pour Philadelphie. Le Pennsylvania Railroad nous fait voyager gratuitement à partir de la Pennsylvania Station. Des taxis doivent attendre en face, ils nous emmèneront dès que les ambulances seront parties. Voyages-tu accompagné, jeune homme ?

—Non, monsieur.

L'homme hocha la tête avec compassion.

—Moi non plus, dit-il en remontant le col de son manteau. Tu es irlandais, je l'entends à ton accent. Te voilà bien loin de chez toi, pas vrai ?

Michael détourna les yeux. Il ne savait plus très bien où il était chez lui à présent, pas plus qu'un mois auparavant.

—Où vas-tu?

—Dans le New Jersey, monsieur.

—C'est grand, le New Jersey, répliqua-t-il en souriant. Dans quelle ville exactement?

Qu'avait dit le médecin? Michael ferma les yeux en fouillant dans ses souvenirs.

—Swainton. Swainton dans le New Jersey, monsieur.

—Je vois. C'est près de la côte. Tu devras prendre un train jusqu'à Philadelphie, puis un autre pour Swainton. Surveille bien les gares et fais attention à ne pas t'endormir, sinon tu manqueras ton arrêt.

—Oui, je ferai attention, monsieur.

Michael suivit l'homme à travers la foule et s'engouffra dans le dernier des taxis rangés le long du trottoir. Soulagé, il s'affala contre la portière, le front pressé contre la vitre froide, tandis que le taxi traversait lentement Manhattan.

Chapitre 22

Michael arriva à Philadelphie au petit jour. Sa correspondance pour le New Jersey ne partit qu'à neuf heures et demie et, quand le train s'arrêta à la gare de Swainton, la brume matinale s'était presque totalement dissipée ; le soleil perçait dans le ciel gris et froid. Le mal de tête lancinant de Michael s'était accentué, il avait la gorge serrée et se sentait de plus en plus fiévreux.

— Juste en bas de la route, à moins d'un kilomètre, tu tomberas sur le bureau de poste et le bazar. Là-bas, quelqu'un pourra te dire où se trouvent les pépinières Allen, jeune homme.

Le conducteur s'était montré particulièrement aimable, mais Michael avait la peur au ventre à l'idée de rencontrer la famille d'Owen. Que penseraient-ils de lui ? Ne se demanderaient-ils pas pourquoi il débarquait avec les vêtements d'Owen et ses rêves cousus dans ses poches, alors que le corps sans vie de leur neveu gisait au fond de l'océan ?

Que diraient-ils en apprenant qu'il n'était rien d'autre que de la vermine de Belfast, un passager clandestin pris en pitié par Owen ? Celui-là même qui s'était sacrifié pour lui sauver la vie alors que tant d'autres hommes et garçons respectables, et même des femmes et des enfants, avaient péri.

Michael suivit d'un pas lourd la direction indiquée par le conducteur, mais il arriva malgré tout bien trop vite à son goût devant le bureau de poste situé au bout de la route sinueuse. Il tourna la tête pour ne pas voir les crocus qui jaillissaient de terre et les jonquilles en boutons devant les maisons clairsemées. Il ne prêta pas attention aux cris des écureuils, différents de ceux qu'on croisait en Irlande, ni aux bruyants rituels de reproduction des rouges-gorges, qu'il découvrait pour la première fois. Devant lui jaillissait la symphonie de la vie, dont les couleurs vives contrastaient avec la grisaille de ses pensées.

— Oh, environ trois kilomètres je dirais, en bas de la route qui passe là-devant, lui répondit le receveur des postes quand il l'interrogea. Mais je ne pense pas qu'ils soient déjà de retour. Ils sont allés à l'église pour les funérailles. Je suppose que c'est pour cela que tu es venu. Tu arriveras peut-être juste à temps pour l'enterrement.

Michael resta silencieux. Il ne se demanda pas comment la nouvelle de la mort d'Owen était parvenue si rapidement jusqu'à eux. Mais il lui parut étrange d'organiser des funérailles alors qu'il n'y avait pas de corps ; ce devait être une coutume américaine. Pris de frissons à cette pensée, il secoua la tête. Ce n'était pas plus mal qu'il arrive trop tard. Michael n'avait pas le cœur à assister à un office supplémentaire, et de toute façon la famille ne voudrait pas de lui une fois qu'il leur aurait tout raconté.

Michael avait presque parcouru les trois kilomètres quand il s'arrêta près du temple d'Asbury. Les portes étaient closes et le jardin désert. Mais plus haut dans le cimetière, sous un vieil arbre, deux fossoyeurs rebouchaient une fosse. Un sentier jonché de fleurs et recouvert de traces de pas serpentait jusqu'à la route. Michael ne s'arrêta pas. Ses pieds ne lui obéissaient plus.

Il avait envie d'en finir rapidement. Il remettrait le manteau, la veste, le journal et le portefeuille d'Owen à sa famille. Selon les instructions d'Owen, il leur demanderait instamment de mettre les graines et les racines en terre dès que possible. Il leur révélerait tout ce qu'ils auraient envie de savoir sur… sur tout.

Je les supplierai d'écrire à Annie, de la faire venir ici. Je leur expliquerai que c'est la priorité. Je trouverai un travail quelque part et je mettrai chaque penny de côté pour qu'Annie puisse venir en Amérique. Je le jure sur ma tête.

Après quoi il partirait. Il ne savait pas encore où.

Il sut qu'il était arrivé en apercevant l'enseigne *Les Jardins Allen*. Il se trouvait devant une maison de deux étages à ossature en bois, dont la peinture s'écaillait. La porte et les fenêtres étaient drapées de noir.

Une grande dame lui ouvrit la porte. Elle portait le deuil, et des mèches de cheveux auburn teintées de gris s'échappaient de son chignon lâche. Ses yeux verts s'écarquillèrent quand elle le vit.

— Madame Allen ?

À peine eut-il levé les yeux vers elle et prononcé ces mots qu'elle s'avança vers lui et le prit dans ses bras.

— Owen ! C'est toi, mon garçon ? demanda-t-elle stupéfaite, avec un sourire à la fois infiniment triste et infiniment chaleureux. Nous pensions t'avoir perdu.

Deuxième Partie

Chapitre 23

L<small>E VENDREDI MATIN</small>, K<small>ATIE DÉBOULA EN TROMBE DANS LE</small> dortoir.

—Annie, tu ne devineras jamais… Mon père est sauvé! On prétendait que tous les pompiers et les soutiers étaient condamnés, mais il est sain et sauf!

Annie essaya de dire quelque chose, de se réjouir avec elle, mais aucun mot ne franchit ses lèvres.

—Nous avons attendu si longtemps. Les docks étaient bondés d'hommes et de mères avec leurs bébés, et les hommes de la *White Star Line* n'arrêtaient pas de secouer la tête en disant: "Rien de nouveau, nous n'en savons pas plus." Ils ont même fait apporter du café à tous ceux qui attendaient. C'est Dolly Curry, la propre fille du directeur, qui est passée avec des plateaux de café et de crème!

Annie n'avait pas envie d'écouter.

—Mais ils ont fini par afficher la liste des membres d'équipage. Maman dit que ce n'est pas normal qu'ils nous aient fait attendre si longtemps alors que les listes des passagers de première classe sont parues immédiatement dans les journaux. Mais ça m'est égal maintenant. Ça m'est égal parce que papa est en vie! exulta Katie.

Annie se couvrit soudain les yeux avec son bras, souhaitant que Katie la laisse seule.

—Et j'ai une autre nouvelle à t'annoncer. Assieds-toi, Annie! Tu ne devineras jamais…

Annie se contenta de secouer la tête.

—J'ai vu le nom de ton frère, Owen Allen, sur la liste des passagers de troisième classe!

—Quelle liste? demanda Annie dans un souffle.

—La liste des survivants… Il était sur la liste des survivants, Annie! Tu m'entends?

Elle avait entendu. C'était un miracle. Submergée par l'émotion, elle pleura de joie et de soulagement et se jeta au cou de Katie.

Annie s'habilla rapidement et, sans prendre la peine de se coiffer, elle attrapa son châle et sortit avec Katie. Main dans la main, les deux jeunes filles descendirent furtivement l'escalier de service, traversèrent la cuisine et se rendirent jusqu'aux bureaux de la *White Star Line*, où Annie put voir de ses propres yeux le nom d'Owen inscrit en grandes lettres bleues. La joie et la douleur qu'elle éprouva à la vue de son nom menaçaient de faire exploser son cœur. Ce miracle avait beau être incompréhensible, il ne la rendait pas moins folle de joie.

Dans les rues autour de l'école, tous les stores et les rideaux étaient tirés. Rares étaient les foyers de la ville épargnés par la catastrophe. Un office commémoratif fut célébré à l'église St Mary le samedi 20 avril. Aux côtés de centaines d'habitants de Southampton, Annie assista au défilé de longues rangées d'hommes et d'officiers en uniforme de la *White Star Line* jusqu'à l'église. *Une parade bien sinistre pour les morts*, songea-t-elle.

La plupart des marins de Southampton gagnaient leur vie sur les docks ou bien sur les bateaux qui appareillaient régulièrement du port de la ville. En raison de la longue grève des mineurs qui avait contraint de nombreux navires à rester à quai, des pères, maris, oncles, frères et cousins s'étaient engagés massivement sur le *Titanic*. Leurs familles étaient conscientes que ceux qui travaillaient dans les entrailles d'un paquebot de luxe avaient peu de chances de trouver une place à bord d'un des canots de sauvetage en nombre insuffisant.

154

Avec le naufrage du navire, la rémunération des membres d'équipage fut immédiatement interrompue. Les veuves avec des familles de trois, six ou même onze enfants, et les parents âgés qui vivaient uniquement du soutien financier de leurs fils disparus se retrouvèrent sans ressources. Des fonds de secours et des collectes furent rapidement mis en place.

Annie n'avait pas d'argent à donner aux veuves et aux orphelins, mais elle avait désespérément envie de se rendre utile. Elle connaissait quelqu'un qui avait de l'argent, plus d'argent qu'une seule personne ne pourrait jamais en avoir besoin. Elle écrivit à sa tante Eleanor, partageant avec elle sa joie de savoir Owen en vie, elle qui l'aimait aussi, bien que d'une étrange façon. Elle la supplia de faire quelque chose pour ceux qui avaient tout perdu.

Après avoir posté sa lettre, Annie se demanda si elle avait commis une erreur en écrivant à sa tante, mais ne put trouver de raison pour la conforter dans cette idée. Elle était tellement reconnaissante et désireuse d'exprimer sa gratitude en apportant son aide et en incitant les gens autour d'elle à en faire autant.

Annie avait l'impression de ne pas avoir le droit de se réjouir tout haut, ni même de chanter dans son cœur, quand tant de gens pleuraient autour d'elle. Mais elle avait besoin de crier sa joie. Elle partagea donc ce qu'elle avait sur le cœur avec Owen. Elle lui envoya trois lettres en une semaine, utilisant le papier et les timbres prévus pour une durée d'un mois. Tous les jours, elle attendit des nouvelles de son frère. Elle était certaine qu'il lui écrirait dès qu'il poserait le pied en Amérique pour lui raconter la tragédie qu'il avait vécue, lui dire qu'il était en sécurité et la rassurer.

Ne voyant rien venir, elle songea qu'Owen devait être épuisé, qu'il avait perdu son papier à lettres, son stylo et son encre dans le naufrage, qu'il devait vouloir arriver dans le New Jersey le plus vite possible. Il lui écrirait sûrement de là-bas.

Une autre semaine s'écoula. Les survivants originaires de Southampton rentrèrent chez eux, arrivant du port de Plymouth. Sortis vainqueurs de leur lutte contre l'océan, ces héros bien-aimés furent accueillis à la gare de Southampton par une foule en liesse qui laissa éclater son soulagement et son émotion, puis portés en triomphe dans les rues de la ville.

Annie était heureuse pour ces survivants de retour dans leurs familles, pour son amie Katie qui avait retrouvé son père, mais elle ressentait cruellement l'absence de bras autour d'elle. Elle avait la sensation que son chagrin était comme extérieur à elle-même. Encore dans l'incertitude concernant le sort d'Owen, elle n'avait pas été capable d'exprimer sa peine. Et quand elle avait vu son nom sur la liste des rescapés, elle ne s'était pas sentie libre de se réjouir ouvertement. À présent son malaise ne faisait que s'accroître.

Si seulement Owen m'envoyait de ses nouvelles, tout irait mieux. Je promets que je n'en demanderai pas plus. Annie écrivait plusieurs fois par jour ces lignes dans son journal.

Mais quand enfin une lettre arriva d'Amérique, elle n'était pas d'Owen.

« Ma très chère Annie,
À l'heure qu'il est, tu dois avoir eu vent de la terrible tragédie, et savoir que notre cher Owen fait partie des survivants, grâce soit rendue à Dieu. Il s'est présenté sur le seuil de ma porte à la fin de cette sombre semaine d'inquiétude. Jamais une vue ne m'a autant réjoui le cœur ! C'est une si heureuse nouvelle, chère Annie.
Je suis désolée de partager mes soucis avec toi, mon enfant. Mon Sean bien-aimé, ton cher oncle, vient de nous quitter après cinq années de souffrance. Qu'il repose en paix. Son cœur aimant a fini par l'abandonner. Nous l'avons enterré le jour même de l'arrivée d'Owen.
Le vœu le plus cher de ton oncle était de vous faire venir ici, Owen et toi, et de vous apporter tout l'amour d'une famille pour que vous vous sentiez ici chez vous. Il souhaitait aussi transmettre notre entreprise d'aménagement paysager à Owen pour assurer votre avenir à tous les deux. Et enfin nous

aurions obtenu ce que nous désirions si ardemment mais qui nous a été refusé, Dieu seul sait pourquoi : des enfants.

Je ne sais pas de quoi le futur sera fait, chère Annie. Je n'ai malheureusement plus grand-chose à vous offrir. Nous comptions tellement sur l'aide d'Owen et sur les nouvelles racines et graines qu'il nous avait promises. Il a eu l'ingénieuse idée de coudre ses trésors à l'intérieur de son manteau pour les garder en sécurité.

Mais nous n'avions pas compris qu'Owen sortait à peine de l'enfance. Avec tout ce que lui et son père – que son âme repose en paix – nous avaient raconté dans leurs lettres, nous nous attendions à trouver un jeune homme robuste. Et malgré la présence de notre employé Daniel, j'ignore comment nous arriverons à faire marcher l'entreprise et à conserver notre terrain, même avec l'aide d'Owen. Dieu seul sait ce qui nous attend.

Owen t'écrira sûrement dès qu'il en sera capable, mais je n'ai pas voulu que tu t'inquiètes pour lui. En arrivant chez nous, il était si fiévreux et dans un tel état d'épuisement qu'il en délirait presque – sûrement à cause du froid glacial et du naufrage. Sa gorge le faisait tant souffrir que, s'il avait été conscient, il n'aurait pas réussi à parler ou à déglutir. Deux jours ont passé depuis. Ce matin, sa fièvre est retombée, Dieu merci. Le docteur McGreavy a déclaré qu'il devrait se réveiller et se rétablir entièrement d'ici peu, bien qu'il ait encore besoin de repos.

Ton frère a été maltraité. J'ignore par qui, et je prie pour que ce ne soit pas également ton cas, chère Annie. Si je trouve un moyen pour te faire venir, je le ferai dès que possible. Fais-moi confiance.

Que Dieu te bénisse et te protège, ma chère nièce. Owen et moi t'enverrons rapidement des nouvelles.

Tendrement,
Ta tante Maggie. »

— Tu devrais être contente que ta tante t'ait écrit, Annie, la sermonna Katie. Owen a réussi à aller jusque dans le New Jersey, et il t'écrira lui-même dès qu'il ira mieux.

Mais quelque chose n'allait pas. Owen était incontestablement un homme, grand et robuste. Et de quoi voulait parler tante Maggie en disant qu'il avait été « maltraité » ?

Malgré la chaleur de la journée, Annie frissonna.

Chapitre 24

MICHAEL ENTENDIT LA MUSIQUE, LE FREDONNEMENT lointain, interrompu de temps en temps par des paroles qu'il connaissait de son enfance.

Have you ever heard the story of how Ireland got its name?
Well, I'll tell you so you'll understand from whence old
Ireland came... [1]

C'était une berceuse que sa maman fredonnait à la petite Megan Marie; peut-être la lui avait-elle aussi chantée, mais il n'en avait aucun souvenir.

Sure, a little bit o' heaven fell from the sky one day,
And nestled on the ocean in a spot so far away.
When the angels found it, it looked so sweet and fair,
They said, "Suppose we leave it, for it looks so peaceful
there." [2]

---

1. « Savez-vous d'où l'Irlande tient son nom ? / Je m'en vais vous raconter cette histoire pour que vous compreniez d'où vient la vieille Irlande... »
2. « Un jour, un petit coin de paradis tomba du ciel, / et se nicha sur l'océan dans un endroit perdu. / Quand les anges le trouvèrent, il leur parut si beau et si agréable, / Qu'ils décrétèrent : "Laissons-le ici, il a l'air de s'y plaire." »

Michael n'osa pas se concentrer sur la musique. Il savait qu'elle l'appellerait, le réveillerait, et, s'il se réveillait, il devrait faire face à la personne qui chantait. En jetant un coup d'œil furtif à travers ses yeux mi-clos, Michael vit l'image brouillée d'une femme, doucement éclairée par la lueur des bougies. Assise près d'une fenêtre ouverte, elle tenait un livre à la main d'un air absent. C'était la dame avec le chignon auburn grisonnant qui avait répondu à la porte des Allen et qui l'avait appelé Owen.

Michael ferma les yeux, avec l'envie de sombrer de nouveau dans le sommeil. Mais la musique, si triste, belle, émouvante, si pleine de nostalgie, ne s'arrêtait pas.

So they sprinkled it with stardust, just to make the shamrocks grow.
'Tis the only place you'll find them, no matter where you go.
And they dotted it with silver to make its lakes so grand.
And when they had it finished, sure, they called it Ireland.[1]

Les paroles se perdirent en un fredonnement, un chant de sirène, qui attira Michael, et des vagues de sommeil bleu-noir l'engloutirent au pays des rêves.

Il voyait des poissons, éclairés de l'intérieur, scintillants et légèrement colorés, nager lentement autour de sa tête. Alors qu'il s'enfonçait, une lumière rose pâle inonda les profondeurs de l'océan et il aperçut le fond sous ses pieds. Il était jonché de silhouettes étrangement familières, de formes évoquant de vieilles chaussures, des visages de poupées en porcelaine ébréchée et des montres de gousset cabossées.

---

1. «Alors ils le saupoudrèrent de poussière d'étoile, pour y faire pousser des trèfles. / C'est le seul endroit où vous en trouverez, où que vous alliez. / Et ils le parsemèrent d'argent pour faire resplendir ses lacs. / Quand ils eurent terminé, ils donnèrent à leur œuvre le nom d'Irlande.»

Il leva les yeux en entendant un fredonnement s'échapper de la bouche des poissons irisés bleus, verts et jaunes, qui tournoyaient autour de ses jambes et ses bras, et se mêlaient à son torse palpitant, produisant une nouvelle musique – un air discordant qui faisait battre le cœur de Michael et accélérait sa respiration.

Autour de lui, les poissons qui évoluaient en rythme grossissaient à vue d'œil. Leurs corps s'étiraient et leurs couleurs pâlissaient. Ils étaient devenus d'un blanc émaillé, et des gouttelettes de sang suintaient de leurs yeux brillants, ressemblant à des drapeaux rouges. Michael reconnaissait leurs nouveaux yeux, c'était l'emblème de la *White Star Line* figurant sur chaque pièce de vaisselle en porcelaine de troisième classe. La première vraie porcelaine dans laquelle il ait jamais mangé.

Soudain, les cieux, l'air et l'océan entier lui-même furent envahis par les poissons qui semblaient désormais taillés dans la porcelaine, tombant, nageant, se pressant autour de lui. Le somptueux piano jouant un air de ragtime, les centaines de draps neufs et les milliers de palmiers en pots passèrent devant lui à une vitesse vertigineuse. Des grains de sel de mer, si petits qu'ils étaient invisibles, se métamorphosèrent en millions de fleurs de Mr Bealing et formèrent un rideau liquide emplissant ses narines et l'empêchant de respirer.

La température baissait petit à petit et la lumière rose faiblissait. Glacé jusqu'aux os par le courant froid de l'océan, Michael sentit une ombre passer au-dessus de sa tête. Sans même avoir à regarder, il sut qu'il s'agissait de la gigantesque quille noire du *Titanic*.

Michael se jura qu'il ne lèverait pas les yeux, mais n'eut pas la force de lutter contre ce besoin irrésistible. Il vit, de nouveau, le dessous de la quille se fissurer et la cheminée se briser avant de s'écraser dans l'eau. À travers les vagues, il assista à la chute désespérée de milliers d'âmes qui se jetaient du ciel nocturne dans l'océan.

Michael prit son élan et bondit, avec l'envie désespérée de grimper sur l'échelle de poissons en porcelaine et de hisser les corps pour les mettre en sécurité près de lui. Mais il ne parvenait même pas à attraper leurs vêtements. Les corps, gelés, couverts de glace, flottaient à la surface de l'océan sans pouvoir couler.

—Owen, gémit-il. Owen.

—Calme-toi, mon enfant.

Michael sentit une main fraîche sur son front et dans ses cheveux, qui le faisait émerger du rideau de fleurs liquide, le tirait devant le superbe piano qui faisait toujours entendre les accords d'un air de ragtime, l'aidait à remonter à la surface de l'océan, où le soleil matinal rougeoyant faisait miroiter le champ de glace et se reflétait sur la cheminée rouge et noire du *Carpathia*.

Michael agita sa tête sur l'oreiller, sans réussir à chasser de son esprit ces images et ces couleurs vives.

—Réveille-toi. Réveille-toi, mon garçon, murmura la femme.

Sa voix mélodieuse et la tendresse qui en émanait le tirèrent de son rêve.

Michael ouvrit les yeux.

Chapitre 25

Michael ne reprit conscience qu'au bout d'une semaine, et il lui fallut une journée supplémentaire pour avoir le courage d'avouer sa véritable identité.

Mais Maggie savait déjà. Dans son inquiétude et sa confusion, dans sa crainte de devoir enterrer un autre Allen si vite après la mort de la personne qu'elle aimait le plus au monde, elle avait lavé et repassé les vêtements de son patient. Ce faisant, elle avait trouvé les graines, les plants et les racines d'Owen, ses notes et son journal. Et elle n'avait pu résister à la tentation de l'ouvrir.

Au fil de sa lecture, elle avait été envahie par divers sentiments : désarroi, inquiétude, chagrin, colère. À la fin de l'histoire d'Owen – sa belle histoire, interrompue bien trop tôt –, Maggie en était venue non seulement à admirer ce neveu, cet homme qu'elle n'avait jamais vu, mais aussi à aimer le pauvre garçon qu'il avait sauvé. Elle pria pour que, en lisant ce journal écrit de la main de son cher Owen, Annie parvienne elle aussi à aimer, ou du moins à pardonner à Michael.

—Je suis heureuse que tu sois ici, Michael. Une table avec seulement deux assiettes aurait été bien triste, dit Maggie, alors qu'elle remuait le porridge pour le petit déjeuner.

—C'est Owen qui devrait être ici, madame Allen.

Michael était dévasté par la mort d'Owen. Il souffrait d'être vivant, de porter les rêves et les vêtements de son sauveur, alors que celui-ci reposait au fond de l'océan.

— Oui. Owen devrait être ici, c'est vrai, reconnut Maggie. Mais pas à ta place, Michael. Avec toi.

Elle remplit un bol de porridge avec une cuillère et l'avança devant Michael, assis à la table de la cuisine.

— Vois si tu peux en venir à bout, dit-elle en regardant le maigre garçon d'un air sceptique. Mais Owen n'est pas là, reprit-elle. Et si quelqu'un est responsable, ce n'est pas toi mais le Seigneur, ajouta-t-elle en se redressant. Je ne le comprends pas plus que je ne comprends pourquoi mon Sean est parti alors que nous l'aimions si fort et que nous avions tant besoin de lui. Tout comme Owen. Il y a pourtant une raison à tout, mais je n'ai pas la prétention de la connaître… et toi non plus.

Elle tapota avec sa cuillère en bois contre la casserole.

Ça ne peut pas être aussi simple. On ne peut pas continuer à vivre comme si de rien n'était.

Michael en était convaincu.

— C'est ainsi, voilà tout, dit-elle comme si elle avait lu dans ses pensées. Chaque matin au réveil – si nous nous réveillons –, nous ramassons le fardeau que nous devons porter ce jour-là, avec le Seigneur Jésus à nos côtés pour nous aider. Chaque soir nous le reposons, en le remettant entre les mains du Seigneur. S'il est toujours là le lendemain matin, nous le ramassons et nous recommençons. Si le fardeau a disparu ou si un autre a pris sa place, nous savons vers qui nous tourner.

Ne sachant que répondre, Michael resta silencieux. Il fut soulagé de voir un homme mince et de haute taille entrer dans la cuisine à grands pas. Sa façon de fumer la pipe évoquait les cheminées de Belfast.

— Cette femme a un avis sur tout, mais, derrière sa façade de lionne, c'est une vraie mère poule, déclara-t-il en faisant un signe de tête à Michael. Je suis heureux de te voir au pays des vivants, jeune homme.

—Je te présente Daniel McKenica, dit Maggie Allen sans relever les taquineries du nouvel arrivant. Il travaille aux Jardins Allen et a une très haute opinion de lui-même, dit-elle en rajustant son tablier. Et, même s'il persiste à fumer la pipe contre mon gré, c'est notre plus vieil et cher ami.

L'ombre d'un sourire se dessina sous la moustache de l'homme.

—Monsieur McKenica, dit Michael avec un signe de tête.

—Pour une femme qui n'a jamais eu d'enfant, elle fait une bonne mère poule, pas vrai? fit remarquer Daniel avec des yeux pétillants en tirant sur sa pipe par petites bouffées.

Michael était troublé par leur badinage. S'il avait parlé sur ce ton à l'oncle Tom, il se serait retrouvé avec la semelle des chaussures de son oncle sur la figure. Mais Maggie Allen ne semblait pas s'en offusquer, bien au contraire; elle paraissait même y prendre plaisir.

Au bout de deux semaines passées dans le New Jersey, Michael se rendit compte qu'il en était venu à aimer Maggie Allen. Depuis la mort de sa mère, personne ne l'avait entouré de tant d'amour maternel. Même si Michael avait repris des forces et était capable d'aller chercher de l'eau, de porter du bois, de balayer le porche et de nourrir les poules, Maggie continuait à être aux petits soins pour lui. Elle le trouvait toujours maigrichon et le régalait de tous les produits sains de son jardin et de sa laiterie.

Elle l'interrompait régulièrement dans son travail pour lui tendre un verre de tisane froide, lui ordonnant de se reposer un moment, et le réprimandait chaque fois que, oubliant sa fatigue, il se laissait envahir par des idées sombres. C'était comme si elle lisait dans son esprit. Un jour, il se passa même la main sur le front avec l'impression que ses pensées y étaient imprimées, à la vue de tous.

—Pas d'auto-apitoiement sous mon toit, Michael Dunnagan. J'ai perdu l'homme qui était à la fois mon ami le plus cher et mon mari depuis trente-sept ans, et le neveu prodigue qui devait faire des miracles pour cette terre et pour mon cœur. Toi, tu as perdu ton meilleur ami et ton frère. Mais nous ne gagnerons rien à nous lamenter, et nous avons fort à faire.

—Cette terre a en effet besoin d'un miracle! Mais tu ne crois pas que nous devrions commencer par sauver la ferme? demanda Daniel qui avait fait irruption dans la cuisine en remontant ses bretelles.

Michael fut heureux de pouvoir échapper à un nouveau sermon de Maggie.

—Eh bien, je ne nie pas que la ferme soit en danger. Sans Sean et Owen, je ne sais pas comment nous allons nous en sortir.

Maggie soupira et, pendant un très bref instant, l'inquiétude et le désespoir se lurent sur son visage.

—Mais cela signifie simplement que Dieu a d'autres desseins pour nous, que nous ne voyons pas encore, ajouta-t-elle en levant la main. Je sais bien, Daniel McKenica, que tu me trouves idéaliste…

—Non, Maggie Allen, pas du tout, protesta Daniel en prenant place à la table. Je pense que tu es folle et que tu te mens à toi-même avec brio. Mais ne mets pas ces sottises dans la tête de notre petit gars de Belfast.

—Je viens de Shannon, rectifia Michael, qui voulait défendre Maggie bien qu'il ne la comprenne pas. Et je ne suis plus un petit gars: j'aurai seize ans en septembre.

—Qu'est-ce que tu as dit? demanda Daniel en levant les yeux du journal qu'il venait d'ouvrir.

—Je viens de la région du fleuve Shannon, pas de Belfast. J'ai seulement vécu à Belfast avec mon oncle Tom, dit-il en détournant le regard. Et j'ai presque seize ans.

—Ah, tu vois! triompha Maggie. Un jeune garçon de presque seize ans qui a habité près du Shannon nous aidera mieux que dix gars de Belfast pour développer une entreprise de jardinage et d'aménagement paysager! Médite là-dessus, Daniel McKenica!

Celui-ci émit un grognement, mais il n'avait pas l'air mécontent.

Après le petit déjeuner, Daniel se dirigea vers la porte et s'arrêta un instant sur le seuil.

—Si tu t'en sens la force, nous allons faire le tour du terrain aujourd'hui, Michael. J'ai regardé les plans d'Owen, on a du pain sur la planche.

Sur ces bonnes paroles, il sortit. Michael tourna la tête vers Maggie, qui le regarda en haussant les sourcils.

—Eh bien, tu n'avais pas prévu de nous quitter maintenant, si?

—Euh… non, madame, bredouilla Michael. Mais je ne savais pas si vous vouliez que je… que je reste.

Maggie posa sa main sur l'épaule de Michael.

—Nous avons besoin de toi, Michael. Et je crois que tu as besoin de nous. Avec une bonne dose d'amour et de confiance, nous pourrons former une famille, tous les trois.

—Et Annie, se risqua à dire Michael. J'ai promis à Owen que je ferais tout ce qui est en mon pouvoir pour la faire venir en Amérique.

—Et Annie.

Maggie sourit, mais Michael eut l'impression qu'elle se forçait.

—Elle nous rejoindra dès que possible. Et dès qu'elle sera prête, si elle le désire, dit-elle en chassant de son esprit ce qui semblait l'inquiéter. Notre Owen savait choisir ses amis, ajouta-t-elle en souriant. Nous ferons face aux difficultés ensemble.

Michael serra fort la main de Maggie dans la sienne. C'était le premier geste d'affection qu'il manifestait depuis bien longtemps. Depuis sa plus tendre enfance, depuis Megan Marie. Il sentit quelque chose grandir dans son cœur, quelque chose qu'il ne pouvait pas nommer, mais qui l'accompagna pendant toute la matinée, tandis qu'il marchait avec Daniel à travers les Jardins Allen.

—Si tu en as envie, tu pourras pêcher dans cette crique. En toute bonne conscience, car Maggie aime bien le poisson frais.

Michael avait beau avoir vécu près des docks de Belfast, il ne pêchait jamais. L'oncle Tom estimait que la pêche était un divertissement, et s'assurait que Michael avait toujours suffisamment de travail et de corvées à accomplir pour ne pas avoir le temps de se divertir. C'était pourtant une activité qui lui évoquait des souvenirs heureux, car son père aimait pêcher à la ligne dans le fleuve Shannon.

Michael et Daniel parcoururent ensemble les quinze hectares du terrain des Allen. Daniel lui énuméra tout ce que Sean Allen avait l'intention de faire et dont il lui avait fait part avant de mourir, les expériences couronnées de succès et les autres.

À mesure que Daniel lui montrait le terrain, Michael percevait avec de plus en plus de force la chaleur du soleil puissant du New Jersey sur son visage et l'odeur de la terre fraîchement retournée. Plus ils avançaient, plus il se sentait gagné par une impression de déjà-vu. Il savait que c'était impossible. Mais il lui semblait avoir éprouvé il y a bien longtemps – avant ses premiers souvenirs – le même sentiment de chaleur et de sécurité. C'était un peu comme ce qu'il avait éprouvé en compagnie d'Owen.

Vers le milieu de la matinée, Michael eut un point de côté et fut brusquement pris d'une grande fatigue. Il avait le souffle court et des difficultés à se tenir sur ses jambes. Il entendit alors dans sa tête la voix de l'oncle Tom qui l'humiliait, et l'image de Megan Marie refit surface dans son esprit. Il fut de nouveau submergé par une vague de culpabilité, puis par un profond accablement en pensant à Owen.

Michael ne comprenait pas ce déferlement soudain d'émotions.

Daniel ne semblait pas s'en être aperçu, mais il reprit le chemin de la maison.

— Tu ferais bien de te reposer un moment avant le déjeuner. Maggie Allen va me remonter les bretelles si tu n'as pas d'appétit pour ce qu'elle a préparé.

— Demain je pourrai travailler, monsieur McKenica. J'en suis sûr.

Michael ne voulait pas décevoir cet homme qui avait fait preuve d'une telle gentillesse à son égard.

— Pas demain, Michael, mais bientôt, répondit Daniel McKenica. Tu vas grandir et devenir plus fort. Tu verras.

Il s'empara d'une houe appuyée contre le porche à l'arrière de la maison puis s'éloigna de quelques pas avant de se retourner.

— Il faudra t'habituer à m'appeler Daniel. Je suis Mr McKenica pour les gens que je n'ai pas envie de connaître davantage.

Chapitre 26

LE MOIS DE MAI ARRIVA. ALORS QUE S'OUVRAIT À LONDRES LA commission d'enquête britannique sur le désastre du *Titanic*, les habitants de Southampton continuaient à porter le deuil de leurs disparus et à se serrer les coudes pour aider les familles des victimes. Grâce à des concerts de bienfaisance, des événements sportifs organisés au profit d'œuvres caritatives, des collectes en tout genre – publiques et privées –, et même des ventes de cartes postales commémoratives, des fonds purent être rassemblés pour les familles touchées par la tragédie. La vue de ces cartes rendait Annie malade. Elle ne comprenait pas qu'on puisse vouloir chez soi la photo d'un bateau qui avait tué un époux, un fils ou un frère.

Annie était sans nouvelles de la tante Eleanor et n'avait pas reçu d'autres lettres d'Amérique. Son appréhension allait croissant. Elle réfléchit sérieusement aux moyens de gagner son indépendance – bien loin des collectes de fonds et des cartes postales commémoratives – et à la façon dont elle s'y prendrait. Elle voyait des jeunes dames et des filles qui travaillaient dans le salon de thé qu'Owen fréquentait autrefois. L'une d'elles avait à peine deux ou trois ans de plus qu'elle. Une autre, toujours en retard, s'activait dans le magasin du chapelier en bas de la route. Elle essaya de s'imaginer à leur place et se demanda ce qu'elle pourrait faire pour gagner sa vie, si jamais elle y était un jour contrainte.

Elle méditait justement là-dessus quand on l'informa que Miss Hopkins souhaitait la voir dans son bureau après le cours de français.

Annie ignorait la raison pour laquelle elle était convoquée par la directrice. Elle n'était pas sortie en douce pour aller jusqu'aux docks depuis qu'elle avait reçu la lettre de sa tante Maggie. Elle avait sagement conjugué ses verbes en cours de français et effectué toutes les additions demandées par son professeur de mathématiques. Son cahier d'écriture était impeccable. Elle avait balayé le sol du dortoir et fait son lit avec soin.

Annie était encore en train de réfléchir à ce qu'on pouvait bien lui reprocher quand la porte du bureau de Miss Hopkins s'ouvrit.

—Entrez, ma fille. J'ai demandé à vous voir pour que nous ayons une petite conversation seule à seule, commença la directrice.

Sans pouvoir – ou vouloir – en admettre la raison, Annie n'avait aucune envie d'avoir cette discussion avec Miss Hopkins.

Faites qu'on me reproche quelque chose de stupide, de vraiment très stupide. Faites qu'il s'agisse de cela!

Miss Hopkins conduisit Annie jusqu'au canapé, près de la table basse.

—J'ai reçu une lettre d'Amérique de votre tante, Annie.

Celle-ci retint son souffle.

Pourquoi tante Maggie aurait-elle écrit à Miss Hopkins? Annie était sûre de ne pas vouloir le savoir. *Arrêtez le temps. Arrêtez le temps. Arrêtez le temps. Arrêtez le temps.* Les mots se bousculaient dans l'esprit de la jeune fille.

Miss Hopkins paraissait bouleversée, même si elle s'efforçait de le dissimuler.

—Il semblerait qu'il y ait eu une sorte de méprise. J'ai essayé de contacter votre tante à Londres, Miss Hargrave, pour savoir si elle avait eu des nouvelles, ou pour qu'elle me dise comment je devais procéder, mais je n'ai reçu aucune réponse.

Annie était assise, immobile, à l'exception d'un hochement de tête presque imperceptible. Elle entendit d'abord un bourdonnement de plus en plus fort, qui se transforma en un martèlement violent contre ses tempes.

Miss Hopkins s'agenouilla par terre devant elle et lui prit les mains.

—Dans sa lettre, votre tante Margaret Allen m'explique que le jeune homme qui s'est présenté chez elle juste après… après le naufrage du *Titanic*… n'était pas votre frère. Il portait le manteau d'Owen et avait en effet été à bord avec lui, mais…

Annie retira brusquement ses mains. Elle se leva en secouant la tête avec véhémence et se couvrit les oreilles de ses mains. *Mensonges! Mensonges! Mensonges!* Mais elle ne parvenait pas à dire ces mots à haute voix.

—Annie, dit Miss Hopkins en retirant les mains d'Annie de ses oreilles et en les gardant dans les siennes. Votre tante a envoyé ce paquet pour vous. Elle vous explique tout dans une lettre qu'elle a glissée à l'intérieur, mais elle ne souhaitait pas que vous soyez seule quand vous l'ouvririez.

Annie sentit son petit déjeuner remonter dans sa gorge. Avant même de déchirer le papier d'emballage, elle savait ce que contenait le paquet en forme de livre que lui montrait Miss Hopkins. Sa taille et son poids correspondaient à ceux du journal dans lequel elle écrivait tous les jours et qu'elle avait promis de partager avec Owen quand ils seraient enfin réunis. Owen n'aurait jamais sorti le sien de la poche de son manteau. Pas volontairement. De même que son petit râteau et sa petite pelle dans la poche de son pantalon et sa montre dans celle de sa veste, c'était un objet dont il ne se séparait jamais.

Annie ferma les yeux avec force, refusant de voir la réalité en face.

—C'est sûrement une erreur, murmura-t-elle d'une voix enrouée. Owen est à Halifax ou à New York… Un autre bateau l'a trouvé. Il va bien. Il va venir me chercher. La jeune fille se mit à trembler puis éclata en sanglots déchirants, tandis que Miss Hopkins la prenait dans ses bras.

Annie ne se souvenait pas de comment elle était arrivée jusqu'à son lit ce soir-là. Mais elle se réveilla le lendemain matin le visage humide et son oreiller trempé de larmes, le précieux journal d'Owen pressé contre sa poitrine.

Elle se rappelait seulement avoir lu la lettre de tante Maggie, seule, à la faible lueur de sa lampe. La lettre racontait l'histoire qu'Annie connaissait déjà d'une certaine façon dans un coin de sa tête, sans vouloir l'admettre. Ce n'était pas Owen, mais Michael qui avait survécu au naufrage du *Titanic*. Il avait fait la route jusque chez les Allen dans le New Jersey. Il se rétablissait à présent de sa maladie. Il était sain et sauf, et rirait et chanterait de nouveau un jour. Elle le savait, même si tante Maggie affirmait qu'il était profondément affecté par la mort de son ami.

« Michael se reproche d'être en vie, et je crois qu'il préférerait ne pas l'être, s'il n'avait pas promis à Owen de nous apporter le fruit d'années de travail, de redonner vie à ces jardins à l'agonie et de te faire venir en Amérique, chère Annie. »

— C'est injuste, pleura-t-elle. Owen a sacrifié sa vie pour Michael alors qu'il n'est qu'un enfant abandonné et un passager clandestin !

Elle savait que c'était son frère qui avait voulu faire porter son manteau et ses rêves à Michael. Elle le savait parce qu'elle le connaissait bien.

Mais pourquoi ? Pourquoi n'avaient-ils pas pu survivre tous les deux ? Pourquoi la vie de son frère avait-elle dû être sacrifiée ? Annie bourra son oreiller de coups de poings et le roula en boule avant d'y enfouir sa tête.

Peu avant l'aube, Annie sortit de son lit et s'habilla au clair de lune. Elle glissa le journal d'Owen dans la poche de sa cape, descendit l'escalier de service sur la pointe des pieds et se faufila dehors. Même la cuisinière n'était pas encore levée.

Elle marcha jusqu'aux ravissants jardins de la mairie qu'Owen avait aménagés avant de partir et s'installa sur le banc sur lequel ils s'étaient assis ensemble le dimanche de Pâques au coucher du soleil.

Annie regarda l'aube poindre sur les jardins. Prise d'un frisson, elle resserra sa cape autour d'elle. Quand il y eut assez de lumière pour lui permettre de lire, Annie ouvrit le journal d'Owen.

Elle y lut toutes ses pensées et ses prières pendant les jours qui avaient précédé sa mort. Cela lui réchauffa le cœur de voir écrit noir sur blanc qu'il l'aimait et voulait son bonheur. Elle découvrit qu'il était amoureux de Lucy Snape et s'était juré d'aimer aussi son enfant. Il considérait Michael comme son petit frère et était prêt à devenir un fils pour tante Maggie et oncle Sean, et à les aider comme ses propres parents. Owen avait imaginé la vie qu'ils mèneraient, tous ensemble, en Amérique. Ils auraient formé une grande et heureuse famille.

Mais rien de tout cela ne se réaliserait, parce qu'Owen était mort et Lucy Snape aussi. Elle avait vu la mère de cette dernière à l'église en habit de deuil. La petite Margaret vivrait chez ses grands-parents, Michael dans le New Jersey et Annie… Annie n'avait pas la moindre idée de ce qu'elle ferait. *Que vais-je devenir à la fin du trimestre, quand l'argent d'Owen se sera évaporé ?*

La brise marine qui se levait vint sécher les larmes sur le visage de la jeune fille. Elle ne savait pas comment elle parviendrait à aller de l'avant, mais elle le ferait. Owen l'aurait voulu.

Annie passa la main sous le banc à la recherche des lettres qu'Owen y avait gravées. C'était leur petit secret, leur endroit rien qu'à eux : *Owen & Annie Allen*. Un souvenir de son frère gravé dans le bois auquel elle tenait comme à la prunelle de ses yeux. Elle fut surprise de sentir autre chose sur le bord le plus éloigné.

Annie s'agenouilla par terre et regarda sous le banc. Elle aperçut leurs noms dans un ovale, soigneusement gravés par Owen. Plus loin, elle distingua des lettres grossièrement inscrites : MICHAEL.

Annie recula brusquement comme si elle s'était brûlée. Le cœur battant la chamade, elle se leva et regarda fixement le banc, ce banc qu'elle considérait comme sacré, en essayant de se calmer. Elle murmura d'une voix si basse que même le roitelet perché sur l'arbuste le plus proche ne l'entendit pas.

—Je te déteste, Michael Dunnagan! Et je te détesterai jusqu'à mon dernier souffle.

Deux jours plus tard, Annie fut de nouveau convoquée dans le bureau de Miss Hopkins. Elle ne fut pas surprise d'y trouver Jamison, le fidèle valet de sa tante Eleanor. Annie avait l'impression de jouer dans une longue tragédie. Elle ne faisait qu'attendre, jour après jour, les répliques de sa prochaine scène. *J'ai déjà vécu cela*, songea Annie, *mais j'ai oublié mon texte*.

Miss Hopkins avait dû expliquer à Jamison ce qu'Annie savait déjà, car il l'accueillit à bras ouverts. Annie s'avança vers lui, le cœur si lourd qu'il ralentissait ses pas.

Miss Hopkins demanda à Jamison d'essayer de convaincre Miss Hargrave de laisser Annie à l'école jusqu'à la fin du trimestre, et d'envisager de l'y réinscrire l'année suivante. Annie n'écoutait pas. Elle n'avait pas envie de penser à l'école. Et lorsque Jamison lui raconta tout ce qu'il savait, elle n'eut plus envie de rien.

—Au début du mois, Miss Hargrave a reçu un télégramme de la *White Star Line* de Halifax, commença Jamison en faisant nerveusement tourner son chapeau entre ses doigts. Le *Mackay-Bennett*, le navire envoyé pour... repêcher les cadavres, était rentré au port. Parmi les corps, il y avait celui d'un homme avec le billet de Mr Owen dans sa poche.

Le cerveau d'Annie résistait. *Cela ne veut rien dire! N'importe qui peut avoir ramassé son billet.*

—La *White Star Line* voulait que quelqu'un vienne identifier le corps, poursuivit Jamison, en jetant des coups d'œil malheureux à Annie. Miss Hargrave a décrété que c'était ridicule puisque Mr Owen figurait sur la liste des rescapés. Mais son neveu ne lui avait envoyé aucune nouvelle d'Amérique, voyez-vous, et d'après son notaire, Mr Sprague, elle était obligée d'aller identifier le corps ou d'envoyer quelqu'un à sa place. Il a précisé que cela avait quelque chose à voir avec un certain fonds fiduciaire.

—Asseyez-vous, monsieur Jamison, proposa Miss Hopkins.

Annie prit alors conscience que la directrice se trouvait encore dans la pièce, debout aux côtés de leur visiteur, qui paraissait encore plus vieux que de coutume avec son teint livide et ses traits tirés.

—Merci, madame.

Jamison s'assit lourdement sur le canapé et Annie en fit autant.

Annie se mit à triturer nerveusement les petites touffes de crin noir du canapé.

—Elle a déclaré que c'était une perte de temps et refusé d'y aller elle-même, et m'a donc envoyé à sa place, expliqua Jamison, qui inspira lentement puis expira avec lassitude.

—Vous ne pouviez pas être certain qu'il s'agissait d'Owen, laissa échapper Annie.

—Ils nous ont emmenés dans une grande patinoire, où tous les corps… les gens…

Jamison se tut quelques secondes, baissant la tête pour se ressaisir.

— Certains étaient dans des cercueils ou des sacs en toile, d'autres simplement étendus sur des brancards, tels que la mer les avait laissés, précisa Jamison. Nous avons dû montrer une pièce d'identité prouvant que nous étions parents ou que nous représentions un membre de la famille du déf… de la personne. Ils nous ont ensuite emmenés les identifier.

Jamison détourna le regard, essuyant les larmes qui lui brouillaient la vue.

—Mais ils avaient tous passé du temps dans l'eau, dit Annie en regardant fixement devant elle. Ils étaient sûrement méconnaissables.

Peut-être qu'ils n'étaient pas sûrs qu'il s'agissait d'Owen. Et s'ils n'en étaient pas sûrs, alors peut-être qu'il…

Jamison tira de la poche de son manteau un paquet enveloppé dans un mouchoir qu'il déplia et posa sur les genoux d'Annie.

Il s'empara du petit râteau et de la petite pelle, les mit dans la main d'Annie et referma ses doigts sur les manches. Puis il sortit de la poche de son gilet la montre en bronze qu'Annie adorait s'amuser à ouvrir quand elle était petite. La montre qui avait appartenu à son père avant d'être à Owen.

— On les a retrouvés dans ses poches.

Annie ouvrit machinalement le boîtier. Face au cadran se trouvait une vieille photo de famille. Le temps s'arrêta. Aucun son ne sortit de la bouche d'Annie.

— Après avoir identifié Mr Owen, j'ai demandé dans un télégraphe à Miss Hargrave quelles étaient ses instructions. N'obtenant pas de réponse, je lui ai de nouveau télégraphié le message deux jours plus tard. J'ai alors appris par Mr Sprague, son notaire, que Miss Hargrave avait très mal accueilli la nouvelle. Il m'a dit de faire ramener Mr Owen en Angleterre afin qu'il soit enterré dans le cimetière de Bunhill Fields avec ses parents.

La voix de Jamison s'étrangla. Il toussa dans son mouchoir puis se redressa avant d'ajouter :

— Je vous demande pardon, madame Hopkins. Cette famille est comme la mienne.

— Nul besoin de vous excuser, monsieur Jamison, répondit doucement Miss Hopkins.

Annie aurait glissé sa main dans celle de Jamison si elle avait trouvé la force de la soulever.

— En rentrant à Londres, j'ai appris que Miss Hargrave avait eu une attaque. Elle est alitée, et le docteur ne sait pas si elle se remettra.

Jamison inspira profondément.

— Et elle a demandé à ce qu'Annie rentre chez elle ? demanda Miss Hopkins.

Jamison s'agita sur son siège.

— Eh bien, pas exactement, madame. Elle ne peut pas parler, pour le moment, dit-il en regardant Annie. Le notaire, Mr Sprague, m'a envoyé ici pour informer Miss Annie de l'état actuel de la situation. Il a pris les affaires de Miss Hargrave en main, voyez-vous…

Un office va être célébré pour Mr Owen demain matin. Il a pensé que sa sœur souhaiterait en être informée et rentrer à Londres avec moi pour y assister. Et il aimerait avoir une conversation avec Miss Annie, ajouta Jamison après un moment d'hésitation.

Miss Hopkins sonda le visage d'Annie puis se tourna vers Jamison.

—Annie a-t-elle besoin d'un endroit pour vivre?

Jamison laissa échapper un soupir de soulagement.

—Mr Sprague a affirmé qu'Annie aurait toujours un toit à Londres, à Hargrave House.

Annie se leva. Elle aurait volontiers éclaté de rire, mais elle avait oublié comment faire. C'était exactement ce qu'elle redoutait – ce contre quoi Owen et elle avaient lutté –, et à présent elle n'avait plus le choix.

—Annie? demanda Miss Hopkins en examinant attentivement la jeune fille dont elle leva le menton.

—Je vais préparer mes affaires, murmura Annie en quittant la pièce précipitamment.

Chapitre 27

Pendant tout le trajet en train jusqu'à Londres, le brouillard et les trombes d'eau incessantes l'empêchèrent de profiter du paysage. Il plut également à verse le lendemain matin pendant l'office de funérailles d'Owen. Annie songea que le temps s'accordait aux circonstances.

On ne lui permit pas de voir le corps d'Owen. Le notaire, Mr Sprague, lui expliqua que la mer et le temps avaient fait leur œuvre. Elle n'avait pas les idées très claires, mais songea que ce n'était pas plus mal. Elle avait envie de conserver l'image d'un frère beau et fort, comme ce dimanche de Pâques où ils avaient flâné gaiement à travers les rues de Southampton, bras dessus, bras dessous.

Cependant, même en essayant de toutes ses forces, elle n'arrivait pas à se rappeler la sensation qu'elle éprouvait quand Owen la prenait dans ses bras ou quand elle devinait les battements de son cœur à travers son gilet en laine, la tête appuyée contre son torse. Ce vide épouvantable, cette incapacité à se souvenir, à ressentir, firent frissonner Annie, qui se tenait debout devant la tombe de son frère sous la pluie battante, abritée par son parapluie noir.

Le pasteur parlait – des mots, des prières et une bénédiction –, mais Annie ne regardait pas, n'écoutait pas. Comment pourrait-il la réconforter, quand la personne qu'elle aimait le plus au monde avait été si brutalement arrachée à la vie ?

Quand Annie sortit enfin de ses pensées, son regard se posa sur les tombes de ses parents à côté de celle d'Owen, lui rappelant douloureusement qu'elle était bel et bien orpheline.

De minuscules pousses vertes perçaient la terre noire détrempée par la pluie, témoignant de son travail avec Owen lors de leur dernière visite au cimetière de Bunhill Fields. Elle songea qu'elle reviendrait plus tard, seule, pour planter les mêmes fleurs sur la tombe d'Owen. Elle se rappela alors qu'elle n'avait plus de graines. Elle devrait patienter une année supplémentaire que les fleurs de ses parents en produisent.

Elle ferma les yeux. *Une année de plus ou de moins, quelle importance maintenant?*

Lorsqu'elle tourna la tête, son attention fut attirée par la tombe de John Bunyan et par le bas-relief dont lui avait parlé Owen : Chrétien, courbé sous le poids de son lourd fardeau. *C'est moi*, se dit Annie. *Et cela ne changera pas. Owen avait tort ; jamais je n'arriverai de l'autre côté.*

Alors qu'ils marchaient sur le chemin pavé en direction des voitures, Mr Sprague s'approcha Annie.

— Je suppose que vous avez vu votre tante et que vous comprenez la situation, mademoiselle Allen, dit-il.

Annie n'était pas habituée à ce qu'on l'appelle ainsi. Elle avait l'impression qu'il s'adressait à une autre personne.

— Elisabeth Anne? insista le notaire.

— Non, monsieur. Non, je ne l'ai pas vue.

Les efforts qu'elle déployait pour parler lui semblaient énormes et accentuèrent la sensation d'oppression dans sa poitrine.

— Nous sommes arrivés tard à Londres hier soir, et ce matin… je n'ai pas voulu… Nous sommes venus directement ici, précisa-t-elle.

Annie tourna la tête. Elle n'avait pas envie de lui expliquer qu'elle redoutait la rencontre avec sa tante et n'avait aucun désir de la revoir.

Le notaire hocha la tête.

— Une fois que vous serez installée, j'aimerais avoir une conversation avec vous.

Pendant toutes ces années où Owen et elle avaient vu Mr Sprague entrer et sortir du bureau de leur tante, il ne leur avait jamais adressé la parole, se contentant de les saluer d'un signe de tête en passant dans l'entrée.

— Disons dix heures demain matin, chez moi ?

— Chez vous ?

Ce fut tout ce qu'Annie put dire. *Qu'est-ce qu'il peut bien vouloir ?* Mr Sprague la regarda droit dans les yeux.

— Oui. Mr Jamison pourra vous accompagner. J'ai pris la liberté de lui donner ma carte.

Annie savait que ce n'était pas la procédure, mais tout allait à vau-l'eau. Elle hocha la tête, consciente qu'elle devrait répondre quelque chose de plus convenable mais sans s'en soucier le moins du monde.

— Très bien.

Le notaire semblait satisfait, mais il ajouta, après une brève hésitation :

— Je crois qu'il serait préférable de ne pas avertir votre tante de cette visite pour le moment, si elle reprenait conscience.

Ces paroles firent sortir Annie de son état de torpeur.

— Je n'en ferai rien si vous pensez que cela vaut mieux, monsieur.

Il toucha alors doucement le bras d'Annie et sa voix se fit plus chaleureuse.

— Oui. Je vous expliquerai pourquoi demain. Annie, rentrez chez vous à présent et reposez-vous. Vous avez eu une journée très éprouvante.

Il porta la main à son chapeau et tourna les talons.

Annie ne s'attendait pas à ce geste de gentillesse de sa part, ni à ce qu'il l'appelle par le diminutif qu'on lui donnait dans son enfance. Elle retint les larmes qui menaçaient de couler.

Jamison lui tint la portière et la débarrassa de son parapluie quand elle arriva devant la voiture.

— Vous pouvez le considérer comme un ami à présent, Miss Annie.

—Qui ?

—Mr Sprague. C'est lui qui a tout arrangé pour rapatrier le corps de Mr Owen en Angleterre. C'est lui aussi qui a insisté pour que j'aille vous chercher à l'école afin que vous puissiez assister à l'office. Il ne voulait pas que vous appreniez la nouvelle de la bouche d'un étranger.

—Oh.

Ce fut tout ce que parvint à dire Annie. Elle fronça les sourcils. Si tante Eleanor avait été en meilleure santé, ne l'aurait-elle pas envoyée chercher ? N'aurait-elle pas été invitée aux funérailles de son propre frère ?

—Il a repris les affaires de Miss Hargrave, voyez-vous. C'était ce qu'avait décidé votre grand-père, si elle venait à être dans l'incapacité de le faire. Ce qui est le cas… du moins pour le moment.

Jamison lança à Annie un regard lourd de sous-entendus.

Annie avait beau réfléchir, elle ne comprenait ni la raison pour laquelle le notaire la convoquait, ni pourquoi Jamison en savait autant sur les affaires de sa famille. Mais, comme l'avait souligné Mr Sprague, sa journée avait déjà été suffisamment éprouvante ainsi.

Chapitre 28

Annie jeta un coup d'œil au cadran de sa montre-broche ; ils avaient dix minutes d'avance.

Jamison tira la sonnette de la maison du notaire tout en triturant nerveusement ses gants.

— D'après l'infirmière, Miss Sise, votre tante a remué dans son sommeil hier. Elle ne semblait pas dans le même état d'inconscience que la semaine dernière.

— C'est bon signe ? demanda Annie.

Jamison la regarda avec un drôle d'air.

— Tout dépend de ce que vous espérez, Miss Annie.

Un majordome ouvrit la porte à ce moment-là et la salua en reculant.

— Mademoiselle Allen. Monsieur Jamison. Mr Sprague vous attend.

Annie n'était pas habituée à être traitée aussi formellement. Avant son départ pour Southampton avec Owen, elle passait le plus clair de son temps dans les chambres à l'étage de Hargrave House à Londres. Jamais sa tante ne l'emmenait rendre visite à des amis, estimant que c'était dans l'ordre des choses pour une fille de son âge et de sa condition. Six semaines plus tôt, elle mourait d'envie de partir à l'aventure et, malgré la peur qu'elle éprouvait à la perspective du départ d'Owen, elle avait été ravie de prendre le train pour Southampton avec son frère. C'était le voyage le plus excitant qu'elle ait jamais entrepris.

Mais, depuis qu'Owen n'était plus là, elle avait besoin de calme et de solitude. Passer ses journées recluse à l'étage de la maison de Old Street lui semblait déjà un défi suffisant. Que sa tante Eleanor reprenne ou non connaissance ne changerait pas grand-chose. Quel malheur pourrait-elle bien lui infliger, maintenant qu'elle avait perdu Owen?

— Votre manteau, mademoiselle, dit le majordome en aidant Annie à l'ôter. Par ici, je vous prie, mademoiselle.

Annie et Jamison suivirent le majordome dans le couloir et attendirent qu'il ouvre une porte massive en chêne. Les deux hommes s'écartèrent.

Mr Sprague se leva de son bureau et indiqua un fauteuil à Annie.

— Ah, mademoiselle Allen. Entrez donc, je vous prie.

— Jamison?

Annie n'était pas sûre de vouloir s'entretenir seule avec le notaire. La veille encore, elle avait de lui l'image d'un homme désagréable et rigide.

— Si vous avez besoin de moi, je serai devant la porte, mademoiselle Allen, répondit Jamison, qui ne semblait pas du tout inquiet et souriait, à la grande consternation d'Annie.

— Gregory, apportez du thé pour Miss Allen et assurez-vous de servir à Mr Jamison ce qu'il désire.

— Très bien, monsieur.

Le majordome salua de nouveau, attisa le feu dans la cheminée puis s'éclipsa.

Mr Sprague ferma la porte et retourna à son bureau. Il s'assit, joignit les mains puis regarda Annie calmement.

La jeune fille croisa les mains et déglutit, la gorge nouée.

— Cela fait vingt-sept ans que je suis le notaire de la famille Hargrave, mademoiselle Allen. Mr Winston Hargrave, votre grand-père, et moi-même avons fait nos études ensemble à Oxford.

— Oui, monsieur.

Elle le savait déjà.

—Quand votre mère a épousé Mackenzie Allen, qui travaillait alors pour la famille Hargrave en tant que jardinier, Mr Hargrave a juré de rayer sa fille de son testament.

Annie connaissait déjà toute l'histoire. Les menaces répétées de tante Eleanor à l'encontre d'Owen lui revinrent à l'esprit.

—On dirait que c'est une tradition familiale, s'entendit-elle murmurer ironiquement, à sa grande surprise.

Un petit sourire se dessina sur les lèvres de Mr Sprague.

—Je suis de votre avis, mademoiselle Allen.

—Vraiment, monsieur?

—Je suis le notaire de la famille. Cela ne veut pas dire que j'ai toujours approuvé les décisions que l'on m'a chargé de faire respecter, déclara Mr Sprague, l'air soucieux. Je crois cependant que si votre grand-père avait su à quel point votre mère souffrirait, il aurait fait le nécessaire pour qu'elle bénéficie des soins médicaux dont elle avait besoin. Il l'aimait, à sa manière.

Annie se raidit, songeant que c'était un peu facile. Elle se remémora les horribles quintes de toux de sa mère avant que le petit William vienne au monde mort-né, ses refus répétés de consulter un médecin, n'ayant pas un sou devant l'autre pour le payer, alors que son grand-père avait de l'argent à ne plus savoir qu'en faire.

Mr Sprague hésita.

—J'ai toujours regretté de ne pas avoir mieux conseillé votre grand-père avant sa mort. Je pensais qu'il lui restait encore un peu de temps pour faire amende honorable.

—C'était un homme impitoyable.

Annie s'étonna de nouveau de sa propre franchise. Elle osait enfin dire à voix haute les choses qu'elle avait si souvent pensées tout bas. Au nom du ciel, que lui arrivait-il? Elle avait l'impression qu'elle ne pouvait plus contrôler sa langue, mais c'était le cadet de ses soucis. Elle se sentait terriblement lasse et se réjouissait de son audace.

—Vous avez raison, approuva Mr Sprague. Impitoyable et vindicatif. Ne suivez pas ses traces, mon enfant.

— Je ferai de mon mieux pour m'en tenir éloignée, monsieur, répondit Annie.

— Vous aurez bientôt l'occasion de prouver que vous en êtes capable.

Annie cligna des yeux.

L'occasion de prouver que j'en suis capable ? Comment peut-il savoir ce qu'il s'est passé avec Michael Dunnagan ? Je me souviendrais si j'en avais parlé.

— Si votre tante était en pleine possession de ses facultés, je ne serais pas libre de divulguer l'information dont je vais vous faire part, mademoiselle Allen. Mr Hargrave m'avait donné des instructions précises ; je devais être son tuteur jusqu'à ses vingt et un ans. Après cela, elle deviendrait entièrement indépendante et responsable de ses affaires, avec une seule condition.

Annie se redressa.

— En cas d'invalidité, sans gardien légal pour veiller sur ses intérêts – c'est-à-dire sans époux –, Eleanor Hargrave devrait être placée sous ma tutelle jusqu'à son rétablissement ou sa mort.

— Est-ce que cela signifie que je dois quitter sa maison ? demanda Annie, qui ne voyait pas d'autre raison pour laquelle le notaire aurait pu la convoquer.

— Non, non, ma chère enfant ! s'exclama Mr Sprague qui semblait sincèrement peiné. Cela signifie que je suis enfin en mesure de faire appel à mon jugement pour gérer les affaires de votre tante.

— Oh.

Annie hocha la tête, bien qu'elle ne comprenne pas en quoi cela la concernait.

— Quand votre grand-père Hargrave a rayé votre mère de son testament, il a pris des dispositions pour les futurs enfants qu'elle pourrait avoir. Il leur serait remis un fonds fiduciaire à leur vingt et unième anniversaire. En attendant, celui-ci serait administré par votre tante Eleanor.

Mr Sprague semblait guetter un signe de compréhension de la part d'Annie.

Elle s'efforça de s'éclaircir les idées et de se concentrer.

—Votre grand-père ne voulait pas que votre mère ou votre père aient connaissance de l'existence de ces fonds. Il espérait que, en faisant l'expérience de la pauvreté, votre mère rentrerait chez elle.

—Il pensait qu'elle quitterait père ? C'était mal la connaître : jamais elle n'aurait fait cela.

Annie en était convaincue.

—Non, en effet. Cependant, votre grand-père est mort d'une crise d'apoplexie avant d'avoir pu se réconcilier avec sa fille, et sans avoir modifié les instructions qu'il m'avait transmises. Je n'étais pas autorisé à révéler les clauses de son testament à votre mère, son époux ou leurs futurs enfants avant le vingt et unième anniversaire de ceux-ci.

Mr Sprague se tut quelques instants pour laisser à Annie le temps d'assimiler ce qu'il venait de lui apprendre.

—Est-ce que cela signifie qu'il y a un héritage pour Owen et moi ?

—Oui. Mais il faudra attendre votre vingt et unième anniversaire avant de pouvoir en bénéficier. Le jour de vos dix-huit ans, vous recevrez tout ce qu'Owen aurait touché. Cet héritage représente presque la moitié de la fortune des Hargrave. Vous serez définitivement à l'abri du besoin.

Annie tourna lentement la tête, essayant de comprendre ce que cela signifiait. Ce ne pouvait être vrai. Tous ces mois pendant lesquels Owen avait mis de l'argent de côté… Ils avaient été séparés pendant un an lorsqu'il travaillait comme jardinier à Southampton. Et il aurait eu vingt et un ans en juillet.

Si seulement il avait attendu trois mois, il aurait pu partir en Amérique en première classe, avec Annie. Il aurait pu investir tout l'argent qu'il souhaitait dans l'entreprise de l'oncle Sean dans le New Jersey.

—Owen n'aurait pas eu besoin d'embarquer sur le *Titanic*.

—Non, confirma Mr Sprague, les yeux rivés sur ses mains jointes. Je l'ai exhorté à attendre l'été, sans pouvoir lui dire pourquoi.

Owen voulait absolument arriver dans le New Jersey au printemps, à temps pour les plantations. Il disait que ton oncle n'allait pas bien.

—Oncle Sean est mort. Tante Maggie me l'a annoncé dernièrement.

Annie se sentit prise de vertige.

—Je suis tellement désolé, mon enfant. Que de malheurs…

—Tante Eleanor a menacé de rayer Owen de son testament s'il quittait Londres, se souvint Annie. Elle ne savait donc pas qu'Owen devait hériter d'une grosse somme quelques mois après?

—Elle le savait. Elle l'a toujours su et, contrairement à moi, elle n'était absolument pas tenue au secret.

Sa tante avait menacé et manipulé son père et Owen pendant des années. Les souvenirs déferlèrent dans son esprit. Elle calcula le temps qui s'était écoulé entre la mort de son grand-père et la naissance de son frère, puis jusqu'à sa mort.

—Vous voulez dire que tante Eleanor savait que grand-père subviendrait à nos besoins et qu'elle n'a rien fait pour aider nos parents? Qu'elle a laissé mourir notre mère et notre père vivre dans le dénuement le plus total? Alors qu'Owen…? Pourquoi? demanda Annie dont la voix se brisa.

—Je crois que votre tante considérait qu'elle ne pourrait manipuler votre père et votre frère qu'en ne partageant ni cette information ni son argent. Winston Hargrave avait ruiné la réputation de votre père dans tout l'Empire. Il était devenu impossible à Mackenzie de trouver du travail. Quand votre mère est morte, il s'est retrouvé sur la paille, sans même de quoi vous nourrir et vous vêtir correctement, Owen et vous, et mettre un toit sur votre tête. Il était donc entièrement à la merci d'Eleanor. Elle lui reprochait d'être responsable de la mort de votre mère, et a finalement réussi à la convaincre qu'il l'avait pratiquement assassinée en l'épousant, expliqua Mr Sprague en passant la main dans ses cheveux clairsemés. Elle a tant et si bien embobiné votre père qu'il s'est retrouvé dans une impasse, contraint d'agir selon la volonté de votre tante et de son père. Je ne crois pas exagérer en affirmant qu'Eleanor a manipulé Mackenzie et Owen de la même façon que son père l'avait manipulée pour la faire rester auprès de lui, précisa-t-il en soupirant lourdement tandis qu'il s'enfonçait dans son fauteuil en joignant les mains. Dans l'art de la manipulation, elle avait de qui tenir, croyez-moi. Je crois qu'elle aimait votre père – ou du moins l'idée qu'elle s'en faisait – à sa façon…

— Elle l'aimait ? s'étouffa Annie.

Mr Sprague regarda d'ailleurs.

— Elle avait envie de s'affranchir – comme votre mère – de l'esclavage auquel la soumettait son père. Mais Eleanor n'a jamais eu le courage dont votre mère a fait preuve en quittant le domicile familial. Elle était incapable de s'émanciper et de construire sa propre vie. Elle pouvait seulement imaginer prendre le mari de sa sœur et ses enfants.

Il se leva en observant attentivement Annie et traversa la pièce jusqu'à la fenêtre, les mains derrière le dos.

— Quand Helen est morte, Eleanor a menacé de vous soustraire légalement à la garde de votre père, Owen et vous, s'il refusait de l'épouser ou tentait de quitter l'Angleterre. Il n'osa faire ni l'un ni l'autre. Mackenzie n'avait ni argent ni projet, c'était un homme pris au piège et désespéré.

Annie avait la tête qui tournait. *Ce doit être l'impression qu'on a quand on assiste à une tragédie dont on est le personnage principal.*

— En somme, mon père était condamné à mort s'il refusait de l'épouser ? murmura-t-elle.

Elle savait que si elle ne faisait pas l'effort de parler à voix basse, elle hurlerait.

— Vous exprimez les choses crûment, dit Mr Sprague en retournant s'asseoir, mais je crois malheureusement que c'est exact. Cependant, je ne pense pas qu'elle s'attendait à ce qu'il meure. Elle pensait avoir réussi à le dompter. Comme votre père n'a pas laissé de testament, Eleanor a été nommée tutrice légale de ses enfants. Et quand Owen n'a plus été sous sa tutelle, il n'était pas encore en âge d'hériter, ajouta Mr Sprague en plissant les yeux. Je n'essaie pas de comprendre le fait que votre tante ait reporté son affection sur Owen. Enfin… son affection… disons plutôt son besoin de contrôle, ou quel que soit le nom de cette pulsion malsaine.

—Owen aurait pris soin de moi, il aurait subvenu à mes besoins. Il avait tout prévu pour que je vienne le rejoindre !

—Oui, je sais, dit Mr Sprague qui se redressa et sortit un dossier de son tiroir. Eleanor Hargrave n'avait pas compté sur le courage et la prudence d'Owen. Avant son départ, votre frère m'a fait rédiger un testament, reprit-il en tendant le document à Annie. Ce testament fait de vous le bénéficiaire de tous ses biens. Votre tante restera cependant votre tutrice jusqu'à vos dix-huit ans. Dans son état actuel, elle est incapable d'exercer cette tutelle, et comme je suis chargé de gérer ses affaires pour le moment, c'est à moi que revient cette responsabilité.

C'en était trop pour Annie. Elle savait qu'elle n'avait pas saisi tout ce que le contrôle de sa tante Eleanor sur sa famille avait impliqué, mais elle se sentait noyée sous ce flot de paroles.

—Qu'est-ce que cela signifie pour moi ?

—Cela signifie, ma chère enfant, que vous et moi avons à discuter de votre avenir, pour décider ensemble d'un arrangement qui vous permette de vous épanouir sur les plans spirituel, éducatif et social, et d'être heureuse. Je regrette profondément d'avoir été dans l'impossibilité d'agir dans le meilleur intérêt de vos chers parents et frère, pour qui j'ai toujours eu le plus grand respect.

Les yeux d'Annie se remplirent de larmes de colère. Elle cligna des yeux et tourna la tête. Elle ne pleurerait pas.

Mr Sprague fit le tour du bureau et se plaça devant elle.

—Je ne commettrai pas deux fois la même erreur, Miss Allen. Tant que je serai votre tuteur, vous pourrez me demander tout ce que vous souhaitez savoir sur moi et sur la gestion des affaires de votre famille. Je ferai tout ce qui est en mon pouvoir pour vous préparer à trouver votre place dans la société.

—Et si tante Eleanor se rétablit ?

Annie retint sa respiration, tout en jouant nerveusement avec ses gants.

Mr Sprague soupira en se massant l'arrête du nez.

— Si un médecin atteste son rétablissement complet, elle sera de nouveau votre tutrice jusqu'à votre dix-huitième anniversaire, date à laquelle vous recevrez l'héritage qu'Owen vous a légué. À vingt et un ans, vous hériterez de votre propre part, qui se trouve dans le fonds fiduciaire à votre nom, de la même valeur que celui d'Owen.

Annie se prit à souhaiter que sa tante meure le plus vite possible. Cette pensée la réjouit et l'effraya en même temps.

Comme si elle avait réfléchi tout haut, Mr Sprague ajouta :

— Ne laissez pas le caractère amer et rancunier de votre tante déteindre sur vous, Elisabeth Anne. Vous voyez la femme froide et seule qu'elle est devenue. Sa fortune ne l'a pas rendue heureuse. Personne ne la regrettera quand elle quittera ce monde.

Il s'assit sur le fauteuil à côté d'Annie et se pencha vers elle avant d'ajouter :

— Prenez plutôt votre frère pour modèle, car c'était un homme bon. Vivez en suivant son exemple, je vous en conjure. Vous savez que c'est ce qu'il aurait désiré pour vous.

— Oui, murmura Annie, sans comprendre clairement ce à quoi elle s'engageait.

— Si votre oncle d'Amérique était encore de ce monde et que son entreprise était prospère, je vous inciterais à aller là-bas, mais au vu des circonstances…

Mr Sprague écarta les mains, puis commença soudain à détailler les arrangements qu'il avait l'intention de prendre pour Annie. La jeune fille s'efforça d'écouter, malgré la confusion qui régnait dans son esprit. Elle se prit la tête entre les mains et frissonna, en dépit de la chaleur qui régnait dans la pièce.

Mr Sprague s'interrompit.

— C'est trop d'informations en une seule fois, mademoiselle Allen.

Annie hocha la tête. De tout ce qu'il venait de lui expliquer, c'était la première chose qu'elle comprenait parfaitement.

— Si vous êtes d'accord, je vais prendre des dispositions pour votre éducation et votre vie sociale, que nous pourrons bien entendu modifier au fil du temps. En temps normal, je ne vous presserais pas ainsi, car je sais que vous vivez une période très difficile, mais le temps nous est compté. Nous ne savons pas quand votre tante se rétablira et reprendra votre tutelle. J'aimerais m'assurer de votre bien-être avant que cela ne se produise.

Mr Sprague appuya sur la sonnette.

— Une fois que toutes les dispositions seront prises, elle ne pourra pas les refuser, surtout si cela risque de se savoir. Elle est très sensible à la critique de ses pairs, et je pense que nous pourrons en jouer si besoin.

Annie se contenta de hocher la tête. En voyant Gregory, le majordome, entrer dans la pièce avec Jamison sur ses talons, elle soupira de soulagement. Malgré son état d'agitation, elle était convaincue que Mr Sprague voulait son bien. Dans le cas contraire, pourquoi lui aurait-il raconté une histoire aussi sordide sur tante Eleanor ?

Les choses n'étaient de toute façon plus de son ressort à présent. Sans Owen ou Miss Hopkins, elle n'avait personne vers qui se tourner. Jamison semblait faire confiance au notaire, elle le devrait aussi.

Mr Sprague tendit à Annie une tasse de thé chaud sucré. Le liquide brûlant la réchauffa. Elle avait légèrement sommeil, mais ses tremblements avaient cessé. Annie laissa Jamison et Mr Sprague discuter, car elle avait besoin de ne plus penser à tout ce qu'elle avait appris et vu depuis la veille. Elle appuya sa tête sur sa main et ferma les yeux.

Elle les rouvrit en entendant l'horloge sonner. Mr Sprague était encore en train de parler et griffonnait sur une feuille de papier. Jamison hochait la tête et montrait quelque chose du doigt sur la feuille. Annie s'efforça de se concentrer sur leur conversation.

— Ma fille Constance a rejoint les rangs de la Croix-Rouge, dit Mr Sprague. Si vous n'y voyez pas d'objections, Elisabeth Anne, je lui demanderai de faire le nécessaire pour que vous puissiez l'accompagner lors de leur prochaine réunion. Cela vous ferait du bien de voir du monde. Vous n'avez pas encore l'âge requis, mais je crois qu'en y allant avec Constance, cela ne devrait pas poser de problème. La formation est accessible, vous verrez. La phase d'apprentissage est très intéressante, et je crois que les filles s'entendent à merveille. Et peut-être aurez-vous aussi envie de venir au culte avec ma famille dimanche.

Annie hocha la tête, puis prit congé de Mr Sprague. Elle se sentait néanmoins incapable de réfléchir pour le moment à tous les projets qu'il avait pour elle. Sur le trajet du retour, une seule pensée occupait son esprit, et elle la répétait sans cesse, n'entendant plus le bruit des roues. *Tante Eleanor savait. Owen aurait pu attendre. Il n'aurait pas dû mourir. Tante Eleanor savait. Owen aurait pu attendre. Il n'aurait pas dû mourir.*

Lorsque Annie et Jamison entrèrent dans la maison, ils virent Jayne, une fille de cuisine vêtue d'un tablier chiffonné, descendre l'escalier à toute vitesse, un broc d'eau chaude à la main.

— Madame a ouvert les yeux, bafouilla-t-elle. Madame a ouvert les yeux!

Sans s'arrêter pour ôter son manteau ou son chapeau, Annie traversa le vestibule, malgré les appels répétés de Jamison.

— Votre manteau, Miss Annie! Miss Annie!

Elle commença à monter les marches, lentement au départ, puis avec plus de détermination, et poussa la porte de la chambre à coucher de sa tante. L'obscurité qui régnait dans la pièce lui permit à peine de distinguer la silhouette frêle sous les draps. Annie tira les rideaux et ouvrit le store en bois. Le soleil inonda la pièce.

Sa tante émit un grognement de protestation.

Se plantant au pied du lit, Annie la regarda fixement, mais sans s'en approcher.

— Je veux voir à quoi vous ressemblez, tante Eleanor.

Celle-ci approcha sa main ridée de son visage flasque. Mais ce geste ne fit qu'accentuer la colère d'Annie, qui s'empara du miroir en nacre sur la coiffeuse et le mit brusquement devant le visage de sa tante.

—Et je veux que vous voyiez à quoi vous ressemblez. Vous n'êtes plus belle. Vous vous en rendez compte, tante Eleanor ? demanda-t-elle sur un ton insistant. Vous n'avez jamais été aussi belle que mère. Et vous n'avez jamais été aimée.

Barbara, la femme de chambre de sa tante, hoqueta d'indignation et faillit laisser tomber la pile de draps qu'elle apportait dans la pièce.

Annie s'empara d'un gant de toilette sur le lavabo et le jeta à Barbara.

—Lavez-la, Barbara, si vous supportez de la toucher. Lavez-la bien !

Une lueur de panique mêlée à un éclat de défi, presque dédaigneux, traversa le regard de sa tante.

Mais Annie n'en avait que faire. Qu'importe si la femme dans le lit se remettait de son attaque. Owen était bel et bien mort. Il ne pouvait plus se rétablir, lui.

Annie se jura de venir tous les jours tenir un miroir devant le visage de sa tante, pour qu'elle voie ce qu'elle était devenue. Elle crierait sur tous les toits le mal que sa tante, mue par la jalousie, lui avait fait. Devant la bonne société, dont l'opinion lui importait plus que tout au monde, elle la dépeindrait comme la vieille fille vicieuse, pitoyable et ridicule qu'elle avait sous les yeux.

Annie dut réprimer un sourire narquois en décelant l'expression dans les yeux de sa tante. Si elle pensait n'avoir rien d'autre à craindre de sa part qu'un violent coup de gant de toilette, elle avait beaucoup à apprendre.

En sortant de la chambre, Annie passa devant le miroir de courtoisie de sa tante, et fut un instant surprise de voir le portrait de sa tante Eleanor encore jeune et hautaine qui la regardait fixement. En arrivant dans le couloir, le souffle lui manqua soudain quand elle prit conscience que les traits durs et froids qu'elle avait vus dans la glace étaient en réalité les siens.

Chapitre 29

L'accablement d'Annie était si profond qu'elle ne pouvait adresser la parole au personnel de Hargrave House. Elle demeura muette lorsque Barbara lui demanda si elle souhaitait faire la lecture à sa tante l'après-midi. Pendant trois semaines, Annie apporta tous les matins le petit déjeuner au chevet de sa tante, mais à peine avait-elle posé le plateau avec son thé chaud et son gruau d'avoine qu'elle tournait le dos à la malade pour ne pas voir ses yeux sombres et suppliants, qui s'écarquillaient chaque jour davantage sur son visage raviné.

Comment Annie pouvait-elle éprouver de la pitié envers une femme qui en était elle-même si dépourvue qu'elle n'avait pas épargné sa propre famille ? Que de malheurs et de tragédies auraient pu être évités si cette femme en avait eu la volonté.

L'état de santé de sa tante n'était discuté que par le Dr Welbourne et l'infirmière Sise, employée par Mr Sprague pour exécuter les directives du médecin. Mais Annie voyait bien que, en dépit des soins dont sa tante bénéficiait jour et nuit, sa santé déclinait de jour en jour. Mais pas assez rapidement au goût de la jeune fille.

Le vieux Jamison allumait un feu dans la cheminée du salon en fin d'après-midi pour lutter contre le froid et l'humidité qui régnaient toujours dans la vieille maison malgré l'arrivée du mois de juin.

—Vous devriez lui pardonner, dit-il doucement à Annie. Vous devriez lui pardonner pour vous-même, avant qu'il ne soit trop tard.

—Non, répondit Annie. Je ne lui pardonne pas. Je ne lui pardonnerai jamais.

Elle referma le piano devant lequel elle s'était assise et sortit calmement de la pièce sombre. Comment Jamison, Mr Sprague, Barbara, Jayne, ou n'importe qui, pouvaient-ils imaginer qu'elle pardonnerait à la sorcière alitée à l'étage ?

Si Dieu n'avait pas terrassé Eleanor Hargrave, Annie était certaine qu'elle continuerait à tirer les ficelles de sa vie, comme elle l'avait fait pour son père, sa mère et son frère.

—Je la déteste, murmura Annie en montant l'escalier jusqu'à sa chambre. Et j'attends sa mort de pied ferme. Dieu du ciel, faites qu'elle nous quitte rapidement.

Le lendemain matin, Annie s'apprêtait à tourner la poignée de la porte de la chambre, le plateau du petit déjeuner calé sur sa hanche, quand la porte s'ouvrit en grand. L'infirmière Sise se tenait devant elle, avec un sourire jusqu'aux oreilles.

—Votre tante a parlé aujourd'hui, dit-elle en inclinant la tête. C'est très bon signe.

Le souffle coupé et les mains tremblantes, Annie faillit laisser tomber la théière.

—Vous êtes bouleversée, ma chère. Laissez-moi vous décharger.

L'infirmière, aussi efficace que gentille, s'empara du plateau et le posa sur la table près du lit.

—Vous avez traversé tant d'épreuves, Miss Elisabeth Anne, reprit-elle. Mais ne vous inquiétez pas. Votre tante dort paisiblement à présent, dit-elle en se frottant les mains avec satisfaction. Elle a eu une nuit assez agitée, mais, juste avant l'aube, elle a distinctement dit : « Non ».

Annie dévisagea l'infirmière en hurlant dans sa tête. *Non ! Non ! Non !*

L'infirmière rougit légèrement devant le regard fixe d'Annie, puis s'assit sur la chaise près du lit.

195

—Je sais que ce n'est pas une phrase entière, mais c'est un bon début. Je crois que le rétablissement de votre tante dépassera nos espérances.

Mrs Sise semblait attendre qu'Annie manifeste sa joie et lui montre qu'elle souhaitait elle aussi voir sa tante se remettre. Mais la jeune fille ne désirait rien de tel.

Une sonnette retentit en bas. L'infirmière hésita, visiblement troublée par l'attitude d'Annie. Mais elle finit par se lever et lissa sa jupe.

—Eh bien, c'est la sonnette du petit déjeuner. Je serai en bas si vous avez besoin de moi, mademoiselle.

Annie ne répondit pas, incapable de prononcer un mot.

L'inquiétude se lisait dans le regard de l'infirmière, qui sortit rapidement de la chambre.

Annie garda les yeux rivés sur sa tante endormie dans le lit et inspira profondément.

Elle pourrait être morte. Elle pourrait si facilement mourir.

Puis elle songea. *Pourquoi pas ? Pourquoi serait-elle épargnée ?* Annie s'avança vers la tête du lit. Les draps de sa tante sentaient la chambre de malade et étaient imprégnés d'une odeur de camphre et d'hamamélis. Seul le parfum du thé sur le plateau évoquait la vie, la terre et le quotidien.

Annie retira le couvre-théière et le couvercle. Elle souleva la théière fumante avec une serviette puis l'approcha du visage de sa tante.

Il serait si facile de la laisser tomber, de regarder le liquide brûler ses yeux et se répandre sur sa bouche mauvaise. Je pourrais la plaquer contre le lit. Je pourrais ébouillanter une bonne fois pour toutes ces orifices haineux. Je pourrais la noyer, comme Owen s'est noyé. Je serais débarrassée d'elle pour toujours.

Elle se redressa et réfléchit.

Qui m'accuserait ? Je pourrais dire qu'elle m'a fait sursauter, que je versais du thé dans sa tasse pour le faire refroidir, et qu'elle m'a fait sursauter. Un accident. Annie respira profondément, sans bouger.

Puis, prenant une courte inspiration saccadée, elle souleva la théière.

Les yeux noirs de sa tante Eleanor s'ouvrirent soudain. Annie tressaillit et la théière vacilla entre ses mains. Une lueur d'effroi et de rage traversa le regard d'Eleanor Hargrave quand un filet fumant de thé foncé se déversa sur son oreiller, juste à côté de son cou.

— Non ! s'écria-t-elle distinctement.

Annie rattrapa de justesse la théière. Des gouttes de thé giclèrent sur sa main, et elle se brûla comme elle avait imaginé ébouillanter sa tante. Elle lâcha un cri.

À ce moment-là, Annie sut qu'elle avait perdu. Sa tante la dévisagea comme si elle avait pénétré dans son esprit et compris ce qu'elle avait prémédité, son plan diabolique. Le mal lui était aussi familier que son propre nom. Annie hoqueta en voyant l'expression de supériorité de sa tante. En devinant les intentions de sa nièce, elle avait immédiatement regagné le pouvoir.

La fureur d'Annie céda la place à la crainte quand elle prit conscience que sa tante se rétablirait sans l'ombre d'un doute et exercerait de nouveau sur elle un pouvoir absolu. Et jamais Annie ne supporterait de retourner à la vie de servitude qu'elle avait connue. Jamais.

Reposant maladroitement la théière sur le plateau, Annie sortit de la chambre en chancelant et marcha jusqu'à l'escalier en se tenant aux murs. Le faible gémissement qui lui parvenait aux oreilles ne provenait pas de la vieille femme alitée, mais du plus profond d'elle-même.

Annie sentait son sang battre dans ses tempes avec violence. Sa mâchoire, son cou et ses épaules la faisaient souffrir, et tout son corps était parcouru de frissons. Son cœur battait si vite qu'elle craignait qu'il ne sorte de sa poitrine, ne se précipite dans le petit salon, ne fasse voler en éclats la baie vitrée et ne prenne la fuite dans les rues de Londres. Elle se cramponna à la rampe et força ses pieds à s'arrêter sur le palier du grand escalier.

— Je deviens folle, murmura Annie, oscillant entre rire et larmes.

Elle gravit précautionneusement les marches qui menaient à sa chambre, comme si celles-ci risquaient de se détacher du mur et de se dérober sous ses pieds. Une fois dans sa chambre, elle verrouilla soigneusement la porte.

Les lèvres d'Annie s'entrouvrirent. Une plainte, d'abord faible, puis de plus en plus poignante s'échappa alors du plus profond de son être. C'était une plaie à vif. Elle tira avec force sur ses cheveux, jusqu'à ce que des larmes jaillissent de ses yeux. Si seulement la douleur qu'elle ressentait pouvait lui faire oublier les tourments insupportables qui oppressaient sa poitrine. Mais ce n'était pas assez. Toute la souffrance du monde ne suffirait pas à l'en détourner. Annie laissa libre cours à sa colère, sa rancœur, sa tristesse, à la douleur lancinante qu'elle portait silencieusement depuis des semaines. Elle entendit Jamison l'appeler, tambouriner à sa porte. Dans sa tête, une voix répétait sans relâche : *Seule. Je suis seule. Tout le monde est mort. Ils sont morts à cause d'elle. C'est moi la prochaine. Elle va venir me tuer. Si j'avais été dans ce lit à sa place, elle n'aurait pas hésité. J'aurais dû le faire. J'aurais dû…*

Quand Annie se redressa enfin, elle vit que la luminosité avait changé dans sa chambre. Sa taie d'oreiller humide, ses draps froissés, les fleurs roses et jaunes sur son édredon, la peinture jaune pâle de ses murs devenue dorée, ses épais rideaux de chintz ; tout lui apparaissait avec une clarté nouvelle.

Bien sûr, songea-t-elle. *Ce n'est pas compliqué. Pourquoi n'y ai-je pas pensé avant ?*

Annie remonta le store et ouvrit grand la fenêtre. On frappa à sa porte avec insistance, mais elle n'y prêta pas attention. Elle approcha la chaise de bureau de la fenêtre.

Un pas vers la chaise. Un pas vers la fenêtre. Un pas vers la rue, et je serai libre. Je retrouverai Owen, mère et père. Là-bas, elle ne pourra pas me faire du mal, plus jamais.

—Elisabeth Anne, appela une voix derrière la porte. Annie, écoutez-moi. Je suis Mrs Sprague, Betty Sprague. Je vous demande d'ouvrir cette porte. Je suis venue vous proposer de vivre avec nous.

Ces paroles résonnèrent étrangement aux oreilles d'Annie. Elle entendit aussi les supplications de Jamison. Mais la voix dans sa tête était plus forte, elle ne parvenait pas à la faire taire. *Owen attend. Mère attend. Père attend. Ils m'attendent tous.* Annie monta sur la chaise.

—Annie, je sais qu'Owen vous manque. Je sais que vous avez envie de quitter cette maison, et c'est ce que vous devriez faire. Venez vivre chez nous, avec mon époux, ma fille Constance et moi. Ma fille a besoin d'une amie, d'une sœur. J'ai mis tant de temps à avoir un enfant… J'ai besoin d'une autre fille, j'ai besoin de vous, Annie. Ouvrez la porte.

Owen attend. Mère attend. Père…

—Ouvrez la porte, Annie. Ouvrez-la tout de suite. Nous allons préparer vos affaires et vous allez venir vivre avec nous aussi longtemps que vous le souhaiterez.

Owen attend. Mère…

—Ouvrez la porte, Annie. Laissez-moi vous emmener à la maison, ma chère enfant.

—«Ma chère enfant» ? répéta Annie.

—Oui, ma chère Annie!

La voix se fit de nouveau entendre, ferme mais pleine d'affection, une voix si poignante que le cœur d'Annie se serra.

La jeune fille recula.

—Quoi?

—Ouvrez la porte, ma chère Annie! Ouvrez la porte, ma douce enfant.

Annie descendit de la chaise. La tête lui tournait; elle s'appuya au dossier du siège. Quand elle tira le verrou, des bras vinrent l'enlacer. Elle fut si surprise par cette manifestation de tendresse qu'elle faillit s'étrangler.

—Tout va bien, Annie. Tout va bien maintenant. Tout ira bien, répéta la femme d'une voix douce, comme pour conjurer le mauvais sort.

C'était un mensonge, Annie le savait pertinemment. Rien de bon ne pouvait plus lui arriver. Mais, l'espace d'une minute, jusqu'à ce qu'elle reprenne sa respiration, Annie décida de croire la femme qui l'enlaçait de ses bras puissants, oscillant entre rire et larmes.

Chapitre 30

—Tu peux m'appeler Connie.

La jeune fille se laisser tomber dans le fauteuil devant son miroir, retira les peignes en écaille de tortue de ses longues tresses châtain et commença à se brosser les cheveux.

—Un, deux, trois, quatre, cinq, six, sept, huit, neuf…

—Mrs Sprague, enfin je veux dire ta mère, m'a dit de t'appeler Constance, répondit Annie, qui se tenait debout au milieu de la chambre, mal à l'aise.

Connie soupira de façon théâtrale.

—Appelle-moi Constance devant mère et père pour leur faire plaisir. Ils sont plus âgés que la plupart des parents de mes amies, et terriblement vieux jeu. Personne ne m'appelle Constance. C'est tellement… guindé.

Elle posa un instant sa brosse et regarda Annie avant de reprendre :

—Tu veux être mon amie, n'est-ce pas ?

—Oui, je suppose, marmonna Annie en haussant les épaules.

Mais, en réalité, elle ne savait pas ce qu'elle voulait. Elle se contentait de donner la réplique.

—Bien, répondit Connie en recommençant à se coiffer. Demain, nous irons nous promener à St James Park. Père y tient beaucoup, il dit que l'air frais nous fera du bien à toutes les deux. Ensuite nous ferons un tour en calèche dans le parc. Je trouve qu'il fait bien trop chaud pour cela et mère est d'accord avec moi, mais il insiste, dit-elle en se levant après avoir jeté sa broche sur la coiffeuse. Tu te rendras compte par toi-même que, quand mon père a une idée en tête, il est impossible de lui faire changer d'avis.

Mr Sprague frappa et leur lança à travers la porte close :

— Extinction des feux, les filles. Il est dix heures. Dormez bien.

— Tu vois ce que je veux dire ? murmura Connie. Oui, père ! ajouta-t-elle à voix haute.

Annie posa soigneusement sa robe de chambre au pied du lit puis se glissa sous l'édredon, tournant le dos à Connie. À l'exception des quelques semaines passées dans le dortoir du pensionnat à Southampton, Annie ne se souvenait pas d'avoir déjà partagé une chambre – et encore moins un lit – avec quelqu'un.

Elle n'avait jamais songé à avoir une sœur. Owen lui suffisait. Ce n'était pas exactement du réconfort, mais la proximité de ce cœur battant près du sien l'aidait à repousser l'appel des ténèbres. Annie soupira doucement. Elle n'arrivait pas à déterminer ce qu'elle ressentait.

Cela faisait plus d'un an – depuis le départ d'Owen pour Southampton –, qu'Annie n'était pas allée à St James Park, ni en voiture ni à pied. C'était la première fois qu'elle prenait le thé dans un grand hôtel, qu'elle entendait le superbe chœur de la cathédrale St Paul, ou qu'elle assistait aux vêpres dans l'abbaye de Westminster, où les magnifiques voix des jeunes choristes l'émurent aux larmes. Elle n'était jamais entrée dans le magasin d'un couturier pour choisir du tissu ou chez un modiste pour essayer des chapeaux, et jamais elle ne s'était fait coiffer par une femme de chambre. Depuis la mort de sa mère, c'était sa tante Eleanor qui prenait toutes les décisions concernant sa garde-robe simple, sa toilette et ses rares sorties.

Mais, pendant les semaines qu'elle passa chez les Sprague, Annie bénéficia des mêmes privilèges que Connie et sa mère. Mrs Sprague couronnait chaque journée par un petit plaisir ; une glace à la vanille dans une confiserie ou bien une tarte aux pommes nappée de crème anglaise dans un salon de thé. Un jour, elles s'installèrent sur les rives verdoyantes de la Tamise pour pique-niquer et regarder les jeunes hommes faire de la barque.

Annie avait l'impression d'être une sorte de chiot que Mrs Sprague était bien décidée à dresser. Mais à quelle fin, et pour quelle raison ? Elle l'ignorait et n'avait pas le cœur de s'appesantir sur la question. Elle se prêtait au jeu car elle savait que, malgré la tristesse qui l'accablait, malgré son incapacité à ressentir l'enthousiasme que Mrs Sprague voulait lui communiquer, cet arrangement était préférable à la vie étouffante qu'elle menait à Hargrave House avec sa tante Eleanor. Elle frissonna à cette seule pensée.

Par une matinée maussade, alors que la pluie battante avait enfin cessé de tomber, Mrs Sprague, Connie et Annie firent halte à Trafalgar Square. La place était presque déserte. Avec le sérieux d'un guide touristique, Mrs Sprague leur raconta la vie de l'amiral Nelson, qui régnait sur les lieux du haut de sa colonne de pierre. Annie soupira, car elle entendait des histoires sur l'amiral depuis qu'elle était enfant, tandis que Connie levait les yeux au ciel.

— Mère, nous le savons, murmura-t-elle. Nous relisons chaque année l'histoire de l'Empire ! Pouvons-nous nourrir les oiseaux ? Juste une fois ?

Mrs Sprague ne releva pas l'effronterie de sa fille.

— Tu dis cela chaque fois que nous venons ici, Constance. Ce n'est pas une activité convenable pour des jeunes filles de votre condition.

— Mais c'est tellement amusant, insista Connie sur un ton enjôleur. Vous le faisiez aussi lorsque vous étiez enfant devant la cathédrale St Paul, vous me l'avez raconté ! Et vous adoriez ça, mère ! Vous en avez autant envie que moi !

Avec une moue désapprobatrice, Mrs Sprague plaça une pièce de monnaie dans la paume de chacune des filles.

— Viens ! s'écria Connie en prenant Annie par la main.

— Marchez, les filles ; je vous en prie, marchez ! les conjura Mrs Sprague.

Connie ralentit ostensiblement jusqu'à ce qu'elles arrivent devant une marchande ambulante boiteuse accroupie au bord du trottoir, pour lui acheter des sachets de maïs.

— Tu dois rester immobile, ordonna Connie en tirant Annie jusqu'au centre de la place. Étends les bras, lève la tête et ne fais pas de mouvement brusque.

Annie s'exécuta. Elle se sentait bête à se tenir ainsi comme un épouvantail, et se demanda si Connie ne lui faisait pas une mauvaise plaisanterie. Mais, quelques instants plus tard, des dizaines de pigeons se posèrent en roucoulant sur ses bras et ses épaules, et même sur son chapeau de paille, pendant que Connie leur donnait à manger, les paumes débordantes de graines.

— Ça chatouille, murmura Annie, étonnée. Leurs petites pattes me chatouillent les bras, même à travers mon chemisier !

Elle ouvrit des yeux ronds comme des soucoupes, un sourire s'esquissa sur ses lèvres, et elle se mit alors à pouffer puis éclata de rire. C'était sa première manifestation de gaieté depuis des semaines.

Mrs Sprague et Connie furent si surprises par son hilarité soudaine qu'elles se mirent à rire à leur tour. Elles gloussèrent toutes les trois, tant et si bien qu'elles en eurent les larmes aux yeux. Alors que la matinée touchait à sa fin, le soleil fit son apparition. Dans son euphorie, Connie s'esclaffa de façon si peu distinguée que les pigeons, manifestement outragés, se dispersèrent par dizaines dans le ciel dans un bruyant battement d'ailes. Annie rit tant et si bien qu'elle en eut les larmes aux yeux.

L'anniversaire d'Owen arriva enfin en juillet. Pour une fois, Mrs Sprague n'avait rien prévu pour les filles. Annie passa la matinée au cimetière de Bunhill Fields à entretenir les tombes de sa famille.

Elle fut heureuse de constater que les graines qu'elle avait plantées avec Owen sur les tombes de leurs parents avaient germé et laissé place à de belles fleurs d'un bleu aussi intense que celui de ses yeux, comme le lui avait promis Owen. Mais Annie trouvait la tombe de son frère bien triste par rapport à celles de ses parents.

—Au printemps, Owen, dès que les fleurs de mère et de père donneront des graines, je te promets que je les recueillerai toutes. Je les planterai pour toi. Pour ton prochain anniversaire, tu auras droit toi aussi à ton jardin, déclara-t-elle en se levant. Je n'oublierai pas.

Elle passa l'après-midi seule dans le jardin des Sprague à relire le journal qu'Owen avait tenu au cours de la dernière année de sa vie. C'était une tradition familiale : à chaque anniversaire, on inaugurait un nouveau carnet. Elle aurait souhaité pouvoir lire les autres, et se demanda ce qu'il en était advenu. Depuis qu'ils savaient lire et écrire, ils tenaient tous deux un journal. Owen y écrivait tous les jours, plus fidèlement qu'elle ne l'avait jamais fait.

Peut-être que tous ces journaux, ces précieux comptes-rendus de ses jours, reposaient au fond de l'océan avec l'épave du *Titanic* ou peut-être qu'Owen avait un jour décidé de brûler tous les mots qu'il avait écrits dans un immense feu de joie. Annie s'imagina Owen en train de faire don des cendres fertiles de ses journaux à ses rosiers chéris.

Quand elle eut terminé sa lecture, le soleil était bas dans le ciel. L'anniversaire d'Owen touchait presque à sa fin, et Annie se sentait plus que jamais liée à son frère. Quand elle avait lu pour la première fois les passages de son journal concernant Lucy Snape, elle s'était indignée à l'idée qu'Owen ait gardé pour lui un secret si important, et avait été contrariée d'apprendre qu'il tenait une autre fille – une femme – en plus haute estime que sa sœur.

Mais, à présent, Annie se demandait si Owen avait réussi à trouver Lucy avant le naufrage du paquebot et s'il lui avait avoué ses sentiments. Elle avait de la peine pour Lucy Snape, qui n'avait pas survécu et ne connaîtrait jamais l'amour que son frère aurait pu lui donner.

Sa lecture lui avait également rappelé que son frère était très attaché à Michael Dunnagan et qu'il se faisait du souci pour lui.

Annie prit alors conscience que son mépris pour le jeune passager clandestin s'était atténué. Si Owen l'aimait et le considérait comme son frère et son ami, elle ne pouvait pas raisonnablement le détester. Mais saurait-elle lui pardonner ?

Chapitre 31

Après avoir découvert le trésor cousu dans le manteau d'Owen, Daniel planta toutes les pousses et les racines qu'il put récupérer. Il sema un tiers des graines et conserva le reste par précaution, pour un autre printemps. Quant aux jardins qu'Owen avait conçus et dessinés à bord du *Titanic*, Daniel s'y attela avec une volonté qui stupéfia Michael. Dès le mois d'août, ils purent avoir un aperçu de ce qu'allaient produire leurs nouvelles plantations.

— L'hiver sera rude, mais nous parviendrons à nous en sortir avec ce que nous avons, déclara Daniel. Nous mettrons à profit notre temps libre pour travailler la terre afin de la rendre fertile l'année prochaine. Nous construirons également les structures pour réaliser les jardins d'Owen, dit-il en s'essuyant le front. Ce jeune homme était un génie. Nous allons suivre ses pas.

C'était presque comme travailler pour Owen, non que Daniel lui ressemble, mais parce qu'ils allaient peu à peu donner vie à ses rêves.

Certains soirs, étendu sur son lit et humant le parfum des étoiles et du chèvrefeuille par la fenêtre de sa chambre, Michael sentait l'enthousiasme d'Owen grandir en lui. Le cœur qui battait dans sa poitrine était celui d'Owen. Sans pouvoir l'expliquer et sans oser essayer, Michael avait l'impression que son ami vivait à travers lui. Il sentait sa présence à ses côtés.

La vie au grand air, le soleil, la pluie et les escapades au bord de la mer, à quelques kilomètres de là, fortifièrent les poumons et les muscles de Michael, mais aussi sa détermination. La terre noire et sableuse du New Jersey lui donnait des forces, et la vue du jardin potager de Maggie, illuminé par le soleil et rempli de légumes verts, poivrons orange vif, radis d'un rose éclatant et tomates brillantes, le comblait de joie.

Avec le mois d'août arrivèrent les ciels d'un bleu presque blanc, les violents orages et les longues journées passées à récolter les pêches et le maïs. La chaleur apporta aussi son lot de moustiques, ces insectes dont Michael ignorait jusqu'à présent l'existence, qui partageaient leurs terres et venaient sucer leur sang.

— Leurs piqûres te rappellent que tu es vivant, Michael ! s'exclama Daniel, qui se mit à rire devant le mouvement d'humeur du jeune homme. Sois reconnaissant d'être en vie et d'avoir du sang qui coule dans tes veines, mon garçon, sinon ils t'en soulageront volontiers !

Michael se serait peut-être lassé de ses taquineries s'il ne connaissait pas la bonté de Daniel McKenica. À force de passer du temps avec lui, il avait compris que c'était un homme de peu de mots, et qu'un deuxième sens se cachait souvent derrière ses paroles.

Il se demanda comment il pouvait se réjouir d'être en vie alors qu'il avait pris la place d'un autre. Daniel était d'avis qu'il devait accepter ce don avec gratitude et le partager dans la joie. À la fin de l'été, Michael commençait à croire qu'il avait peut-être raison.

Le soir, après une journée de dur labeur, une douce mélancolie s'emparait parfois de Maggie, Daniel et Michael. Ils s'asseyaient alors sur le porche ou bien dans le petit salon lorsqu'il faisait froid ou qu'il pleuvait, ce qui était rare. Daniel fumait la pipe, lisant ou relisant de temps à autre le journal de la semaine, tandis que Maggie cousait et reprisait tant qu'il y avait encore suffisamment de lumière. Puis elle s'enfonçait dans son fauteuil à bascule et fredonnait de vieilles ballades irlandaises.

Sans qu'il sache pourquoi, les chansons de Maggie ravivaient une souffrance dans son cœur, une souffrance sans doute enfouie en lui depuis longtemps. Elles lui rappelaient quelquefois «Erin's Lament», cette complainte irlandaise jouée à la cornemuse sur la proue du *Titanic* alors que le paquebot s'éloignait de la côte. En l'entendant chanter, il repensait aussi à Owen, qui se tenait près de lui. Il pensait surtout à Owen.

Maggie et Daniel parlaient souvent de Sean. Même s'il arrivait à Maggie de devenir subitement silencieuse dans la journée et d'essuyer quelques larmes avec son tablier, elle racontait souvent des histoires drôles sur son époux et sur la vie qu'ils avaient menée ensemble. Daniel travaillait pour eux depuis leur arrivée en Amérique, longtemps auparavant. Au fil du temps, il était devenu comme un frère pour Sean et Maggie, et tous les trois avaient formé une famille.

Un beau jour, alors que le mois de septembre touchait à sa fin, Maggie vint avertir Daniel et Michael qu'ils avaient l'interdiction de mettre les pieds dans la cuisine. Ils prirent leur petit déjeuner et leur déjeuner dehors, sur les marches du porche.

—Mais qu'est-ce qui te prend? demanda Daniel. Qu'est-ce que tu caches dans ton dos? Et qu'est-ce qui sent si bon…?

—Cela ne te regarde pas, Daniel McKenica. Vous entrerez dans la cuisine quand je vous en donnerai l'autorisation, et pas avant. Vous n'avez donc pas assez de travail dans les jardins? Vous ne savez pas comment occuper vos mains oisives? lança Maggie en agitant une cuillère en bois devant le visage de Daniel. Si tu as fini de m'ennuyer, je peux sûrement vous trouver une occupation pour…

—Viens, Michael. Elle est en rogne. Nous ferions mieux de nous mettre en route avant qu'elle ne nous énumère sa fameuse liste.

Michael pressa le pas pour rattraper Daniel, qui battait précipitamment en retraite.

—Quelle liste?

—Ah, mon garçon. C'est une liste assez longue pour nous garder occupés jusqu'à notre dernier souffle… sans répit!

Maggie leva cependant son interdiction à l'heure du dîner. Quand les deux hommes revinrent des champs, épuisés, elle leur ordonna de se laver à la pompe devant la porte de la cuisine et de frotter jusqu'à ce que leur peau rougisse. Elle avait préparé pour chacun un seau d'eau fumante ainsi qu'un pantalon, une chemise, un col amidonné et même une cravate sur la balustrade du porche.

— Que peut-elle bien manigancer ? s'inquiéta Daniel.

Michael s'efforça de ne pas céder à la panique. *Est-ce que quelqu'un est mort ?* Jamais il n'avait été si élégamment vêtu, même le jour où Owen l'avait fait changer de chemise pour aller dans la salle à manger de troisième classe du *Titanic*. Porter une cravate ! Il ne savait absolument pas comment nouer cette chose autour de son cou. Qu'est-ce que Maggie Allen pouvait bien avoir en tête ? Et pourquoi Daniel McKenica semblait-il prêt à éclater de rire devant son embarras ?

— Venez devant la maison, tous les deux, ordonna Maggie. Ferme les yeux, Michael.

— Qu'est-ce que vous avez dit ?

— J'ai dit : ferme les yeux, répéta patiemment Maggie.

— Tu as intérêt à obéir, mon garçon, l'avertit Daniel en lui adressant un signe de tête bourru.

Michael ferma les yeux et, pour faire bonne mesure, les couvrit de ses deux mains. Il ne savait pas s'il était tenté de les rouvrir parce qu'on le lui avait interdit ou par crainte de ce qu'il allait découvrir.

— Daniel, tiens la porte ! Par ici, Michael. Donne-moi la main, dit doucement Maggie en lui faisant faire le tour de la maison, monter les marches puis franchir le seuil.

— Pourquoi rentrons-nous par là ? demanda Michael.

Depuis le jour de son arrivée chez Maggie Allen, il avait rarement eu l'occasion d'entrer dans la maison par la porte principale.

— Ne pose pas tant de questions ! le gronda gentiment Maggie.

Dès l'instant où il franchit le seuil de la porte, Michael ne pensa plus qu'au doux fumet qui titillait ses narines. Jamais de sa vie, pas même à Noël quand il était petit, il ne se souvenait d'avoir senti quelque chose d'aussi extraordinairement alléchant. Il en avait l'eau à la bouche.

Maggie éclata de rire lorsqu'elle vit l'expression sur le visage de Michael. Elle retira ses mains de devant ses yeux.

Ils étaient tous les trois dans la salle à manger sombre. La pièce, qui était rarement ouverte, même pour être aérée, était à présent éclairée par seize bougies plantées dans un gâteau aux mûres. À côté, il y avait une oie rôtie – la plus grosse que Michael ait jamais vue –, entourée de pommes de terre dorées. Sur le buffet se trouvaient un plat rempli de pains banniques[1] de saint Michel bien dorés, des saladiers de choux et de carottes nageant dans du beurre, et toute une variété de confiseries et de noix en abondance.

— Joyeux anniversaire, Michael! Joyeuse Saint-Michel! s'écria Maggie en le serrant dans ses bras.

Daniel, qui ne semblait plus le moins du monde étonné ou contrarié, lui donna une tape dans le dos. Il avait été un complice parfait.

— Avec un tel festin pour ton anniversaire, je veux bien fêter l'heureux événement tous les mois! dit-il en riant.

— C'est pour moi? Vous avez préparé tout ça pour moi? demanda Michael qui n'en croyait pas ses yeux.

— Tu es bien né le jour de la Saint-Michel? le taquina Maggie.

— Oui! Mais comment l'avez-vous su?

— Tu avais dit que tu aurais seize ans en septembre. Je me suis dit qu'un garçon nommé Michael était forcément né le jour de la Saint-Michel.

— Comme l'ange... disait maman.

Michael rougit.

— Pas seulement un ange, mais un archange! Un ange au-dessus de tous les anges! dit Maggie en riant. Quel meilleur jour y a-t-il pour naître?

---

1. Pain plat traditionnellement consommé en Angleterre, en Irlande et en Écosse pour la fête de la Saint-Michel (*Michaelmas*). (*NdT.*)

— Trêve de bavardages! s'impatienta Daniel. Attaquons-nous à ce dessert. Et voyons quel sort tu réserves à ces bougies, mon garçon.

Michael était fasciné par la beauté et la splendeur du gâteau couvert de bougies d'anniversaire.

— Personne ne m'avait jamais préparé un tel festin, Maggie.

— Je suis heureuse qu'il te plaise, Michael. Mais tu dois faire un vœu avant de souffler les bougies.

— Avant que la maison ne prenne feu! s'exclama Daniel.

— Un vœu?

Michael n'avait jamais entendu parler d'une telle chose.

— Mais uniquement dans ta tête. Un vœu ou une prière, expliqua Maggie. Puis tu pourras souffler.

— Si tu les éteins toutes d'un coup, ton vœu se réalisera, ajouta Daniel.

Cela n'avait pas de sens pour Michael. Comment quelque chose d'aussi important qu'un vœu ou une prière pouvait-il se réaliser simplement en soufflant des bougies? Mais, si c'était vrai, il ne pouvait laisser passer une telle occasion.

— Je vous en prie, mon Dieu, murmura-t-il si bas que personne ne l'entendit, faites venir Annie ici… pour Owen.

Michael prit une inspiration, si profonde qu'il eut l'impression que ses poumons allaient exploser. Il souffla de toutes ses forces, ne se contentant pas d'éteindre les bougies, mais envoyant aussi voltiger les fleurs dont Maggie avait soigneusement décoré le gâteau.

Daniel riait si fort qu'il en eut les larmes aux yeux, tandis que Maggie, un peu désappointée de voir son œuvre ainsi défigurée, éloignait le garçon du gâteau.

Jamais Michael n'avait fait un repas aussi divin. Il mangea tant qu'il n'aurait pas été étonné de voir sauter les boutons de son pantalon. Enfin il s'adossa à sa chaise, repu, léchant la graisse d'oie sur ses doigts. Maggie lui lança un regard désapprobateur mais ne put s'empêcher de sourire.

Quand ils eurent terminé de débarrasser la table et de faire la vaisselle, la nuit était tombée. Ils avaient encore un peu de répit avant l'arrivée des premiers gels, mais la fraîcheur de cette soirée automnale les attira dans le petit salon. Daniel alluma un feu et Maggie s'enfonça dans son fauteuil à bascule, son nécessaire de couture à ses pieds.

Michael s'étira sur le tapis devant la cheminée, se délectant de la chaleur du feu, puis commença à lire *L'Appel de la forêt*, le nouveau roman de Jack London que Daniel et Maggie lui avaient offert. Le mince volume était un véritable baume pour le cœur et l'âme.

Daniel bourra sa pipe et ouvrit son journal. Pour une fois, Maggie ne le chassa pas dehors pour fumer.

Michael ferma les yeux et savoura l'instant présent. Quand il les rouvrit, Maggie se balançait doucement sur son fauteuil tout en passant son aiguille dans une chaussette, placée sur un œuf à repriser.

— Une lettre d'Annie est arrivée aujourd'hui, annonça Maggie sans interrompre son travail.

Michael se raidit. *Se pouvait-il que son vœu se réalise déjà?* se demanda-t-il en refermant son livre.

Daniel sortit sa pipe de sa bouche.

— Comment va-t-elle?

Maggie soupira.

— C'est difficile à dire. Elle m'écrit qu'elle vit depuis quelque temps chez le notaire de sa famille et son épouse. Ils ont une fille, avec qui elle est devenue amie, ajouta-t-elle en posant son ouvrage sur ses genoux. Elles se promènent dans Londres avec la mère de la jeune fille, et suivent ensemble une formation de la Croix-Rouge, ou quelque chose comme ça.

— Et quel mal y a-t-il à cela? C'est bien qu'elle ait des amies de son âge.

— Ce n'est pas sa famille, Daniel. Nous sommes sa seule famille.

— Une famille, c'est les gens avec lesquels on partage sa vie, que cela nous plaise ou non.

— Daniel!

— Eh bien, peut-être qu'elle les aime bien. Regarde-nous. Nous ne sommes par une famille par le sang, mais je vous considère tous les deux bien plus comme ma famille que n'importe qui.

Maggie regarda Daniel sans dire un mot.

Manifestement mal à l'aise, celui-ci s'efforça de changer de sujet :

— Et qu'en est-il de cette tante qu'elle a à Londres ? N'est-elle pas sa tutrice depuis la mort de Mackenzie ?

Maggie se balança de plus en plus vite sur son fauteuil, puis s'arrêta.

— Eleanor Hargrave... Cette femme ne m'inspire pas confiance. C'est à cause d'elle que Mackenzie n'est pas venu en Amérique, bien que je n'aie jamais su pourquoi. Il ne l'aimait pas. Quant à Owen, il refusait qu'Annie reste vivre plus longtemps chez elle. Il me disait dans une lettre qu'il l'avait inscrite dans un pensionnat de jeunes filles à Southampton. Il voulait attendre d'être certain que son installation en Amérique était définitive, et dans leur meilleur intérêt à tous les deux.

— C'était tout à fait responsable de sa part, fit remarquer Daniel en tirant sur sa pipe.

— Mais tu ne comprends pas que c'est bizarre ? Pourquoi Owen pensait-il que sa tante, la propre sœur de sa mère, n'était pas une bonne tutrice pour Annie ? Et pourquoi Annie vit-elle maintenant avec la famille du notaire d'Eleanor Hargrave ?

— Tu as trop d'imagination, Margaret Faye. Tu veux jouer les détectives et tu inventes des mystères là où il n'y en a pas.

— Annie m'a écrit que sa tante avait eu une hémorragie cérébrale quand le corps d'Owen a été retrouvé, poursuivit Maggie d'un air songeur.

Voyant Michael déglutir, Maggie regretta aussitôt d'avoir ravivé des souvenirs douloureux.

— Voilà, c'est logique. La fille ne peut pas rester avec sa tante qui est sans doute alitée ou invalide.

— Je ne sais pas, répliqua Maggie. Quelque chose ne va pas. Annie n'a pas l'air heureuse.

—Owen est mort, intervint Michael au bout d'un moment, comme en réponse à une question. Il était sa famille, sa seule vraie famille. Comment Annie peut-elle être heureuse sans lui ? (Michael se souvint du regard plein d'amour qu'elle portait sur son frère, ce matin de Pâques.) Pourra-t-elle seulement être de nouveau heureuse un jour ?

Maggie prit un air soucieux. Elle examina longuement Michael, comme si elle le voyait vraiment pour la première fois.

—Pourquoi ne lui écrirais-tu pas, Michael ?

Le garçon sentit une vague de chaleur et de culpabilité l'envahir, mais il soutint le regard de Maggie.

—Je pense qu'elle n'a aucune envie d'entendre parler de moi.

—Je crois que si, justement. Annie et toi connaissiez et aimiez Owen mieux que quiconque, si je ne me trompe pas.

Michael se détourna de Maggie.

—Tu peux envoyer ta lettre avec la mienne. Je vais lui écrire demain.

—Maggie, tu es certaine de vouloir t'en mêler ? demanda Daniel, désireux de la mettre en garde.

—Donner un coup de pouce au destin pour guérir les cœurs, ce n'est pas se mêler de ce qui ne nous regarde pas. Je sais ce que je fais.

Daniel se cacha derrière son journal.

—Et je crois, Michael Dunnagan, poursuivit-elle, qu'il est grand temps que tu m'appelles tante Maggie, ajouta-t-elle en souriant. Tu n'es pas d'accord, Daniel ? ajouta-t-elle sans le regarder.

Daniel regarda Michael avec insistance. Quand il sortit sa pipe de sa bouche, il arborait un petit sourire. Il éleva de nouveau son journal à la hauteur de ses yeux et déclara sur un ton un peu brusque :

—Fais comme tu veux. C'est un nom pas plus mauvais qu'un autre.

Chapitre 32

ANNIE VIVAIT CHEZ LES SPRAGUE DEPUIS PLUSIEURS MOIS.
Elle y avait passé son quinzième anniversaire, un Noël morne, et
un début d'année maussade. Un mois avant l'anniversaire de la
mort d'Owen, Annie fit une annonce.

— Non, Elisabeth Anne, je ne pense pas qu'il soit sage pour toi
de retourner à Hargrave House. (Contrairement à Mrs Sprague et
à Connie, Mr Sprague ne pouvait se résoudre à l'appeler Annie.)
Tu vas mieux depuis que tu es ici.

— Et nous nous réjouissons de t'avoir parmi nous, ma chérie,
renchérit Mrs Sprague. Tu sais que tu es la bienvenue ici, et que tu
peux rester aussi longtemps que tu le désires.

— Pourquoi? voulut savoir Connie. Pourquoi est-ce que tu
veux partir?

— Ce n'est pas que je veux partir. C'est juste que… Je crois que
je ressens le besoin de commencer ma vie. Il est temps pour moi de
voler de mes propres ailes.

— Et n'est-ce pas ce que tu fais ici? demanda Connie.

— Constance! intervint Mrs Sprague. Laisse Annie s'expliquer.

— Je ne suis pas certaine de pouvoir me faire comprendre,
mais c'est le printemps, dit Annie en s'agitant sur sa chaise. À cette
saison, Owen et mon père retournaient toujours les plates-bandes
de Hargrave House… et ils taillaient et plantaient.

— Mais ils ne sont plus là, ma chère Annie, rappela gentiment
Mrs Sprague.

Annie soupira.

—Je sais bien, mais je voudrais prendre le relais.

—Tu veux retourner des plates-bandes ? demanda Mr Sprague en haussa les sourcils.

—Jardiner ? Toi ? demanda Connie d'un air dubitatif.

—Oui. Owen m'a beaucoup appris. Je ne pourrai pas m'occuper de tout seule, mais au moins d'une partie. Je veux le faire. Je veux être au contact de la terre ; j'ai besoin de me sentir…

Annie écarta les mains avec impuissance, déçue de voir qu'ils ne comprenaient pas.

—… vivante, acheva Connie.

—Oui, c'est ça, répondit Annie avec gratitude. Et j'ai envie d'être proche d'eux, dit-elle en regardant ses mains. Là-bas, je les retrouverai, dit-elle doucement. Père avait coutume de dire que la vie commence dans un jardin.

Mr et Mrs Sprague se regardèrent un moment, puis cette dernière prit la main d'Annie.

—Mais tu ne peux pas, ma chérie. C'est impossible. Enfin, même un homme seul serait incapable…

Les yeux d'Annie se remplirent de larmes. Owen aurait compris, lui.

—Attends, Betty, intervint Mr Sprague.

—Voyons, Edwin, tu sais qu'il n'est pas envisageable qu'elle retourne dans cette maison.

—C'est en effet hors de question. Mais, en ce qui concerne le jardin, ajouta Mr Sprague en regardant Annie dans les yeux, je ne suis pas de ton avis, Betty. Je crois que si quelqu'un est capable de cultiver et d'entretenir un jardin, c'est bien Annie Allen.

Annie leva les yeux. Il était rarissime que Mr Sprague l'appelle ainsi. Ce dernier sourit.

—C'est ce que tu souhaites, n'est-ce pas ?

Annie hocha la tête en le regardant avec des yeux brillants de larmes.

— Il nous faudra engager quelqu'un pour retourner les plates-bandes et pour exécuter les travaux nécessitant une certaine force. Mais c'est toi qui donneras les directives. Tu pourras concevoir les jardins et y planter ce que tu souhaites.

Annie prit une courte inspiration.

— Oh, oui !

— Mais je…, commença Mrs Sprague.

Elle s'interrompit en voyant son mari lever la main.

— Tu continueras cependant à vivre ici, avec nous. Tu pourras travailler dans les jardins l'après-midi dans la semaine, et aussi longtemps que tu le souhaites le samedi. Mais tu devras nous promettre de t'impliquer dans tes études le matin avec tes professeurs particuliers. Tu devras poursuivre tes leçons de piano et de chant. Et tu iras aux réunions et aux sorties de la Croix-Rouge avec Constance, et aux offices avec nous le dimanche. C'est compris ?

— Oui, dit Annie, soulagée à tous les égards. Merci, monsieur Sprague.

Il hocha la tête.

— Prépare une liste de tout ce dont tu auras besoin. Je m'assurerai que le jardinier te fournisse ce qu'il faut.

Annie était si excitée à l'idée de pouvoir réaliser ce projet qu'elle ne put fermer l'œil cette nuit-là. Elle essaya de se rappeler avec précision les jardins de Hargrave House. Elle fut surprise de ne pas réussir à se représenter les fleurs qu'il y avait selon les saisons, malgré tout le temps qu'elle y avait passé à jouer et à se promener, au fil des années.

Était-il préférable d'attendre encore une année pour voir ce qui sortirait de terre, ou bien de retourner complètement les plates-bandes et de tout recommencer ? Une perspective si audacieuse la ravissait. Mais ce qu'elle voulait par-dessus tout, c'était se sentir proche d'Owen et de son père, raviver leur souvenir à travers leurs fleurs et leurs plantes et humer de nouveau le parfum printanier de la terre fraîchement retournée.

L'horloge du rez-de-chaussée sonna deux heures et demie. Annie se retourna dans son lit. Si elle avait du mal à trouver le sommeil, ce n'était pas seulement à cause de l'impatience qu'elle ressentait à l'idée de travailler dans les nouveaux jardins, ni de la joie de se voir confier des responsabilités d'adulte. Elle savait qu'en retournant à Hargrave House, même sans franchir le seuil de la maison, elle ne pourrait pas éternellement éviter tante Eleanor.

Cela faisait des semaines qu'elle n'avait pas pris de nouvelles de celle-ci, et elle ignorait comment son état de santé avait évolué. Elle préférait s'imaginer sa tante impuissante et alitée, les yeux clos, dans l'incapacité d'exercer son pouvoir au-delà de sa chambre à coucher. Mais Annie savait que ce n'était pas le cas.

Elle avait surpris une conversation entre les époux Sprague deux jours auparavant en s'arrêtant devant la porte de la pièce où ils prenaient le petit déjeuner.

— Je suis allé à Hargrave House hier, disait Mr Sprague. Elle est capable de s'asseoir dans une chaise roulante maintenant et de répondre en hochant la tête quand on l'interroge.

— Elle n'est donc pas encore en mesure de diriger la maison ou de gérer ses affaires financières ! avait déclaré Mrs Sprague.

— En effet, avait-il répondu d'un air songeur. Les quelques mots qu'elle prononce ne sont pas toujours clairs. Mais Eleanor Hargrave raisonne mieux qu'elle ne communique. Elle aura tôt fait de reprendre en main la gestion de certaines de ses affaires.

Mrs Sprague parlait doucement, mais avec insistance.

— Mais Annie… Elle ne ferait pas revenir Annie, sûrement pas.

Il y avait eu un long silence. L'oreille collée à la porte, Annie avait senti son cœur battre à tout rompre.

— Je l'ignore, avait répondu Mr Sprague dans un profond soupir. Je n'ai jamais compris ce qui se passait dans la tête de cette femme. Mais je doute qu'elle veuille le bien d'Elisabeth Anne.

— Oh, Edwin…, fit Mrs Sprague d'une voix étranglée.

— Ne t'inquiète pas, ma chérie. Aussi longtemps que nous le pourrons, nous la garderons avec nous. Je ferai en sorte de tourner la loi à notre avantage.

Et c'était précisément ce qui inquiétait Annie. Bien qu'elle ait seize ans dans quelques mois, elle craignait de ne pas pouvoir vivre avec les Sprague jusqu'au moment où elle deviendrait indépendante. Tôt ou tard, sa tante insisterait pour qu'elle revienne, en invoquant ses droits de tutelle.

— Si je dois y retourner, ce sera selon mes termes, murmura Annie dans le noir. Hargrave House est en partie à moi… ou le sera un jour. En travaillant dans les jardins, je revendique le droit que j'ai sur eux. Je lui montrerai que je ne me laisserai pas marcher sur les pieds.

Annie frissonna en se faisant cette promesse. C'était une chose de la murmurer dans la nuit, sans personne pour l'entendre ou la contredire, avec la présence rassurante de Connie à ses côtés et celle de ses parents à l'autre bout du couloir. Tenir tête à tante Eleanor serait une tout autre affaire.

Chapitre 33

Daniel et Michael passèrent l'hiver à couper et transporter du bois pour le voisinage. Lorsque le jeune homme avait appris qu'ils pourraient gagner trois dollars par sapin de Noël, il avait insisté pour planter une centaine de jeunes arbres au printemps.

—Nous l'appellerons le Jardin des conifères d'Annie! En une saison, nous rassemblerons suffisamment d'argent pour qu'Annie nous rejoigne et nous pourrons l'inscrire dans la meilleure école!

Mais il fut stupéfait et déçu d'apprendre qu'il faudrait attendre entre trois et cinq ans avant de pouvoir abattre et vendre les arbres.

—Faire pousser un arbre demande de la patience, mon garçon, expliqua Daniel. Il faut laisser aux organismes vivants le temps de s'adapter à leur nouvel environnement et de grandir.

Mais cela faisait presque un an que Michael travaillait chez les Allen et il trépignait d'impatience. Daniel avait semé près de la moitié des graines d'Owen; un tiers des plants et des rosiers s'était bien développé, mais beaucoup de plantes de l'Ancien Monde étaient mal en point, et leur avenir semblait incertain. Il était donc hors de question de les vendre.

Comment vais-je réussir à faire venir Annie ici alors que l'entreprise peine à survivre? Tante Maggie et Daniel ont tout juste réussi à payer leurs impôts et il ne leur reste plus un sou vaillant pour financer la traversée.

C'était pourtant ce qu'Owen lui avait demandé. Michael se sentait inutile et indigne de la confiance que lui avait accordée son ami, comme s'il l'avait trahi.

Les paroles d'Owen continuaient cependant à raisonner dans sa tête. « Tout ce que je touche pousse et prospère. Et je t'ai touché, Michael Dunnagan. Tu n'as donc pas d'autre choix que de faire pousser et prospérer à ton tour. »

Owen croyait en moi. Que ferait-il à ma place ? Michael savait qu'il ne baisserait pas les bras et ne se résoudrait pas à attendre cinq ans pour faire venir sa sœur.

Il agirait, c'est certain ! S'il ne parvenait pas à réunir la somme prévue, il gagnerait de l'argent par d'autres moyens. Michael se creusa la tête dans tous les sens, en vain. Pour finir, c'est Annie qui lui apporta l'idée qu'il cherchait désespérément.

— Dans sa dernière lettre, Annie raconte en détail ce qu'elle fait dans ses jardins. Elle m'a même envoyé des esquisses de ses plans, dit Maggie en servant le poisson.

— Les plans de ses jardins ?

Michael cessa soudain de mâcher, sa fourchette en l'air.

— Regardez, dit Maggie en étalant la lettre sur la table devant Daniel et Michael. Elle est pleine de créativité, comme son frère. Et c'est une vraie artiste !

Son sourire empreint de fierté révéla ses fossettes.

— Qu'est-ce que c'est ? Il est écrit « roseraie », dit Michael en reposant sa fourchette. Qu'a-t-elle dessiné à côté ?

— Laisse-moi voir. Il y a une légende détaillée ! Ah, il s'agit d'un pavillon de jardin ; c'est une maisonnette en bois. Et regardez ici, ce poteau entouré de liserons : c'est un abri pour les oiseaux.

— Owen et moi avions aussi pour projet de construire des pavillons. Mais cet abri pour les oiseaux, c'est comme une vraie maison ? Avec des chambres ? Cela existe vraiment ?

— Mais oui, bien sûr que cela existe ! s'exclama la tante Maggie en s'esclaffant. Enfin, pas avec des chambres. L'intérieur est vide. C'est un nichoir conçu pour qu'un couple d'oiseaux puisse construire son nid en sécurité et au sec.

—En bois? demanda Michael.

—Oui, oui, bien sûr. Tu n'as jamais vu de nichoir, Michael?

—On peut en réaliser avec des courges col-de-cygne, et les peindre pour ajouter une touche de fantaisie, intervint Daniel, sans laisser à Michael le temps de répondre.

—Pensez-vous que cela pourrait intéresser les gens qui possèdent un jardin? demanda Michael en sentant son cœur bondir dans sa poitrine.

—Eh bien, oui, répondit Maggie. Je suppose que oui.

—C'est bon, alors! s'exclama Michael en tapant sur la table. Je vais fabriquer des nichoirs et des pavillons de jardin. Nous avons des quantités de bois derrière la grange!

—Oui, c'est le bois d'une vieille grange que Sean a démolie il y a deux ou trois ans, expliqua la tante Maggie.

Michael examina attentivement le plan d'Annie.

—Regardez! Elle a dessiné ici une balançoire suspendue à un arbre, et de l'autre côté de l'allée, une double balançoire avec un portique. Je vais aussi construire des balançoires!

—Du mobilier de jardin, dit Daniel, pensif. Ce n'est pas une mauvaise idée.

—Oh, Daniel! Tu ne vas pas t'y mettre, toi aussi! s'exclama Maggie. Vous êtes tous les deux stupides. Vous avez déjà du travail pour cinq, mais on dirait que cela ne vous suffit pas!

—Nous devons trouver l'argent pour le billet d'Annie! s'écria Michael sur un ton suppliant.

—Le problème n'est pas uniquement d'acheter un billet, lui expliqua patiemment Maggie pour la centième fois. Nous ne pouvons pas la faire venir ici quand nous ignorons encore si nous allons pouvoir conserver le terrain et la maison. Owen voulait s'assurer que la situation serait stable, tu me l'as dit toi-même.

—Nous n'allons pas perdre le terrain! s'exclama Michael en tapant du poing sur la table.

Maggie sursauta et Daniel haussa les sourcils. Michael poursuivit, les joues en feu :

— Nous trouverons un moyen ! Owen disait qu'avec de la volonté on peut tout faire. Nous allons y arriver !

Daniel remonta ses lunettes sur son crâne.

— Eh bien, tu l'as entendu, Maggie. Tu ferais mieux de nous verser une autre tasse de café. Nous avons du pain sur la planche, dit Daniel en souriant.

Maggie semblait légèrement contrariée, mais s'exécuta malgré tout.

Le soir même, Michael prit le dessin d'Annie avec les plans des jardins et se mit au travail. Daniel lui montra comment tracer un gabarit sur du papier journal, mesurer et couper du bois pour les nichoirs. Michael scia, planta des clous, donna des coups de marteau, ponça, essuya, puis ponça de nouveau. Il décida de vernir une partie des nichoirs et de peindre les autres.

Toute la journée, Daniel et Michael travaillaient d'arrache-pied dans les champs et les jardins. Michael ne passait plus ses soirées au coin du feu avec sa tante et Daniel, mais dans la grange à construire ses nichoirs, jusqu'à tomber de fatigue. Au bout de trois semaines à ce rythme effréné, il eut les yeux rougis et irrités à cause de la sciure de bois. Mais ses efforts ne furent pas vains : vingt-cinq nichoirs, tous différents, étaient disposés sur l'étagère de la grange.

— Dis-lui de rentrer, Daniel, l'exhorta Maggie. Il va se rendre malade à travailler ainsi.

— Laisse-le, Maggie. Il a un objectif. Est-ce que tu l'as déjà vu aussi heureux et déterminé ?

— Je sais bien, mais que se passera-t-il si elle refuse de venir ? Si Michael se tue à la tâche pour rien ? Il sera dévasté.

— Elle serait stupide de ne pas venir, déclara Daniel comme pour clore le sujet.

— Eh bien, elle ne serait pas la première fille qui… Oh, Daniel, elle a renvoyé sa lettre sans l'ouvrir.

— Maggie Allen, dit Daniel en secouant la tête. Tu dois arrêter de jouer les entremetteuses.

— Je ne joue pas les entremetteuses, Daniel McKenica ! J'essaie seulement d'aider Michael ! Annie a les Sprague, Michael n'a que nous.

— Laisse ce garçon tranquille et les choses suivre leur cours. Tout cela finira par s'arranger.

— Tu n'as pas lu sa lettre. Elle ne mentionne pas Michael une seule fois. Mais elle semble avoir meilleur moral depuis qu'elle poursuit le travail que son père avait commencé dans les jardins de Hargrave House.

— Cela ne m'étonne pas, les Allen ont le jardinage dans le sang. C'est une bonne chose pour elle, comme une thérapie. Tu le sais bien. À quoi t'attendais-tu ?

— Je veux juste éviter de voir Michael blessé. On dirait presque qu'il est tombé amoureux d'elle, tant il est obnubilé par l'idée de la faire venir ici, dit Maggie en soupirant. Que dis-je ? Il a à peine seize ans et il ne l'a jamais rencontrée ! Je suis peut-être une idiote, mais je refuse de lui dire qu'elle a renvoyé sa lettre !

— Non, Maggie, tu n'es pas une idiote. Tu es une femme généreuse et avisée. Michael vit pour Annie et donnerait sa vie pour elle sans hésitation. Il est amoureux de l'idée qu'elle représente, et je crois que le serment qu'il a fait à Owen n'en est pas l'unique raison. Savoir si elle s'intéressera ou non à lui est une autre histoire. Elle a été élevée dans une superbe demeure en ville. S'adaptera-t-elle à la vie rurale ? Je ne veux pas te vexer, mais je pense qu'il vaut mieux que tu n'interviennes pas. Ce qui doit arriver arrivera. Ce n'est pas en t'inquiétant que tu les aideras.

Maggie soupira.

— Daniel McKenica, c'est sans doute le plus long discours que je t'aie jamais entendu prononcer. Parfois, je ne sais plus si je dois te serrer dans mes bras ou te chasser de cette maison.

Haussant les sourcils, Daniel dissimula un sourire derrière le journal dont il venait de s'emparer.

Fatigué et assoiffé, Michael s'approcha de la porte de la cuisine pour se servir un verre de lait, juste à temps pour surprendre la conversation de tante Maggie et de Daniel.

—Je ne suis pas amoureux d'elle, ni de l'idée que je m'en fais, se jura Michael à voix basse. Je la considère comme une sœur parce que je l'ai promis à Owen. Je lui ai promis! Et je tiendrai mon engagement. J'ai failli à Megan Marie, je ne l'ai pas surveillée, je n'ai pas monté la garde. Mais je ne faillirai pas à Annie.

Chapitre 34

Annie se réjouissait de recevoir les lettres chaleureuses de sa tante du New Jersey. Du moins jusqu'à la dernière en date.

La culture des jardins d'agrément n'avait pas de secrets pour la tante Maggie, qui en savait plus à ce sujet qu'Annie elle-même. Elle était sensible à la beauté des fleurs et des herbes, et comprenait l'intérêt de cultiver des plantes uniquement pour la confection de bouquets ou de couronnes et pour le séchage. Elle savait apprécier l'agencement harmonieux des allées et des aires de repos dans un jardin. Elle saisissait l'importance des textures et des parfums, l'arrangement des nuances et des couleurs et la disposition des fleurs et des arbustes qui se succédaient au fil des saisons la beauté depuis un point de vue féminin. En Angleterre, Annie n'avait personne avec qui partager de telles joies.

Dans la dernière lettre qu'elle avait écrite à Annie, tante Maggie avait joint une esquisse des Jardins Allen du New Jersey. Elle était approximative car elle n'avait pas vraiment la fibre artistique. Mais Annie fut surprise et ravie de découvrir les nouvelles allées qui serpentaient à travers les jardins à thème. Certains ressemblaient à ceux de Hargrave House, mais ils étaient sûrement plus vastes. Une partie des parcelles était cultivée pour le plaisir des yeux, tandis que l'autre était destinée aux récoltes, en privilégiant l'efficacité et la productivité. Annie décelait par endroits une fantaisie qu'elle n'aurait pas soupçonnée chez son oncle et sa tante. Dans sa réponse, Annie avait interrogé sa tante à ce sujet.

La lettre qu'elle reçut de tante Maggie respirait la gaieté, du moins le début :

« Ton oncle Sean n'était pas le plus créatif des frères Allen ! Sur ce terrain, ton père l'avait nettement devancé, et ce dès son plus jeune âge, avant même de quitter l'Irlande. Mon Sean était un travailleur acharné, mais je crois que, en voyant ses longues allées rectilignes et ses angles géométriques, on l'aurait plus pris pour un Allemand que pour un Irlandais. Il dirigeait nos jardins comme une machine bien huilée, mais ne semblait pas toujours saisir les désirs de nos clients. Et, avec ses problèmes cardiaques, les forces ont malheureusement commencé à lui manquer. Mais aujourd'hui les jardins sont en train d'évoluer. Pour la première fois depuis de nombreuses années, j'ai bon espoir pour nos jardins, pour notre foyer, et j'espère pouvoir t'inviter à nous rejoindre d'ici un an, ma chère Annie. Si tu te sens prête et que c'est ce que tu souhaites.

C'est ton frère qui a conçu la plupart des nouveaux jardins que j'ai tenté de reproduire pour toi. Il avait confié ses dessins à Michael, qui nous les a apportés. Daniel et Michael ont pu ainsi donner vie aux projets de ton frère. Quand Michael est arrivé sur le seuil de notre maison, il était si mal en point que je ne savais pas s'il allait survivre. J'étais loin de me douter qu'il deviendrait le jeune homme robuste qu'il est aujourd'hui, et que son aide nous serait si précieuse. Il fait tout ce qui est en son pouvoir pour améliorer la situation de notre entreprise et trouver l'argent nécessaire pour ta traversée et tes dépenses quotidiennes. Il a promis à Owen de te faire venir ici, tu sais.

Tu dois savoir que c'est moi qui ai poussé Michael à t'écrire. Il craignait que tu ne veuilles pas entendre parler de lui, mais je lui ai assuré que ses lettres te feraient du bien. Je lui ai rappelé que vous partagiez tous les deux une passion pour le jardinage et un immense amour pour Owen. J'étais convaincue que tu serais heureuse d'avoir des nouvelles de quelqu'un qui aimait ton frère et que ton frère aimait en retour.

Je n'aurais peut-être pas dû. Mais il n'était cependant pas nécessaire que tu me renvoies sa lettre.

J'en suis venue à aimer Michael comme le fils que je n'ai jamais eu, ma chère Annie. J'espère qu'avec le temps tu seras capable de lui pardonner d'avoir survécu. Il n'a pas pris la place d'Owen. C'est ton frère qui en a décidé ainsi. Pour lui, pour ton avenir, pour nous tous. S'il avait pu le faire, Michael aurait donné sa vie pour lui.

Maintenant, raconte-m'en plus sur tes propres jardins, mon enfant, et sur ton travail à la Croix-Rouge. Je me sens plus proche de toi en sachant à quoi tu passes tes journées.

Sache que je t'aime, ma chère nièce, et que j'attends avec impatience le jour où je pourrai t'accueillir à bras ouverts.

Avec tout mon amour,
Tante Maggie. »

Honteuse, Annie sentit le rouge lui monter aux joues. Elle eut immédiatement envie de justifier son comportement auprès de sa tante, pour la forcer à la prendre en pitié. Mais, au fond d'elle-même, elle savait que Maggie avait raison.

Owen serait stupéfait d'apprendre la façon dont j'ai agi. Il dirait que je suis devenue arrogante et amère, comme…

Elle repoussa une mèche de cheveux de son visage et écrasa une petite larme au coin de son œil. Elle était consciente d'avoir été injuste envers Michael. Mais cela l'aidait de pouvoir blâmer quelqu'un.

Tante Maggie n'a-t-elle jamais eu envie de faire payer quelqu'un pour la mort d'oncle Sean ?

Elle relut la lettre puis étala sur ses genoux le plan que tante Maggie lui avait envoyé dans une précédente lettre. Elle regarda de plus près le nom des nouveaux jardins : les conifères d'Annie, la roseraie d'Elisabeth Anne, les rosiers et les fleurs de l'Ancien Monde d'Owen Allen.

Dans la dernière lettre, elle trouva une coupure de journal. C'était un article sur Michael et le mobilier de jardin qu'il fabriquait pour les Jardins Allen, tiré d'un hebdomadaire du New Jersey. Il y avait trois photographies : sur deux d'entre elles, elle put admirer des nichoirs représentant des modèles miniatures de maisons de clients aisés qui avaient passé commande. La troisième photographie était celle d'un grand jeune homme, large d'épaules, avec une tignasse noire et un petit sourire. Il avait le bras posé sur la balustrade d'un pavillon de jardin qu'il avait construit, et qui ressemblait beaucoup à celui qui se trouvait dans les jardins des Hargrave.

Il est devenu fort et assez beau. Il sourit, mais il a un regard triste, songea Annie. *Le même regard triste et anxieux qu'il avait ce dimanche de Pâques et le jour où je l'ai vu à la proue du* Titanic. *D'où lui vient cette tristesse ?*

Michael n'était pas le garçon arrogant, vulgaire ou mal élevé pour lequel elle l'avait pris ; il portait une grande souffrance en lui. Après avoir elle-même vécu une année douloureuse, elle détectait facilement la peine des autres. Elle eut envie de rentrer sous terre en repensant à son comportement enfantin les derniers jours passés avec Owen à Southampton. *Comment Owen a-t-il pu me supporter ? Quelle piètre opinion Michael doit-il avoir de moi, après la grossièreté et la cruauté dont j'ai fait preuve…*

Elle ressentit un élan de pitié pour Michael.

Tante Maggie a raison. Michael n'y est pour rien s'il a survécu et qu'Owen est mort. Si quelqu'un est à blâmer, c'est Owen. Si mon frère n'avait pas sauvé Michael, il aurait sauvé quelqu'un d'autre à ses risques et périls. Jamais il n'aurait songé que je puisse avoir quelque chose à lui pardonner. C'est moi qui demande à Michael de payer pour le don qu'Owen lui a fait.

— Mon Dieu, pardonnez-moi, pria Annie alors que l'image de tante Eleanor apparut dans son esprit. Non, Seigneur! Non! Je ne veux pas être comme elle. Je veux un cœur comme celui d'Owen, implora-t-elle en étouffant un sanglot.

Cet après-midi-là, Annie s'assit dans le jardin et réfléchit longuement. Owen avait mené sa vie en suivant le modèle du Christ. Comment aurait-il agi à sa place?

Qu'aurait-il fait à propos de Michael? À propos de tante Eleanor?

Annie n'avait pas de réponses claires à ces questions touchant à l'amour et au devoir. Elle savait seulement qu'Owen aimait Michael et qu'il avait toujours traité leur tante avec respect.

Il ne s'est jamais montré méchant ou injurieux, malgré ses désaccords fréquents avec elle. Il avait pourtant dû comprendre le mal qu'elle avait fait à père. Il refusait de se laisser duper par ses ruses et ses supplications, même lorsqu'elle l'avait menacé de le déshériter. Il m'a éloignée d'elle quand il a compris que c'était nécessaire et qu'il a été en mesure de le faire. Mais s'il avait vraiment été au courant de tout ce qu'elle avait fait et refusé de faire pour mère, aurait-il été capable de lui pardonner?

Malgré la peur qu'elle éprouvait à l'idée de voir sa tante, Annie adorait se promener dans les jardins de Hargrave House. Le travail qu'elle avait effectué et celui qu'elle avait fait exécuter dans les parterres et des plates-bandes représentait pour elle à la fois un accomplissement et un mémorial. Et elle pouvait être fière. De magnifiques rosiers emplissaient l'air d'un parfum si délicat que les passants s'arrêtaient pour le humer avec délice, admirant la palette de couleurs et de lumières de l'ensemble.

— Merci, Seigneur, murmura-t-elle en repliant la lettre, le plan et la coupure de journal qu'elle glissa dans sa poche.

Annie ramassa son déplantoir et ameublit la terre autour de son rosier préféré. C'était son père qui avait multiplié cette variété. Annie n'avait aucune idée de leur nom botanique, mais elle se souvenait qu'Owen et lui avaient baptisé ces roses les « Elisabeth Anne » en son honneur. Elle ne put réprimer un sourire en pensant à Michael, qui préparait un jardin semblable à celui-ci en Amérique. Un terrain aménagé avec soin, qui serait un foyer pour elle si elle le désirait.

Annie se sentit soudain rougir. Elle creusa plus profondément dans la terre.

Je devrais lui écrire, mais que lui dire ? Cela aurait semblé naturel si j'avais répondu à sa lettre. Mais comment faire maintenant ?

Elle aurait voulu savoir comment bouturer des rosiers, combiner les qualités et les caractéristiques de plusieurs variétés pour en créer de nouvelles. Elle aurait tant aimé créer une rose « Owen Allen » pour le jardin que Michael lui-même avait baptisé « les fleurs et rosiers de l'Ancien Monde d'Owen Allen ».

Peut-être pourrais-je en parler à Michael. Je me demande si Owen lui a expliqué comment procéder. Mais puis-je vraiment lui écrire ? se lamenta Annie en jetant le déplantoir par terre. *Cela va lui sembler vraiment étrange ! Si seulement je n'avais pas renvoyé sa lettre !*

Chapitre 35

Pour la deuxième année consécutive, Annie passa la matinée du jour de l'anniversaire d'Owen auprès de sa tombe dans le cimetière de Bunhill Fields. C'était le mois de juillet, et les graines qu'elle avait recueillies puis plantées au printemps formaient à présent un magnifique parterre de fleurs d'un bleu aussi intense que celles qui ornaient les tombes de ses parents, mais peut-être un peu plus petites. Annie fit le tour de la parcelle d'Owen, retirant délicatement les pétales fanés et arrachant quelques mauvaises herbes. Puis elle s'accroupit, désireuse de faire son possible pour embellir la tombe.

— Je n'ai pas l'impression d'avoir atteint la Cité céleste[1], Owen, dit-elle à voix haute. J'affronte chaque journée avec ce lourd fardeau sur mon dos.

Elle jeta un coup d'œil au bas-relief sur la tombe de John Bunyan, représentant Chrétien ployant sous le poids de sa charge, et lâcha un soupir avant d'ajouter :

— Je me demande combien de temps cela va prendre.

Elle passa l'après-midi seule dans les jardins de Hargrave House, interrompue uniquement par l'apparition furtive de Jamison, qui lui apporta du thé et une serviette renfermant deux

---

1. Référence à la quête de Chrétien dans *Le Voyage du pèlerin*, le roman allégorique de John Bunyan. (*NdT.*)

scones à l'orange et aux raisins secs, les préférés d'Owen. Vers le milieu de l'après-midi, elle ouvrit son journal et commença à écrire.

Owen aurait eu vingt-deux ans aujourd'hui, et peut-être serait-il en train de construire une maison pour Lucy et Margaret Snape s'il était encore en vie. J'aurais traversé l'Atlantique et je vivrais avec tante Maggie, Mr McKenica et Michael, et nous formerions une grande famille, celle dont il rêvait.

— Une famille, dit Annie à voix haute. Je n'arrive même pas à me souvenir de ce que c'est.

— Tu broies du noir, on dirait ?

Annie n'avait pas entendu Connie arriver.

— Connie ! Qu'est-ce que tu fais là ?

— J'ai retenu la date. Je me doutais que tu serais quelque part toute seule à verser toutes les larmes de ton corps.

— Tu es trop franche.

Connie se laissa tomber sur le banc à côté de son amie, puis désigna l'étendue des jardins avec un geste théâtral.

— Je te dis simplement ce que je pense, Annie Allen. Mais n'aie pas peur, car je suis venue te tirer de ton marasme !

— S'il te plaît, Connie. Je n'ai pas envie de…

— Tu n'as pas envie d'en discuter ? Très bien ! Moi non plus.

Connie se leva, prit les mains d'Annie et la tira sur ses pieds.

— Je veux seulement t'emmener loin de toute cette beauté botanique – dont, soit dit en passant, tu as fait un mausolée vivant – et te faire revenir dans le monde des vivants, ajouta Constance.

— Pas aujourd'hui. J'ai…

— Si ! Justement aujourd'hui. Nous allons à notre réunion de la Croix-Rouge… À moins que tu n'aies oublié la promesse que tu as faite à père ? Il faut que tu t'entraînes à appliquer des bandages, à faire cuire des œufs durs et à préparer du thé jusqu'à ce que l'infirmière-major te déclare admise et apte à préparer de la charpie pendant le restant de tes jours de vieille fille.

—Une autre fois, Connie.

—Aujourd'hui! insista son amie en la secouant par les épaules. Tu ne t'en rends donc pas compte? Tu es devenue morose. Tu es en train de gâcher la vie que Dieu t'a offerte en te lamentant sur ton sort. Crois-tu que ton frère aurait voulu cela pour toi?

Annie recula.

—Je crois qu'il ne l'aurait pas toléré, pas un seul instant! poursuivit Connie. S'il arrivait à la cheville de l'homme que père et toi avez dépeint, il en aurait eu assez de te voir te morfondre ici!

—Owen adorait ces jardins!

—Mais il ne vivait pas pour eux! Eux vivaient pour lui! D'ailleurs, il ne s'agit pas vraiment des jardins. Les jardins sont superbes, Annie… stupéfiants! Mais, comme tu aimes tant à me le rappeler, la vie ne fait que commencer dans un jardin; elle ne doit pas s'y achever! Quand tu t'enfermes dans ce jardin, tu fais abstraction du reste du monde. Il est temps d'aller de l'avant, d'explorer de nouveaux horizons.

—Arrête avec tes grands discours, s'énerva Annie.

Mais Connie avait raison. Elle étouffait sous un voile de tristesse.

Connie sourit.

—Ah! Je suis ravie que tu apprécies mon éloquence. Maintenant, remonte tes cheveux en chignon et allons-y.

—J'ai l'impression d'être un imposteur avec cette coiffure. Tu sais qu'elles vont finir par se rendre compte que j'ai menti sur mon âge… Cela va faire toute une histoire!

—Personne ne le saura jamais, à moins que tu n'aies la bêtise de le leur dire. Avec ton chignon, on te donnerait dix-sept ans, peut-être même dix-huit… si seulement tu voulais bien relever le menton et ne pas avoir l'air si effacée.

—Je n'ai pas l'air effacée. Retire ce que tu as dit.

Mais Connie lui répondit par un éclat de rire.

— Pas en ce moment en tout cas, c'est certain. Reste ainsi, et tu les convaincras que tu es assez âgée pour rejoindre les VAD[1]. Tu prends tout cela tellement au sérieux, Annie ! Comme si nous étions de vraies infirmières en formation. Cela suffit à te faire paraître bien plus vieille. Et tu fais les pansements mieux que nous toutes, surtout celles qui viennent uniquement pour le thé et les crumpets.

— Et pour les commérages, ajouta Annie. Celles qui sont là uniquement pour les commérages se repèrent facilement.

— Exactement, ma chère, pour les commérages aussi ! répéta Connie en riant et en prenant le bras d'Annie. Nous ne devons jamais nous laisser aller à oublier notre devoir envers le thé, les crumpets et les commérages !

Annie aurait préféré passer son seizième anniversaire seule dans le calme des superbes jardins de Hargrave House. Mais, le matin du 22 août, Mrs Sprague leur annonça qu'elle les emmènerait assister à une conférence à Londres.

— Père voit-il d'un bon œil que nous devenions des suffragettes, mère ? demanda gaiement Connie.

Mrs Sprague rabattit la voilette gris clair de son chapeau sur son visage et releva le menton.

— Nous ne sommes pas des suffragettes… du moins pas vraiment, dit-elle avec gravité en enfilant ses gants. Bien que ton père n'approuve pas totalement le mouvement des suffragettes, il comprend que l'émancipation des femmes dépend de leur campagne actuelle. Je crois que ton père fait partie des hommes les plus généreux et éclairés de notre époque.

Elle hésita un instant avant d'ajouter doucement :

— Il ne m'a pas demandé ce que nous allions faire ce matin, Constance, et je ne lui ai pas parlé de notre emploi du temps pour la journée, dit-elle en détournant les yeux tandis que son visage rosissait. J'ai décidé qu'Elisabeth Anne et toi étiez assez grandes

---

1. *Voluntary Aid Detachment* : Détachement des auxiliaires volontaires. (*NdT.*)

pour vous intéresser aux affaires de ce monde, surtout quand celles-ci concernent les jeunes femmes de notre époque.

Connie et Annie éprouvèrent des difficultés à réprimer un éclat de rire, mais seuls leurs yeux trahissaient leur hilarité.

—Remets ta broche correctement, Annie. Dès que la réunion sera terminée, nous passerons chercher des friandises à la confiserie Reilly, puis nous irons pique-niquer à St James Park. Nous avons un anniversaire à fêter aujourd'hui! rappela Mrs Sprague en souriant.

—J'aime beaucoup St James Park, Mrs Sprague. Mais… c'est vendredi aujourd'hui.

—Oui bien sûr, c'est vendredi. Qu'est-ce qui se…

—La petite jardinière va dans ses jardins le vendredi après-midi, rappela Connie à sa mère.

—Constance, tu es priée de ne pas appeler Annie ainsi.

—Cela ne me dérange pas, Mrs Sprague. Mais je serais ravie que vous veniez prendre le thé dans mes jardins avec Constance. Mrs Woodward, la sœur de Jamison, a promis de m'envoyer pour mon anniversaire une boîte de Banbury cakes et de scones à l'orange et raisins secs, et au citron. Et Barbara fait un excellent thé. Avec quelques friandises de chez Reilly, elle pourrait nous préparer un délicieux goûter. Quant à Jamison, il est tellement courtois qu'il ferait le service comme dans un grand hôtel! Et puis le pavillon est entouré de rosiers en fleurs pour la deuxième fois! Je meurs d'envie de vous les montrer!

—Ce qu'elle a fait est vraiment splendide, mère, déclara Connie avec sérieux. Il faut que vous veniez voir cela.

—Eh bien, c'est une idée tout à fait charmante! J'accepte avec plaisir, Annie. Je suis très curieuse de découvrir tes jardins. Nous irons là-bas dès la fin de la réunion de ce matin.

Annie était si heureuse et impatiente à la perspective de servir le thé dans ses jardins et de s'asseoir avec Connie et sa mère dans le pavillon, toutes les trois en jupes longues et les cheveux joliment relevés – car elle avait enfin l'âge de porter cette coiffure –, qu'elle écouta la réunion d'une oreille distraite.

Seize ans! Mon Dieu, c'est à cet âge-là que mère s'est enfuie pour épouser père!

Annie se demanda ce qui était passé par la tête de sa mère. Elle ne pouvait pas s'imaginer regarder un jeune homme en pensant au mariage. *Mais mère s'est enfuie avec le jardinier de la famille!* Annie ne savait pas si cela devait la faire rire ou l'horrifier. *C'est un peu comme si je m'enfuyais avec Michael!*

Annie se sentit rougir de la tête aux pieds et se remit à penser à sa mère. *Je suppose que grand-père était furieux, que mère était ravie – quoique sûrement pas très rassurée. Quant à tante Eleanor, elle devait être furieuse et folle de jalousie.*

Elle ressentit une pointe de pitié inhabituelle à l'égard de sa tante. C'était une sensation étrange et troublante, qui la surprit. Annie s'efforça de se concentrer sur les tenues austères des femmes devant elle et sur l'oratrice pleine d'assurance. Mais elle n'arrivait pas à chasser de son esprit l'image d'une tante Eleanor plus jeune et pitoyable.

Comme chaque fois qu'elle songeait à sa tante, Annie commença à se sentir envahie par des idées sombres, mais elle s'efforça de les repousser. *Aujourd'hui est un jour à marquer d'une pierre blanche. J'ai seize ans! Je ne la laisserai pas gâcher mon anniversaire. Hors de question!*

Une vague d'émoi traversa la pièce, la tirant de ses pensées. Annie leva les yeux. C'était comme si une décharge électrique avait traversé l'ensemble de l'auditoire. Brandissant des bannières, les femmes bondissaient sur leurs pieds en scandant à l'unisson, Mrs Sprague et Connie avec elles : « Droit de vote! Droit de vote! Droit de vote! »

Mais Annie n'arrivait pas à manifester le même enthousiasme. Elle se leva avec les autres et agita mollement les bras, comme si elle nettoyait une vitre devant elle, tout en s'interrogeant : *Si les femmes obtiennent le droit de vote, qu'est-ce que cela changera pour moi? Et pour tante Eleanor? Aurai-je davantage de droits et serai-je mieux protégée contre elle, ou bien aura-t-elle encore plus de pouvoir?*

Annie frissonna à cette pensée et emboîta le pas à Mrs Sprague dans la rue.

Mais pourquoi est-ce que je m'inquiète ? Tante Eleanor n'est plus apte à faire quoi que ce soit ! Je suis en sécurité chez les Sprague. Dès que j'aurai dix-huit ans – plus que deux ans à attendre –, l'héritage d'Owen me reviendra et je serai libre de partir en Amérique si je le souhaite. Tante Eleanor ne pourra plus me faire de mal.

Annie prit peu à peu conscience de cette prochaine émancipation, et un sourire s'esquissa sur ses lèvres. Elle était hermétique à l'agitation des suffragettes. Elle songeait à toutes les possibilités que son avenir lui offrirait. Un avenir dont tante Eleanor était absente. Si elle parvenait à prendre cette femme brisée en pitié, l'amertume qu'elle ressentait à son égard finirait peut-être par disparaître.

Je connais la jalousie. C'est un sentiment qui vous consume de l'intérieur si on n'y prend pas garde. Tante Eleanor est bien placée pour le savoir, et en cela j'ai vraiment pitié d'elle. Elle n'est plus ce qu'elle était par le passé. Elle a perdu tous ceux qu'elle aimait d'une manière ou d'une autre. Comme moi. Mais, moi, je suis encore capable d'aimer Connie et ses parents. Je suis encore capable d'aimer tante Maggie et… et aussi Michael et Daniel McKenica, songea-t-elle sans cesser de sourire. *J'ai toute la vie devant moi.*

Annie s'arrêta brusquement au milieu du trottoir et se répéta : *J'ai toute la vie devant moi !*

Elle eut du mal à se retenir de descendre la rue en courant jusqu'à Hargrave House.

— Nous pouvons prendre un taxi si tu es pressée, Annie chérie, suggéra Mrs Sprague en essayant de reprendre sa respiration. N'oublie pas que tu es une dame, maintenant. Ralentis l'allure, s'il te plaît !

— Oh, je suis désolée, Mrs Sprague. Je suis si impatiente ! Quand nous étions à la réunion, je me suis souvenue que ma mère s'était mariée juste après ses seize ans.

— Oh ? Tu nous aurais donc caché tes intentions ? demanda ironiquement Connie.

Annie éclata de rire.

— Tu sais bien que non ! Mais je suis si heureuse aujourd'hui. Pour la première fois depuis longtemps, je me rends compte que j'ai la vie devant moi !

Elle étendit les bras, puis, soudain embarrassée, elle s'approcha de Connie et de sa mère et ajouta sur un ton confidentiel :

— D'une certaine manière, j'ai le sentiment que les jardins m'ont aidée à me reconstruire et à arriver là où je suis aujourd'hui. Cela vous paraît-il stupide ?

— Non, ce n'est pas stupide du tout, ma chérie, répondit Mrs Sprague avec un sourire en caressant la joue d'Annie. C'est justement ce que mon mari et moi espérions pour toi. Tu reviens de loin, ma chère Annie, et nous sommes très fiers du chemin que tu as parcouru.

Annie savait qu'elle n'avait plus l'âge de battre des mains en pleine rue, mais c'était pourtant exactement ce qu'elle avait envie de faire.

Elles passèrent devant le cimetière de Bunhill Fields.

— Tu ne t'arrêtes pas aujourd'hui ? murmura Connie.

— Non, pas aujourd'hui, répondit Annie en souriant. J'y retournerai bientôt, mais pas aujourd'hui.

— Je m'en réjouis pour toi ! dit Connie en lui serrant la main.

Mrs Sprague ne lésina sur aucune dépense à la confiserie Reilly : un pot de crème au citron et un à la fraise pour accompagner les scones de Mrs Woodward, un pot de crème caillée et un de confiture aux fruits rouges, et des quantités de nougats moelleux, de pâte d'amande et de caramels.

— Nous allons avoir mal aux dents demain matin ! s'exclama Mrs Sprague en riant.

Ravies, les filles rirent de bon cœur avec elle.

Elles sortirent joyeusement du magasin les bras chargés de paquets, et descendirent la rue pavée. Pendant un instant, Annie songea : *Peut-être que j'irai cueillir un bouquet de fleurs pour tante Eleanor tout à l'heure. Elle se souvient sûrement que j'ai seize ans aujourd'hui, et les fleurs d'Owen devraient lui faire plaisir.*

Quand elles tournèrent au coin de la rue, la lumière baissa légèrement, comme si un nuage gris éclipsait le soleil.

— Qu'est-ce que c'est que cette fumée? demanda Mrs Sprague.

— Où ça? Je sens une drôle d'odeur, mais je ne vois pas d'où ça vient, dit Connie en humant l'air.

Annie s'arrêta, les yeux rivés sur Hargrave House. Elle plissa les yeux, s'efforçant de comprendre ce qui se passait. Son cœur cessa de battre. Sa gorge se serra et sa respiration se bloqua. *Non. Non. Non!* Mue par une force irrésistible, Annie lâcha les sacs de courses qu'elle tenait et se précipita vers la maison.

— Annie! Annie, attends! cria Mrs Sprague derrière elle.

— Non, oh, ce n'est pas possible! murmura Connie.

Elle fourra ses paquets dans les bras de sa mère et s'élança à la poursuite d'Annie.

— Les filles! cria Mrs Sprague.

Mais Annie ne pouvait pas s'arrêter de courir. Ses pieds ne lui obéissaient plus. Elle avait l'impression de se vider peu à peu de son sang.

Quand elle arriva devant la porte du jardin de Hargrave House, le poids qui oppressait sa poitrine était si accablant qu'elle en avait le souffle coupé.

Le jardin avait été saboté de fond en comble: tous les arbres, bulbes, arbustes, rosiers, arbrisseaux de lavande et branches de lierre grimpant avaient été arrachés et jetés sur un tas, qui formait à présent un énorme feu de joie.

D'immenses flammes orange s'élevaient en rugissant, et des volutes de fumée noire montaient dans le ciel assombri, dégageant une odeur insupportable de goudron et de kérosène. Cinq ouvriers robustes jetaient ses rêves sur le tas crépitant, du treillage le plus délicatement sculpté et du nichoir le plus joliment peint aux plus modestes fleurs.

Annie était assaillie par des pensées qui tourbillonnaient en elle avec violence. Envahie par une rage animale, elle poussa un long cri de lamentation qui venait du plus profond de son être.

Connie voulut la tirer en arrière pour l'éloigner des cendres et de la boue, mais Annie se débattit et s'arracha à ses bras puissants. Elle ne voulait pas bouger. Elle continua à hurler, à gémir et à hoqueter jusqu'à s'écrouler sur le sol, à bout de forces.

Connie et Mrs Sprague s'efforcèrent vainement de la relever, en la suppliant de les laisser la ramener à la maison.

Enfin, Annie arrêta de lutter.

Mrs Sprague et Connie la soulevèrent, chacune d'un côté.

C'est alors qu'Annie aperçut tante Eleanor sur la terrasse à l'étage, assise bien droite dans son fauteuil roulant, un rictus figé sur les lèvres. Même dans son état, elle continuait d'exercer son pouvoir de nuisance.

Chapitre 36

En arrivant devant la porte de la cuisine à l'heure du déjeuner, Michael sut qu'il s'était passé quelque chose de grave. Maggie et Daniel semblaient inquiets et chuchotaient avec agitation. Il n'avait pas l'intention de les espionner, mais il se sentait concerné par leurs préoccupations et leurs inquiétudes. Quand il entendit le nom d'Annie s'échapper des lèvres de Maggie, il ne put s'empêcher de manifester sa présence.

— Qu'est-il arrivé à Annie ? demanda-t-il, en entrant pieds nus dans la cuisine.

— Qu'as-tu entendu au juste ? demanda Daniel sans réussir à prendre un ton réprobateur.

— J'ai simplement entendu le nom d'Annie. Mais je vois bien que quelque chose ne va pas. Que lui est-il arrivé ? demanda Michael en élevant la voix.

Maggie posa la main sur le bras de Daniel.

— Elle est à l'hôpital, à Londres.

Michael devint blanc comme un linge.

— Une lettre est arrivée aujourd'hui de Mr Sprague, le notaire de la famille, annonça tante Maggie en jouant nerveusement avec la ceinture de son tablier. C'est cette femme, Eleanor Hargrave…

— La tante d'Annie ?

Maggie leva le menton. La colère et la souffrance se lisaient sur ses traits.

— Plus jamais je ne l'appellerai ainsi. Elle ne le mérite pas. Elle a fait détruire la totalité des jardins de Hargrave House. Tout ce que Mackenzie, Owen et Annie avaient planté au fil des ans a été ravagé. Ces jardins qu'Annie entretenait avec amour et qui l'ont aidée à se reconstruire, elle les a brûlés, cette…

Maggie s'interrompit, le visage dur. De grosses larmes inondèrent ses joues. Daniel la prit dans ses bras tandis qu'elle sanglotait, les épaules agitées de soubresauts.

— C'était tout ce qui lui restait d'Owen et de son père! repritelle. Dieu tout-puissant! J'aurais dû insister pour qu'elle vienne, même si nous n'avons pas un sou vaillant!

Michael resta dans l'embrasure de la porte, une chaussure boueuse à la main. Il essaya de se représenter la destruction d'un jardin aussi immense que celui de Hargrave House. Un splendide jardin, étoffé au fil des années, soigné avec amour par chacun des membres de la famille, qui contenait toutes les plantes abondamment dessinées et décrites par Annie tout au long des lettres qu'elle adressait à la tante Maggie.

Cette terrible destruction avait dû anéantir la jeune fille. À cette pensée, il éprouvait une souffrance physique, une souffrance similaire à celle qu'il avait ressentie dans son enfance lors de l'enlèvement de sa sœur. La cruauté et la perversité de cette femme étaient comparables au plaisir sadique que son oncle prenait à le tourmenter, à l'accuser et à le battre jusqu'au sang.

Michael eut l'impression que la pièce tournait autour de lui. La colère le submergea lorsqu'il pensa à ce qu'on avait infligé à la sœur d'Owen. Il avait besoin de frapper quelque chose, de voler au secours d'Annie.

— Elle doit être anéantie…

Maggie resta silencieuse quelques instants avant de répondre:

— Mrs Sprague a raconté à son mari que, après avoir découvert le jardin détruit, Annie a pleuré et crié pendant des heures. C'était le jour de son seizième anniversaire, dit Maggie dont la voix se brisa.

Voyant qu'elle n'arrivait plus à parler, Daniel poursuivit :

— Elle n'a pas ouvert la bouche depuis. Elle refuse de manger et reste allongée toute la journée à l'hôpital sans rien faire.

La chaleur qui régnait dans la cuisine parut soudain insupportable à Michael, qui sortit précipitamment.

Deux heures plus tard, Daniel le retrouva assis dans la remise, en train d'écrire minutieusement sur des petits sachets faits à la main.

— Qu'est-ce que tu fais, Michael ? demanda Daniel.

— J'envoie un jardin à Annie.

— Un jardin ? Ce n'est pas le reste des graines d'Owen ?

— Si elles appartiennent à quelqu'un, c'est bien à Annie. Son frère aurait voulu qu'elle les ait.

— Oui, tu as raison. Mais pas de cette manière.

Il posa sa main sur celle de Michael.

Le jeune homme retira sa main.

— Je savais que vous diriez cela. Mais je ne vous demande pas la permission.

Daniel haussa les sourcils mais laissa le jeune garçon poursuivre.

— Owen m'a confié ces graines. Je lui ai promis de faire venir Annie ici. Et, au lieu de ça, je l'ai laissée à la merci de cette sorcière.

— Tu n'y peux rien, Michael.

— Au contraire, j'y peux quelque chose parce que je n'ai rien fait ! s'exclama-t-il en tapant du poing sur la table. Je n'ai pas été là pour elle ! Vous comprenez ? Je l'ai abandonnée.

— Tu ne l'as pas abandonnée, répondit Daniel doucement, mais fermement. À toi seul, tu as accompli le travail de cinq hommes dans l'unique but de la faire venir ici. Comme moi, tu as contribué à faire tourner l'entreprise de Maggie Allen. Annie ne peut pas nous rejoindre maintenant. Son heure viendra bientôt. Si tu lui envoies le reste des graines d'Owen avant que nous puissions recueillir celles issues des plantations de cette année, nous risquons de tout perdre. Dans ce cas, nos jardins mettront des années à devenir rentables. La vérité, c'est que si nous ne parvenons pas à payer nos dettes, la banque va saisir nos biens. Si nos efforts ne sont pas couronnés de succès, à quoi bon la faire venir, Michael? Tu as pensé à cela? demanda Daniel en saisissant Michael au collet et en le hissant sur ses pieds. Ce projet t'aveugle donc complètement? J'ai l'impression que tu ne te rends pas compte que, pour la première fois, nous avons la possibilité d'accomplir de grandes choses avec ces jardins.

Michael lui lança un regard furieux en guise de réponse.

Daniel rougit et lâcha Michael comme si sa main avait été marquée au fer rouge.

— Tu as réussi à me mettre en colère, Michael Dunnagan.

Michael se rassit, la respiration haletante.

— Qu'est-ce que je peux faire? Je ne peux pas la laisser là-bas!

Daniel se passa la main dans ses cheveux clairsemés.

— Nous allons continuer à faire ce que nous faisions jusqu'à présent...

— Mais...

— Et, une fois que nous aurons recueilli les graines de cette année, nous pourrons préparer des sachets pour Annie, si elle est encore en Angleterre au printemps prochain et veut toujours cultiver un jardin. Mais, si j'étais toi, ajouta Daniel en ponctuant ses paroles d'un index pointé sur le torse du garçon, je construirais douze pavillons de jardin et j'essaierais d'en tirer un bon prix. Après quoi, je lui écrirais pour lui expliquer notre situation précaire et lui demanderais si elle souhaite nous rejoindre malgré tout.

— Mais les meilleures écoles... Comment pourra-t-elle aller dans les meilleures écoles? demanda Michael, l'air abattu.

— À quoi bon se soucier du prestige de l'école si elle est brisée ou si nous perdons ce terrain? Ne lui envoie pas ces graines; sa tante, folle de jalousie, pourrait les lui voler. Apporte-lui plutôt l'espoir et l'amitié dont elle a besoin pour vivre! l'encouragea Daniel en se dirigeant vers la porte de la remise. À vous entendre parler, Maggie et toi, on croirait que cette jeune fille a besoin d'un diadème en diamant! Si j'étais à ta place, je la ferais venir ici coûte que coûte. Puis je l'aimerais et je travaillerais pour elle tous les jours de ma vie.

Daniel sortit en claquant la porte.

Michael laissa tomber son stylo. Le discours de Daniel McKenica avait ébranlé son assurance. Il éprouvait des difficultés à se l'imaginer amoureux d'une femme et se tuant à la tâche pour elle.

Mais n'est-ce pas précisément ce qu'il fait pour Maggie Allen du matin au soir?

Michael n'arrivait pas à se faire à cette idée. Mais il n'avait pas le temps de s'attarder sur ce sujet, et s'efforça de revenir à ce qui le préoccupait.

Comment puis-je aider Annie de si loin? Comment lui redonner espoir en attendant de la faire venir ici?

Michael resta prostré dans l'abri, les yeux rivés sur les petits sachets de graines. Annie n'avait pas répondu à sa première lettre. Il avait appris par la tante Maggie qu'elle ne voulait pas entendre parler de lui. C'était il y a presque un an. Mais c'était aussi à l'époque où elle avait le jardin, qui lui permettait de se sentir plus proche d'Owen. À présent, il ne lui restait plus que sa tombe. *Et quel réconfort peut lui apporter une tombe? Elle a besoin d'un souvenir d'Owen, rien que pour elle. Un souvenir qu'on ne pourra jamais lui dérober, auquel elle pourra se raccrocher, et qui lui donnera la force d'aller de l'avant.* Michael ignorait d'où lui venait cette pensée, mais il ne la laissa pas s'échapper. Quand les étoiles firent leur apparition dans le ciel du mois de septembre, il sut qu'il prenait la bonne décision.

Michael fit craquer une allumette pour allumer la lanterne, puis rangea les sachets de graines dans l'un des compartiments du coffre. Il les remettrait un jour à Annie, mais ce jour n'était pas encore venu.

Dans la cuisine, Michael trouva un mot de Daniel sur la table ; celui-ci avait envoyé Maggie au lit car elle était en proie à une terrible migraine, et il ne fallait pas la déranger. Michael se servit un bol de soupe aux choux qu'il trouva sur la cuisinière. À en juger par l'étrange combinaison de saveurs du plat, celui-ci avait été préparé par Daniel.

Il aperçut la silhouette du vieil homme sous le porche, en train de fumer la pipe. Michael s'interrogea sur les liens qui unissaient

Daniel et Maggie. Il les avait toujours considérés plus ou moins comme frère et sœur, mais ils veillaient l'un sur l'autre de manière presque fusionnelle. Sean Allen, le mari de Maggie, avait dû occuper la même place dans leur relation. Michael se demanda s'il en avait toujours été ainsi, et s'ils étaient conscients que cet amour était un trésor inestimable. Malgré son inexpérience, même lui s'en rendait compte.

Michael cacheta sa lettre à une heure avancée de la nuit. Les yeux irrités, les paupières lourdes de sommeil, il n'eut pas la force de la relire. Il avait recommencé à cinq reprises, en espérant ne pas multiplier les fautes de grammaire et d'orthographe, tentant de trouver les mots justes. La lettre était longue et probablement un peu décousue. Il avait ouvert son cœur à Annie comme Daniel McKenica l'avait fait plus tôt avec lui. Le jeune homme passa sa main sur l'adresse et murmura une prière au Seigneur Jésus ; pas pour lui, mais pour la seule personne dont l'existence était liée à la sienne. Puis il souffla sur la flamme de la lanterne et sortit.

Chapitre 37

Mrs Sprague posa sur la table de chevet d'Annie un panier de Banbury cakes parfumés, préparés par la veuve Woodward. Elle arrangea le bouquet de bruyère de Jamison dans un vase en verre et posa à côté l'enveloppe affranchie d'un timbre étranger. Puis, pour éviter qu'Annie ne soit éblouie par les rayons du soleil de fin d'après-midi, elle tira les rideaux.

L'hôpital avait renvoyé Annie chez les Sprague vers la fin du mois de septembre, en expliquant que son état ne s'améliorait pas et qu'ils n'avaient pas de remède à la dépression. Dans les jours qui suivirent son retour, Connie avait réussi à faire avaler juste assez de bouillon et de thé à son amie pour la maintenir en vie. Mais Annie restait alitée et n'était plus que l'ombre d'elle-même.

— Comment s'appelait ton jeune et beau jardinier d'Amérique ? demanda Connie sur un ton taquin. Michael Dunnagan, c'est bien ça ?

Annie ne répondit pas.

— Quoi qu'il en soit, je vois que tu as reçu une lettre de lui. S'il ne t'intéresse plus, je vais peut-être tenter ma chance… J'ai toujours aimé l'adorable accent des Irlandais et leur art de la conversation.

Connie agita l'enveloppe devant le visage d'Annie, et fit la moue en entendant la cloche annoncer l'heure du thé.

— Oh, zut ! Je vais devoir attendre la fin du thé pour ouvrir cette belle lettre si épaisse ! s'exclama-t-elle en reposant ostensiblement la missive sur la table de chevet d'Annie. Mais je te préviens, Annie Allen, que si tu ne l'as pas ouverte et lue à mon retour, je me verrai contrainte de te la lire moi-même. Juste pour m'assurer qu'il t'écrit en tout bien tout honneur.

Annie ferma les yeux, trop fatiguée pour répondre aux taquineries de Connie. Elle attendit que les pas de Connie s'éloignent dans l'escalier pour les rouvrir, et jeta un coup d'œil à l'enveloppe. Elle vit son nom et reconnut l'écriture de Michael, grâce à la lettre qu'il lui avait envoyée l'année précédente et qu'elle n'avait jamais lue.

Elle se demanda pourquoi il lui écrivait de nouveau après tout ce temps.

Quelque chose est-il arrivé à tante Maggie ? Oh, mon Dieu, non ! Ce serait trop !

Dix minutes s'écoulèrent avant qu'Annie ose tendre le bras vers la lettre. Elle semblait beaucoup plus épaisse que celle qu'elle avait renvoyée. Sa curiosité et l'inquiétude qu'elle ressentait pour la santé de sa tante lui donnèrent la force nécessaire pour décacheter l'enveloppe et en tirer les feuillets qu'elle contenait.

« Chère Miss Annie,
J'ai appris par tante Maggie que votre jardin avait été brûlé et que vous n'aviez plus le goût de vivre. »

Annie sentit le feu lui monter aux joues face à une telle audace, mais elle poursuivit malgré tout sa lecture.

« Il y a très longtemps, j'ai perdu mes parents et ma petite sœur, les personnes auxquelles je tenais le plus au monde. Je n'ai rien pu faire contre la fièvre qui a emporté mes parents. Mais j'aurais dû – et j'aurais pu – sauver Megan Marie, si seulement je n'avais pas lâché sa main. Je lui ai failli, et je ne peux pas revenir en arrière.
Je ne veux pas dire que vous êtes responsable de la destruction de vos jardins, Miss Annie, ou que vous auriez pu

faire quoi que ce soit pour empêcher ce sabotage. Ce que je veux dire, c'est qu'après l'enlèvement de Megan Marie j'ai imploré le ciel de m'aider à la retrouver, mais en vain. En perdant ma sœur, j'ai perdu aussi ma raison de vivre. Je n'avais plus d'espoir, et il me semblait que le bonheur n'était plus possible sur Terre. Jusqu'à ce que je rencontre votre frère, Owen.

Owen m'a fait découvrir une façon de mener son existence dont j'ignorais tout. Je n'ai aucun moyen de savoir si j'étais le seul passager clandestin à bord du *Titanic*, mais je suis sûr d'une chose : je ne méritais pas d'être sauvé, de trouver une place dans un canot de sauvetage lors de cette effroyable nuit. Et, sans Owen, jamais je n'en aurais eu. Si je suis en vie aujourd'hui et que j'ai confiance en l'avenir, c'est grâce à lui. J'aurais tant voulu sauver votre frère. Mais je n'ai pas réussi, et c'est lui qui m'a sauvé. Et alors que je pensais que la mort était le seul moyen de mettre fin à l'état de souffrance dans lequel je me trouvais, tante Maggie et Daniel McKenica m'ont accueilli à bras ouverts et offert la perspective d'une vie meilleure.

Je sais que pour vous ces jardins représentaient plus que des fleurs, des rosiers et de la terre, Miss Annie. Vous avez dû avoir le sentiment de perdre Owen une deuxième fois. Mais, après la pluie, le beau temps. Owen m'a montré comment il vivait en s'efforçant d'apporter la joie autour de lui.

Venez en Amérique, Miss Annie. Je ne vous promets pas une vie exceptionnelle ici. On travaille à la sueur de son front du matin au soir, mais l'amour et la joie de vivre règnent dans le foyer de tante Maggie. Chacun vit pour les autres, et nous ne connaissons pas la solitude.

L'été prochain au plus tard, j'aurai gagné suffisamment d'argent pour financer votre traversée et une année de scolarité, en plus des besoins quotidiens de tante Maggie et de Daniel.

J'ai mis de côté pour vous les dernières graines d'Owen, celles qu'il a emballées de ses propres mains avant de quitter l'Angleterre. Vous pourrez les planter vous-même dans la terre du New Jersey, comme Owen l'aurait fait.

Il y a quelque chose que vous devriez savoir. Quelque chose qui concerne Owen et que personne d'autre ne sait. Environ un an après le naufrage du *Titanic*, j'ai lu une histoire dans un journal qui servait d'emballage à de jeunes plants que nous avions achetés. L'article parlait d'un homme appelé Colonel Gracie, un rescapé du *Titanic*, qui témoignait de ce qui s'était passé cette nuit-là. J'ai conservé cet article et je vous l'envoie aujourd'hui. C'est la seule chose de valeur que je possède, et à présent elle est à vous.

Lisez-le maintenant, avant de poursuivre cette lettre. »

Annie ramassa sur son couvre-lit le morceau de journal jauni et grossièrement déchiré qui s'était échappé de l'enveloppe. Un passage était entouré au crayon. L'auteur de l'article y rapportait les paroles du Colonel Gracie.

« Un homme nageait le long du canot de sauvetage B et voulut se hisser à bord. Nous étions déjà en surnombre et notre embarcation menaçait de couler. Quelqu'un lui cria : "Ne montez pas, vous allez nous faire chavirer !" L'homme, qui était bon nageur, s'éloigna en disant : "Ce n'est pas grave, les gars. Bonne chance, et que Dieu vous bénisse." »

Annie sentit son cœur s'emballer. Elle retourna la feuille, mais il n'y avait rien d'autre. Elle reprit la lettre de Michael.

« Certains pensèrent qu'il s'agissait du capitaine Smith, le commandant du *Titanic*. Mais je suis certain que ce n'était pas lui. Owen aurait réagi exactement de cette façon, et ces mots sont les siens. Je l'ai déjà entendu dire ça, notamment à

Lucy Snape, la jeune femme qu'il aimait et espérait épouser, et à la dame qu'il a suppliée de me sauver en me prenant avec elle dans le canot de sauvetage. Cette générosité l'a toujours animé, et ce jusqu'à son dernier souffle.

Vous ne le voyez pas, Miss Annie ? Owen a non seulement préparé une vie pour vous en Amérique, mais il nous a aussi fait une place à chacun. Il a sauvé ma misérable vie et m'a offert un foyer et une famille. Il nous a montré comment vivre une vie plus belle, en allant toujours de l'avant et en encourageant les autres à en faire autant.

Chaque fois qu'il vous arrivera de douter de cela ou de sentir le désespoir vous gagner, prenez ce morceau de papier, lisez le dernier message d'Owen. Il s'adresse à vous, à moi, et à ces hommes perdus au milieu de l'océan. Sachez qu'il nous souhaite de mener une belle vie, bénie par notre Seigneur Jésus.

Je vous attends, Miss Annie. J'ai promis à Owen que je ferais tout ce qui était en mon pouvoir pour vous faire venir en Amérique, dans la maison des Allen. Votre maison. Je suis lié à lui par ce serment et je ne reculerai devant rien pour l'honorer. Je vous en prie, rétablissez-vous. Je vous en prie, venez à la maison.

Michael Dunnagan. »

Annie serra contre son cœur la coupure de journal. C'était un signe et un message qui venaient d'Owen lui-même. Les larmes qui s'étaient taries depuis plus d'un mois jaillirent de ses yeux, mais avec la douceur d'une pluie d'été.

Elle replia la coupure et la lettre, les glissa dans l'enveloppe et cacha celle-ci sous son oreiller. *Comme c'est étrange*, se dit-elle, *que ces signes d'espoir — la coupure de journal, l'amitié, la promesse d'un avenir meilleur — viennent de celui que j'ai tenu pour responsable de la mort d'Owen.*

— Mon Dieu, pardonnez-moi, murmura-t-elle. Merci, Père... Merci, Michael.

Pour la première fois depuis l'incendie, Annie dormit paisiblement, tout l'après-midi et toute la nuit. Personne ne vint la déranger.

Quand la lumière du matin inonda la chambre, elle se risqua à poser un pied par terre, se leva et fit sa toilette. Avant même que la femme de chambre lui apporte son thé, elle avait écrit sa première lettre à Michael.

Dans les jours qui suivirent, ses pas furent hésitants, ses siestes longues et ses joues encore pâles. Mais Annie Allen était sortie de sa tombe. Elle était enfin résolue à retrouver sa liberté et à s'échapper du dongeon du désespoir.

Chapitre 38

MICHAEL CONSTRUISIT ET VENDIT SES DOUZE PAVILLONS DE jardin dans le New Jersey, à la cadence de deux par mois, en travaillant jusqu'à une heure avancée de la nuit, après de longues journées passées dans les champs.

À mille lieues de là, à Londres, Annie reprenait chaque jour un peu plus de force.

Des lettres traversaient l'Atlantique dans les deux sens au rythme des marées. La compréhension et le respect grandirent entre ces deux jeunes gens qui avaient mené des vies si différentes, mais qui étaient liés par leur amour pour Owen et leur passion des jardins. Et si un sentiment dépassant l'amitié se développait timidement, aucun d'eux ne se l'avouait, ne l'écrivait ou n'en parlait.

Au printemps, Annie savait qu'elle accepterait l'offre de Michael de partir en Amérique, bien qu'elle en ait seulement informé la famille Sprague. Mais elle refusait d'arriver sans le sou chez les Allen, ou d'être à leur charge. Elle terminerait sa scolarité en Angleterre et attendrait son dix-huitième anniversaire pour recevoir l'héritage d'Owen. Ainsi, elle pourrait voyager avec suffisamment d'argent pour arriver sans encombre. Elle aurait les ressources nécessaires pour payer l'hypothèque et contribuer à la prospérité de l'entreprise dont Owen rêvait, et pour laquelle la tante Maggie, Daniel et Michael travaillaient avec acharnement et amour. Quand elle aurait vingt et un ans, Mr Sprague lui remettrait son héritage, détenu dans un fonds fiduciaire. Owen aurait certainement approuvé ce projet.

Du matin au soir, Annie avait l'esprit occupé par sa vie future dans le New Jersey. Elle décida de ne parler ni à Michael ni à sa tante Maggie de l'héritage qu'elle toucherait, car elle voulait leur faire la surprise. Mais elle leur écrivit qu'elle serait prête à partir juste après son dix-huitième anniversaire ; elle devrait patienter encore un an.

En voyant la joie que les lettres d'Amérique procuraient à Annie, même Mr et Mrs Sprague lui donnèrent leur bénédiction. Connie reconnaissait que son amie lui manquerait, mais elle lui assura qu'elle se réjouissait de tout cœur pour elle.

Depuis quelque temps, Connie essayait de convaincre son père de faire un voyage en Europe à l'occasion du dix-septième anniversaire d'Annie.

— Nous devons absolument la faire sortir de Londres, père. Il ne faut surtout pas qu'elle repense à son anniversaire de l'année dernière ! Organisons-lui quelque chose d'extraordinaire, un voyage dont elle se souviendra jusqu'à la fin de ses jours !

Mr Sprague ne fut pas du tout ému par la poignante tirade de sa fille unique, ni par son insistance à lui faire croire que seul un voyage en Europe pourrait faire oublier à Annie le traumatisme de l'année précédente. Il était convaincu que la jeune fille se rétablirait complètement. Mais il souhaitait depuis longtemps emmener Constance sur le continent avant son mariage. Il avait même commencé à planifier le voyage. Et Constance serait ravie de faire celui-ci en compagnie d'Annie. Par ailleurs, Eleanor Hargrave lui avait demandé, comme tous les ans, de superviser personnellement un transfert de fonds substantiel au profit d'un lointain parent en Allemagne. C'était une transaction qu'il déléguait habituellement à un jeune associé. Mais, malgré son manque de sympathie pour sa cliente, peut-être pourrait-il ainsi faire d'une pierre deux coups.

Il envisageait de passer une semaine à Paris, une autre dans le sud de la France, peut-être une ou deux semaines en Italie

– sûrement à Rome –, puis de séjourner une semaine à Berlin avant d'aller découvrir la côte allemande, et éventuellement de terminer par un saut au Danemark. Six ou sept semaines, après lesquelles il lui faudrait reprendre le travail. Les mois de juillet et d'août se prêtaient parfaitement à leur voyage. Outre un climat agréable, ils pourraient ainsi fêter l'anniversaire d'Annie en vacances.

En lisant un article publié dans un petit journal à la fin du mois de juin, Mr Sprague apprit l'assassinat de l'archiduc François-Ferdinand et de son épouse Sophie à Sarajevo. Cela ne le troubla pas outre mesure. Comme bien souvent dans les Balkans, c'était sans doute une tempête dans un verre d'eau qui concernait peu l'Empire britannique, en dépit de leurs bonnes relations diplomatiques. Il estima malgré tout plus sage de partir en vacances avant que les monarques européens, tous liés par des jeux d'alliances, ne règlent leurs comptes.

Annie et la famille Sprague partirent de Douvres en bateau le 14 juillet. Même si Annie était mal à l'aise à l'idée de relater un voyage aussi coûteux à Michael pendant qu'il travaillait avec acharnement dans l'espoir de la faire venir en Amérique, elle décida malgré tout de lui écrire, songeant que sa famille du New Jersey se réjouirait sûrement pour elle.

Michael la soutenait toujours, même si Annie le trouvait parfois un peu trop protecteur. Sans qu'elle se l'avoue, cela lui faisait cependant plaisir au fond d'elle-même. *Il n'est pas Owen, après tout, il n'a pas son mot à dire sur la façon dont je mène ma vie. Ce n'est pas mon frère.* Mais elle ne pouvait s'empêcher de s'en réjouir.

Elle lui écrivit :

« La belle mer du Nord était très calme le jour de notre départ. Je dois avouer que j'avais peur. J'ai fait mon possible pour le cacher aux Sprague, qui ont eu la gentillesse de m'inviter à venir avec eux. Je n'arrivais pourtant pas à m'empêcher de penser à tout ce qu'Owen et toi, et ces

257

centaines de pauvres gens, avez vécu dans l'Atlantique il y a deux ans. Mais heureusement il faisait jour et le temps était au beau fixe. J'espère vraiment que cette expérience me permettra de m'aguerrir avant la traversée pour l'Amérique. Mr Sprague dit que les voyages ouvrent l'esprit et fortifient l'âme. J'espère pouvoir lui donner raison.

Nous avons remonté l'Elbe puis sommes arrivés à Hambourg. Quelle joie de découvrir des jardinières joliment décorées, débordant de fleurs, à perte de vue! Les Allemands aiment beaucoup les couleurs, non seulement dans leurs compositions florales, mais aussi dans la décoration de leurs maisons. Leurs jardins sont très soigneusement entretenus, on n'y trouve pas la moindre mauvaise herbe! Je suis persuadée que si on tamisait leur terre, elle serait si fine qu'elle s'envolerait au premier coup de vent. Devant une telle beauté, je repense avec nostalgie à nos jardins de Hargrave House.

Je dois vraiment m'efforcer d'oublier si je ne veux pas me laisser ronger par l'amertume que je ressens envers tante Eleanor. Je refuse que le souvenir de son sabotage gâche ce voyage. Elle a déjà ruiné tant d'espoirs.

Nous avons profité d'une escale le deuxième jour pour prendre le thé sur la terre ferme. Mais ici ils boivent du «café». C'était la première fois que j'en goûtais; c'est bien plus amer que le thé. Peut-être connais-tu déjà cette boisson, car j'ai entendu dire qu'elle était très répandue en Amérique. En Allemagne, on ne trouve ni crumpets ni Banbury cakes, mais d'énormes gâteaux recouverts de crème fouettée, des flancs et des tartes aux fruits au sirop. Leur repas du midi est très riche en charcuteries accompagnées de pain de seigle très nourrissant. On y cultive plus de tubercules et moins de légumes verts qu'en Angleterre. Je ne supporterai pas très longtemps un tel régime, mais la gastronomie a le même effet sur les papilles que le voyage sur l'âme!

Tu as sans doute remarqué que je t'écris du pays par lequel nous devions initialement terminer notre voyage. Mr Sprague a préféré changer l'itinéraire au dernier moment, par pure précaution, en raison du climat politique tendu. En dépit des articles sensationnalistes, aucun d'entre nous ne croit réellement qu'une guerre éclatera. Les puissances européennes vont sûrement résoudre pacifiquement leurs différends. Nous sommes au vingtième siècle, et la guerre est d'un autre temps.

Je t'écrirai de nouveau quand nous arriverons dans la capitale.

Transmets mon amour à tante Maggie, et raconte-moi ce que deviennent tes jardins.

Bien à toi,
Annie. »

Vers la fin de la deuxième semaine, ils arrivèrent à Berlin. Mr et Mrs Sprague étaient satisfaits des chambres qu'ils avaient réussi à réserver au dernier moment, et ils se procurèrent des places pour l'opéra le plus en vue de la saison.

— Edwin, on dirait que les touristes désertent peu à peu la ville. J'ai l'impression qu'il se trame quelque chose de grave…

Mr Sprague rassura son épouse, il n'y avait aucune crainte à avoir. Cependant, quand il était seul, il consultait la presse pour s'informer de la situation politique. Il ne voyait pas d'un bon œil le renforcement de l'alliance entre l'Autriche-Hongrie et l'Allemagne. Les regards furtifs échangés par les commerçants, les hommes qui se rassemblaient devant les bureaux de télégraphe et les salles de rédaction, et les soldats dans les rues, chaque jour plus nombreux, ne lui avaient pas échappé. Il effectua la transaction financière au nom d'Eleanor Hargrave dès l'aube du deuxième jour, et fut soulagé que cette affaire soit derrière lui.

Les Sprague et Annie s'en tinrent à leur programme, mais, au bout de deux jours de visite dans la chaleur estivale, il leur devint impossible d'ignorer la foule inquiète de plus en plus dense dans les rues, en particulier autour des bâtiments du gouvernement. Du matin au soir, les cafés de l'avenue Unter den Linden et devant le Tiergarten étaient pleins à craquer d'Allemands qui passaient leur temps à discuter avec animation dans un climat extrêmement tendu. Près des kiosques à journaux, des hommes se dandinaient d'un pied sur l'autre, attendant de pied ferme l'arrivée des prochaines éditions. Le moment venu, ils s'empressaient de tendre leurs pièces de monnaie et s'éloignaient à la hâte pour lire les dernières nouvelles.

Mr Sprague regrettait que son allemand lui permette tout au mieux de commander un repas ou d'échanger quelques propos aimables sur le palier. Jamais il n'avait ressenti un tel besoin de lire cette langue pour prendre connaissance de la presse locale.

— Changement de programme, mesdames, annonça Mr Sprague à son épouse et aux filles, alors qu'un passant grossier venait de le bousculer. Nous allons nous rendre à Paris dès demain matin. Je ne sais pas exactement comment la situation va évoluer, mais je préfère vous mettre en sécurité ailleurs.

— Mais, père! protesta Connie. Nous avons encore tant à voir et à faire ici! Demain, c'est dimanche, il n'y aura pas beaucoup de trains. Je crois que la tension que nous ressentons est simplement due au tempérament irritable des Allemands, qui sont des gens si pleins de vie!

— Je suis tout à fait d'accord avec toi, Edwin, déclara Mrs Sprague en regardant son mari avec un hochement de tête. Nous allons préparer nos affaires pour partir juste après le petit déjeuner.

Le lendemain matin, il régnait dans l'hôtel une atmosphère électrique. Les patrons comme les employés parlaient rapidement. Annie frissonna en sentant les regards froids lancés dans leur direction, bien qu'elle ne comprenne pas ce qu'on pouvait leur reprocher.

— Une rumeur circule, leur confia un journaliste américain installé à une table derrière eux. Contrairement à ce qui était prévu, le Kaiser ne serait pas parti sur le *Hohenzollern* pour les vacances. Il serait resté à Berlin à attendre des nouvelles de l'Autriche. La situation pourrait vraiment s'envenimer, si vous voyez ce que je veux dire, dit-il en haussant les sourcils avec une expression ironique. Il semblerait que même les yachts royaux doivent attendre pour des affaires d'État.

Annie n'entendit pas ce qu'il expliqua ensuite, car Mr Sprague leur tourna le dos et s'entretint à voix basse avec le journaliste pendant quelques minutes. Quand il les rejoignit, Annie sut qu'il se passait quelque chose de grave; jamais elle ne l'avait vu aussi nerveux.

Quelques instants plus tard, le serveur de l'hôtel renversa du café fumant sur la serviette de Mrs Sprague, lui ébouillantant les doigts.

— *Entschuldigen Sie, bitte!* dit-il en s'inclinant devant Mrs Sprague, effrayée, qui avait les larmes aux yeux.

Mais le petit sourire satisfait qu'il affichait laissait planer un doute sur la sincérité de ses excuses.

Mr Sprague se leva, dans une telle fureur qu'il ne put dire un mot, et enveloppa doucement la main rougie de son épouse dans une serviette mouillée. Puis il jeta quelques pièces sur la table sans attendre l'addition et entraîna sa famille avec lui. Connie et Annie avaient la bouche encore pleine de pain grillé.

— Préparez vos bagages, mesdames. Je vais demander au portier de venir chercher nos malles dans dix minutes.

— Mais, père…, protesta Connie.

Mr Sprague prit fermement sa fille par le bras et se dirigea vers la porte.

— Plus un mot, Constance, dit-il à voix basse avec une sévérité inhabituelle. Mettez sous vos vêtements tout ce à quoi vous tenez le plus: bijoux, argent, tout.

Connie écarquilla les yeux d'un air ébahi, et Annie en fit autant.

— Oui, père, acquiesça Connie.

Annie n'avait jamais vu son amie faire preuve d'une telle docilité.

Lorsqu'ils quittèrent l'hôtel, ils eurent du mal à ne pas se perdre de vue en raison de la foule de plus en plus dense qui sillonnait les rues de Berlin. De petits groupes d'hommes et de femmes vociféraient des paroles qu'Annie ne comprenait pas. Par chance, ils réussirent à trouver une calèche.

La gare était bondée de voyageurs attendant des trains en retard ou annulés. Des hommes et des femmes se pressaient aux guichets en agitant leur argent, mais les employés haussaient les épaules avec impuissance, n'ayant manifestement plus un seul billet à vendre. Des personnes peu scrupuleuses en profitaient pour revendre des billets cinq fois plus chers.

Ils attendirent dans l'atmosphère assombrie par les gros nuages de vapeur, au milieu des sifflements perçants des trains sur le départ.

Mr Sprague marchandait avec deux arnaqueurs, en leur parlant tour à tour dans un excellent français et dans un allemand médiocre.

— Nous ne serons pas assis ensemble, annonça-t-il en revenant vers son épouse et les filles.

L'air encore plus soucieux qu'auparavant, il tira des billets de la poche de son gilet.

— Je n'ai pas réussi à nous procurer des couchettes, précisa-t-il, contrarié. Nous allons devoir passer la nuit assis.

— Prends Annie avec toi, Edwin. Je vais m'installer avec Constance.

— Il y a trois billets dans un compartiment et un seul dans un autre, Betty. C'est déjà une chance d'avoir réussi à en obtenir. Reste avec les filles, et ne sors pas du train avant Paris. C'est un trajet direct. Quoi qu'il arrive, ne sortez pas du train, répéta-t-il en insistant sur chaque mot.

— Oh, Edwin !

Annie fut déroutée par la tension de plus en plus palpable et les manifestations d'affection entre les époux Sprague. Elle était parfaitement consciente que, si elle n'avait pas été là, les Sprague auraient pu être assis ensemble. Mais elle n'eut pas le courage de céder sa place à Mr Sprague.

— Je vous retrouverai à la gare à Paris, dit-il à voix basse en s'approchant de son épouse. Si je ne suis pas encore là quand vous trouverez un train pour Calais, montez dedans. Si nous sommes séparés, sers-toi de l'or caché dans la doublure de… l'or que tu as pour quitter l'Allemagne et rentrer en Angleterre, coûte que coûte.

— Père?

Pour la première fois, Connie semblait vraiment inquiète.

— Tout part à vau-l'eau ici. Nos devises ne seront d'aucune utilité sur le continent. Nous devons rentrer chez nous dès que possible. Une fois que l'Allemagne se sera ralliée à l'Autriche, la France va certainement s'opposer à cette alliance, et la Belgique sera prise entre les deux. Vous savez ce que cela signifie pour l'Angleterre. Ne parlez à personne, sauf en cas de nécessité absolue. Il ne fait pas bon être anglais en ce moment, et notre accent ne joue pas en notre faveur.

Mr Sprague embrassa son épouse, étreignit sa fille et serra Annie dans ses bras. Il les conduisit toutes les trois à leurs places et rangea leurs bagages au-dessus de leurs têtes. S'emparant délicatement de la main blessée de sa femme, Mr Sprague caressa la joue de Connie et sourit faiblement à Annie. Puis il descendit du wagon et s'éloigna.

Mrs Sprague se tenait très raide sur son siège, le menton levé, sa voilette devant le visage, et regardait fixement devant elle. Connie s'efforçait de suivre son exemple. Mais Annie, ressentant soudain le besoin désespéré de rappeler Mr Sprague, se pencha à la fenêtre et chercha son chapeau dans la foule. Elle le regarda se faufiler au milieu de la masse de gens et d'uniformes, de plus en plus nombreux, jusqu'à le voir disparaître dans la longue file de voitures.

Chapitre 39

Michael observa avec curiosité Mr Hook, diacre et télégraphiste local, murmurer pendant trois bonnes minutes à l'oreille du révérend Tenney, retardant l'office de prière du mercredi soir dans le temple de Swainton.

L'assemblée retenait son souffle. Enfin, Mr Hook se tut et tendit un télégramme au révérend. Quand il s'assit sur son banc habituel, son visage trahissait une violente émotion.

Le révérend Tenney resta immobile pendant un long moment, bien plus que ne nécessitait la lecture d'un télégramme. Enfin, il monta sur la chaire, s'appuya à la balustrade et regarda son auditoire. Il semblait sur le point de parler, mais il baissa alors la tête.

Une vague d'incompréhension s'abattit sur les bancs de la petite église. Mrs Hook, l'organiste, toussota avant de commencer à jouer l'air du chant d'entrée, «C'est un rempart que notre Dieu».

Lorsque l'orgue se tut, le révérend Tenney semblait avoir retrouvé ses esprits. Il se redressa et brandit le papier qu'il tenait à la main.

—Mr Hook m'a remis un télégramme envoyé par l'un de nos paroissiens en visite à New York. Il a lu dans les journaux new-yorkais que l'Autriche-Hongrie avait déclaré la guerre à la Serbie, dit-il après un moment d'hésitation.

Des murmures d'incrédulité parcoururent l'assistance.

—En guerre?

—Mais la Serbie n'est qu'un point minuscule sur la carte! Elle va se faire écraser!

— Qu'est-ce que cela signifie ?

Le pasteur leva la main pour ramener le calme.

— Cela signifie que nous devons prier. Nous devons tous prier avec ferveur pour les dirigeants de ces pays, pour que Dieu leur accorde la sagesse, le discernement et la compassion.

— Dites-leur le reste… le pire, révérend ! lança Mr Hook de son banc.

Le révérend afficha un air grave et attendit que le silence se fasse.

— Il semblerait que les nations d'Europe mobilisent leurs armées et les déploient près des frontières, en particulier l'Allemagne, la Belgique et la France.

— Tous les pays ?

L'information se répandit comme une traînée de poudre.

— Surtout les plus proches des frontières allemandes, répondit le révérend.

— Mon Harry est en Belgique, gémit une femme.

— Ma sœur et sa famille vivent encore en Alsace, murmura une autre. C'est juste entre les deux. Dans quel état doivent-ils être ?

Le révérend Tenney reprit la parole.

— Le télégramme cite un article selon lequel l'Allemagne aurait constitué son armée depuis un certain temps déjà. Sa marine aurait l'intention d'affronter celle de l'Angleterre.

Il parcourut des yeux l'assemblée de fidèles, comme pour s'assurer qu'ils comprenaient avant d'ajouter :

— Nous devons attendre… et prier pour la paix et le discernement.

Assise entre Michael et Daniel McKenica, Maggie Allen était impassible, pâle comme la mort. Daniel lui prit la main.

Le cœur de Michael se serra dans sa poitrine.

— Annie.

Annie est en Allemagne.

Chapitre 40

Les employés des wagons-lits et les contrôleurs se frayèrent un passage à travers le train surchargé de passagers, poinçonnant les billets, rangeant les valises et les sacs de voyage au-dessus et sous les sièges libres, et aboyant des ordres que ni Annie, ni Connie, ni Mrs Sprague ne saisissaient. Elles avaient toutes les trois leur billet à portée de main, mais faisaient mine de dormir ou de lire, pour ne pas être obligées de parler et de révéler ainsi leur nationalité.

La nuit fut pluvieuse et les heures s'écoulèrent lentement jusqu'au petit matin. La journée s'annonçait chaude. Le train de voyageurs s'arrêtait sans cesse pour prendre des civils, mais aussi de plus en plus de soldats. Jamais Annie n'avait voyagé à bord d'un compartiment plein à craquer marquant autant d'arrêts.

Chaque fois qu'un train transportant du personnel militaire s'approchait, le leur était contraint de prendre l'embranchement le plus près pour lui céder le passage, une manœuvre qui durait de vingt minutes à une heure. Malgré l'attente interminable, les Allemands tassés dans le train de voyageurs, militaires comme civils, acclamaient leur armée.

Après le troisième détour de ce genre, Mrs Sprague laissa échapper un soupir si profond que Connie lui donna un petit coup de coude.

—Mère, nous ne devons pas attirer l'attention sur nous.

Annie tourna son visage vers la vitre, faisant semblant de n'avoir rien remarqué.

Quand enfin elle ne tint plus, Annie tira Connie par le bras et les deux filles partirent en direction des toilettes les plus proches. Elles traversèrent le couloir à l'atmosphère étouffante, bondé de soldats en uniforme vert-de-gris debout ou assis côte à côte, leur barda calé entre les jambes, en s'excusant dans un allemand imparfait.

Des soldats s'écartèrent pour laisser passer les jeunes femmes, détournant les yeux ou hochant respectueusement la tête ; néanmoins certains leur jetèrent des regards appuyés. C'était la première fois qu'Annie se sentait ainsi observée par un homme. Ses joues s'empourprèrent, et elle souhaita soudain redevenir une petite fille pour pouvoir monter sur les genoux de Mrs Sprague et enfouir son visage contre elle.

De retour à sa place, Annie se massa la gorge, consciente que ses compagnons de voyage étaient sans doute aussi assoiffés qu'elle.

— J'ai tellement soif avec cette chaleur ! dit alors Connie.

Mrs Sprague hocha la tête avec compassion.

Cependant, aucune d'elles ne se risqua jusqu'au wagon-bar pour acheter une tasse de thé ou un verre de limonade.

Le train approchait de la frontière française, mais Annie avait perdu le fil des noms des villes par lesquelles elles avaient transité.

— Si seulement ton père avait pu rester avec nous, murmura Mrs Sprague.

— Père saura se débrouiller, répondit Connie, sur un ton qui manquait cependant de conviction. Il a promis de nous retrouver à Paris.

— Si le train arrive à destination ! J'ai du mal à croire que ces soldats allemands se dirigent droit vers la capitale française !

Inquiète de ses propres paroles, Mrs Sprague se reprit immédiatement :

— Mais tout ira bien. Nous devons garder notre sang-froid.

C'était un sage conseil, et Annie se serait sans doute efforcée de le suivre si le train n'avait pas freiné brutalement dans un grincement sonore.

Connie baissa la vitre et se pencha aussi loin que possible pour voir ce qui se passait au niveau du virage sur la voie ferrée.

— Ils sont en train de vider le train.

— Nous ne pouvons pas être arrivés, cela ne ressemble pas du tout à Paris ! s'exclama Mrs Sprague.

Connie rajusta son chapeau.

— Non, mère. Nous sommes en pleine campagne.

Des soldats en uniforme, armés jusqu'aux dents, ordonnèrent aux civils de descendre du train. Annie, Connie et Mrs Sprague ne saisirent que quelques mots, mais comprirent malgré tout ce qu'on leur demandait.

Mrs Sprague prit les choses en main.

— Rassemblez vos affaires, les filles, et sortez… sortez par la porte, vite.

En descendant du train, Annie trébucha et tomba. Des cailloux sur la voie déchirèrent ses collants et des graviers écorchèrent ses mains. Quand elle se leva, elle sentit le sang couler de son genou éraflé.

— Avancez ! Allez, avancez ! cria derrière elle un jeune soldat dans un anglais approximatif.

Troublée, Annie laissa tomber son sac et se baissa rapidement pour le ramasser, mais le soldat l'envoya valser du bout de sa botte lustrée, manquant de peu sa main.

Connie aida Annie à se relever et l'entraîna avec elle.

— Laisse-le ! Ce n'est pas grave !

— Mais… nos valises ?

— Ils ne semblent pas avoir l'intention de nous rendre nos malles, Annie. Continue à avancer !

Pendant l'heure qui suivit, Mrs Sprague et les deux jeunes filles marchèrent à grandes enjambées le long de la voie ferrée, sans oser se retourner et en faisant attention à ne pas trébucher et à rester groupées. Elles savaient que les soldats allemands étaient juste derrière, pour s'assurer que les passagers renvoyés continuaient à avancer vers la frontière française, qui était enfin en vue.

—Où pensez-vous que père se trouve? demanda Connie dans un souffle.

—Ton père va se débrouiller. Il va nous trouver, affirma Mrs Sprague.

—Il n'était pas dans le train, n'est-ce pas?

Annie était inquiète.

—J'espère que si, ma chérie. Je l'espère de tout cœur.

Chapitre 41

Pendant les trois semaines qui suivirent l'annonce du révérend, Maggie fut incapable de cuire correctement le porridge du matin qui avait un goût de brûlé. Michael ne le remarqua même pas, et Daniel n'en eut que faire. Annie n'avait pas donné signe de vie. C'était un silence brutal après les deux lettres hebdomadaires que Maggie et Michael étaient habitués à recevoir.

Dans les journaux, l'Allemagne justifiait avec fierté sa meurtrière invasion de la Belgique puis de la France avec les batailles de Lorraine, des Ardennes, de Sambre, du Cateau et de Guise ; l'armée allemande fut stoppée à cinquante kilomètres de Paris.

Un soir, alors qu'il travaillait à la construction d'un pavillon de jardin, Michael manqua le clou qu'il visait avec son marteau et s'écrasa le doigt, lâchant une bordée de jurons comme il avait entendu le faire son oncle Tom. Lorsqu'il se tapa sur le pouce pour la deuxième fois en une heure, il ne se contenta pas de jurer, mais se mit à donner des coups de pied furieux dans le pavillon en cours de construction, qui se brisa. Il ne s'arrêta qu'une fois qu'il eut démoli le travail de toute une semaine.

—Ce n'est pas en détruisant ton travail que tu feras venir le courrier, Michael, lui fit remarquer Daniel, qui était entré dans la grange faiblement éclairée par la lueur de la lampe.

—C'est la seule chose honnête que j'aie réussi à faire ces trois dernières semaines.

À bout de forces, Michael jeta le marteau et s'écroula contre une poutre de la grange.

—Oui, soupira Daniel. L'incertitude fait des ravages. Mais nous ne devons pas perdre espoir. Ce que tu peux faire de mieux pour Annie, c'est de continuer à construire ces pavillons et à travailler d'arrache-pied pour la faire venir ici.

—Non, le mieux serait de partir en Angleterre et de m'engager ! Je devrais tuer les Fritz qui ont commencé cette stupide guerre et la retrouver ! cria presque Michael. Je *dois* la retrouver !

—Michael, ton cœur est dans le même état que ce pavillon que tu as démoli. La rage qui anime l'armée française n'est rien comparée à la tienne. Mais, si tu t'engages, tu te battras avec ton régiment et tu ne pourras pas chercher Annie. Et ce n'est pas en te faisant tuer que tu la sauveras.

—Je ne la sauverai pas non plus en restant lâchement ici à ne rien faire, dit Michael à voix basse.

—Construire une vie pour ceux qu'on aime, je n'appelle pas ça de la lâcheté. Si l'Amérique prend part à cette guerre, la situation sera différente. Mais si tu vas en Angleterre maintenant et que tu t'engages…

—Ou au Canada. Je pourrais aller au Canada, suggéra Michael en se levant, mû par l'idée qui venait de germer dans son esprit.

—Au Canada, en Angleterre ou en Irlande, cela ne changera rien ! Si tu t'exiles dans un autre pays, tu n'obtiendras jamais la nationalité américaine, ce qui signifie que tu seras séparé d'Annie par un océan pendant des années et des années ! Tu dois attendre d'être appelé sous les drapeaux… L'Amérique finira par entrer en guerre, sûrement, quand…

—Quand le président Wilson se réveillera enfin !

—Quand il saura qu'il a le soutien de son peuple. Des Américains d'origine allemande partent massivement rejoindre les troupes du Kaiser. C'est Tom Hook lui-même qui me l'a dit, il vient de rentrer de Philadelphie. Mais cela ne durera pas. Le vent va tourner. Si l'Allemagne est vraiment décidée à asseoir sa domination sur le monde, l'Amérique ne restera pas éternellement en dehors du conflit. Et quand notre territoire sera attaqué, le Président sera forcé de déclarer la guerre.

Michael se leva.

— Je ne peux pas attendre, Daniel ! Je ne peux pas laisser Annie coincée toute seule en Europe. Je ne l'abandonnerai pas. Je n'ai pas su agir à temps pour… pour ma propre sœur quand elle a eu besoin de moi, et… et après il était trop tard. C'est peut-être déjà trop tard pour Annie, mais je ne veux pas courir ce risque plus longtemps !

Michael fut soulagé de voir Daniel sortir de la grange en faisant un geste de la main pour lui signifier qu'il ne dirait plus rien.

Il prépara son sac au lever du jour, avec la ferme intention de prendre un train pour New York dans l'après-midi. Il n'hésiterait pas à voyager clandestinement si nécessaire – il avait déjà une certaine expérience dans ce domaine – et, en dépit de la promesse qu'il s'était faite de ne jamais reprendre la mer, il était résolu à embarquer dès que possible.

Maggie venait de glisser sa bible dans le sac de Michael quand Daniel rentra du bureau de poste, une lettre à la main.

« Chère tante Maggie,

À l'heure qu'il est, vous devez avoir appris les terribles nouvelles venant de l'autre côté de l'Atlantique.
Comme vous vous en doutez, les Sprague et moi-même sommes arrivés à Berlin juste avant que le Kaiser déclare la guerre à la Serbie. Nous avons voulu échapper au climat extrêmement tendu qui régnait et partir pour Paris, mais les trains étaient assaillis par des touristes voulant à tout prix quitter le pays. C'était comme si la ville entière était descendue dans les rues pour attendre l'annonce du Kaiser.
Mr Sprague a miraculeusement réussi à acheter des billets pour la France, mais nous n'avons pas pu voyager avec lui.
Malgré sa lenteur désespérante, notre train a fini par arriver

près de la frontière franco-allemande, sans la franchir cependant. En France comme en Allemagne, les trains ont été réquisitionnés pour conduire les soldats au front.

Mrs Sprague, Connie et moi-même avons regagné Londres après deux semaines passées à marcher péniblement vers le nord-ouest, à travers les champs boueux de France.

Connie a essayé de nous remonter le moral en affirmant que des aventuriers auraient payé cher pour vivre une telle expérience et dormir à la belle étoile, ou dans les étables et les granges à foin dans lesquelles nous avons trouvé refuge. Mais ce fut un voyage éprouvant, car nous avions mal aux pieds et étions à bout de forces. Nous étions à la fois terrifiées par la guerre et par le fait de ne pas savoir ce qu'il était advenu de Mr Sprague.

Malgré tout, les Français ont fait preuve d'une grande générosité envers nous, même quand ils n'avaient pas grand-chose à offrir. Nous avons parfois fait un bout de chemin avec des fermiers dans des charrettes à foin attelées à de vaillants chevaux de trait. Pleines de compassion devant nos pieds couverts d'ampoules, des femmes nous ont gentiment épargné quelques kilomètres en nous emmenant dans les petits chariots avec lesquels elles se rendaient au marché. Jamais je n'aurais pensé pouvoir ressentir un tel plaisir à boire l'eau fraîche d'un puits ou à manger du pain bis. Nous avons fini par arriver à Calais et par traverser la Manche jusqu'à Douvres. Quelle joie j'ai éprouvée quand nous avons aperçu les falaises de chez nous. Nous sommes arrivées à Londres il y a deux jours et avons dormi sans interruption jusqu'à ce matin. Je sais à présent apprécier la valeur d'un lit propre, d'un repas chaud et d'une tasse de thé sucré !

Mr Sprague a télégraphié hier qu'il se trouvait au Havre et espérait rentrer en Angleterre dans la semaine. Il ne peut nous indiquer précisément les horaires des traversées en cette période de chaos, mais nous sommes tellement soulagées de le savoir sain et sauf. Comme vous pouvez vous l'imaginer, Mrs Sprague était submergée par l'angoisse. Mais je crains que le pire ne soit encore à venir.

Le monde est devenu fou, et j'ignore comment tout cela va se terminer. Des hommes de tous âges font la queue devant les bureaux de recrutement. Ils fanfaronnent en déclarant vouloir aller « rabattre le caquet du Kaiser » et « écraser les Fritz », et prétendent qu'ils seront rentrés chez eux avant l'automne.

Pourtant, le mois de septembre arrive et les journaux s'accordent à dire que l'Allemagne ne cesse d'avancer dans la petite Belgique et la pauvre France. La Russie a envahi la Prusse orientale, et l'Autriche-Hongrie la Pologne russe. Les arbres vont bientôt se parer de nouvelles couleurs. Hier, nous avons retrouvé les filles de la Croix-Rouge et décidé de tricoter des cache-nez pour nos combattants, au cas où ils en auraient besoin. Nous sommes toutes désireuses de nous rendre utiles, et pourtant nous ne le sommes pas.

Veuillez transmettre mes amitiés à Mr McKenica et à Michael. Ma chère tante Maggie, parlez-moi des jardins, des récoltes et des oiseaux migrateurs.

Avec tout mon amour,

Annie. »

— Vas-tu attendre, alors ? demanda doucement Maggie tandis que Michael achevait de lire la lettre. Attends de voir comment la situation évolue. Annie est en sécurité.

— Pour le moment. Mais que se passera-t-il si l'Allemagne envahit l'Angleterre ? C'est juste au-dessus de la mer du Nord.

— Oui, dit Daniel. Je crois qu'Annie devrait venir maintenant… en Amérique.

— Mais ne serait-il pas plus prudent d'attendre la fin du conflit ? Il ne va sûrement plus durer longtemps, fit remarquer Maggie, soucieuse. Les choses finiront par rentrer dans l'ordre !

Daniel secoua la tête.

— Cela fait des années que l'Allemagne constitue son armée en attendant une telle occasion. Il n'y aura aucun moyen de l'arrêter. Elle s'est alliée à l'Autriche et a frappé. Elle n'en a sûrement pas fini.

— Jusqu'à ce que nous l'arrêtions ! s'exclama Michael en posant la lettre sur la table. Jusqu'à ce que nous l'affrontions et la mettions en déroute !

— Mais pourquoi toi, Michael ? demanda Maggie sur un ton suppliant.

— Nous devons tous faire quelque chose, Maggie, répondit Daniel à sa place. Nous devons faire face ensemble, sans quoi les nations tomberont une à une aux mains du Kaiser.

— Vous êtes donc d'accord sur le fait que je doive y aller ? demanda Michael, plein d'espoir.

— J'irais moi-même s'ils voulaient bien de moi. Ce n'est pas ce que je souhaite, mais c'est la chose à faire ; du moins ce le sera bientôt… quand le président Wilson déclarera la guerre.

— Mais…

— Attendons tous deux jusque-là, Michael. Et faisons venir Annie dès maintenant.

Michael hésita un instant avant de hocher la tête. C'était décidé. Il voulait qu'Annie le rejoigne en Amérique et soit en sécurité.

Mais si le président Wilson se décidait enfin à engager les États-Unis dans le conflit, pourrait-il – voudrait-il – s'engager une fois qu'Annie serait là ?

Chapitre 42

À LA FIN DU MOIS DE SEPTEMBRE, ANNIE ET CONNIE PASSÈRENT avec succès leurs qualifications de la Croix-Rouge et obtinrent leur certificat de premiers secours. Mi-décembre, elles décrochèrent toutes deux leur certificat de soins à domicile, comme toutes les autres jeunes filles de leur entourage.

— Nous voilà officiellement aptes à préparer du bouillon et à panser des plaies! exulta Connie. Ce diplôme permet aussi un accès privilégié à tous les commérages londoniens.

— Tu as oublié les œufs pochés, compléta Annie, les yeux pétillants. C'est très important. Nous savons aussi changer les draps, faire les lits, et soigner toutes sortes de coupures et d'éraflures.

— Et c'est amplement suffisant pour de jeunes dames, dit Mrs Sprague en regardant les filles par-dessus ses lunettes sans cesser de tricoter.

— Non, mère, en réalité… ça ne l'est pas, répliqua Connie.

Mr Sprague leva les yeux de son journal et Mrs Sprague laissa tomber son tricot.

Malgré sa franchise habituelle, il était rare que Connie contredise sa mère.

— Constance? interrogea Mr Sprague avec une pointe de menace dans la voix.

— Je suis désolée, mère… sincèrement. Mais la formation que nous avons reçue lors de nos réunions hebdomadaires de la Croix-Rouge n'est pas suffisante pour apporter des soins à des blessés de guerre.

— À des blessés de guerre ? répéta Mrs Sprague comme si elle ne comprenait pas ce que cela signifiait.

Annie se mordit la lèvre et retint son souffle. Elle connaissait les projets de Connie et savait que les Sprague ne les approuveraient pas.

— Oui, j'ai discuté avec l'infirmière-major de la suite de la formation. Je vais avoir vingt-trois ans en février prochain, et c'est l'âge requis pour être candidate pour servir avec le Voluntary Aid Detachment. J'ai la ferme intention d'aller sur le front.

— C'est absurde ! rétorqua Mrs Sprague en ramassant son tricot comme si cette discussion juvénile était close. Edwin ! Tu ne l'y autoriseras pas !

Mr Sprague ôta ses lunettes et examina sa fille avec attention.

— J'espère vraiment que la guerre sera terminée avant 1916 ! Quoi qu'il en soit, je ne souhaite pas que tu partes, Constance.

— Mais, père…

Mr Sprague leva la main pour lui intimer le silence, interrompant la tirade de sa fille.

— J'ai dit que je ne souhaitais pas que tu partes. Je n'ai pas dit que je te l'interdisais.

— Edwin ! s'écria Mrs Sprague en ricanant nerveusement. C'est hors de question ! Elle pourrait se faire tuer.

— Nous pourrions tous nous faire tuer, mère, en restant les bras croisés. Les Allemands repoussent les Français et les Belges vers la mer du Nord et la Manche maintenant par le biais de leurs tranchées. S'ils traversent, nous risquons de devoir manger des saucisses et de la choucroute pour le restant de nos jours. Si j'étais un garçon, vous ne trouveriez rien à y redire, ajouta-t-elle d'une voix calme mais ferme.

— Mais tu n'es pas un garçon. Tu es notre fille !

—Quand nous revendiquons le droit de vote pour les femmes, n'est-ce pas l'égalité entre les hommes et les femmes que nous recherchons?

—Pas de cette façon! Pas en période de guerre!

—Je ne vais pas me battre. Je soignerai nos soldats.

—Tu ne peux pas la laisser partir, Edwin.

—J'aurai vingt-deux ans en février, mère. Après la formation, j'ai l'intention de me porter volontaire pour travailler dans les hôpitaux de Londres si on a besoin de moi. Et je crois que ce sera le cas. Le nombre de victimes est effarant et les hôpitaux sont saturés. Je serai candidate pour servir à l'étranger dès qu'on m'y autorisera. Je n'aurai pas besoin de votre permission.

Mrs Sprague, sur le point d'exploser, regarda sa fille.

—Constance!

—Mesdames, intervint Mr Sprague.

—Père, vous comprenez, n'est-ce pas? C'est mon devoir patriotique! Le devoir de notre famille.

—Je comprends ton point de vue, Constance. J'admire et je respecte ton dévouement et ta charité, mais je dois te demander si c'est l'aventure et le risque que tu recherches en…

—Père!

—Excuse-moi, soupira-t-il en baissant la tête avec lassitude. Parle-moi de la formation.

Les détails que leur donna Connie étaient honnêtes et sans détours, mais Annie savait que son amie les formulait le plus délicatement possible afin d'épargner la sensibilité de sa mère. Malgré tout, Mrs Sprague avait du mal à accepter que sa fille soigne, lave et s'occupe de façon intime d'hommes sales, blessés et traumatisés. C'était gravé sur son visage.

—Edwin, je t'en prie…

Mrs Sprague semblait au bord des larmes.

—La guerre sera peut-être terminée dans douze mois, Betty. D'ailleurs, Constance a raison: elle n'a pas besoin de notre permission.

Connie leva le menton.

—Merci.

—À présent, je te demande de bien vouloir considérer la proposition que je vais te faire.

—Avec des clauses, père, comme dans un contrat légal ? demanda Connie avec un petit sourire.

—Bien entendu, répondit son père en lui rendant son sourire. Je te recommande de suivre la formation d'infirmière dès le début de l'année, puis d'exercer pendant deux ans à Londres. Nos hôpitaux cherchent désespérément des volontaires pour soigner les blessés.

—Deux ans ! Mais…

Mr Sprague leva de nouveau la main.

—Si, au bout de ces deux années, tu es toujours déterminée à partir à l'étranger, ta mère et moi ne nous y opposerons pas. Je te donnerai même ma bénédiction.

—Un an, riposta Connie. La formation nécessaire, puis, si je suis reçue aux examens, un an en tant qu'infirmière à Londres.

Mr Sprague regarda sa fille.

—Tu ne postuleras pas pour partir à l'étranger avant un an.

Connie n'hésita qu'un instant avant d'accepter son offre.

—C'est d'accord.

Ils échangèrent une poignée de main.

Mrs Sprague semblait sur le point de perdre son sang-froid. Son époux la réconforta en posant sa main sur son avant-bras.

—Ce ne sera pas avant au moins un an et demi, ma chérie. Nous verrons comment la situation aura évolué d'ici là.

—Et moi ? demanda doucement Annie en se tordant nerveusement les mains.

Les Sprague se tournèrent aussitôt vers Annie. Ils semblaient l'avoir oubliée.

—Toi, ma chérie ? demanda Mr Sprague.

—Oui. Est-ce que je peux suivre la formation, moi aussi ?

Annie se redressa et leva le menton, s'efforçant de paraître sûre d'elle, résolue et adulte.

— Mais tu n'as que dix-sept ans! s'exclama Mrs Sprague.

— C'est l'âge minimum requis pour la formation du VAD. Et puis tout le monde pense que j'ai le même âge que Connie... que Constance.

— Pourquoi? demanda Mr Sprague. Tu pars en Amérique en août. Ta famille t'attend.

— Oui, répondit Annie. Mais si la guerre n'est pas terminée d'ici là?

— Elle le sera! s'écria Mrs Sprague qui faillit bondir de son fauteuil.

— Je prie pour qu'elle le soit. Je prie pour que tout le monde rentre sain et sauf chez soi. Je prie pour pouvoir me rendre en Amérique et passer ma vie à m'occuper des Jardins Allen et à aider tante Maggie à fabriquer des couronnes et préparer des sachets d'herbes séchées pour les vendre, comme c'était prévu. Mais que se passera-t-il si la guerre n'est pas terminée? Il faudra de plus en plus d'infirmières pour soigner les soldats. Néanmoins, je ne crois pas que je postulerai pour partir à l'étranger, ajouta-t-elle après une brève hésitation. Notre expérience en France m'a suffi, et je sais que ce n'était sûrement rien comparé à la situation actuelle, dit-elle en lançant un regard contrit à Constance. Si la guerre s'achève avant qu'on n'ait besoin de moi, je serai tout simplement mieux armée pour me débrouiller dans la vie. Mais, si elle se poursuit, j'aurai la formation nécessaire pour exercer comme bénévole ici à Londres. Je refuse de rester les bras croisés à la maison en attendant que ça passe. À cause de tante Eleanor, j'ai passé une année entière sans mes jardins. On ne me laissera pas y travailler au printemps, il est donc inutile de faire des plans. Il faut donc que je trouve de quoi m'occuper pendant un an.

— As-tu oublié tes études, ma chérie? demanda Mrs Sprague, à bout de patience.

— Mère, elle n'a plus de professeur particulier, interrompit Connie. Mr Lounsbury vient de s'enrôler et part la semaine prochaine pour son entraînement. Je l'ai croisé ce matin en allant à la poste. Il sortait tout juste du bureau de recrutement.

— Mais il a un contrat ! bafouilla Mrs Sprague.

— Il n'a pas le choix. Tous les hommes doivent partir, lança Connie en détourna le regard. Il m'a dit qu'il viendrait vous en parler demain, père. On lui avait remis la plume blanche, ajouta-t-elle plus doucement.

Annie hoqueta.

— Tu ne me l'avais pas dit ! Mr Lounsbury n'est pas un lâche !

Mr Sprague soupira en se massant l'arrête du nez, comme s'il allait ainsi soulager son mal de tête.

— Non, ce n'est pas un lâche. Contrat ou non, il doit faire son devoir envers Dieu et le roi. Nous le devons tous.

Mrs Sprague pâlit. Elle semblait soudain complètement perdue, au beau milieu de son propre salon. Elle remit son tricot dans son sac, se leva et quitta la pièce sans un mot.

Annie n'avait pas imaginé qu'il serait si facile de convaincre Mr Sprague. Une heure plus tard, alors que les filles se préparaient à aller se coucher, elle félicita Connie pour son excellent discours et sa force de persuasion.

Connie jeta sa brosse sur la coiffeuse.

— C'était trop facile. Père n'aurait pas cédé si facilement s'il ne se débattait pas lui-même avec ce problème.

Annie sentit un frisson lui parcourir le dos. Elle redoutait de savoir ce à quoi Connie faisait allusion.

— Qu'est-ce que tu veux dire ? Il est trop vieux pour combattre, trop vieux pour être appelé ! Ils ne l'autoriseraient pas à s'engager, n'est-ce pas ?

— Si la guerre dure trop longtemps, la limite d'âge de conscription sera sans doute repoussée. Et même si père est encore trop âgé… Je le connais, dit Connie d'un air grave. Il trouvera le moyen de faire quelque chose, mais j'ignore ce qu'il a en tête. Je sais simplement que cela ne plaira pas à mère.

Chapitre 43

Les gros titres des journaux sur la guerre en Europe et la liste des pays qui avaient rejoint le conflit jetèrent une ombre sur le troisième anniversaire de Michael dans le New Jersey, le jour de la Saint-Michel, mais il espérait plus que jamais voir Annie débarquer en Amérique.

Michael était tout à fait d'accord avec Daniel. Annie devait les rejoindre avant que l'armée allemande ne traverse la Manche et que l'Angleterre ne se retrouve à la merci du Kaiser.

Devant le refus d'Annie, Michael jeta rageusement sur la table la lettre qu'elle lui avait écrite et se tourna vers le ciel avec un geste implorant. *Comment puis-je protéger Annie si elle pense pouvoir se passer de ma protection, si elle n'approuve pas mon plan et n'en fait qu'à sa tête ?*

Même Daniel secoua la tête avec un air d'incompréhension.

Mais Maggie prit la défense de la jeune fille.

— Il est tout à fait sensé de la part d'Annie de vouloir finir sa formation avant de venir ici ! Vous autres hommes, vous pensez pouvoir résoudre toutes les situations grâce à vos conseils avisés et vos décisions rapides. Mais ce n'est pas aussi simple, et c'est moi qui suis à blâmer pour votre ignorance ! Vous faites l'erreur de considérer ma gentillesse comme acquise. Toutes les femmes ne vous laisseraient pas fanfaronner ainsi et agir uniquement selon vos envies.

Michael n'avait aucune idée de ce à quoi elle faisait allusion. Mais il s'empressa de filer avec Daniel par la porte de derrière.

Sans oser poser la question, Michael se demandait pourquoi, depuis quelque temps, Maggie passait moins de temps derrière les fourneaux à leur mitonner des petits plats, moins de temps à repriser leurs chaussettes ou à rester assise le soir au coin du feu dans le petit salon. Elle partait se promener au clair de lune et allait plus souvent à l'église.

— Qu'est-ce qu'elle fait là-bas tous les soirs ? demanda Michael à Daniel.

— Je crois qu'elle va au cimetière discuter avec Sean.

Daniel tira sur sa pipe.

— Mais… Comment… ?

— C'est l'une des choses qu'il faut que tu comprennes avec les femmes. Quand quelque chose les tracasse, elles ont besoin d'en parler à quelqu'un, qu'on les écoute ou non.

— De quoi croyez-vous qu'elle parle ?

Michael n'aimait pas le changement qui s'était opéré chez Maggie. Il préférait la Maggie d'avant, même s'il aurait souhaité voir disparaître la tristesse qui se lisait souvent dans son regard.

— Peut-être de ses projets, ou bien de ce qu'elle devrait faire avec les deux vieux garçons qui vivent sous son toit.

— Vous ne pensez pas qu'elle essaie de nous trouver quelqu'un, n'est-ce pas ?

Cette pensée n'avait jamais effleuré l'esprit de Michael.

— Peut-être qu'elle envisage de se marier et qu'elle réfléchit à ce qu'elle ferait de nous alors, suggéra Daniel en bourrant sa pipe. Nous serions une gêne pour son nouveau mari.

— Pourquoi penserait-elle à se remarier ?

Daniel haussa les épaules.

— Cela fait plus de deux ans que Sean est mort. Maggie est une femme respectable, encore belle et jeune.

— Elle est vieille !

Michael avait l'impression que Daniel aussi avait perdu la raison.

Celui-ci se raidit et tira sur sa pipe.

—Elle n'est pas vieille, Michael. C'est une perle rare. Elle a un cœur d'or, elle est douée pour les affaires, et c'est une compagne agréable. N'importe quel homme serait heureux de l'avoir pour épouse.

Michael dévisagea Daniel comme s'il ne le reconnaissait pas.

Daniel arrêta de se balancer, lâcha un grognement puis se leva. Il descendit les marches, sortit dans la rue et prit la direction de l'église.

À partir de la fin du mois d'octobre, puis pendant les mois de novembre et de décembre, Michael ne fut guère surpris de voir Daniel emboîter le pas à Maggie quand elle partait se promener après le dîner.

Il se demanda depuis combien de temps Daniel aimait Maggie ou depuis combien de temps il en était conscient. Car il l'aimait, c'était certain. Michael le voyait à la manière dont il se levait tôt tous les matins et préparait le feu dans le fourneau de la cuisine avant qu'elle descende. Il le voyait à la manière dont il lui servait toujours ses morceaux préférés de viande, poisson ou volaille quand il faisait la découpe, ou les meilleurs morceaux de ragoût de la casserole. Il le voyait à la manière dont Daniel approchait la calèche tout près du porche quand il pleuvait pour que Maggie ne soit pas mouillée, et à la tendresse avec laquelle il l'aidait à monter les marches de la maison, de l'église ou encore du bureau de poste.

Mais est-ce que tante Maggie aime Daniel? se demanda Michael. *Ils sont bien sûr des amis de longue date. Mais ils ont l'air si bien, si à l'aise ensemble. Tante Maggie considère-t-elle Daniel comme un ami depuis si longtemps qu'elle ne peut plus imaginer de partager son lit avec lui?*

Michael s'empourpra à cette pensée. Mais il se posait malgré tout la question.

Le 23 décembre, à l'initiative de Maggie et sous la direction de Daniel, Michael coupa l'un des petits sapins du jardin des conifères d'Annie et tailla ses branches inégales.

L'arbre se dressait fièrement sur la table du petit salon, emplissant la pièce d'un parfum de Noël. Maggie chercha des bougies dans ses tiroirs, et Daniel et Michael suspendirent à ses branches de petits bougeoirs en fer-blanc, des pommes de pin pailletées et des décorations de toutes sortes.

Enfin, ils ajoutèrent une étoile ajourée en étain au sommet de l'arbre de Noël et allumèrent les bougies dans la pièce sombre, avant de reculer tous les trois pour admirer le résultat.

—Oh, c'est magnifique, n'est-ce pas? Merci, messieurs!

Maggie joignit les mains avec l'enthousiasme d'un enfant, et l'image de Megan Marie surgit alors dans l'esprit de Michael. Il se rendit compte avec étonnement qu'il n'avait pas pensé à elle depuis des semaines.

—Oui, approuva Daniel, magnifique.

Michael s'aperçut que Daniel ne regardait pas le sapin mais Maggie. Il avait raison. Maggie ressemblait à un ange, illuminée par les lumières de l'arbre de Noël.

Elle rougit en remarquant l'éclat qui brillait dans le regard de Daniel. Elle se mit à rire avant de se détourner.

Pour le réveillon, Maggie prépara une oie, des pommes et des oignons rôtis, ainsi qu'une savoureuse farce à la sauge et aux oignons, agrémentée des délicieuses herbes séchées de son jardin ramassées l'été précédent. Elle compléta le festin par des panais, des pommes de terre, de la courge et des haricots verts mis en conserve durant l'été.

—Nous allons garder le dessert de Noël pour demain, déclara Maggie. Nous en profiterons plus quand nous ne serons pas aussi repus.

Michael, la panse bien remplie, s'étira avec bonheur sur le petit tapis devant le feu.

Mais Maggie lui donna un petit coup du bout de sa chaussure.

—Debout! Va te rafraîchir et peigner tes cheveux bouclés, Michael Dunnagan. Nous partons à l'église dans une demi-heure.

—Juste une sieste de vingt minutes, tante Maggie. Vous êtes une sainte femme, je le sais. Vous ne voudriez pas faire sortir un pauvre orphelin qui travaille si dur dans le froid glacial, n'est-ce pas?

Maggie tapota du pied et planta son poing sur sa hanche, mais Michael ne lui laissa pas le temps de répliquer.

—On dirait bien qu'il va neiger d'un moment à l'autre. Si vous le vouliez, nous pourrions tous rester à la maison près de ce bon feu crépitant, dit-il sur un ton suppliant.

—Si le Seigneur Jésus pouvait quitter la paix du paradis et descendre sur Terre pour manger et dormir avec les pêcheurs…

Tante Maggie se préparait manifestement à lui faire un sermon, et Michael se couvrit les oreilles avec le coussin d'un fauteuil. Elle retira le coussin et poursuivit :

—Il a souffert, Il est mort et est monté au ciel pour nous permettre de passer l'éternité avec Lui là-haut au paradis. Ne crois-tu pas que nous pouvons faire l'effort de marcher vers l'église pour chanter, prier et lui rendre grâce la veille de sa naissance, Michael Dunnagan ? Un peu de neige n'a jamais fait de mal à personne !

Maggie le taquina de nouveau du bout de sa chaussure, cette fois un peu plus fort.

Lavé, peigné et chaudement vêtu, Michael accrocha sur les portes de l'église les couronnes de pin qu'il avait confectionnées avec Daniel. Maggie les décora en nouant autour un ruban rouge vif, qu'elle laissa descendre presque jusqu'au sol, puis recula pour les admirer.

Daniel aida à allumer les lanternes autour de l'église et guida les calèches vers l'emplacement qui leur était réservé, suffisamment loin des automobiles pour éviter que les chevaux ne soient effrayés par les pétarades des moteurs imprévisibles.

En entrant dans la petite église blanche, Michael eut le souffle coupé. Elle était magnifiquement illuminée par les lanternes murales et résonnait de la musique de l'orgue et des voix du chœur qui chantait « *Gloria, gloria, gloria, in excelsis Deo* ». Il n'avait pas besoin de connaître le latin pour comprendre que la mélodie, le phrasé, les sons puissants, graves et aigus de l'orgue, mêlés aux yeux brillants des dix membres du chœur dont les bouches formaient toutes des O parfaits, rappelaient les chants des anges la nuit de la naissance du Sauveur.

Michael avait appris par cœur toutes les paroles des cantiques des offices de Noël des deux années précédentes. Il n'avait jamais rien entendu d'aussi beau. Certains jours, alors qu'il travaillait seul dans les champs, il avait presque crié les paroles, qui exprimaient si bien la joie et la reconnaissance qui le submergeaient.

Lui, Michael Timothy Dunnagan, était en vie, en bonne santé, aimé par une vraie famille, et se tenait à présent dans une église où résonnaient des merveilleuses mélodies. Cela tenait du miracle. *Si seulement tu pouvais voir cela, Annie!* Michael prit conscience avec étonnement que c'était la première fois qu'il n'adressait pas ce vœu à Owen ni même à la sœur qu'il avait perdue depuis si longtemps, Megan Marie.

Quand ils furent appelés à se recueillir en silence, Michael s'agenouilla devant l'autel et pria avec ferveur.

Seigneur Jésus, vous connaissez déjà ma prière. Faites qu'Annie survive à la guerre et traverse l'Atlantique en sécurité, avec votre clémence. En attendant ce moment, je vous la confie. Protégez-la comme vous m'avez protégé. Redonnez-lui la joie de vivre en cette période de Noël. Rappelez-lui l'amour infini que vous avez pour elle, l'amour d'Owen, et l'amour qui l'attend ici… de tante Maggie et… et le mien.

Michael s'agita, gêné, sur ses genoux.

J'ignore pourquoi vous m'avez fait la grâce de me donner une si belle vie, Seigneur Jésus. Je sais que c'est Owen qui devrait être ici à genoux, et non moi. Alors rendez-moi digne de ce don. Montrez-moi le chemin. Et si Owen est avec vous maintenant, souhaitez-lui un joyeux Noël de ma part, si cela ne vous dérange pas, mon Dieu. Dites-lui que je n'ai pas abandonné l'idée de faire venir Annie ici, mais qu'elle est têtue comme une mule.

Pendant l'homélie, Michael s'interrogea sur ses sentiments envers Annie. Ce n'était pas le même amour protecteur qu'il avait éprouvé toute sa vie pour sa chère Megan Marie, et qui n'était plus lié à la culpabilité ou aux regrets. Ce n'était pas non plus le même amour qu'il avait ressenti pour Owen, lorsqu'il lui avait promis de faire tout ce qui était en son pouvoir pour faire venir Annie en Amérique.

Quelque chose le retenait de s'avouer ce que ses sentiments étaient devenus, comme s'il n'avait pas le droit de nommer ce miracle, de ressentir de telles choses pour une jeune femme aussi bien née qu'Annie. Et pourtant, tandis que le pasteur racontait de nouveau l'histoire du Seigneur des Seigneurs qui était venu au monde dans une étable et avait été couché dans une mangeoire remplie de foin, Michael reprit espoir. Si le Dieu du ciel ne pensait pas qu'il était mal d'être pauvre, alors peut-être qu'Annie le considérerait non pas comme de la vermine de Belfast, mais comme un homme qui donnerait sa vie pour elle sans hésitation, et l'aimerait et la protégerait jusqu'à sa mort.

Après l'office, Michael amena la calèche devant l'église et attendit Maggie et Daniel, mais il ne les vit pas sortir. Il aperçut l'épouse du révérend Tenney qui soufflait les bougies aux fenêtres, et le révérend descendre les lampes à gaz. Ensemble ils fermèrent la porte puis adressèrent un signe de tête à Michael, avant de se diriger dans l'obscurité vers leur maison située de l'autre côté du chemin. Mais Maggie et Daniel avaient disparu de la circulation.

Michael attacha le cheval et fit le tour de l'église. Tout au bout du cimetière, il aperçut Daniel et Maggie debout près d'un vieux sapin, éclairés par la lanterne de Daniel, devant la tombe de Sean Allen. Le couple – c'est ainsi qu'il en était venu à les considérer – s'agenouilla devant la tombe, les mains jointes. Michael eut le sentiment d'être indiscret, de surprendre quelque chose d'intime et de sacré, et tourna les talons. Il était à mi-chemin vers la calèche quand il entendit son prénom.

—Michael! appela Daniel.

Michael se retourna, surpris par la gaieté dans sa voix et le rire de Maggie.

—Nous avons une heureuse nouvelle à t'annoncer!

Le jour de Noël, lorsque Daniel McKenica fit la promesse à Maggie Allen de l'aimer jusqu'à ce que la mort les sépare, Michael se tenait à son côté dans le salon. Ce fut une cérémonie à la fois solennelle et joyeuse. Le révérend et Mrs Tenney restèrent prendre le thé et fêter l'événement avec eux. C'était le premier mariage auquel Michael assistait, et ce fut un moment aussi réjouissant et intime qu'il l'imaginait. Il aurait souhaité qu'Annie soit là pour le partager. Il aurait souhaité qu'Annie soit là tout court.

Indifférent aux tranchées boueuses et infestées de rats qui serpentaient à travers les champs de Belgique et de France de l'autre côté de la Manche, Noël arriva dans les magasins et sur les places de Londres avec autant d'éclat, de légèreté, de couleurs et de démesure que les années précédentes.

Les cloches des grandes cathédrales carillonnèrent au crépuscule et jusqu'à la tombée de la nuit, et les chœurs d'église entonnèrent leurs chants de Noël. Bouchers et boulangers engagèrent du personnel supplémentaire pour pouvoir faire face à la vague de commandes. Aux angles des rues enneigées, des vendeurs ambulants de châtaignes, de houx, de couronnes de pin et de guirlandes invitaient à grands cris les passants à acheter leurs marchandises, tandis que d'autres faisaient du porte-à-porte. Mais, chez les Sprague, ce fut un Noël calme.

—Il n'est pas correct de faire la fête quand tant de personnes sont en deuil, déclara Mrs Sprague le lendemain de Noël, les yeux rivés sur sa tasse de thé.

—Non, en effet, approuva Connie. Je n'ai pas le cœur à cela, et je ne comprends pas comment les gens peuvent en avoir envie.

— C'est une distraction bienvenue, dit Mr Sprague, qui nous rappelle qu'il y a encore de l'espoir. Nous devons nous réjouir de Noël.

— Pour certains, il n'y a plus d'espoir, père.

— L'espoir ne s'éteint jamais, Dieu merci, même en pleine guerre. Demande à ces garçons dans les tranchées.

— C'est précisément aux tranchées que je pense, répliqua Connie. Je ne peux pas apprécier un Noël passé au chaud, avec de bons petits plats, quand nos compatriotes sont en train de grelotter, accroupis dans des tranchées et des tunnels boueux jonchés de cadavres et d'excréments humains.

— Oh, Constance, soupira Mrs Sprague, sans rien ajouter.

— Owen aimait beaucoup Noël, se souvint Annie tout haut, et moi aussi. Mais ce n'est plus pareil, surtout cette année.

Elle reposa sa cuillère, fatiguée de faire semblant de manger. Il fallait qu'elle arrête de penser à son frère, sinon elle ne parviendrait pas à retenir ses larmes. *Qu'est-ce que fait Michael aujourd'hui ?* s'interrogea-t-elle. Les battements de son cœur s'accélérèrent. *Oh, mon Dieu, cela ne m'aide pas non plus.* Elle soupira, déterminée à se changer les idées.

— Saviez-vous que le grand frère de Bernice Langford est porté disparu à Ypres ?

— Gilbert ? Quand ? demanda Connie en pâlissant.

— Aucun membre de sa famille n'a de nouvelles de lui depuis la mi-novembre. Ils ne voulaient pas croire que... Ils voulaient...

Annie baissa les yeux, incapable de prononcer les mots à haute voix, avant de reprendre :

— Mais j'ai vu Bernice ce matin devant la pharmacie. Elle m'a dit que ses parents avaient reçu un télégramme de la BEF[1], le corps expéditionnaire britannique, le matin de Noël. Mr Langford espère encore que Gilbert se trouve parmi les blessés ou les prisonniers de guerre, mais Bernice n'est pas de son avis. Elle prétend que Gil n'aurait manqué son gâteau de Noël pour

---

1. British Expeditionary Force. (*NdT.*)

rien au monde. Elle est persuadée que, s'il était vivant, il aurait trouvé un moyen de le faire savoir à temps pour qu'on lui envoie sa part par la poste.

Mrs Sprague secoua la tête.

—Tous ces jeunes qui disparaissent, c'est si dur à accepter…, dit-elle en reposant sa tasse sur sa soucoupe sans avoir touché son thé. Nous devrions envoyer une boîte de pâtisseries et de confiseries aux enfants et une partie des fruits du verger que ton client nous a envoyés, Edwin. Nous n'arriverons jamais à tout finir. Peut-être que nous pourrions leur rendre visite en automobile demain pour leur apporter ces quelques présents ?

—C'est notre automobile que nous devrions leur apporter, dit Mr Sprague en regardant le feu d'un air morose.

—La donner aux Langford ? Mais, Edwin, est-ce que ce n'est pas un peu extrême ?

—Pas aux Langford, ma chérie, répondit-il sur un ton irrité. Nous devrions participer à l'effort de guerre en faisant don de notre véhicule. Un appel a été lancé. L'armée a besoin d'automobiles et de camions, qui serviront d'ambulances.

—Père ! C'est une excellente idée ! s'exclama Connie en battant des mains.

—C'est si peu, dit-il.

—Nous nous passerons très bien de l'automobile, déclara Mrs Sprague en hochant la tête, comme nous l'avons fait pendant toutes ces années avant d'en posséder une.

—Père, supplia Connie, apprenez-moi à conduire avant de la donner. Je vous en prie.

—Et à moi aussi, intervint Annie. Apprenez-moi aussi, s'il vous plaît.

—Quelle idée ! s'exclama Mrs Sprague.

Mais Mr Sprague examina sa fille et Annie pendant quelques instants avant de répondre :

—Oui, vous devriez toutes les deux apprendre à conduire.

—Edwin !

—Si elles se retrouvent infirmières à l'étranger, il est important qu'elles sachent conduire une ambulance. Toutes les voitures du monde ne serviront à rien si personne ne sait les conduire pour évacuer les blessés des zones de combat.

Il se leva.

—Peu de soldats savent conduire. Je vais veiller à ce que nos filles soient le mieux préparées possible pour affronter cette guerre.

Mr Sprague tint parole. Le lundi, il quitta son bureau plus tôt que de coutume et donna à Constance sa première leçon. Le père et la fille furent de retour à l'heure du thé, pâles, échevelés et débraillés. Mrs Sprague sourit derrière sa tasse de thé, mais Annie n'osa pas.

Le lendemain, ce fut son tour, avec des résultats similaires. Néanmoins, à la fin de la deuxième semaine de janvier, les deux filles étaient toutes les deux capables de prendre de l'essence, de remonter la manivelle et démarrer l'automobile, et de faire le tour du pâté de maisons. Et, en théorie, elles savaient parfaitement changer un pneu.

Mr Sprague déclara que, si Constance et Annie n'avaient pas à conduire trop loin ou trop rapidement, ou dans des rues avec plus d'un piéton, elles pouvaient être considérées comme des conductrices fiables. Le 19 janvier, il fit don de l'automobile familiale pour contribuer à l'effort de guerre. Le soir même, les Sprague et Annie célébrèrent les deux événements avec du sherry et du gâteau au brandy – le soir du premier raid des zeppelins.

Chapitre 44

Annie inscrivit l'adresse de Michael sur l'enveloppe. Elle avait une crampe dans la main à force d'écrire, mais c'était la seule chose qui lui permettait de ne pas devenir folle.

« Ils sont apparus silencieusement pendant la nuit tels de grands fantômes gris flottant entre les nuages, des cylindres longs et fins comme de gigantesques cigares, transportant les cadeaux mortels du Kaiser pour le peuple d'Angleterre en ce début d'année.

Le premier est arrivé le 19 janvier et a lâché ses bombes à l'est de Londres, au-dessus de Yarmouth et jusqu'à King's Lynn et Snettisham, dans le comté de Norfolk.

Mais j'étais allée me coucher tôt, et bien sûr nous n'avons rien vu ici à Londres. Des habitants de Yarmouth ont raconté qu'ils avaient entendu l'énorme dirigeable s'approcher, et que le bruit sourd de son moteur leur avait d'abord fait penser à un train express au loin. À des kilomètres et des kilomètres aux alentours, on a entendu l'impact des bombes : des détonations terrifiantes, et une explosion qui a illuminé le ciel nocturne lorsqu'une conduite de gaz a été touchée.

Quatre personnes furent tuées sur-le-champ, et seize autres blessées. Toutes des civils, dont plusieurs femmes et enfants.

J'en suis venue à craindre les nuits sans lune, Michael. Cela ne m'était jamais arrivé avant. Les Allemands sont capables de pénétrer dans notre espace aérien sans être détectés et de faire ce que bon leur semble. Combien de temps encore vont-ils attendre avant d'attaquer Londres?

D'après Mr Sprague, des projecteurs vont être installés à travers la capitale, et d'autres villes suivront peut-être l'exemple. Mr Peterson, le receveur des postes, affirme que nos balles ne servent à rien, car elles ne pénètrent pas dans la coque des zeppelins et nous ne pouvons pas tirer assez haut. Quand je lui ai raconté cela, Mr Sprague a répondu en rougissant: «Nous verrons bien.»

Maintenant, dès que la nuit tombe, la ville doit rester dans l'obscurité complète. Aucun lampadaire n'est allumé dans les rues, et les magasins ferment tôt. Nous respectons le couvre-feu. Personne ne veut être pris pour cible. D'après nos patrouilleurs, la moindre étincelle peut être vue du ciel. Les gens n'osent plus allumer ne serait-ce qu'une cigarette dehors. La police a affiché des avertissements et des instructions à suivre en cas de raid de zeppelins. Nous devons tous avoir à portée de main des réserves d'eau et de sable en cas d'incendie. Les habitants ne doivent surtout pas sortir dans les rues, mais rester chez eux. Pourtant, la population entière s'attroupe dans la rue chaque fois que retentit une sirène d'alarme ou une explosion! C'est comme si nous étions irrésistiblement attirés, fascinés par la menace de ces majestueux vaisseaux de mort!

Les pannes de courant et le couvre-feu ne me dérangent pas tellement. Le pire, c'est l'attente interminable du prochain bombardement. La tension de ne pas savoir, d'être étendu dans le noir à attendre avec impatience le lever du jour, d'un jour qui n'arrivera peut-être pas.

Nous nous efforçons de garder notre dignité britannique, mais, au fond de moi, je suis morte de peur, Michael.

Je n'ai pas envie de mourir jeune. Je n'ai pas encore vécu, pas vraiment. Parfois, j'ai peur de ne pas survivre à cette guerre, d'aller rejoindre Owen, père et mère très bientôt. Et d'autres fois je suis impatiente de les retrouver, de connaître le bonheur d'être réunis et d'en finir avec cette tension permanente. Oh, mon Dieu, pardonnez-moi! Je m'en veux d'avoir ces pensées sombres.

J'espère que tante Maggie et oncle Daniel vont bien et que leur nouvelle vie à deux les comble de joie. Transmets-leur tout mon amour. Je vous envie d'être là-bas, en sécurité et ensemble.

Annie. »

À la lecture de cette lettre, Michael sentit une profonde douleur l'envahir. Il répondit à Annie, la suppliant de venir en Amérique immédiatement, de ne pas attendre ses dix-huit ans.

Mais, en février, il apprit dans les journaux la nouvelle politique de guerre sous-marine sans restriction de l'Allemagne : toutes les embarcations ennemies seraient torpillées sans autre forme de procès.

Michael écrivit de nouveau à Annie, la pressant cette fois d'attendre. Le risque était trop grand. Il s'imagina Annie précipitée dans les eaux glaciales de l'Atlantique et frissonna, sans parvenir à se défaire de cette image. Hanté par ses souvenirs du *Titanic*, il ne cessait de faire des cauchemars.

Fin avril, Annie lui écrivit :

« Tu as raison, attendons de voir comment la situation évolue. Mr Sprague est certain que les attaques sous-marines des Allemands ne faibliront pas tant que les Britanniques n'auront pas levé leur blocus dans la mer du Nord. Notre armée est déterminée à empêcher le ravitaillement des Allemands et espère ainsi mettre plus vite fin à la guerre. Selon nos journaux, le peuple d'Allemagne meurt de faim. Je ne peux m'empêcher d'avoir pitié d'eux. Dans les deux camps, des gens désespérés commettent des actes désespérés.

J'ai tellement envie de vous rejoindre, d'être avec vous tous et d'échapper à cette guerre. Et pourtant Mr Sprague s'inquiète pour ma sécurité et estime qu'il n'est pas prudent de traverser l'Atlantique maintenant. J'ai l'impression qu'il vieillit de jour en jour, accablé par un poids que je ne connais pas. Mrs Sprague et lui ont été si bons avec moi. Je refuse de partir sans leur bénédiction.

Ne t'inquiète pas pour moi, Michael. Je me suis en quelque sorte habituée à ces nouveaux engins qui zigzaguent et se déchaînent au-dessus de nos têtes par les nuits sans lune. Ce qui pèse le plus sur nos nerfs, c'est la discrétion des zeppelins et leurs frappes imprévisibles.

Mais voici des nouvelles plus réjouissantes. Je poursuis mes études d'auxiliaire volontaire. Je suis heureuse de pouvoir terminer ma formation avant de quitter l'Angleterre. Je vais enfin me rendre utile et me réaliser dans quelque chose.

L'infirmière-major nous fait passer le plus de temps possible dans les salles d'hôpital, quand les infirmières nous y autorisent. Et, même si je ne fais que des choses simples, elles permettent de décharger les vraies infirmières d'une partie de leur travail. Elles peuvent ainsi aider les médecins et soulager les souffrances de nos pauvres soldats blessés. Mon cœur saigne pour eux, Michael.

Nos ennemis ont lâché un nouveau fléau dans la deuxième bataille d'Ypres, quelque chose que personne n'avait jamais vu : une sorte de gaz toxique ayant pour effet d'attaquer la peau, de détruire les tissus pulmonaires et d'aveugler, parfois de façon irréversible. C'est comme si les hommes avaient des bronchites : ils ont du mal à respirer et leurs poumons se remplissent de fluide. Bien que terrifiés par l'asphyxie, ils se noient presque littéralement. C'est un spectacle atroce à voir, et je n'arrive pas à concevoir qu'on puisse infliger de telles souffrances à d'autres êtres humains.

Nous fabriquons des masques par centaines pour les envoyer à nos soldats en Belgique et en France. Ce sont des objets rudimentaires, constitués de simple toile et de coton, avec des lanières pour les attacher derrière la tête. S'ils sont ne serait-ce qu'un peu efficaces, cela en vaudra la peine.

J'ai fait quelque chose que j'estime assez courageux, mais Connie a trouvé mon geste stupide. J'ai écrit à ma tante Eleanor en la suppliant de transformer les pièces inoccupées de Hargrave House en un hôpital temporaire pour les soldats blessés et convalescents. À Londres, les établissements médicaux manquent cruellement de place. Elle ne m'a pas répondu, mais je ne peux qu'espérer que ma lettre la fera réfléchir. Cette grande maison vide est un tel gâchis !

Malgré toutes les bonnes raisons qu'il y a d'attendre la fin de la guerre pour mon départ, j'avoue que je suis impatiente de vous retrouver, tante Maggie et toi. Je regrette que nous n'ayons jamais été présentés correctement et que nous n'ayons pas pu nous rencontrer vraiment. Il me semble malgré tout que nous sommes amis depuis toujours et que nous formons presque cette famille qu'Owen souhaitait que nous devenions. Je prie pour que la guerre se termine bientôt et pour que nous soyons enfin réunis du même côté de l'Atlantique. »

Michael eut la nausée. Son cœur s'emballa. Il était dans l'incapacité de l'aider, de lui épargner les atrocités qu'elle décrivait.

Que se passera-t-il si les troupes allemandes s'infiltrent à travers les lignes fragiles des Alliés en Belgique et en France ? Si elles prennent possession des ports de la Manche sur le continent, coupent les lignes de ravitaillement et de renforts entre la Grande-Bretagne et la France, et finissent par débarquer sur les côtes anglaises, près d'Annie ?

Chapitre 45

—Ça y est, déclara Mr Hook en jetant le journal de Philadelphie sur le comptoir du bureau de poste de Swainton. Le président Wilson va sûrement déclarer la guerre à présent.

Michael, qui était en train de ramasser le courrier du jour, tressaillit et dressa l'oreille.

—Que s'est-il passé?

—Les Allemands ont coulé le *Lusitania*, un paquebot britannique. Il y a eu 1 198 civils tués, dont 128 citoyens américains, précisa Mr Hook en secouant la tête. Les États-Unis ne le toléreront pas! Apporte ce journal à Daniel, il voudra le lire.

Tout en marchant vers la maison, Michael lut et relut le rapport de l'attaque des sous-marins allemands du 7 mai. Le *Lusitania* était parti de New York et devait arriver à Liverpool.

Michael eut l'estomac retourné en pensant aux milliers de corps mutilés et méconnaissables flottant à la surface de l'océan, et sentit la bile lui monter à la gorge. Les cinq nuits suivantes, il rêva du *Titanic*, des passagers transis de froid, des hommes à la mer hurlant et agonisant dans les eaux glacées de l'Atlantique.

Pendant des semaines, à la fin de sa journée de travail, le jeune homme alla hanter le bureau de poste ou de télégraphe et la gare, guettant avec impatience l'annonce de l'appel des troupes américaines par le président Wilson pour venir en aide aux Alliés, en vain. Il y eut un avertissement sévère et des propositions de médiation entre les pays impliqués dans le conflit, mais aucune déclaration de guerre.

—Où étais-tu? demanda Maggie à Michael en le voyant rentrer dans la cuisine tard un soir. Le dîner était prêt il y a une heure. Daniel et moi avons déjà terminé.

Maggie paraissait plus inquiète que contrariée. Elle rangea dans le placard le dernier bol qu'elle venait de laver.

—Je suis passé voir le révérend Tenney, répondit Michael en suspendant son manteau et sa casquette au portemanteau près de la porte.

Maggie leva la tête.

—Ah?

—Il a un frère à Avalon Way qui possède une entreprise de bois.

—Tu as déjà besoin de bois pour les pavillons de jardin? Est-ce qu'il n'en reste pas tout un tas derrière la grange?

—Ce n'est pas le bois qui m'intéresse, tante Maggie. C'est d'apprendre à conduire.

—À conduire?

—Oui.

—Est-ce parce qu'Annie sait conduire et que tu ne supportes pas qu'une jouvencelle soit capable de quelque chose que tu ne sais pas faire? demanda Maggie, les mains sur ses hanches, le menton levé, avec l'intention manifeste de discourir sur les manières bornées des hommes. N'as-tu pas suffisamment de labeur dans les champs?

—Cela a effectivement un rapport avec Annie, mais je ne veux pas apprendre à conduire pour lui faire concurrence, répondit Michael sans se laisser démonter. Au contraire, je suis ravi qu'Annie ait l'occasion d'apprendre autant de choses.

Maggie laissa retomber ses mains.

—Je suis désolée, Michael. Mais pourquoi as-tu besoin d'apprendre à conduire? Nous n'avons pas d'automobile, que je sache, et ne risquons pas de pouvoir en acheter une, à moins d'un miracle.

Daniel, qui était dans le petit salon, entra dans la cuisine et s'appuya contre l'encadrement de la porte.

— Tu penses donc à partir ?

— Oui, répondit Michael.

— Où donc ? demanda Maggie en rougissant, manifestement ennuyée de ne pas être au courant de ce dont parlaient les hommes.

— Il veut partir retrouver Annie, ma chérie, murmura Daniel qui se pencha pour déposer un baiser dans la nuque de son épouse.

Une lueur de panique s'alluma dans le regard de Maggie. Elle prit une profonde inspiration, mais Michael ne lui laissa pas le temps de prendre la parole.

— J'ai conclu un accord avec Mr Tenney. Il m'apprendra à conduire le soir, après ma journée de travail dans les champs. Les jours sont longs à présent. Une fois qu'il estimera mon niveau suffisant, je livrerai du bois de construction pour le chantier l'après-midi pendant le reste de l'été.

— Mais…, commença Maggie.

Michael poursuivit :

— Une fois que nos champs auront été moissonnés, que le bois pour les livraisons aura été coupé et les sapins de Noël livrés, j'irai faire mon devoir si le président Wilson appelle à la mobilisation. Si l'Amérique n'a pas rejoint le conflit d'ici là, j'irai retrouver Annie à Londres dès le début de l'année prochaine. J'apporterai mon aide à l'hôpital, si c'est possible. Je veillerai sur Annie et ferai tout ce qui est en mon pouvoir pour la protéger.

— Ils t'enverront en France, Michael. Ils envoient tout le monde en France, répliqua Maggie.

Michael secoua la tête.

— Avec tous les hommes au front, ils ont sûrement besoin d'ambulanciers et d'infirmiers pour rapatrier les blessés en Angleterre.

— Les Anglais n'apprécieront pas de voir un Irlandais dans la force de l'âge en sécurité dans leurs rues pendant que leurs propres hommes meurent sur les champs de bataille en France, l'avertit Daniel.

—Daniel! bafouilla Maggie, choquée.

—C'est ce qu'il va entendre là-bas, et pire encore. Mieux vaut qu'il sache à quoi s'en tenir.

Michael hocha la tête.

—Vous avez raison, et je vous remercie de me parler franchement. Si je dois partir, je chercherai un corps privé. Annie m'a écrit que des particuliers gagnaient la France par leurs propres moyens, en dehors du cadre de l'armée ou de la Croix-Rouge, pour soigner les blessés et créer des hôpitaux dans des maisons, des églises et des salles des fêtes. Ils ont besoin de conducteurs d'ambulance, également capables de réparer les véhicules. En apportant mon aide sans m'engager dans l'armée, je ne mettrai pas en jeu ma nationalité américaine. J'ai réfléchi à tous les aspects de la question et j'ai vraiment l'intention de partir. Je refuse de laisser Annie affronter cette guerre toute seule. J'aurais dû la rejoindre il y a belle lurette.

—Nous pensions tous que la guerre ne durerait pas, murmura Maggie. Ne peux-tu pas attendre qu'Annie vienne ici?

Michael secoua la tête.

—C'est trop dangereux. Je ne la laisserai pas faire la traversée!

—C'est dangereux aussi dans l'autre sens! insista Maggie.

Michael tenait bon, mais les traits décomposés de Maggie l'émurent.

—Ma décision est prise. Pour l'instant, je vais seulement prendre des leçons de conduite. Je ne partirai pas avant plusieurs mois, sept ou huit au plus tôt. Je serai ici jusqu'à la fin de l'année, à moins que le président Wilson n'appelle à la mobilisation. Et qui sait? La situation va peut-être évoluer et la guerre se terminer demain! Mais je dois faire des projets sinon je vais devenir fou d'inquiétude. Si j'habitais encore en Irlande ou en Angleterre, on m'aurait envoyé au front depuis longtemps… Je serais déjà parti, tante Maggie.

—Mais tu n'habites plus là-bas, Michael. Ta vie est ici, désormais. Tu es en sécurité.

Maggie ne semblait pas remarquer les larmes qui ruisselaient sur ses joues.

Michael la prit dans ses bras et essuya ses larmes. Il la tint serrée contre lui et sentit ses épaules s'affaisser.

—Si Owen était encore en vie, il serait retourné s'occuper d'Annie, mais pas seulement. Je suis sûr qu'il aurait fait son devoir, tante Maggie. Je dois faire le mien. Si l'ennemi n'est pas arrêté en France… Je ne peux pas laisser Annie là-bas et me contenter d'attendre, dit Michael en soupirant. Je reviendrai, je le jure. Et quand la guerre sera terminée, je ramènerai Annie à la maison.

Chapitre 46

LE CHOIX D'ANNIE FUT PRINCIPALEMENT MOTIVÉ PAR TROIS raisons.

D'abord, le naufrage du *Lusitania* début mai. Elle ne voulait pas prendre le risque de connaître le même destin qu'Owen dans les eaux glacées de l'Atlantique.

La deuxième était le retour des zeppelins sur les côtes britanniques en mai et début juin. Cette fois, ils visaient Londres.

Mrs Sprague, que les bombardements et l'émancipation de sa fille unique mettaient à bout de nerfs, s'alita, en proie à d'atroces migraines. Mr Sprague commença à s'absenter de la maison pendant de longues heures, parfois plusieurs jours, impliqué dans une organisation dont il n'avait pas le droit de parler. Annie avait l'impression que son dos se voûtait de plus en plus et que ses cheveux grisonnaient davantage de semaine en semaine. Le moment était mal choisi pour les quitter.

La troisième raison déterminante fut une lettre de Michael, qui lui promettait de venir en Angleterre au début de l'année suivante si la guerre n'était pas terminée avant.

Elle attendrait la fin du conflit pour partir en Amérique, et priait pour que ce moment arrive vite.

Annie était étonnée par le plan audacieux de Michael, effrayée par la perspective qu'il passe une semaine en mer, et ravie – à sa grande surprise – de le voir aussi déterminé à la rejoindre même en temps de guerre.

—C'est follement romantique, tu ne trouves pas ? la taquina Connie. Un galant chevalier n'hésite pas à traverser l'océan pour secourir une belle damoiselle en détresse ! dit-elle dans un geste théâtral comme si elle affichait les gros titres des journaux.

—Cela n'a rien à voir, affirma Annie. Il a promis à Owen de veiller sur moi comme un frère, voilà tout.

Alors pourquoi les sentiments que j'éprouve à son égard n'ont-ils rien de fraternels ? Si mon cœur continue à s'emballer, il va finir par s'envoler hors de ma poitrine !

—Comme un frère, mais bien sûr ! répéta Connie sur un ton ironique.

Annie sourit. Les taquineries de Connie ne la dérangeaient pas. Et, en son for intérieur, elle reconnaissait que son amie n'avait pas tort. Mais jamais elle ne lui avouerait que la seule perspective du retour de Michael en Angleterre lui coupait le souffle.

Pendant les semaines qui suivirent, Annie se surprit à rester plantée devant son miroir, le regard perdu dans le vague, sans jamais voir son propre reflet, et à sourire pour de petites choses, son esprit vagabondant de l'autre côté de l'océan. Elle passa deux longues soirées à chercher la coiffure qui lui seyait le mieux, tout en se demandant ce que Michael penserait d'elle la première fois qu'il la verrait. Elle imaginait parfois des conversations avec lui, mais elle en riait ensuite, ou bien se reprochait sa sottise. Elle guettait l'arrivée du courrier devant la porte avec la même excitation que les pigeons qui attendaient près de la cuisine qu'on leur donne des miettes de pain et de la graisse de rognon de bœuf. Les lettres de Michael nourrissaient son cœur.

Les deux filles avaient l'impression que les mois passaient plus rapidement depuis qu'elles savaient que Michael les rejoindrait en Angleterre. Malgré les longues heures passées à travailler bénévolement à l'hôpital et à récolter des fonds pour la Croix-Rouge, elles rêvaient de quelque chose qui leur fasse oublier la guerre l'espace de quelques instants. Le couvre-feu les empêchait de sortir le soir avec leurs amis, et les rares après-midi passés en société étaient devenus moins distrayants en raison du rationnement de plus en plus sévère. Annie avait fini par admettre que Michael était plus qu'une simple distraction pour elle. Il était au centre de sa vie.

Des lettres traversaient régulièrement l'Atlantique dans les deux sens. Annie fit part à Michael de la joie qu'elle éprouvait à la perspective de son arrivée en début d'année. Les époux Sprague affirmèrent qu'il était le bienvenu chez eux et pourrait rester aussi longtemps qu'il le désirerait.

Ravie, Annie se mit à réfléchir à un repas de bienvenue pour Michael. Elle faisait sans cesse des changements, et calculait la quantité de sucre et de beurre qu'elle devait mettre de côté pour réaliser ce festin. L'après-midi de l'anniversaire d'Owen, en juillet, alors qu'elle était une fois de plus en train de modifier son menu en raison du rationnement plus strict sur le sucre et le bœuf, elle apprit qu'elle était convoquée.

— Ta tante Eleanor souhaiterait s'entretenir avec toi, Annie, lui dit Mr Sprague qui revenait de son rendez-vous mensuel avec sa cliente la plus difficile.

Annie sentit brusquement le sang refluer de son visage et de ses membres.

— Tante Eleanor veut me voir ? Pourquoi ?

Mr Sprague fit un geste d'impuissance.

— Allons dans le jardin.

Une fois dehors, Mr Sprague approcha deux chaises en bois.

— Ta tante a une proposition à te faire pour ton anniversaire et voudrait que tu y réfléchisses.

— Une proposition ?

C'est tout ce qu'Annie fut capable de dire. Elle aurait voulu ne jamais revoir sa tante. La jeune fille frissonna en se demandant ce qu'elle pouvait bien lui vouloir.

— Elle n'a pas voulu me dire de quoi il s'agissait. Elle insiste pour te voir en personne, la veille de ton dix-huitième anniversaire.

— Dans un mois.

Annie secoua la tête malgré elle, lentement, puis plus résolument, face au déferlement de souvenirs douloureux que l'évocation de sa tante faisait ressurgir dans son esprit.

—Je ne peux pas, reprit-elle. Je suis désolée, Mr Sprague, de vous désobéir si c'est ce que vous souhaitez, mais je ne peux pas, dit Annie, tremblante, d'une voix aiguë. Jamais je ne retournerai voir ma tante. Je ne la laisserai pas saboter mes espoirs, mes projets ou ma vie. Je ne peux pas…

—Annie, je ne te demande pas d'aller la voir. Je ne fais que te transmettre le message de ma cliente. Personne ne te forcera à y aller. Et je comprends parfaitement tes réticences.

—Alors pourquoi me le dire quand vous savez…

—Parce qu'elle m'a dit qu'elle avait une offre à te faire… qui a un rapport avec ta participation à l'effort de guerre.

—L'effort de guerre ? répéta Annie qui ne pouvait pas imaginer que sa tante ait d'autres préoccupations que son propre confort. En quoi cela l'intéresse-t-il ?

Mr Sprague se renfonça dans son fauteuil avec lassitude. Annie était désolée de constater les soucis que sa tante Eleanor et elle-même lui causaient.

—Je crois qu'elle te surveille, ou tout au moins qu'elle prend des renseignements sur toi. Elle est au courant des réunions de la Croix-Rouge auxquelles tu assistais avec Constance et de ta formation avec les VAD. Elle sait que tu as menti sur ton âge aux responsables du programme. J'ignore en quoi cela l'intéresse, mais elle a l'air de penser que cette information lui confère un certain pouvoir.

—Croyez-vous qu'elle va me dénoncer ? Qu'est-ce qu'elle y gagnerait ? D'ailleurs, cela n'a aucune importance ; j'avais dix-sept ans quand j'ai commencé ma formation.

—À moins que tu ne postules pour être infirmière à l'étranger, fit observer Mr Sprague en examinant Annie. Je n'y avais pas pensé avant qu'Eleanor porte ce problème à mon attention. Suite à notre discussion du mois de décembre, je croyais que tu ne désirais pas quitter Londres, mais je me rends compte à présent que ce n'est peut-être plus vrai.

— J'y ai réfléchi, pour Connie, mais j'ai décidé de ne pas partir à l'étranger. Je veux m'installer dans le New Jersey, et je dois attendre que cela soit possible, déclara Annie en frissonnant. J'aurais aimé qu'elle vous dise ce qu'elle veut.

Mr Sprague secoua la tête.

— Elle ne fera sa proposition qu'en ta présence. Je lui ai dit que – à condition que tu acceptes de la voir – je devais être présent, étant ton tuteur légal actuel.

— Et elle a accepté ?

— Oh, cela ne lui a pas plu, mais je ne permettrai pas à cette femme de te faire davantage de tort, Annie. Je ne t'aurais pas autorisée à travailler dans les jardins si j'avais eu la moindre idée de ce qu'elle…

Il n'acheva pas sa phrase. Annie avait détourné les yeux à cette évocation.

— Je te le répète, tu n'es pas obligée de la voir. Elle ne peut pas toucher à l'héritage d'Owen qui te reviendra, ni aux fonds fiduciaires de ton grand-père… Il y a cependant une autre chose… dont je ne t'ai pas parlé.

Annie leva les yeux.

— La santé de ta tante…, commença Mr Sprague.

— A-t-elle eu une autre attaque ?

Annie ne put empêcher son cœur de s'emballer.

— Elle est atteinte d'un cancer.

Mr Sprague laissa à Annie le temps de digérer la nouvelle.

— Il ne lui reste plus longtemps à vivre, ajouta-t-il. J'ai parlé avec son médecin, et il lui donne six mois tout au plus.

Annie s'assit calmement. Elle ne manifesterait pas sa joie, mais elle ne pouvait pas non plus faire semblant d'être triste. *Pourquoi n'est-elle pas morte quand Owen est mort !*

— Qu'est-ce qu'elle peut bien me vouloir ?

— Je me demande si elle ne cherche pas à faire la paix ou à se racheter avant de mourir.

Annie se leva.

—Ce n'est pas possible, pas après tout le mal qu'elle a fait, lança-t-elle, la gorge serrée. Tante Eleanor n'a jamais regretté quoi que ce soit !

Mr Sprague fronça les sourcils en voyant Annie marcher de long en large, plus angoissée qu'elle ne l'avait été depuis la destruction de ses jardins. Enfin, elle ralentit le pas et se rassit, un peu plus calme.

Si seulement Owen était là ! Elle soupira en retirant un fil qui dépassait de sa manche. *Il saurait quoi faire…*

Annie s'aperçut que Mr Sprague avait les épaules affaissées ; sa posture trahissait sa résignation.

—Vous êtes donc d'avis que je devrais la voir ?

—Pas pour elle, ma chérie. Mais… peut-être pour toi-même, dit-il après une brève hésitation.

—Pour moi ?

Mr Sprague est-il devenu fou ?

—Te rappelles-tu quand je t'ai mise en garde, le jour où nous nous sommes rencontrés pour la première fois dans mon bureau, après les funérailles d'Owen ?

Annie le regarda fixement, rejouant la scène dans son esprit.

—Vous m'avez dit de ne pas devenir amère comme tante Eleanor. Je n'ai pas oublié, dit-elle en regardant ailleurs.

Mr Sprague hocha la tête.

—Je t'ai conseillé de prendre Owen pour modèle, de vivre comme lui une vie de miséricorde et de générosité.

Annie regarda ses mains.

—J'ai essayé, monsieur Sprague. J'ai pardonné à Michael Dunnagan… d'avoir vécu alors qu'Owen est mort. Nous sommes devenus amis, les meilleurs amis qui soient, je pense, et nous nous écrivons régulièrement. J'ai pardonné à Owen de m'avoir laissée seule ici et d'avoir pensé aux autres avant de se sauver lui-même. Mais je ne sais pas comment pardonner à tante Eleanor, dit-elle en le regardant droit dans les yeux. D'une manière ou d'une autre, elle est responsable de la mort de tous les membres de ma famille. Je la déteste.

— Et il me semble qu'elle n'a pas changé, répondit Mr Sprague en prenant les mains d'Annie dans les siennes. Mais je dois te le demander : ta haine te rend-elle heureuse, ma chérie, ou te ronge-t-elle en permanence, tel un cancer ? En nourrissant cette colère ardente, ne crois-tu pas que tu t'épuises et t'empêches de vivre pleinement la magnifique vie qui t'a été donnée ?

Annie secoua la tête d'un air fatigué et se mordit la lèvre.

— Owen aurait-il voulu cela pour toi ? Est-ce pour cela qu'il avait assuré ton avenir ? Pour que tu restes dans le désarroi ?

Les larmes dans les yeux d'Annie menaçaient de jaillir, mais elle parvint à les retenir.

— Non, dit-elle en retirant ses mains de celles de Mr Sprague et en les joignant devant elle. Il aurait voulu que je lui pardonne, pour moi, pour le Christ, et pour lui. Je le sais.

— Peut-être que la seule manière de te libérer entièrement de ta tante, de la haine et de la crainte qu'elle t'inspire, est de lui dire en face qu'elle ne te fait plus peur. Puis, si tu t'en sens capable, de lui pardonner.

Mr Sprague se pencha vers elle.

— Elle ne sera bientôt plus de ce monde, Annie. Elle ne pourra plus jamais te faire de mal, ni à ceux que tu aimes. À moins que tu ne continues à porter ce fardeau de souffrance et de colère. Tu devras le poser pour être libre.

Mais Annie tourna la tête. Les paroles de Mr Sprague avaient ravivé le souvenir de sa matinée avec Owen, devant la tombe de John Bunyan. Elle se rappelait le bas-relief sur la stèle de Bunyan, représentant Chrétien accablé par un lourd fardeau, et une profonde lassitude s'abattit sur elle lorsqu'elle se figura son propre fardeau.

Plusieurs minutes s'écoulèrent. Annie avait les yeux rivés sur les roses jaune pâle en fleurs, le phlox bleu et le serpolet qui débordaient sur l'allée. Elle avait parcouru tant de chemin cette année. Elle ne voulait pas prendre le risque de revenir en arrière à cause de sa tante.

Mais si je ne fais rien, si tante Eleanor meurt avant ce fameux entretien, serai-je jamais vraiment libre ? Quel fardeau est le plus lourd ? Je vous en supplie, Seigneur… Oh, je vous en supplie, aidez-moi.

Annie se leva enfin et lissa sa jupe. Elle regarda le notaire, en se demandant si elle faisait le bon choix. Puis elle prit une profonde inspiration et déclara :

— Dites à tante Eleanor que je la verrai, à condition que vous soyez à mes côtés, monsieur Sprague.

La visite d'Annie fut programmée pour l'après-midi du samedi 21 août, la veille de son dix-huitième anniversaire. Pendant le trajet vers Hargrave House, Mr Sprague pria pour Annie qu'il aimait comme sa propre fille.

En sortant du taxi, il pria également pour qu'Eleanor Hargrave, cette femme amère, fasse preuve de sagesse, de discernement et de gentillesse envers sa nièce.

Alors qu'ils gravissaient les marches du perron de la maison de famille, puis lorsqu'il souleva le lourd heurtoir, Mr Sprague pria enfin pour que cette visite ne soit pas une grave erreur. On ne savait jamais à quoi s'attendre avec Eleanor Hargrave, mais elle lui avait donné toutes les raisons de se méfier d'elle par le passé. Il resterait auprès d'Annie pendant leur entretien.

Le vieux Jamison, plus voûté et plus las que jamais, les conduisit jusqu'au salon d'Eleanor au rez-de-chaussée. Il avait été transformé en une chambre à coucher spacieuse et confortable, qui faisait aussi office de séjour.

Décharnée et les veines saillantes, Eleanor Hargrave était étendue sur un divan, couverte de draps de coton et de soie malgré la chaleur de l'été.

Une fois qu'ils eurent pris place, Eleanor leva les yeux sans les saluer.

— J'ai décidé d'ouvrir les portes de Hargrave House. La maison servira d'hôpital et de centre de convalescence pour nos soldats blessés de retour de France.

Mr Sprague cligna des yeux, certain d'avoir mal entendu. Il sentit Annie s'agiter sur le fauteuil à côté de lui.

— Cette décision affectera ma nièce, qui est mon unique héritière encore en vie. Cette maison et les biens qui s'y trouvent… lui reviendront un jour.

Annie faillit s'étouffer.

Le silence s'abattit sur la pièce. La jeune fille finit par dire à voix basse :

— C'est une merveilleuse idée, tante Eleanor, c'est justement ce que je souhaitais.

Eleanor ne posa même pas les yeux sur Annie.

— S'il n'y a pas d'objections…

Elle attendit.

Mr Sprague et Annie échangèrent des regards surpris.

— Elisabeth Anne, déclara Mr Sprague avec autant de sang-froid que possible, a déjà exprimé à plusieurs occasions le désir de voir Hargrave House accueillir des blessés.

— Nous sommes d'accord. C'est donc décidé. La cuisine et la blanchisserie vont être immédiatement modernisées. Je ferai le nécessaire pour que l'administration concernée et les autorités médicales soient contactées. Vous devriez vous préparer à recevoir vos premiers patients d'ici une quinzaine de jours, Elisabeth Anne.

— Mes… mes patients ?

— Vous avez terminé votre formation de VAD, n'est-ce pas ? demanda sèchement tante Eleanor.

— Eh bien, oui, mais…

— Vous ne vous attendez tout de même pas à ce que je gère un projet de cette ampleur moi-même, vu mon état de santé ! s'exclama la vieille femme avec un air outré.

— Bien sûr que non, intervint Mr Sprague. Il ne sera pas difficile de trouver un administrateur d'hôpital compétent et expérimenté. Mais Annie n'a pas encore dix-huit ans. Vous ne pensiez tout de même pas que…

311

Tante Eleanor feignit la surprise.

—Elisabeth Anne, pas encore dix-huit ans? L'infirmière-major de son hôpital prétend pourtant qu'elle en a vingt-trois... ou les aura très prochainement. Demain, je crois, dit-elle tandis que son sourire s'évanouissait.

—Qu'est-ce que cela signifie, Eleanor? demanda le notaire en fronçant les sourcils.

—Il est question de l'avenir de Hargrave House et du devoir patriotique de notre famille en temps de guerre. À cette fin, je souhaiterais m'entretenir seule à seule avec ma nièce. Vous pouvez attendre dans le couloir, Edwin.

Annie se cramponna au bras de Mr Sprague, et celui-ci couvrit sa main dans un geste protecteur.

—Ce n'est pas ce qui était convenu.

—Ce sont malheureusement mes conditions.

Eleanor leva le menton et regarda Edwin Sprague avec un air de défi.

—Dans ce cas-là, il ne nous reste plus qu'à vous souhaiter une bonne journée.

Mr Sprague se leva et attendit que la jeune fille en fasse autant.

Mais Annie, raide dans son fauteuil, ne bougea pas.

Mr Sprague savait qu'il était difficile de se dégager de l'emprise d'Eleanor Hargrave. Les pieds d'Annie semblaient comme cloués au sol.

—Elisabeth Anne, dit-il calmement, allons-y.

Il attendit un instant, puis demanda avec insistance.

—Annie?

Eleanor Hargrave avait manifestement hypnotisé sa nièce avec ses yeux perçants.

Elle a les yeux d'un serpent. Je dois faire sortir Annie d'ici avant qu'Eleanor ne l'écrase par sa logique cruelle et perverse. Mon Dieu, je n'aurais jamais dû l'amener ici!

En un instant, Edwin Sprague s'imagina Annie résister, réfléchir, puis finalement succomber à sa tante.

— Je vais rester. Je vais écouter ce que tante Eleanor a à me dire.

— Je ne crois pas qu'il soit raisonnable de…

— Patientez dans le vestibule, Edwin. Nous n'en aurons pas pour longtemps.

Eleanor ferma les yeux, attendant qu'on lui obéisse.

Mr Sprague toucha l'épaule d'Annie.

— Tu en es certaine ?

Frissonnante, Annie hocha la tête.

— Je vous rejoindrai dans quelques instants.

Rempli d'une sourde appréhension, Edwin Sprague referma cependant la porte derrière lui et attendit. Il sortit son mouchoir de sa poche, s'essuya le front et se maudit d'avoir amené Annie à Hargrave House.

Moins de dix minutes plus tard, Annie sortit de la pièce, pâle mais les yeux secs et le dos bien droit.

Mr Sprague la suivit dans le grand couloir. Quand ils arrivèrent dans l'entrée, il ouvrit rapidement la lourde porte, heureux de pouvoir enfin faire sortir Annie de cette vieille maison sinistre.

Mais Annie posa la main sur son bras.

— Pourrez-vous faire envoyer mes affaires ici, je vous prie ? Merci pour tout ce que vous avez fait pour moi. Remerciez Mrs Sprague et Connie, s'il vous plaît. Je vais leur écrire, bien sûr…

— Que veux-tu dire ? Que t'a-t-elle raconté ?

Edwin sentit un frisson lui parcourir l'échine.

Annie leva les yeux vers lui. Sa lèvre inférieure tremblait à peine.

— Cela n'a pas d'importance… vraiment. Ce que je dois faire implique que je vive ici.

— Ma chérie, quoi qu'elle ait pu te dire…

— C'est ma décision, monsieur Sprague.

— Et je suis ton tuteur pour encore au moins un jour. Je ne te laisserai pas dans cette maison !

Une lueur de frayeur passa dans le regard d'Annie, mais elle retrouva son sang-froid en se faisant violence.

— Vous avez été un tuteur exceptionnel, Mr Sprague, et je suis heureuse et reconnaissante pour tout ce que vous m'avez apporté. Mais je ne peux renoncer à ce projet.

— De quoi parles-tu ?

— D'ouvrir un hôpital dans la maison, aux premier et deuxième étages.

— Elisabeth Anne…

— Pour nos blessés. Il n'y a pas suffisamment d'hôpitaux dans la capitale. De nombreux habitants ouvrent leurs maisons de campagne, mais il en faut davantage à Londres, où les médecins sont plus nombreux.

Annie donnait l'impression d'avoir appris cette tirade par cœur, même s'il savait qu'elle croyait à ce qu'elle disait.

— Annie, ma chérie, l'administration d'un hôpital, même d'un petit hôpital dans une maison de ce genre, est une trop lourde charge pour toi !

Annie hocha la tête.

— C'est sa condition pour que…

— Pour quoi ? Qu'est-ce qui lui prend ? Tu es bien trop jeune !

— J'aurai de l'aide. Mais je le dirigerai, dit Annie en hésitant. Tante Eleanor sait que j'ai menti sur mon âge pendant un certain temps. Et vous aviez raison, elle s'est renseignée. Elle sait que tante Maggie et oncle Daniel se sont mariés. Elle sait absolument tout sur leur hypothèque et leurs dettes. Sur Michael et Owen, et… et tout ce qui se passe chez vous et dans vos bureaux depuis des mois, y compris vos réunions secrètes.

Edwin Sprague fut pris d'une sensation de vertige inhabituelle, mais parvint à garder son calme au prix d'un violent effort.

— Rien de tout cela ne te concerne, Annie. Si elle a essayé de te faire peur ou de te faire chanter d'une manière ou d'une autre, tu ne dois pas la laisser faire. Ne reste pas dans cette maison, je t'en conjure.

Annie posa la main sur le bras de son tuteur.

— Soyez prudent, Mr Sprague, et faites-moi confiance, c'est mieux ainsi. Je ne m'installe ici que pour quelques mois, tout au plus. Elle n'a pas envie de mourir dans la solitude.

— Et c'est par le chantage qu'elle te fait rester ici ? s'exclama-t-il, criant presque.

— Il y aura ainsi un hôpital supplémentaire. Cela nous épargnera à tous de la gêne et… des difficultés.

Annie exerça une pression sur son bras.

Malgré tout il attendit, incapable de se résoudre à partir.

— Je ne rentrerai pas avec vous, monsieur Sprague.

— Quelqu'un doit rester ici avec toi. Peut-être que Constance peut…

— Non ! s'écria Annie avec une expression de panique. Connie ne doit pas venir… jamais. Jamison est là… et Barbara. Je vous en prie, monsieur Sprague, faites ce que je vous demande.

— Je n'aime pas cela, Annie. Je ne crois pas que ce soit raisonnable. Rentre à la maison, au moins jusqu'à ton anniversaire demain. Nous pourrons reparler de sa proposition. Si tu fais cela pour moi, j'accepterai ta décision, quelle qu'elle soit.

— Je suis désolée. Je vous en prie, monsieur Sprague, faites-moi parvenir mes affaires dès que possible. Je vais m'installer dans la chambre d'Owen, en face de celle de tante Eleanor.

Annie poussa doucement Mr Sprague, abasourdi, sur le perron. Il entendit alors le verrou de la porte tourner avec un petit bruit sec.

Chapitre 47

Après ce qu'il avait vécu sur le *Titanic*, Michael s'était promis de ne jamais reprendre la mer. Pourtant, il avait réservé une place sur un transatlantique pour faire la traversée jusqu'à Southampton. Il s'était promis de ne jamais remettre le pied dans l'entrepont d'un navire, pas même celui d'un bateau à quai. Pourtant, il venait de poser son sac de voyage sur une couchette de troisième classe et de ranger ses quelques effets personnels dans le placard d'une cabine.

Il aurait tenu promesse, n'eût été Annie. Il verrouilla le placard, puis s'y adossa.

—Qu'as-tu fait? Pourquoi refuses-tu de me répondre, Annie Allen?

Cela faisait tout juste six mois que tante Maggie et lui étaient sans nouvelles d'Annie. Elle n'avait pas répondu à leurs lettres d'anniversaire, et n'avait pas remercié Michael pour le livre qu'il lui avait envoyé. Elle ne leur avait pas donné signe de vie, même à Noël.

Michael s'était un moment demandé s'il avait pu l'offenser dans une de ses lettres, mais ne voyait pas comment. Lorsqu'il lui avait annoncé en juin qu'il viendrait en Angleterre au début de l'année suivante, elle lui avait tout de suite répondu et avait semblé ravie. Elle lui disait que les Sprague lui proposaient une chambre chez eux, qu'ils pourraient passer toutes leurs journées ensemble et vivre comme une grande famille jusqu'à la fin de la guerre.

Michael, bien qu'heureux et flatté, avait refusé car il avait conscience qu'un tel arrangement n'était pas convenable, même si Annie ne semblait pas en être consciente. Il ne pouvait s'imaginer vivre dans la même maison qu'elle jour après jour tout en gardant ses distances. Il ne pensait plus à elle comme à une sœur.

Lorsque je te ramènerai en Amérique, Annie Allen, j'espère que tu porteras une bague à ton doigt et que tu auras accepté de m'épouser.

Michael savait que c'était une idée audacieuse. Un plan audacieux et secret. Mais son amour pour Annie l'avait rendu téméraire.

En novembre, Mr Sprague avait répondu immédiatement à la lettre de tante Maggie dans laquelle elle le suppliait de lui donner des nouvelles d'Annie. Il était sincèrement surpris qu'Annie ne leur ait pas écrit. Il leur avait expliqué, du mieux qu'il le pouvait, qu'Annie était retournée vivre à Hargrave House devant l'insistance de sa tante Eleanor, et qu'elle dirigeait un hôpital pour les blessés britanniques.

La petite famille du New Jersey n'avait pu en croire ses yeux en lisant la lettre, aussi Maggie avait-elle de nouveau écrit à Mr Sprague en l'interrogeant. Celui-ci lui avait répondu en lui donnant davantage d'informations.

« Je vois Elisabeth Anne de loin une fois par mois tout au plus, lorsque je me rends à Hargrave House pour m'occuper des affaires de sa tante. Elle a maigri et son visage est empreint d'une gravité nouvelle, mais cela n'a rien d'étonnant. Les cas envoyés à Hargrave House sont particulièrement épouvantables. Ce n'est absolument pas la vie que je choisirais pour une jeune femme.

Malgré tout, Annie refuse de me voir ou de me parler seul à seul. En dépit de mon désir de la faire revenir et du souci que je me fais pour elle, je ne peux la contraindre à rentrer chez nous, ni faire obstacle à la voie qu'elle a choisie. »

—Ce n'est pas normal, dit Maggie en secouant la tête avec un air soucieux. Annie était heureuse chez les Sprague, et jamais elle ne serait retournée chez cette femme de son propre chef! Il s'est produit quelque chose qu'il ne nous dit pas.

—Peut-être qu'il l'ignore lui-même, avait répondu Daniel en fronçant les sourcils. Cela ne ressemble pas à Annie de laisser ainsi tomber tout le monde brutalement – toi, Michael, les Sprague…

Mais ils s'étaient tous les trois mis d'accord sur une chose. Michael devait aller en Angleterre pour parler à Annie. Il devait la convaincre de retourner chez les Sprague ou de venir avec lui en Amérique. Les torpilles allemandes ne pouvaient être plus destructives pour leur Annie que la tante Eleanor. Ils n'avaient aucun doute à ce sujet.

Michael était donc parti par le train de Swainton tard le soir, la dernière semaine de février.

Les granges étaient remplies de bois que Daniel livrerait aux voisins et aux clients de longue date au fil de l'hiver. À la demande de Michael, Mr Hook avait accepté de lui fournir un camion et un chauffeur une fois par semaine pour les livraisons plus encombrantes et plus éloignées.

Il avait terminé tous les pavillons de jardin et les nichoirs qu'il avait pu construire et accompli tout le travail qu'il pouvait pour décharger son oncle et sa tante. Malgré tout, il détestait l'idée de quitter ce couple qu'il aimait comme ses propres parents. Mais il aimait Annie encore plus profondément.

Michael passa la main dans les boucles indisciplinées de ses cheveux fraîchement coupés et passés à la brillantine, les tirant et les lissant tour à tour, tout en s'efforçant de comprendre pourquoi Annie ne donnait plus signe de vie. Si Mr Sprague n'avait pas vu Annie de ses propres yeux, Michael aurait eu peur qu'un zeppelin n'ait lâché une bombe sur sa tête. Autrement, comment expliquer son silence?

Michael soupira et déboutonna le pardessus d'Owen – ce manteau qui l'avait vu grandir – et le suspendit au portemanteau près de la porte. Après quatre ans de la bonne cuisine de Maggie Allen, de jardinage et de construction sous le soleil du New Jersey, il avait pris trente centimètres et treize kilos. Il aurait eu des difficultés à présent à remplir les poches du manteau encore cousues à l'intérieur.

Michael s'assit sur la couchette en se remémorant le jour où Owen l'avait trouvé dans les jardins de Southampton, affamé et sans nulle part où aller, les jambes fines comme des allumettes. Depuis ce jour, jamais plus il n'avait eu besoin de faire les poubelles pour se nourrir.

Michael était encore stupéfait de voir comme sa vie avait changé en l'espace de quatre ans, grâce à un seul homme. Il secoua la tête, émerveillé devant ce miracle qui dépassait l'entendement.

Michael se pencha en avant, les coudes appuyés sur ses genoux.

— Seigneur Jésus, pria-t-il, je voudrais venir en aide à quelqu'un comme Owen l'a fait pour moi. Je voudrais retrouver Annie et la protéger. Ne me laissez pas manquer à cette mission qu'Owen m'a confiée, je vous en supplie. Vous m'avez donné une famille. Aidez-moi à la garder. Protégez-moi et donnez-moi le courage d'agir selon votre volonté. Merci, Seigneur Jésus, pour la vie que vous m'avez donnée. Merci d'avoir mis sur ma route tante Maggie et oncle Daniel. Bénissez-les. Qu'ils trouvent le réconfort l'un en l'autre comme ils le trouvent en vous. Amen.

Pendant la traversée, Michael passa le plus clair de son temps à lire dans la bibliothèque du paquebot. Il n'avait pas le cœur à flâner sur la promenade ou à contempler l'étendue infinie de l'océan autour d'eux. Il se fit violence pour chasser de son esprit les images d'icebergs et de torpilles, et se concentra sur sa rencontre avec Annie.

Pendant des semaines, Michael avait essayé de s'imaginer à quoi elle ressemblait à présent. Avait-elle beaucoup changé depuis qu'il l'avait vue, quatre ans auparavant, sur les docks de Southampton ? Cette jeune fille qui scrutait la foule à bord du *Titanic* dans l'espoir de voir son frère, mais qui n'avait trouvé que Michael ? Il ne pouvait nier que le misérable enfant abandonné et désespéré qu'il était alors avait succombé au charme des yeux bleu-violet et des boucles dorées et souples qui encadraient le visage de la sœur d'Owen. Ce béguin ne prêtait pas à conséquence, se disait-il, car il n'avait aucun espoir avec elle. Elle n'était pas à sa portée.

Mais à présent il osait espérer, il rêvait de ce mariage et y réfléchissait sans cesse. Il ne presserait pas Annie. Il ne lui avouerait son amour que lorsqu'elle semblerait prête à le recevoir. Mais, pour être honnête, il savait qu'il aurait dû lui en parler avant de partir en Amérique. Si elle ne voulait pas de lui, alors il serait pour elle un frère pour le restant de ses jours, comme il l'avait promis à Owen, et comme Daniel l'avait été pour Maggie et Sean.

Michael soupira. Il espérait être plus que cela pour Annie.

Une semaine plus tard, lorsque le paquebot entra dans le port de Southampton, le mois de mars était arrivé. Michael se pencha au-dessus du bastingage, impatient de revoir les docks et les rues de la ville. Mais le port était saturé de toutes sortes de bateaux, et les rues de la ville grouillaient d'hommes en uniforme – des rangs de soldats et de marins attendant d'embarquer, fumant des cigarettes, leur barda à leurs pieds. L'endroit était si différent de celui qu'il avait vu quatre ans auparavant qu'il n'aurait pas reconnu la ville s'il n'était pas précisé sur son billet que le bateau ferait escale à Southampton.

Ébloui par le soleil, Michael plissa les yeux. Le pont d'un bateau à proximité semblait recouvert de couchettes – des rangées de brancards superposés. Il regarda plus attentivement et identifia de nombreux uniformes du Corps expéditionnaire britannique. Ces uniformes étaient en lambeaux. Certains d'entre eux étaient méconnaissables. Alors que le paquebot s'approchait du quai, il saisit des bribes de conversation dans des langues qui lui étaient inconnues, et une large variété d'accents britanniques, des hommes de toutes les classes et de tous les comtés.

Michael sentit sa poitrine se serrer. Pendant des semaines, il avait été obnubilé par l'espoir de faire la cour à Annie. Il avait à peine pris garde à l'étrange appréhension qu'il ressentait à l'idée de remettre le pied dans le pays où il n'avait été qu'un laissé-pour-compte. Mais, à présent qu'il était arrivé, ces joies et ces peurs devenaient dérisoires à côté du drame, du désordre et des milliers d'hommes qui s'offraient à son regard. Il venait de mettre pied à terre lorsqu'une jeune femme portant un uniforme délavé de la Croix-Rouge glissa son bras sous le sien et lui chatouilla le menton avec une plume blanche.

— Pourquoi un grand gars costaud comme vous n'est-il pas en uniforme ?

— Je viens seulement d'arriver, bafouilla Michael, surpris de s'entendre reprendre aussi facilement cet accent irlandais qu'il croyait avoir dompté.

— Eh bien, l'Irlandais, ces garçons viennent seulement d'arriver après avoir fait leur devoir, dit-elle en montrant du doigt le flux régulier de brancards transportés hors des bateaux.

Avec horreur, Michael regarda passer devant lui les blessés grossièrement recouverts de bandages, dont certains n'étaient plus que des loques sanguinolentes. Les brancards étaient déposés en rangs le long des docks, dans le froid, en attendant d'être emmenés à l'hôpital. Les hommes avaient des regards absents, certains étaient défigurés, et beaucoup avaient les yeux, les joues, le menton, les mains et les bras recouverts de plaies purulentes.

Pris d'un haut-le-cœur devant la puanteur de la gangrène, un brancardier au visage grave tourna la tête. Puis il s'essuya la bouche avec sa manche et passa devant eux sans ralentir le pas.

— D'où viennent-ils ? demanda Michael, incapable d'imaginer un endroit où régnait une telle atrocité.

— De là-bas.

Le brancardier inclina la tête en direction de la Manche, de la France, et de ce qui trouvait derrière.

L'infirmière opiniâtre caressa de sa plume la joue de Michael.

— N'attendez pas trop longtemps, l'Irlandais. Vous ne voulez sûrement pas que les Anglais et les Français fassent tout le travail pour vous.

Haussant les sourcils, elle glissa la plume dans la boutonnière de Michael, puis partit à la recherche de nouvelles victimes.

Michael passa le doigt sur la plume à sa boutonnière, là où d'ordinaire on mettait une fleur, symbole de beauté et de grâce. L'espace d'un instant, il repensa aux millions de fleurs qu'Owen et lui avaient aidé à transporter sur le *Titanic* la veille du départ, les centaines de petits bouquets de Mr Bealing offerts aux passagers, et le rideau de fleurs qu'ils avaient fait pleuvoir sur ce même dock au moment de l'appareillage.

Michael ressentit une souffrance inouïe en se remémorant le passé. Il avait les yeux rivés sur le dock, mais son esprit était ailleurs. Aussi sûrement que le rideau de fleurs du *Titanic* avait marqué la fin d'une époque – la vie anglaise évoquant le luxe, la beauté et la grâce –, ces bateaux débordant d'hommes mutilés levaient le rideau d'une autre scène, un terrible cauchemar où la mort, la violence et le sang régnaient en maîtres.

Michael n'aurait su dire combien de temps il resta ainsi, le regard perdu dans le vague. Au bout d'un moment, le vacarme et les bousculades des soldats qui se pressaient autour de lui le tirèrent de ses pensées.

Il alla échanger ses dollars américains contre des livres et des shillings. Il n'y avait plus de place dans le train pour Londres, du moins pas pendant les deux prochaines heures. L'armée avait la priorité. Michael partit à la recherche du pub dans lequel il s'était faufilé par une fenêtre, presque quatre ans plus tôt, et avait léché les dernières gouttes qui restaient dans les verres sales. Il le trouva rempli d'hommes en uniforme. Cette fois, il posa son argent sur le bar et commanda une pinte. Il sortit de sa poche l'emballage chaud et graisseux de *fish and chips* qu'il avait acheté dans le restaurant voisin.

C'était un repas avec un goût de nostalgie qui faisait rejaillir des souvenirs d'enfance, mais il n'y prit pas autant de plaisir qu'il l'avait imaginé. La nourriture était-elle meilleure lorsqu'elle était volée ou interdite ? Ce qui était inaccessible avait-il une saveur particulière ?

Il se demanda alors ce que la tante Maggie préparerait pour le dîner ce soir-là.

Michael avait quelques heures à tuer, aussi se mit-il en quête de l'ancienne école d'Annie. Il observa les filles dans la cour en train de jouer à la corde à sauter ou de sautiller au rythme de comptines chantées en chœur. Michael se sentit profondément troublé en pensant à l'imminence de ses retrouvailles avec la femme qui lui avait ouvert les yeux et le cœur par ses lettres, et qui n'était plus cette jeune fille qu'il avait épiée de loin. Michael se promena jusqu'aux jardins de la mairie, là où Owen avait rencontré un garçon squelettique emmitouflé dans des bâches pour se protéger du froid.

Les jardins avaient évolué, et Michael s'émerveilla devant la beauté des plantations et de l'aménagement qu'Owen avait imaginé. Il s'assit sur le banc en bois, que les années avaient rendu gris, mais qui n'avait pas bougé, au milieu d'un cercle de conifères. Passant ses doigts dessous, il sentit les noms gravés à l'intérieur d'un bel ovale – Owen et Annie Allen. Un peu plus loin, Michael retrouva son propre nom, grossièrement gravé par un jeune garçon qui rêvait d'une famille comme celle qu'Owen formait avec sa sœur.

Michael secoua la tête.

Je souhaitais seulement faire partie de leur famille, Seigneur. Je ne voulais pas prendre la place d'Owen. Mon Dieu, pardonnez-moi. Après avoir vu ces jeunes hommes sur les brancards, j'ai peur. La lecture des journaux et des lettres d'Annie ne m'a pas préparé à cette réalité. Mais je suis ici maintenant. Et si j'ai été épargné jusqu'à aujourd'hui pour pouvoir à présent sacrifier mon corps, mes yeux, ma vie, Seigneur Jésus, comme ils l'ont fait – et comme l'aurait fait Owen pour ce pays qu'il aimait tant –, alors qu'il en soit ainsi. Donnez-moi le courage et la générosité avec lesquels Owen a vécu chaque instant de sa vie. Donnez-moi ce courage, Seigneur Jésus, car je ne l'ai pas en moi.

Le train à destination de Londres ne cessait de marquer des arrêts, et Michael avait l'impression qu'il n'arriverait jamais à Waterloo. Quand le train entra enfin en gare, le jeune homme ressentait une telle impatience et une telle angoisse à l'idée de voir Annie qu'il en sortit d'un bond, mais dut faire demi-tour en courant quand il se rendit compte qu'il avait oublié son sac.

Respire, Michael, respire! se répéta-t-il alors qu'il essayait de se repérer sur le plan de la ville affiché au milieu de la gare, puis pendant qu'il achetait des tickets de métro. Arrivé à Charing Cross, il étudia de nouveau le plan, mais finit par abandonner et demanda de l'aide à un passant.

Michael monta dans le tram que le Londonien méfiant lui avait indiqué, et surveilla attentivement les arrêts et les croisements qui s'enchaînaient. Il tira sur la cordelette et descendit une rue plus tôt pour se laisser le temps de calmer le rythme de son cœur, de passer un peigne dans ses cheveux emmêlés et de rajuster son manteau. Enfin, il descendit la rue à grandes enjambées, franchit le portail et remonta l'allée qui menait à la porte d'entrée des Sprague. Il vérifia deux fois le numéro, remit dans sa poche la dernière lettre d'Annie sur laquelle figurait l'adresse, puis tira sur la sonnette.

Chapitre 48

Connie pencha lentement la tête d'un côté à l'autre, puis remonta les épaules jusqu'à ses oreilles en écoutant les légers craquements de son corps endolori.

Merci, Seigneur, pour ce corps exténué qui me permet de sentir la douleur dans mon cou, mon dos, mes épaules et mes bras. Merci pour mes crampes, mes varices et mes pieds fatigués. Je vous remercie, Seigneur, d'avoir deux jambes et deux bras !

Jamais Connie n'avait autant rendu grâce au Seigneur que depuis qu'elle passait de longues nuits à travailler dans la salle des blessés graves de l'hôpital général de Londres, même pendant toutes ces années où elle se rendait à l'église le dimanche.

Connie grimpa l'escalier vers sa chambre, jeta sa cape en laine et sa coiffe amidonnée sur la banquette et s'écroula sur son lit. Elle ne prit pas la peine de retirer ses chaussures noires et ses bas ou de se laver la figure. Il lui importait peu de froisser son col, ses manchettes et son tablier, dont la blancheur n'était plus qu'un lointain souvenir. Son uniforme entier était maculé de sang et de vomi. Il devrait être lavé et blanchi.

—Voulez-vous un peu de thé, mademoiselle ?

La voix de Tilly lui parvint distinctement aux oreilles du seuil de la porte. Mais Connie était trop fatiguée pour répondre. Le thé pourrait attendre qu'elle ait dormi. Pendant des heures si possible, si seulement sa mère la laissait tranquille et ne faisait pas d'histoires à propos de son emploi du temps décalé, de l'état de ses cheveux et de ses mains, ou encore des cernes noirs qui s'étiraient sous ses yeux. Autant de détails qui faisaient partie de l'uniforme d'une VAD au même titre que la blouse blanche.

Grâce au ciel, mes parents sont absents. Je ne crois pas que je pourrais supporter un interrogatoire supplémentaire.

— Mademoiselle?

— Pas maintenant, Tilly. Je suis épuisée.

— Très bien, mademoiselle, comme vous voudrez.

Tilly referma la porte et Connie s'endormit immédiatement.

Elle venait à peine de fermer les yeux lorsque Tilly frappa de nouveau à la porte de sa chambre à coucher.

— Veuillez m'excuser, Miss Constance… Miss Constance?

Connie se retourna dans son lit en se bouchant les oreilles avec son oreiller.

Peut-être que si je ne réponds pas elle finira par partir!

Mais son silence n'eut pas l'effet escompté.

— Miss Constance?

Debout près de son lit, Tilly se tordait les mains avec un air angoissé.

— Il y a un visiteur, mademoiselle… Et vos parents sont sortis.

— Je ne suis pas en état de voir quiconque. Dis à cette personne de laisser sa carte et explique-lui que j'ai passé la nuit à travailler à l'hôpital.

— Mais, mademoiselle…

— Nous sommes en guerre, Tilly! Je suis certaine qu'elle comprendra.

— Je lui ai demandé de partir et de revenir demain, quand vos parents seront là, mais il affirme qu'il est venu d'Amérique exprès pour voir Miss Annie, et qu'il ne partira pas tant qu'il n'aura pas parlé avec Mr ou Mrs Sprague. Que dois-je faire, mademoiselle? Je ne sais pas quoi lui dire.

Connie regarda fixement le plafond.

Ce n'est pas possible.

— Est-ce qu'il t'a donné son nom ?

— Michael Dunnagan, mademoiselle.

Connie bondit de son lit, puis s'arrêta brusquement au milieu de la chambre en essayant de clarifier ses pensées. Elle avait besoin d'être seule un moment pour réfléchir, mais Tilly restait plantée dans la pièce avec un air désespéré.

La jeune fille sortit furtivement de sa chambre, s'agenouilla devant la balustrade de l'escalier et jeta un coup d'œil en bas, dans l'espoir d'entrevoir le fameux orphelin irlandais devenu jardinier en Amérique, l'auteur de lettres pleines de ferveur à propos desquelles elle avait taquiné Annie pendant des mois.

Constance ne comprenait pas pourquoi Annie n'avait pas annoncé au jeune et bel Irlandais qu'elle avait quitté la maison des Sprague. Elle n'avait pas la moindre idée de ce qu'elle raconterait à Michael.

À ce moment-là, l'étranger aux cheveux noirs se retourna et surprit Connie en train de l'observer à travers les barreaux de la balustrade. Connie se sentit rougir jusqu'à la racine de ses cheveux décoiffés. Démasquée par les yeux bleus lumineux qui la dévisageaient, elle se hissa sur ses pieds, releva le menton et descendit l'escalier avec autant de dignité que possible, malgré ses bas de travers et son uniforme de VAD taché et froissé.

Aux yeux de Michael, elle était simplement une autre Anglaise en uniforme. Il ressentit le fossé qu'il y avait entre les brodequins cirés à la salive du pauvre garçon de Belfast et l'uniforme sévère et désormais familier de cette dame bien née, qui avait cependant l'air d'avoir fait la guerre elle-même.

S'arrêtant un instant sur la dernière marche de l'escalier, la jeune femme pencha la tête en plaçant la main sur sa hanche, et lança sur un ton malicieux :

— Je ne suis pas celle que vous cherchez, monsieur Dunnagan ?

Michael bafouilla des excuses.

—Non, madame! Je veux dire, je vous demande pardon, madame. Je cherche Annie Allen.

La moue hautaine de la femme se transforma en un petit sourire.

—Je n'en doute pas. Je suis Connie Sprague, l'amie d'Annie, se présenta-t-elle en lui tendant la main.

Michael inclina la tête et prit la main de Connie.

—Comment allez-vous, mademoiselle? Je suis Michael Dunnagan, du New...

—Jersey! acheva Connie. Annie nous a beaucoup parlé de vous.

—Elle est ici, alors? demanda Michael, plein d'espoir, sentant son cœur bondir dans sa poitrine. Annie est ici!

—Non, répondit Connie. Mais vous le saviez déjà, n'est-ce pas? Ce n'est pas une mauvaise surprise, si?

—Non, Miss Sprague, je veux dire...

—Je vous en prie, appelez-moi Connie. Annie est une sœur pour moi.

—Merci, Miss... Connie, bafouilla Michael, peu habitué à parler aux jeunes femmes, et encore moins aux jeunes Anglaises. J'ai écrit à Annie au début de l'été en lui annonçant que je viendrais en Angleterre, ou du moins que j'espérais venir, au début de la nouvelle année. Elle m'attendait. Elle m'a même dit que Mr et Mrs Sprague m'attendaient.

—Mais père a écrit à la tante d'Annie qu'elle était partie... J'en suis presque certaine.

—Oui, madame. Mais nous avons pensé, tante Maggie et moi, que je devais aller parler à Annie, pour l'inciter à venir en Amérique avec moi.

—Vous voulez dire traverser l'Atlantique? Maintenant? Vous n'êtes pas sérieux! s'exclama Connie en secouant la tête. Malgré le danger, vous avez fait le voyage en bateau... Oh, vous n'auriez pas dû! lâcha-t-elle après une brève hésitation.

Michael ne se laissa pas ébranler.

—Je ne veux pas dire que c'était une mauvaise idée de venir en Angleterre, poursuivit Connie, mais vous auriez dû attendre. Vous auriez d'abord dû écrire directement à père.

Connie marqua une pause en fronçant les sourcils, manifestement nerveuse, avant d'ajouter :

—Je ne sais pas comment vous le dire, Michael. Annie est partie… juste avant son anniversaire. Nous sommes sans nouvelles d'elle depuis…

Michael hocha la tête.

Connie poursuivit précipitamment :

—Et – oh, c'est tellement horrible –, nous ignorons ce qu'elle est devenue.

Michael eut l'impression que le sol se dérobait sous ses pieds.

—Mais Mr Sprague nous a écrit qu'il l'avait vue et qu'elle allait bien, affirma-t-il.

—Oui, c'est vrai… mais les choses ont changé.

—Comment cela ?

—Père pense que Miss Hargrave a exercé une pression sur Annie d'une manière ou d'une autre pour la faire quitter sa maison.

—Alors où… ?

—Pour la faire quitter Londres.

Michael fut pris de vertige. Baissant les yeux, il vit la main de Connie posée sur son bras, le guidant jusque dans un salon près de l'entrée et le poussant doucement vers un fauteuil. Il l'entendit parler de son père et de la tante d'Annie, Eleanor Hargrave, comme si elle était très loin.

Il s'efforça de se concentrer sur ce qu'elle lui expliquait à propos de l'entretien qu'Annie avait eu avec sa tante la veille de son anniversaire, du projet d'installation de salles d'opération et de chambres pour accueillir les blessés de guerre à Hargrave House, et de l'insistance d'Eleanor Hargrave pour qu'Annie se charge de la gestion de cet hôpital provisoire, malgré sa jeunesse et son inexpérience. Il savait déjà tout cela par les lettres de Mr Sprague.

— Mais Annie a disparu.

Michael passa machinalement la main dans ses boucles noires et tira avec force, comme s'il pourrait ainsi remédier à cette folle situation.

— Elle a tout simplement disparu.

Connie écarta les mains dans un geste d'impuissance, puis se leva et commença à arpenter la pièce.

— Sa tante Eleanor, poursuivit-elle, a tenu parole à propos des travaux qu'elle entreprendrait dans sa demeure. Dès l'emménagement d'Annie, un camion rempli d'ouvriers a fait son apparition, comme s'il attendait dans les coulisses. Ils ont travaillé jour et nuit et terminé les aménagements pour l'hôpital en moins de deux semaines. La tante Eleanor n'a lésiné sur aucune dépense. Deux jours plus tard, des médecins et des infirmières sont arrivés, suivis de près par les premiers patients, des blessés et des convalescents du Corps expéditionnaire britannique, comme l'avait promis sa tante, dit Connie en s'asseyant. Mais, peu à peu, les patients qui arrivaient étaient de plus en plus gravement touchés. Des hommes brûlés au visage ou sur le corps, d'autres atteints de gangrène et devant être amputés, des victimes des gaz… ! Jamais ils n'auraient dû être placés dans une maison privée, même avec une salle d'hôpital, et même disposant des meilleurs chirurgiens !

Michael frémit en repensant aux hommes mutilés, presque des cadavres, descendus des bateaux sur des brancards et disposés en rangs sur les docks de Southampton.

— Nos hôpitaux sont pleins à craquer et les grandes maisons privées sont donc très recherchées. Mais Annie est trop jeune pour diriger cet établissement. Elle était debout du matin au soir, confrontée à des cas atroces. Père l'a vue, même s'il n'était pas autorisé à lui parler. Il a dit qu'elle avait perdu du poids, alors qu'elle était déjà très menue. Elle était à bout de nerfs, à force de voir des horreurs toute la journée, et a commencé à faire des cauchemars.

Michael déglutit avec difficulté et voulut prendre la parole, mais Connie ne lui en laissa pas le temps.

— Son quotidien était devenu insupportable. Je le sais parce qu'un jour je me suis introduite dans la maison par la porte de derrière. Elle avait refusé de me voir. Elle ne répondait pas à mes lettres et refusait de prendre mes appels téléphoniques. J'avais terriblement peur pour elle, et je ne savais plus quoi faire.

— Mais vous l'avez vue ?

— Oui, dit Connie en fronçant les sourcils. Elle semblait avoir vieilli de dix ans et tenait à peine debout. Elle m'a raconté ce que je viens de vous dire, et a promis que, si elle parvenait à s'éclipser, elle me retrouverait deux jours plus tard au cimetière de Bunhill Fields, près de la tombe de son frère.

Connie parut se rendre compte qu'un étranger risquait de trouver étrange ce lieu de rendez-vous, et expliqua :

— Elle s'y rendait souvent, pour s'asseoir et…

Mais Michael, qui connaissait les habitudes d'Annie, interrompit son explication d'un geste de la main.

— La tombe d'Owen, dit-il tandis que sa poitrine se serrait à cette pensée. Et alors, vous l'avez retrouvée ? Qu'a-t-elle dit ? A-t-elle expliqué pourquoi elle… ?

— Non. Elle n'est jamais venue. J'ai attendu pendant deux heures, pour le cas où elle aurait eu un empêchement passager. Mais elle n'est pas venue et ne m'a pas fait prévenir, dit Connie en s'enfonçant dans son fauteuil. Je suis donc retournée à Hargrave House, et Jamison, le vieux majordome et ami d'Annie, est venu m'ouvrir la porte de la cuisine.

— Et alors ?

— Et alors il m'a appris qu'elle était partie. Quelques heures auparavant seulement, en plein milieu de la nuit. Miss Hargrave lui a seulement dit qu'elle était partie faire son devoir et qu'il ne devait en parler à personne.

— Son devoir ? répéta Michael sur un ton presque implorant. Qu'est-ce que cela signifie ?

Mais Connie secouait la tête, le visage baigné de larmes.

— Je n'en ai aucune idée, Michael. J'ai terriblement peur pour elle. C'était il y a une semaine, et elle n'a pas donné signe de vie depuis. Elle a un tempérament assez casanier et est attachée à ses habitudes, cela ne lui ressemble pas de partir à l'aventure vers l'inconnu sans prévenir personne. Elle était folle de joie à l'idée de vous retrouver à Londres. Son souhait le plus cher était de vous rejoindre en Amérique, vous et sa tante Maggie, et elle attendait désespérément la fin de la guerre pour pouvoir partir. Elle ne se serait jamais enfuie ainsi toute seule.

— La police…, balbutia Michael, qui avait l'impression que sa bouche ne voulait plus lui obéir.

— Père a tout essayé pour découvrir ce qui s'était passé. Depuis tôt ce matin, il est à Hargrave House, avec le magistrat et l'inspecteur de police, pour obtenir des réponses.

Michael se leva sans savoir quoi dire, penser ou faire. Il avait désespérément besoin d'agir.

La porte d'entrée s'ouvrit puis se referma. Connie bondit sur ses pieds.

— Père !

L'homme voûté qui se tenait dans l'entrée paraissait beaucoup plus vieux que celui qu'Annie avait décrit dans ses lettres, et Michael se demanda s'il y avait une erreur.

— Qu'a dit la sorcière, père ? demanda Connie avec insistance. Qu'avez-vous appris ?

Mr Sprague, le visage gris et las, leva les yeux. Il ne sembla pas se rendre compte de la présence du jeune homme affligé qui se tenait debout derrière sa fille.

— Elle est morte. Eleanor Hargrave est morte.

— Je me fiche d'Eleanor Hargrave ! Père, où est Annie ? demanda-elle d'une voix suppliante. Est-ce qu'elle vous a dit ce qui était arrivé à Annie ?

— En France, répondit doucement Mr Sprague, d'une voix blanche et saccadée. Elle est partie sur le front… pour soigner les blessés en France.

Chapitre 49

LE TEINT BLAFARD ET L'ESTOMAC BARBOUILLÉ APRÈS LA traversée mouvementée de la Manche et les virements incessants du bateau pour éviter les torpilles allemandes, les infirmières tenaient leurs capes serrées contre elles pour se protéger du vent violent de février, tout en avançant le long des docks de Boulogne.

Annie avait déjà compris qu'il valait mieux éviter l'infirmière-major Artrip. C'était une version plus jeune et plus vigoureuse de sa tante Eleanor, aussi autoritaire qu'un sergent-major.

— Personne ne peut la supporter, murmura Liz, une VAD qui semblait aussi jeune qu'Annie mais avait juré à l'infirmière-major qu'elle avait vingt-trois ans.

Annie ne comprenait pas pourquoi une fille aussi jeune et timide s'était portée volontaire pour être infirmière de l'autre côté de la Manche. Elle aurait pu sans difficulté obtenir un poste dans l'un des hôpitaux de Londres ou l'une des riches propriétés transformées en centres de convalescence. Annie songea que, si elle avait eu le choix, elle ne l'aurait certainement pas fait. Mais le contrat qu'elle avait passé avec sa tante stipulait qu'elle devait soigner les blessés en France jusqu'à la fin de la guerre.

Même si sa tante mourait, ce pour quoi elle priait tous les jours, Annie ne serait pas libre pour autant. La vieille acariâtre avait tout prévu. Elle avait nommé des tuteurs qui s'assureraient qu'Annie respecterait les modalités de leur accord. Pour le bien de sa tante Maggie et de son Michael bien-aimé, pour Mr Sprague et sa famille, Annie avait l'intention de respecter à la lettre les termes du contrat.

La tante Eleanor était au courant des crédits que l'oncle Sean avait contractés pour les Jardins Allen. Elle avait réussi, Annie ignorait comment, à obtenir une part majoritaire dans la banque qui leur avait consenti des prêts et une hypothèque, sur laquelle ils avaient des échéances impayées. La tante Eleanor lui avait expliqué en détail et avec une écœurante jubilation la saisie dont elle menaçait sa famille.

Oh, pourquoi n'ai-je pas compris avant ce qu'elle avait en tête ? Pourquoi n'ai-je pas fait le nécessaire pour que Mr Sprague envoie des fonds à tante Maggie avant d'aller chez tante Eleanor ? Annie ferma les yeux. *Mais pourquoi serais-je étonnée par sa méchanceté ? Elle prend plaisir à manipuler et à détruire tous ceux dont le bonheur et la générosité font ressortir sa cruauté, ce n'est pas nouveau.*

Longtemps avant la guerre, Mr Sprague effectuait déjà sur ordre d'Eleanor Hargrave des transactions financières au profit de ses parents éloignés en Allemagne. Mais lorsque Mr Sprague avait demandé des comptes à Eleanor Hargrave sur la façon dont elle avait traité Annie, dans les deux années qui avaient suivi la mort d'Owen, elle avait ouvertement engagé un autre notaire pour gérer certaines de ses affaires. Ce notaire avait, selon les dires de sa tante, récemment fait appel à un «collègue» pour concocter un document compromettant gravement la réputation de Mr Sprague, qui avait été en relation avec ses cousins lointains d'Allemagne, mais prétendument aussi avec des militaires allemands, dont l'ancien notaire de Hargrave House ignorait cependant l'identité.

Elle avait très clairement fait comprendre à Annie qu'à sa mort il n'y aurait plus personne pour témoigner qu'Edwin Sprague ignorait tout de sa relation avec le gouvernement ennemi. Eleanor Hargrave avait assuré à Annie qu'elle disposait de suffisamment d'informations pour détruire la famille Sprague.

Face à l'effroi d'Annie et à son insistance à affirmer que Mr Sprague était un homme honnête et innocent, un vrai patriote britannique, elle s'était contentée d'éclater de rire

— Ce n'est pas la question, avait-elle dit sur un ton doucereux. Il restera sur le banc des accusés jusqu'à la fin de la guerre. Avec les soupçons qui pèseront sur lui et sa réputation ruinée, il ne pourra jamais plus exercer sa profession dans l'empire.

La tante Eleanor avait ensuite parlé avec mépris de Mrs Sprague et de son soutien au mouvement des suffragettes, et laissé entendre que personne n'accepterait d'épouser Constance, la fille de traîtres et de modernistes. Avec son esprit machiavélique, elle n'avait rien laissé au hasard.

Atterrée, Annie n'avait pas douté une seule seconde de sa détermination. Si la jeune femme désirait que sa tante garde le silence et ne cause pas de tort à sa famille, aussi bien en Amérique qu'Angleterre, elle devait s'exiler en France pendant la guerre pour soigner les blessés près des champs de bataille, ne pas toucher à son héritage jusqu'à son retour et couper toute communication avec sa famille et ses amis.

Aussi cruels que soient les termes du contrat, Annie n'osa pas prendre le risque de vérifier si sa tante mettrait ses menaces à exécution. Le prix à payer était trop important et les enjeux trop élevés pour les êtres qui lui étaient chers.

Annie ferma les yeux tandis qu'elle attendait en file avec les autres filles. Sa disparition causerait beaucoup de peine aux Sprague, à tante Maggie et à Michael. Elle ravala un sanglot à la pensée de perdre Michael alors que son désir de mieux le connaître ainsi que l'espoir secret qu'il l'aime en retour n'avaient fait que croître en elle. Mais, si elle restait, ceux qu'elle aimait allaient traverser de terribles épreuves. Ils perdraient tout ce à quoi ils tenaient.

Le train en direction de Revigny était calme, rempli de soldats qui retournaient au front après une permission bien trop courte de deux semaines. Sur leurs traits se lisait un mélange de terreur et de détermination farouche, qui ne fit rien pour apaiser les douleurs d'estomac lancinantes d'Annie. Elle déglutit, la langue pâteuse et la gorge sèche.

Barbara, ou Babs, une fille qui n'avait pas froid aux yeux, sourit à un soldat qui la regardait fixement de l'autre côté du couloir. Il ne lui rendit pas son sourire. Même à la vue des jeunes Anglaises dans leur cape flambant neuve de VAD, il ne manifesta pas la moindre réaction. Annie détourna la tête.

Revigny était le terminus de la ligne, le dernier arrêt avant un long trajet en camion jusqu'à Verdun, sur la seule route encore ouverte.

—Ils l'appellent la *Voie sacrée**. Verdun est un véritable enfer, les soldats français y meurent par milliers, leur confia Andee, la seule volontaire américaine parmi elles. La France est farouchement résolue à reprendre Verdun aux *Boches**, c'est une question d'honneur.

Annie avait entendu les mêmes rumeurs à Londres, et plus encore : l'Allemagne, déterminée à profiter de l'esprit patriotique de la France, continuait à attirer l'ennemi à Verdun en masse et à le terrasser, avec l'unique intention de décimer les rangs de l'armée française.

Un long sifflement annonça leur arrivée à la nuit tombante, longtemps avant l'arrêt brutal du train. L'infirmière-major descendit avec assurance, mais son visage sévère pâlit face à la marée d'hommes et à la puanteur qui se dégageait de leurs bandages imbibés de sang et de leurs corps crasseux.

Annie et les autres jeunes volontaires anglaises fraîchement recrutées la suivirent timidement, trébuchant sur des pavés brisés, épouvantées par la vue de centaines de soldats, sales et meurtris, revenant du champ de bataille.

Le visage noir de poudre, ils étaient dans un état d'épuisement extrême et avaient du mal à garder les yeux ouverts. Des rangées

---

* Les mots et expressions en italique suivis d'un astérisque sont en français dans le texte.

et des rangées d'hommes étendus sur des brancards, plus ou moins gravement blessés, attendaient que les véhicules déchargent les soldats. Ils seraient alors transportés à Calais ou à Boulogne, ou vers un autre port, et de là enfin envoyés en Angleterre pour être soignés.

Horrifiées, les VAD n'avançaient plus, les pieds cloués au sol boueux.

—Venez, les filles ! cria l'infirmière-major pour couvrir le vacarme. Nous allons monter dans un de ces camions. Ne traînez pas !

Mais les véhicules étaient déjà pleins, chargés de munitions et de matériel à destination de Verdun.

—Le ravitaillement de nos hommes à Verdun passe en premier. Avant les blessés, avant les morts, et certainement avant votre troupeau de VAD ! cria l'homme au volant du dernier camion.

L'infirmière-major se redressa, s'apprêtant à riposter, mais il lui intima le silence d'un signe de la main et fit ronfler le moteur pour couvrir sa voix.

Les filles réprimèrent des gloussements, mais Annie eut l'intelligence de se taire et baissa les yeux lorsque l'infirmière revint vers leur groupe, le visage rouge et les yeux exorbités.

Le chef de gare haussa les épaules.

—Ces jeunes dames vont devoir attendre demain matin que les camions reviennent et les emmènent près des zones de combat.

—Vous ne croyez tout de même pas qu'elles vont dormir dans la gare avec des soldats qui rôdent tout autour ! cria l'infirmière-major au petit homme.

Celui-ci haussa de nouveau les épaules et montra du doigt un bistro en bois bien éclairé de l'autre côté de la place, devant lequel flottait fièrement un drapeau anglais. Annie put lire sur l'enseigne : *La Cantine des dames anglaises**.

L'infirmière-major s'empressa de s'éloigner avec son groupe.

337

—Bienvenue au *café gratuit** ! chantonnèrent gaiement deux jeunes Anglaises par une fenêtre ouverte, au-dessus d'un grand comptoir extérieur.

Bien qu'emmitouflées dans leurs chandails en laine et leurs cache-nez pour se protéger du froid, elles respiraient la joie de vivre.

—Du thé, commanda l'infirmière-major. Servez-leur du thé, dit-elle en se tournant vers les filles. Nous allons passer la nuit dans la cantine car il n'y a pas de logement. Surtout, soyez prêtes demain dès l'aube pour monter dans les camions.

Et, à leur grand soulagement, elle s'éloigna à la hâte dans l'obscurité tombante.

—Eh bien, elle est vraiment épouvantable, non ? déclara l'une des jeunes femmes.

—Au moins, elle est partie ! s'exclama Andee.

—Ne parle pas si fort, la supplia Marge. Elle a des yeux derrière la tête et des oreilles invisibles, j'en suis sûre !

Andee prit un air moqueur mais jeta un coup d'œil inquiet vers la silhouette de l'infirmière-major qui s'éloignait.

Annie tourna la tête, avec une seule envie, celle de ne pas se faire remarquer.

—Je m'appelle Kimberly, et voici ma sœur Karen, dit la jeune serveuse. Faites le tour par l'arrière et nous vous ouvrirons. Vous aurez au moins un endroit pour vous asseoir. Mais vous devrez rester couvertes, il fait terriblement froid !

Dès que les filles furent installées, Karen et Kimberly commencèrent à remplir des tasses avec du thé tiède.

—Cela fait bien longtemps que nous n'avons pas accueilli de groupe de filles ici… Il n'y a que des soldats, vous voyez.

—Et c'est un problème ? demanda Marge, riant et frissonnant à la fois. En Angleterre, les jeunes hommes célibataires se font rares, cette année !

—Ce n'est pas ce qui manque, ici ! dit Karen en haussant les sourcils avec un air plein de sous-entendus. Si cela ne vous dérange pas de recevoir vingt demandes en mariage tous les jours, vous vous sentirez à votre aise ! dit-elle en éclatant de rire. Voici notre ration de sucre, ajouta-t-elle en sortant un sachet de la poche de son uniforme. Partagez-la entre vous. Nous attendions une bonne occasion de faire la fête pour nous en servir.

Les filles acceptèrent avec reconnaissance. Annie avait mis du sucre dans son thé le matin même en Angleterre, mais elle avait l'impression de ne pas en avoir mangé depuis une éternité.

— Mais ce sont des demandes sérieuses ? demanda Babs sur un ton implorant. C'est ce qui m'intéresse !

— Oh, elles sont très sérieuses sur le moment, répondit Kimberley. Mais ensuite ils partent au front accomplir leur « devoir sacré », et qui sait si nous les reverrons jamais…

— Ne sois pas aussi insensible ! la gronda Karen. Pauvres bougres. Pour beaucoup d'entre eux, les femmes qui dirigent cette cantine sont les amours de leurs vies – leurs courtes vies.

— C'est vraiment aussi terrible qu'on le dit… là-bas, à Verdun ? demanda nerveusement Liz.

Karen et Kimberley échangèrent un regard.

Les VAD eurent un mouvement de recul et Annie déglutit. Elle avait déjà soigné des survivants de Verdun.

— Ne parlons pas de cela maintenant, dit Karen. Profitez de votre journée ici. Si vous avez besoin de quelque chose, n'hésitez pas à nous appeler.

Elle eut un sourire forcé et retourna derrière le comptoir.

Babs tira sur la manche de Kimberly.

— Racontez-nous.

Kimberly jeta un coup d'œil à sa sœur par-dessus son épaule et attendit que son attention soit attirée par un officier français charmeur avant de leur dire à voix basse :

— La Voie sacrée est l'unique route menant à Verdun. Des milliers de soldats l'empruntent chaque jour pour se rendre sur le champ de bataille. Ils ne sont pas si nombreux à en revenir.

Elle se tourna furtivement vers sa sœur, mais Karen était encore en train de servir du café.

— L'armée française, ajouta-t-elle, veut reprendre Verdun et le garder, à tout prix. À tout prix, répéta-t-elle en regardant les infirmières avec intensité.

— Je vous l'avais bien dit, murmura Andee à ses camarades.

Pendant la longue nuit glaciale qu'elles passèrent attablées dans la cantine, Annie dut s'étirer toutes les heures, prise de crampes dans le dos et les jambes à force de rester assise sur un banc en bois.

— Au moins nous sommes à l'intérieur, dit Judy, qui restait digne malgré les tremblements qui l'agitaient. Les hommes doivent dormir dans les tranchées.

— Je ne sais pas comment ils font, déclara Evelyn autour de minuit. Il fait si froid dehors...

Annie ne savait pas non plus. Elle était si frigorifiée qu'elle arrivait à peine à bouger les doigts. Elle rêvait de prendre un bain chaud, de se laver les cheveux et de siroter une tasse de thé fumant.

Les filles essayèrent de dormir en s'asseyant dos à dos ou en croisant les bras sur la table en guise d'oreiller.

L'aube grise finit par pointer son nez, mais le froid était toujours aussi saisissant.

Kimberly apparut sur le seuil de la porte, reposée et guillerette.

— Nous allons ouvrir dans une heure. Je vous conseille d'utiliser les commodités avant, sans quoi vous risquez d'avoir des admirateurs, si vous voyez ce que je veux dire.

La file d'attente se forma rapidement.

— Rien de tel que de l'eau froide pour faire sortir rapidement une femme d'une salle de bains ! plaisanta Andee.

Kimberly servit du thé aux filles.

— On ne vous entend pas beaucoup, dit-elle à Annie. Comment vous appelez-vous ?

Annie se raidit.

— Elisabeth, répondit-elle. Elisabeth Hargrave.

Elle avait du mal à prononcer le pseudonyme dont sa tante l'avait affublée.

— Mieux vaut poster vos cartes avant le retour des camions, annonça Karen au groupe. Vos cartes postales… pour vos familles.

Les filles regardèrent les deux sœurs sans comprendre.

— Mais nous venons juste d'arriver, dit Marge. Il n'y a encore rien à raconter.

— Rien du tout! renchérit Babs.

Karen et Kimberly échangèrent un de leurs coups d'œil lourds de sens.

— Peut-être, répliqua Karen avant de retourner à ses tâches, mais vous devriez malgré tout leur faire savoir que vous êtes arrivées à Revigny, en France.

Brutalement ramenées à la réalité de ce qui les attendait, les filles s'exécutèrent. Elles remplirent leurs cartes postales avec une écriture fine et serrée pour pouvoir raconter le plus de détails possibles à leurs proches de l'autre côté de la Manche, qui leur semblaient désormais faire partie d'un autre monde.

— Vous n'avez personne à qui écrire, Elisabeth? la gronda gentiment Kimberly en rassemblant les cartes. Vraiment personne?

Annie inspira profondément, redressa ses épaules et détourna le regard.

— Personne.

Avant que les camions vrombissants prennent le départ à sept heures et demie et se déploient en longue file sur la route cahoteuse et semée d'impacts d'obus, les VAD posèrent avec un large sourire pour une photographie de groupe.

— Nous les affichons sur les murs de la cantine pour que les soldats puissent les voir quand ils passent devant la fenêtre, là où nous les servons, expliqua Kimberly avant d'appuyer sur le déclencheur. Ces photos mettent un peu de baume au cœur à ces hommes loin de chez eux, et leur rappellent ce pour quoi ils se battent.

— Vos sourires réjouiront plus ces pauvres soldats que vos paroles, leur dit Karen. Les hommes qui n'ont plus de visage, ou dont le cou est criblé d'éclats d'obus, ont besoin de voir que vous les considérez comme des hommes – comme des êtres humains. Souvenez-vous-en. C'est peut-être la meilleure chose que vous puissiez leur offrir.

Chapitre 50

DANS LES SEMAINES QUI SUIVIRENT, MR SPRAGUE ÉPLUCHA LE contenu du testament d'Eleanor Hargrave, de ses papiers et de sa maison, invoqua l'aide du gouvernement et du ministère de la Guerre, fit mener une enquête, monnaya des renseignements. Il remuait ciel et terre pour retracer l'itinéraire d'Annie.

Michael et Connie passèrent Londres et même Southampton au peigne fin, rue après rue, en attendant des nouvelles de Mr Sprague. Ils la cherchèrent dans tous les endroits où ils savaient qu'Annie était allée, avec l'espoir qu'Eleanor Hargrave ait menti avant de rendre son dernier soupir et qu'Annie se trouve quelque part où ils n'avaient pas encore été.

À tous les coins de rue, on pouvait acheter des journaux qui ne parlaient que de la terrible boucherie de Verdun. Connie s'efforçait d'en éloigner Michael, que leur lecture rendait malade, en lui rappelant que chaque pensée accordée à la guerre était une pensée de moins consacrée à retrouver Annie.

Un soir, après des semaines de recherches infructueuses, Mr Sprague leur déclara en se massant les tempes :

— Tout porte à penser qu'elle n'est plus en Angleterre. Si j'en crois ce qu'on m'a rapporté, elle est partie de son plein gré, en déclarant avoir vingt-trois ans, déchargeant ainsi tous les fonctionnaires d'une quelconque responsabilité.

— Mais ce sont des foutaises, nous le savons ! explosa Connie.

—Je t'en prie, Constance, commença sa mère, surveille ton langage.

—La seule chose qui compte, c'est de la retrouver et de la ramener à la maison, insista Michael.

Mr Sprague leva les yeux.

—Oui. S'il y a un moyen. Mais si elle est réellement en France…, commença-t-il en secouant la tête, les conditions là-bas sont horribles. On y a désespérément besoin de tous les médecins, infirmières, hommes ou femmes capables de se battre, de soigner ou de transporter des blessés. On ne la renverra pas chez elle sur une simple demande de notre part.

—Elle l'a envoyée se faire tuer, dit doucement Connie.

—Constance! la gronda sa mère sur un ton qui manquait cependant de conviction.

—Mère, nous savons tous que c'est vrai. Pourquoi ne pas le dire à voix haute? J'ignore ce que cette femme a raconté à Annie pour la pousser à partir, mais elle l'a envoyée à l'endroit le plus dangereux. Et, avant cela, elle lui a infligé une terrible angoisse en lui faisant soigner les blessés les plus mal en point! Annie avait besoin d'être en pleine forme mentalement et physiquement pour supporter ce qu'elle va vivre dans les zones de combat en France. Or Eleanor Hargrave avait fait en sorte qu'elle ne soit plus qu'une épave! C'était un plan machiavélique, prémédité de longue date! Annie ne voulait pas servir sur le continent, et jamais elle n'aurait su s'y rendre si quelqu'un n'avait pas minutieusement planifié cet exil. Tu t'en rends compte, n'est-ce pas? demanda Connie en regardant Michael.

L'Irlandais hocha la tête, les traits tirés par des semaines d'inquiétude et de souffrance.

—Il ne nous reste plus qu'à prier, conclut Mrs Sprague.

Michael se leva et regarda fixement les trois membres de la famille Sprague comme s'ils avaient perdu la tête.

—Non, ce n'est pas fini. Nous avons fait tout ce que nous pouvions ici. À présent, je dois aller la retrouver.

—Il n'y a aucun espoir pour que vous la trouviez, mon garçon, répliqua Mr Sprague avec lassitude. D'après mes sources, elle ne figure sur aucune des listes des hôpitaux britanniques. Et, même si elle travaille dans un hôpital de campagne français près du front… nous ignorons lequel et n'avons aucun moyen de le savoir !

—Mais vous avez dit qu'elle était en France…

—J'ai contacté tous les hôpitaux de campagne répertoriés. Aucune Annie Allen ou Elisabeth Anne Allen n'y travaille, reprit Mr Sprague en se passant la main dans ses cheveux clairsemés. C'est sur son lit de mort qu'Eleanor Hargrave m'a annoncé qu'Annie était partie en France. Cette information est-elle vraiment fiable ? Elle pourrait être n'importe où sur le continent. Avec les fonds qu'Eleanor avait à sa disposition, elle aurait pu envoyer Annie n'importe où dans le monde !

—Je la trouverai et la ramènerai, déclara résolument Michael. Monsieur Sprague, pouvez-vous m'aider à partir en France ?

—À moins de s'enrôler, je ne crois pas que…

—Alors je croirai pour deux !

Michael se pencha au-dessus du bureau de Mr Sprague et s'arrêta à quelques millimètres de son visage.

—Faites-moi partir là-bas comme chauffeur d'ambulance, implora-t-il. Ainsi je pourrai la chercher dans les hôpitaux de campagne, les églises, les écoles, les salles des fêtes… tous les endroits qui peuvent faire office de centres médicaux. Je sais conduire. J'ai appris avant de venir !

—Vous devez comprendre, que cela vous plaise ou non, expliqua Mr Sprague avec lassitude, qu'on ne vous laissera pas ainsi écumer la France ! Si vous ne portez pas d'uniforme, on vous prendra pour un espion et on vous tirera dessus. Dans le cas contraire, vous devrez suivre des ordres et n'aurez pas la liberté que vous recherchez.

—Père, écoutez…

—Quoi que vous fassiez, vous aurez des problèmes ! s'exclama Mr Sprague, qui commençait à perdre son sang-froid.

— Alors parlez à ces fonctionnaires que vous connaissez, insista Michael. Faites-moi entrer à la Croix-Rouge, ou dans un centre de convalescence privé dirigé par des particuliers, pour me permettre d'avoir le champ libre.

— Je n'ai pas le pouvoir que vous imaginez, jeune homme.

— Alors faites ce que vous pouvez, cria Michael. Je vous en supplie !

— Edwin, intervint Mrs Sprague en posant doucement sa main sur le bras de son mari. Te rappelles-tu ces jeunes Américains qui cherchaient à lever des fonds pour le personnel médical volontaire ? Ceux qui conduisent ces voitures américaines qui te plaisent tant ?

— L'American Ambulance Field Service, dit-il en secouant la tête. Ils font désormais presque partie de l'armée française.

— J'en ai entendu parler, père… Piatt Andrew est un homme de poigne qui a accompli de grandes choses, malgré notre foutue bureaucratie et paperasserie !

— Constance, pas de gros mots dans cette maison ! fulmina sa mère.

Connie fit semblant de ne pas l'entendre.

— Où était-il stationné, père ?

— En Alsace, répondit sa mère sans hésitation, à la grande surprise de tout le monde. Il mettait en place son service d'ambulances dans cette région à l'époque. Il prétendait que ces petites voitures étaient capables de monter et descendre à toute vitesse les montagnes escarpées des Vosges, et qu'elles faisaient de meilleures ambulances que nos grosses voitures de tourisme. C'est si étrange…

Ils se tournèrent tous vers elle.

— Tin Lizzies, dit Connie.

— Oui, il les appelait des Tin Lizzies. C'est un drôle de petit nom. Il travaillait en Alsace, mais son réseau d'ambulances s'étendait bien au-delà.

Mr Sprague étudia avec attention le visage de son épouse, les sourcils froncés par la réflexion.

Mrs Sprague pencha la tête en souriant.

—J'imagine qu'une donation conséquente et la garantie d'un chauffeur américano-irlandais qualifié aideraient Mr Andrew à répondre favorablement à notre demande.

Son mari se tourna vers Michael avec un air interrogateur ; celui-ci lui répondit en hochant énergiquement la tête.

Mr Sprague réfléchit un instant puis hocha la tête à son tour, lentement. Il se leva et baisa la main de sa femme.

—Je vais télégraphier à Mr... Je vais télégraphier à mon collègue à Douvres. Il saura où je peux contacter Mr Andrew.

Chapitre 51

D'après les sources de Mr Sprague, seize unités de VAD avaient quitté les côtes anglaises en l'espace de deux jours – ces deux jours pendant lesquels Annie avait disparu. Des bateaux étaient partis de Folkestone, Douvres, Plymouth et Southampton. Aucune Annie Allen ou Elisabeth Anne Allen ne figurait sur la liste des passagers.

Sur le ferry ballotté par les vagues, Michael griffonna tant bien que mal une lettre à tante Maggie et oncle Daniel, leur racontant tout ce qu'il savait sur Annie et tout ce qu'il espérait apprendre en intégrant l'American Ambulance Field Service de Abram Piatt Andrews à Paris.

« Avant de mourir, tante Eleanor a annoncé aux autorités que sa nièce était partie accomplir son devoir sur le front. Les Sprague et moi-même sommes d'avis qu'elle l'a envoyée en France soigner les blessés. Mais sur quel front ? Nous n'avons trouvé aucune trace de sa présence.

Avec le AAFS, je disposerai d'une grande liberté de mouvement entre les hôpitaux de campagne et les hôpitaux privés. Mr Andrew a accepté de me laisser chercher Annie dans le cadre du service d'ambulances, tant que je remplis correctement mon rôle de chauffeur.

Je vais me présenter demain à l'hôpital militaire américain de Paris, puis partir en formation. J'espère recevoir mon affectation d'ici un mois.

Je dois tout cela à la gentillesse et aux relations de Mr Sprague. Je ne comprends pas l'action qu'il mène dans cette guerre, mais je suis heureux qu'il occupe une position d'autorité. Sans lui, je n'aurais aucun espoir de retrouver Annie.

J'ai laissé certains de mes effets personnels chez les Sprague. Les ambulanciers ont tout intérêt à voyager léger, d'après Mr Andrews.

Ne perdez pas espoir, tante Maggie. Je vais retrouver notre Annie. Oncle Daniel, je vous demande de garder les rosiers nuptiaux d'Owen couverts jusqu'au mois d'avril, puis de les entretenir avec soin. Nous aurons besoin bientôt de ces fleurs pour le bouquet de bienvenue d'Annie.

Je vous aime tous les deux,

Michael. »

Abram Piatt Andrew, le chef de l'American Ambulance Field Service, pianota avec ses doigts sur le dossier de Michael.

— Vous cherchez une aiguille dans une botte de foin. Vous en êtes conscient, jeune homme ?

— C'est une aiguille très brillante, monsieur. Je vais la retrouver… j'en suis persuadé, répondit Michael en se mettant au garde-à-vous.

Andrew soupira. S'il n'avait pas été aussi redevable à ses bienfaiteurs, jamais il n'aurait soutenu cet Irlandais intrépide ou son entreprise insensée. Il se renfonça dans son fauteuil.

— On m'a assuré que vous étiez capable de démonter une Ford et de la remonter.

— Oui, monsieur, entièrement. Et en un temps record, dit Michael en levant le menton.

Andrew se leva et, tournant le dos au présomptueux jeune homme, il regarda par la fenêtre son parc d'ambulances, une rangée de Ford en parfait état de fonctionnement, de précieuses Tin Lizzies prêtes à être déployées. Il reconnaissait que cet Irlandais lui ressemblait, d'une certaine manière : effronté, sûr de lui, déterminé, et son expérience de la conduite et de la mécanique dépassait celle de la plupart de ses nouvelles recrues.

— Vous avez votre affectation ?

— Oui, monsieur ! Les Vosges !

— Il y a un hôpital de campagne à l'est de Guebwiller, indiqua Andrew sans se retourner vers Michael. Présentez-vous là-bas dans deux jours.

— Oui, monsieur !

— Rompez.

— Monsieur !

Michael tourna les talons.

— Dunnagan ! Prenez soin d'elle.

— Elle s'appelle Annie Allen, monsieur, répliqua Michael.

— Non, Dunnagan, elle s'appelle Tin Lizzie.

Trois mois plus tard, Michael connaissait sur le bout des doigts tous les chemins muletiers et les petites routes des forêts d'Alsace. Il manœuvrait avec dextérité son véhicule dans les montagnes escarpées et glissantes des Vosges, à travers des forêts si denses et vertes qu'il ne distinguait pas la route cahoteuse en lacet derrière lui. Il était bien loin des champs plats du New Jersey et du bord de mer à Belfast.

Il avait horreur de passer devant les soldats français affamés, gelés et meurtris, qui gravissaient péniblement les cols de montagne abrupts. Il aurait pu si facilement soulager la fatigue d'au moins un ou deux de ces hommes à bout de forces, en les faisant monter sur le marchepied ou en les laisser s'accrocher. Mais c'était formellement interdit. Il perdrait son travail, et toute chance de retrouver Annie.

Les poilus comprenaient les règles et, malgré leurs regards suppliants, ils saluaient de la main les hommes qui montaient jusqu'aux pics de montagne enneigés dans leurs petites ambulances américaines pour récupérer leurs camarades blessés et les transporter en trombe jusqu'aux postes d'évacuation sanitaire, hôpitaux de campagne et trains permettant un retour à la civilisation.

Michael acceptait toutes les missions. Plus on l'envoyait loin, mieux c'était. Dans chaque cantonnement, hôpital de campagne, centre de convalescence, maison privée ou petite commune, il s'arrêtait, tirait la photographie d'Annie de la poche de son manteau et demandait dans un français maladroit si quelqu'un la connaissait ou l'avait vue. La réponse était invariablement la même : « Non, mon ami, désolé », ou alors simplement une poignée de main ou un haussement d'épaules.

Pendant ce temps, les combats faisaient rage à Verdun, et Michael entendait les détonations au loin. La terre tremblait derrière les montagnes, rappelant sans cesse aux soldats, travailleurs de la Croix-Rouge, ambulanciers et pauvres Français refusant de quitter leurs maisons, que leurs vies détruites pourraient être pires encore. Ils pourraient être cent cinquante kilomètres plus au nord.

Michael envoyait deux lettres par mois aux Sprague et à sa tante Maggie et son oncle Daniel, en les exhortant à prier et à ne pas perdre courage. Il les rassurait en leur disant qu'il venait seulement de commencer à chercher leur précieuse Annie.

À partir de la mi-juin, il se mit à écrire quotidiennement à Piatt Andrew pour lui demander de l'affecter ailleurs en France, là où il n'avait pas encore cherché son Annie.

À Paris, Andrew s'énervait de voir les lettres du jeune Irlandais téméraire s'entasser sur son bureau. Il devait être fou. Les rapports le décrivaient cependant comme l'un des ambulanciers les plus courageux et compétents, qui avait déjà sauvé assez de soldats pour être récompensé par toute une série de médailles, si jamais on en attribuait un jour à l'American Ambulance Field Service. La bravoure de Michael Dunnagan était une réelle source d'inspiration pour ses autres chauffeurs, ce qui n'était pas pour lui déplaire.

Andrew avait cependant d'autres inquiétudes. Les donations des Américains solidaires de leur cause et soutenant leur action en France ne lui étaient jamais parvenues. Il cherchait désespérément quelqu'un disposant d'une influence politique ou d'une fortune conséquente pour intervenir en faveur de leur travail sur le front. Il n'avait pas le temps de se préoccuper de Michael Dunnagan et de sa quête effrénée d'une fille qu'il connaissait à peine.

Andrew jeta dans la corbeille la dernière lettre de Michael, reçue le matin même, sans la décacheter. Il savait déjà ce qu'il y lirait.

Chapitre 52

Jamais Annie n'avait connu de froid aussi rigoureux, permanent, pénétrant que celui qui s'abattit sur la région à la fin de l'hiver 1916.

Si le personnel médical et les patients étaient souvent logés toute l'année dans de vieux châteaux, ils l'étaient aussi tout autant dans des tentes agitées par le vent, où les bouillottes gelaient pendant la nuit. Annie et les autres VAD dormaient dans leurs sous-vêtements en laine et leurs habits de nuit, emmitouflées dans leur cape de VAD, entassant sur elles toutes les couvertures qu'elles pouvaient trouver.

Chaque fois qu'Annie avait envie de se plaindre, elle se mordait la langue. Elle savait que les hommes souffraient bien plus sur le champ de bataille. La vie dans les tranchées infestées d'énormes rats était terriblement éprouvante pour les soldats qui, malgré leurs engelures et leurs rhumatismes, étaient contraints de dormir debout. Ils maigrissaient à vue d'œil à force de grelotter et de ne pas manger à leur faim. Les bandes molletières serrées autour de leurs mollets ne séchaient jamais. Leurs chaussures et leurs chaussettes, trempées et gelées à cause de la boue glacée, n'épargnaient pas leurs pieds.

Le printemps apporta quant à lui un nouveau fléau. Ni Annie ni ses camarades de tente ne s'étaient préparées à l'attaque de poux qui s'abattit sur les blessés français avec le dégel. Malgré leurs chignons tirés, les VAD constituaient une cible idéale pour ces parasites tenaces, avec leurs cheveux longs et épais ; un nid douillet pour prospérer et se multiplier.

Tous les soirs, les jeunes femmes passaient un peigne fin à travers leurs longs cheveux pour se débarrasser de la vermine qui les démangeait, frottaient leurs coiffes, manchettes et tabliers ensanglantés, et les laissaient tremper dans de petites bassines d'eau tiède, pour celles qui avaient eu la chance de recevoir des colis avec du produit blanchissant.

—Je déteste cette guerre. Je la déteste ! fulmina Judy. Je paierais cher pour un bon shampoing et un bain bien chaud !

Annie ferma les yeux. *Moi aussi !*

Andee grogna.

—Oui, et tu serais dans ton bain quand les bombardements reprendraient. Quelle belle image pour les *Boches*[*] !

—Andee ! cria Babs. Tu dépasses les bornes !

—Je dépasse les bornes ? rétorqua Andee. Et pleurnicher à propos d'un bain chaud, n'est-ce pas dépasser les bornes quand il n'y a aucune chance pour...

—Les filles ! s'écria Evelyn en ouvrant grand la tente. Je vous entends vous chamailler de l'autre côté du chemin. Les chirurgiens n'en peuvent plus de ricaner... du moins ceux qui n'en ont pas par-dessus la tête !

—Nous sommes à bout de nerfs, reconnut Marge. Nous n'arrêtons pas de nous disputer depuis ce matin.

—Eh bien, vous feriez mieux de baisser un peu le ton. Sinon vous n'allez pas tarder à voir débarquer l'infirmière-major.

—J'aimerais bien qu'elles arrêtent, murmura Liz à Annie. C'est encore pire avec leurs cris et leurs chamailleries.

Mais Annie ne savait pas si cela pouvait être pire. Au moins le bruit atténuait-il l'état de tension dans lequel elles se trouvaient toutes, dans l'attente de la prochaine salve d'obus.

—Je n'arrive pas toujours à faire la différence, dit-elle.

—Qu'est-ce que tu veux dire ?

Annie cligna des yeux, surprise d'avoir parlé tout haut.

— Je suis désolée, Liz... Je voulais simplement dire qu'une partie des combats se fait avec des mots, et l'autre avec des obus.

— Eh bien, ça n'a rien à voir, tu sais, répondit sèchement Liz.

Les bombardements de Verdun se poursuivaient sans relâche. Même le blizzard ne suffisait pas à obtenir une trêve ; les combats s'atténuaient à peine. Mais, avec le dégel printanier, les chars et les camions allemands étaient pris dans un véritable bourbier, bloqués dans les cratères formés par leur propre artillerie. C'était l'unique cadeau fait aux Français. L'armée allemande poursuivait ses avancées, mais sans ravitaillement.

Les VAD, médecins, aides-soignants et ambulanciers avaient beau se relayer jour et nuit, ils étaient submergés par les blessés qui arrivaient par centaines.

Manquer un service équivalait à une désertion, et n'était toléré que si l'on était inconscient ou brutalement fauché par un éclat d'obus. Et quand les ambulances déversaient des flots de victimes plus importants que d'ordinaire ou des cas particulièrement graves, on mettait de côté le sommeil et le planning de l'équipe. Il y avait du travail.

Au mois de juin, Annie était devenue experte pour découper les uniformes imbibés de sang ou brûlés des blessés inconscients. Quand ils étaient encore conscients et qu'ils hurlaient de douleur, la tâche n'était pas aisée. Lorsqu'elle nettoyait les blessures des soldats restés trop longtemps étendus sur le champ de bataille avant leur évacuation par un brancardier, Annie se forçait à ne pas détourner les yeux. Leurs plaies étaient si infectées que le pus formait des croûtes épaisses et que leurs membres gangrenés dégageaient une odeur insupportable.

Annie épongeait avec délicatesse les yeux des hommes dont les cheveux, le visage et le torse avaient été brûlés par les lance-flammes des Allemands. Elle apprit les points de compression des artères exposées suite à des explosions. Et, avec plus de douceur que toutes les autres infirmières, elle souriait en regardant droit dans les yeux ces hommes qui ne ressemblaient plus à des hommes. Des hommes qui avaient été gazés, ou dont le nez ou la bouche avaient été brûlés ou arrachés par les bombardements. Les filles les appelaient des « âmes perdues ». Des hommes atrocement défigurés pour toujours, à moins qu'ils n'aient la chance d'obtenir des prothèses ou d'être envoyés à l'atelier des « gueules cassées » pour une reconstruction artificielle.

— Et, même dans ce cas-là, murmura Babs, ils ne sont plus jamais les mêmes. Quelque chose en eux est brisé. Quelque chose que tous les points de suture et prothèses du monde ne peuvent pas réparer.

Annie savait que c'était vrai. Et pourtant ces hommes lui apportaient une sorte d'étrange réconfort. Ils n'avaient rien fait pour mériter leur laideur, qui était le résultat physique de la violence des humains. Avec le pouvoir de nuisance de sa tante, Annie n'avait pas été épargnée par cette violence, mais ses blessures étaient enfouies en elle. Personne ne pouvait les voir.

L'âme de la tante Eleanor, putride et gangrenée par son mépris et sa perfidie, était dissimulée au monde entier, recouverte par un vernis de respectabilité. Annie frissonna en pensant à la noirceur du cœur de sa tante.

Les autres filles s'interrogeaient à voix haute sur l'attitude de l'infirmière-major à l'égard d'Annie. Elle ne cessait de la rabaisser ouvertement sans raison, et lui confiait toujours les tâches les plus exténuantes. Mais Annie n'osait pas se plaindre.

En juillet, les zeppelins allemands – ces ballons allongés gris trop gonflés sur un ciel sans lune – lâchèrent leurs bombes au-dessus des tranchées, des champs et des forces françaises à Verdun. La grande tente chirurgicale de la section d'Annie fut soufflée par une explosion qui fit cinq victimes : deux de leurs meilleurs chirurgiens, une infirmière du VAD et deux aides-soignants.

Pendant toute la nuit, le ciel fut illuminé par des explosions. Métal, verre, os et membres volaient en éclats à travers les tentes.

Les patients invalides hurlaient au secours, priaient à haute voix pour qu'on leur vienne en aide ou bien pour connaître une mort clémente, le visage crispé, certains que leur dernière heure était arrivée.

Quand enfin les bombardements s'espacèrent, l'aube grise et jaune perçait à travers la fumée. L'infirmière-major et les VAD avancèrent en trébuchant parmi les décombres, dégageant les blessés, les morts et ceux qui se trouvaient encore dans les tentes. Pendant toute la journée et jusqu'à une heure avancée de la nuit, elles travaillèrent sans relâche, traînant et portant des corps, nettoyant des plaies, anciennes ou nouvelles, et réconfortant de leur mieux les patients qui avaient eu la vie sauve. Avant même qu'elles aient terminé, d'autres ambulances apportèrent une nouvelle cargaison d'hommes mutilés.

À la fin du deuxième jour, alors que les bombardements continuaient à ébranler leurs nerfs, l'infirmière-major et Annie se retrouvèrent momentanément seules avec un patient dans la tente chirurgicale, après avoir toutes deux assisté un chirurgien qui avait retiré un éclat d'obus de la poitrine de l'homme. L'infirmière-major nettoyait la plaie recousue en la tamponnant, tandis qu'Annie parlait à voix basse au blessé, l'incitant doucement à se réveiller.

Enfin les aides-soignants étaient arrivés pour évacuer l'homme. Annie, qui travaillait sans relâche depuis deux jours, commença à ramasser les instruments, bandages et compresses imbibés de sang. Elle sentait les yeux froids de l'infirmière-major posés sur elle, et se demanda quand celle-ci finirait par la laisser en paix. Exténuée et encore bouleversée par l'intensité du pilonnage, gênée par le regard inquisiteur de l'infirmière générale, Annie s'empara maladroitement du plateau d'instruments qui lui échappa des mains et tomba dans la poussière.

Pourtant résolue à garder son sang-froid, Annie se sentit trembler et dut enfoncer ses ongles dans les paumes de ses mains pour retenir les larmes d'épuisement et de nervosité qui menaçaient de rouler sur ses joues. Elle s'efforça de calmer sa respiration, se baissa pour ramasser le plateau et les instruments et les stérilisa de nouveau, retrouvant peu à peu son calme. *Je ne lui donnerai pas la satisfaction de lever les yeux vers elle.*

L'infirmière-major finit par retirer son tablier ensanglanté.

— Qu'est-ce qu'une petite jeune comme toi a bien pu faire pour s'attirer les foudres d'Eleanor Hargrave ?

Annie se sentir pâlir. Elle arrêta ce qu'elle était en train de faire et se redressa, ayant enfin la confirmation de ce qu'elle soupçonnait déjà : l'infirmière-major Artip, chargée de la surveiller, n'était autre que la marionnette de sa tante. Pas étonnant qu'elle l'ait ainsi harcelée et persécutée en lui confiant les tâches les plus ingrates. Cette femme était une complice de sa tante.

Annie inspira profondément avant de se tourner vers l'infirmière-major.

— J'ai eu le malheur de naître.

La surprise se lut sur le visage de l'infirmière-major, qui tourna les talons et sortit.

Prise de vertige, Annie s'appuya un moment sur la table à instruments.

En la nettoyant, elle éprouva un sentiment de liberté, ayant l'impression de faire ainsi disparaître symboliquement ses doutes.

La réponse qu'elle avait donnée à l'infirmière-major était sincère. Il suffisait à Annie de regarder dans un miroir pour voir le reflet de sa mère à dix-huit ans. Sa mère, qui était mariée et heureuse, et avait des enfants. Tandis que tante Eleanor, la sœur aînée négligée, coincée auprès de son père et rejetée, était prisonnière de sa jalousie et de sa méchanceté et avait fait de son pouvoir et de son argent des armes meurtrières.

Elle avait détruit les membres de sa propre famille simplement parce qu'ils avaient eu le malheur de vivre et d'être heureux – la mère, le père et le frère d'Annie. Et à présent elle s'attaquait à Annie et à ceux qui avaient été bons avec elle, allant parfois même jusqu'à l'aimer.

Annie donna un coup sur la table avec sa main qui tenait le chiffon. Ravalant ses larmes, elle se promit dans un murmure :

—Je respecterai vos conditions, tante Eleanor, pour le bien de ceux que j'aime. Mais pas éternellement. La guerre va se terminer, et alors nous serons libres.

Chapitre 53

Assise devant le bureau d'Abram Piatt Andrew, Anne Harriman Vanderbilt pianotait du bout de ses doigts manucurés sur l'accoudoir de son fauteuil. Elle attendrait aussi longtemps qu'il le faudrait.

Ce n'était pas tous les jours qu'une femme – même riche et influente – avait l'opportunité de faire le tour du secteur de Verdun.

Le secrétaire d'Andrew se tenait debout, le visage crispé, en attendant la décision de son superviseur.

— Il a quitté son poste. Il n'y a pas grand-chose à faire, déclara Andrew.

— Oui, monsieur, répondit le jeune secrétaire. Mais comment dois-je procéder, monsieur ? demanda-t-il en baissant la voix. C'est l'un de nos meilleurs chauffeurs, et c'est aussi un mécanicien hors pair.

— La dernière chose dont j'aie besoin ce matin, c'est d'entendre parler des folies de Michael Dunnagan, dit Andrew à voix haute en se passant la main dans les cheveux.

Il se leva, rajusta sa veste et s'éclaircit la voix comme s'il allait faire une annonce.

Avant même qu'il n'ait le temps de dire un mot, la porte s'ouvrit à toute volée.

Un beau jeune homme robuste, les yeux bleus perçants et les cheveux bien coiffés, entra en trombe dans la pièce, essoufflé.

Tout en triturant nerveusement sa casquette, il se lança dans un grand discours, affirmant avoir réitéré ses demandes pour être affecté dans un nouveau secteur.

Le visage d'Andrew s'empourpra. Ses tentatives pour placer un mot échouèrent si misérablement qu'Anne réprima un éclat de rire. C'était la première fois qu'elle le voyait dans une situation qu'il ne contrôlait pas totalement.

—J'irai n'importe où, monsieur. Même à Verdun, si vous m'y autorisez. Elle n'est pas dans la région des Vosges. J'ai demandé à tout le monde, et personne ne l'a vue.

Le jeune Irlandais, ou Américano-Irlandais, comme l'apprit Anne par la suite, réclamait seulement l'autorisation et les papiers requis pour partir à la recherche d'Annie, une jeune infirmière qui avait disparu. N'ayant reçu aucune réponse à ses lettres quotidiennes, il était venu en personne réitérer sa demande.

Anne savait qu'Andrew, manifestement embarrassé par la visite impromptue du jeune homme, ne lui accorderait pas facilement ce qu'il voulait. Mais le chauffeur semblait d'une détermination à toute épreuve.

Anne eut alors une idée toute simple, qui allait sans doute procurer un vif soulagement aux deux hommes.

—Monsieur Andrew, je crois que j'aimerais engager ce jeune homme comme chauffeur.

—Vraiment ? demanda Andrew d'un air incrédule. Mais Rogers est déjà votre chauffeur attitré. Dunnagan n'a pas un niveau d'éducation très élevé, et nos chauffeurs sont habituellement issus de la meilleure…

—Votre secrétaire a affirmé qu'il faisait partie de vos meilleurs chauffeurs et mécaniciens, n'est-ce pas ?

Le secrétaire, qui était en dehors du champ de vision d'Andrew, haussa les sourcils et hocha discrètement la tête.

Une veine palpitait dans le cou d'Andrew.

—N'est-ce pas exact, monsieur Andrew ? insista Anne Vanderbilt.

— Michael Dunnagan…, commença à protester Andrew.

Mais Anne l'interrompit.

— J'aimerais bénéficier de la meilleure protection possible. Il m'importe plus d'être en sécurité que de parler littérature avec mon chauffeur. Et, de cette manière, Mr Dunnagan aurait l'opportunité de passer en revue tous les hôpitaux et leur personnel dans la région de Verdun.

Elle retira d'une chiquenaude une peluche sur sa jupe et sourit.

— Et puis quoi de plus beau qu'une histoire d'amour ? ajouta-t-elle, tandis que Michael s'empourprait à vue d'œil. Je pense que vous devriez réfléchir à son transfert en notre absence.

Abram Piatt Andrew semblait sur le point d'exploser. Anne savait qu'il supportait mal d'être contrarié. Mais elle savait aussi qu'il n'oserait pas s'opposer à ses plans.

— Apportez-moi les papiers, ordonna-t-il à son secrétaire.

Anne regarda son nouveau chauffeur et lui sourit.

Déguisée en infirmière de la Croix-Rouge pour éviter qu'on ne lui fasse des avances – aussi bien l'ennemi que des soldats français un peu trop pleins de sollicitude –, Mrs Vanderbilt accompagna Andrew faire le tour du front de Verdun au début du mois d'août. Si celui-ci était encore en colère contre leur chauffeur, il le cachait bien.

Anne Vanderbilt était fascinée par le jeune Irlandais, par sa belle et triste histoire d'amour et par sa quête désespérée d'Annie Allen.

Ils s'arrêtèrent d'abord à Revigny, au début de la Voie sacrée. Comme n'importe quel soldat français, ils cherchèrent le réconfort du *Café gratuit* et de la *Cantine des dames anglaises*.

Lorsque Anne Vanderbilt se pencha au-dessus du comptoir pour prendre la tasse de café et les deux cigarettes qu'on lui offrait, Karen écarquilla les yeux. Anne suivit le regard de la jeune femme et grimaça. Il n'existait pas une seule infirmière en France avec des ongles vernis. Les regards des deux femmes se croisèrent.

— Vous n'allez pas me dénoncer, n'est-ce pas, ma chère ? demanda Anne.

—Cela dépend à quoi vous jouez… ma chère, répondit Karen.

Mais Andrew, que les dames de la cantine connaissaient bien, n'eut qu'un mot à dire pour les faire radicalement changer d'attitude.

—Les amis de Mr Andrew sont nos amis. Voulez-vous visiter l'intérieur? proposa Kimberly en se glissant entre sa sœur et Mrs Vanderbilt. Les hommes ne sont pas autorisés à rentrer, ajouta-t-elle à l'intention d'Andrew.

—J'en serais honorée! s'exclama Anne sur un ton chantant.

Kimberly se pencha vers sa sœur pour lui murmurer à l'oreille:

—Elle est peut-être un peu rupine, mais je la trouve sympathique, pas toi?

Karen haussa les épaules et continua à proposer du café et des cigarettes qu'elle distribuait par la fenêtre de la cantine aux troupes qui passaient.

Kimberly fit faire à Anne le tour complet de leur cantine bénévole.

—Et qui sont toutes ces jeunes femmes? demanda Anne en désignant les séries de photographies punaisées sur le mur près de la porte.

—Ce sont toutes les VAD et les membres de la Croix-Rouge… et les infirmières-majors quand elles daignent accepter de se faire photographier. C'est notre manière de leur rendre hommage. Ces femmes ne reçoivent pas la reconnaissance qu'elles méritent et, comme les soldats, certaines ne rentrent jamais chez elles. Nous nous devons de veiller sur les nôtres.

Anne hocha la tête, troublée une fois de plus en constatant leur volonté farouche de servir leur pays. Toutes ces personnes n'hésiteraient pas à se sacrifier.

—Nous essayons seulement de les soutenir et de leur apporter un peu de gaieté, c'est tout. Notre travail n'est pas aussi noble que celui des infirmières. Mais si nous pouvons aider ces malheureux, loin de leurs foyers et de leurs proches, à retourner se battre, si nous pouvons les réconforter un peu, eh bien, cela en vaut la peine, n'est-ce pas?

—Oui, vous avez raison, répondit Anne. Et qui s'occupe d'afficher votre photo, Kimberly ? La vôtre et celle de Karen ?

—Personne, dit Kimberly en rougissant. Nous jouons un rôle très secondaire.

Annie posa la main sur le bras de Kimberly.

—La gentillesse n'a pas de prix.

Les joues de Kimberly s'empourprèrent, et elle sourit.

—Je me demande…, dit Anne en s'arrêtant devant la porte. Il y a avec nous un jeune homme, notre chauffeur, qui remue ciel et terre pour retrouver une jeune infirmière…

—Ne sont-ils pas tous dans ce cas ? plaisanta Kimberly.

Anne sourit.

—Accepteriez-vous qu'il rentre, juste un moment, pour voir s'il la reconnaît sur l'une de vos photographies ?

Kimberly jeta un coup d'œil nerveux vers sa sœur, qui se tenait devant la fenêtre ouverte et leur tournait le dos.

—Eh bien, je ne sais pas. Nous ne sommes pas vraiment censées laisser entrer quiconque ici… et certainement pas des soldats.

—Il n'est pas soldat. C'est un ambulancier, et l'un des meilleurs, soit dit en passant.

—Un de ceux de Mr Andrew ? Un Américain ?

—Oui, son meilleur élément. Sa réputation est irréprochable.

Anne estima inutile de mentionner les origines irlandaises de Michael.

—Eh bien, s'il est avec vous, et que c'est seulement pour un instant, je suppose que…

—C'est merveilleux ! Je vais le chercher, nous revenons tout de suite !

Karen se raidit lorsque Anne Vanderbilt sortit par la porte latérale, et ne cacha pas sa colère quand elle la vit revenir en compagnie d'un chauffeur et rentrer dans la cantine avec aplomb.

—Regardez, c'est juste là, Michael. D'après Kimberly, vous verrez sur ces photographies toutes les infirmières qui sont passées par ici sur leur trajet vers… Verdun ? Est-ce qu'elles sont toutes parties à Verdun ? demanda Anne en se tournant vers Karen et Kimberly.

— Pas toutes, répondit Karen en faisant un pas vers Michael.

Anne ignora son regard froid et se faufila prestement entre le jeune homme et les sœurs.

— Est-ce que vous la reconnaissez, Michael ? Est-ce que l'une de ces infirmières lui ressemble ?

Elle le poussa vers les photographies.

Michael ne se fit pas prier. Il examina attentivement les photos en noir et blanc tachetées, et observa chaque fille en cherchant une ressemblance avec Annie. Il secoua la tête.

— Je ne peux pas dire. Je n'ai jamais vu Annie en uniforme. Peut-être que je la vois sans la reconnaître, dit-il avec un air malheureux.

Anne lui tapota sur le bras.

— Donnez-moi votre photographie.

— Pardon ?

Il recula en serrant la photographie d'Annie dans sa main, comme si rien au monde ne pouvait le décider à s'en séparer.

— Donnez-la-moi, ou bien montrez-la à ces jeunes dames. Peut-être qu'elles se souviendront d'elle.

Michael posa la photo d'Annie sur le comptoir devant elle.

— Elle est jeune et belle, et c'est la gentillesse incarnée. Elle s'appelle Annie Allen.

Kimberly secoua la tête lentement, puis examina de nouveau la photo. C'était celle d'une fille de seize ou dix-sept ans, posant avec une fille un peu plus âgée, et sans doute sa mère et son père.

— Je ne me souviens pas d'une fille portant ce nom. Pourquoi est-ce que vous la cherchez ?

— Je suis de sa famille, répondit Michael. Je me suis engagé personnellement à la retrouver.

Kimberly fronça les sourcils et hésita un moment avant de dire :

— Il y avait bien une fille qui lui ressemblait, mais…

— Est-ce que sa photographie est ici ? demanda Michael en retenant son souffle.

Kimberly parcourut le mur des yeux et pointa du doigt un groupe de VAD.

—Nous avons pris celle-ci en février. Cette fille, dit-elle en montrant l'une des volontaires du doigt, s'appelait… Elisabeth quelque chose.

—Elisabeth Anne Allen! cria presque Michael. C'est ainsi qu'elle s'appelle!

—Non, répondit Karen en regardant à peine la photographie. Il n'y avait personne répondant à ce nom. Nous nous en souviendrions, car nous le leur demandons systématiquement.

—Peut-être cette jeune femme vous a-t-elle échappé, vous ne pouvez pas être là en permanence! intervint Anne.

—Nous sommes les seules à posséder un appareil photographique. Le visage de Michael se décomposa.

—Elle lui ressemble pourtant beaucoup, tu ne trouves pas, Karen? Quel était son nom de famille?

—Je ne me rappelle pas, et toi non plus.

Kimberly jeta un coup d'œil à sa sœur.

—Est-ce que ce groupe est parti à Verdun? demanda Michael en essayant de garder son calme.

—Nous ne savons pas où elles sont envoyées, persista Karen.

Mais le hochement de tête presque imperceptible de Kimberly n'échappa ni à Anne ni à Michael.

Cette nuit-là, dans leur lit, Kimberly tourna le dos à sa sœur, sans se soucier qu'elle soit son unique confidente en France.

—Tu aurais dû leur dire.

—Ce n'était pas le bon nom de famille. Tu le sais pertinemment.

—Non, mais ils…

—Il a prétendu faire partie de sa famille, l'interrompit Karen, alors qu'Elisabeth avait déclaré ne pas en avoir. Aucune. Tu ne t'en souviens pas? Et puis son nom était Hargrave.

—Mais ils semblaient si gentils tous les deux… Tu ne le trouves pas terriblement beau? insista Kimberly en faisant la moue.

—L'Américaine t'a menti pour que tu fasses entrer cet Irlandais. Réfléchis, Karen. La fille était anglaise et venait d'une bonne famille, alors que lui avait un accent d'Irlande du Nord, si je ne m'abuse ! Cela ne colle pas. Si Elisabeth a vraiment changé de nom, elle devait avoir une bonne raison de le faire. Peut-être cherchait-elle à fuir ce garçon. Il ne fallait pas la trahir !

Kimberly tapa sur son oreiller pour lui redonner un semblant de volume, puis se tourna sur le côté. *Irlandais ou non*, songea-t-elle, *c'est le genre d'hommes vers lequel on court, pas celui qu'on fuit.*

—Je ne sais pas. J'espère seulement que nous avons fait ce qu'il fallait, dit-elle à voix haute.

Chapitre 54

MICHAEL BRAQUA BRUSQUEMENT LE VOLANT VERS LA GAUCHE et sortit de la route pour entrer dans le champ, évitant de justesse un nid-de-poule de la taille d'un cratère.

Lâchant un petit cri sur le siège derrière lui, Anne Vanderbilt se cramponna à la porte pour reprendre son équilibre avant de se ressaisir.

Michael se mordit la lèvre. *Quelle femme ! Et elle tient le coup, jour après jour, hôpital après hôpital. Si seulement les obus allemands pouvaient nous épargner !*

Anne avait en effet accompagné Andrew et Michael dans la chaleur du mois d'août faire le tour de tous les châteaux, magasins et écoles transformés en hôpitaux. Ils avaient visité toutes les tentes chirurgicales. Une nuit, pour échapper à une attaque d'artillerie, ils avaient même dû se réfugier dans les décombres d'une cave sombre, froide et humide, entourés de soldats et de blessés, certains que leur dernière heure était arrivée.

À part sa tante Maggie, Michael n'avait encore jamais vu une dame en robe de chambre et bonnet de nuit. Malgré les sifflements des mortiers et des projectiles qui illuminaient le ciel en explosant, Michael éprouva le mal du pays ; sa maison du New Jersey lui manquait. Il avait repensé aux fusées de détresse lancées depuis le *Titanic* et, pour la première fois, il avait été tenté de baisser les bras, d'abandonner cette recherche insensée d'une aiguille

—si brillante fût-elle— dans une botte de foin, et d'aller retrouver Maggie et Daniel.

Il ne leur restait plus que deux hôpitaux de campagne à visiter dans le secteur. Les espoirs de Michael de retrouver Annie à Verdun s'amenuisaient.

Le lendemain, en fin d'après-midi, il avait déjà parcouru la moitié des nouvelles salles en montrant la photographie d'Annie à tous ceux qui avaient encore des yeux pour voir. Comme d'habitude, on lui avait répondu par des hochements de tête négatifs.

—S'il vous plaît, mesdames, dit Michael en abordant deux VAD qui sortaient de la cantine. Je cherche une jeune femme qui s'appelle Annie Allen… Elisabeth Anne Allen.

Il tira de la poche de son gilet la photo froissée en piètre état.

—Judy, regarde! C'est Elisabeth, n'est-ce pas? demanda l'une des femmes à sa compagne.

Elle rendit la photo à Michael.

—Elle ne s'appelle pas Allen, mais Hargrave. En tout cas, elle lui ressemble comme deux gouttes d'eau.

—Elisabeth Hargrave.

Abasourdi, Michael se força à fermer la bouche. Il avait l'impression d'avoir reçu un coup de massue. *Pas étonnant qu'elle ne figure pas sur les listes! Je ne cherchais pas le bon nom!*

—Est-elle ici? demanda Michael.

Il s'entendit parler de très loin, sans reconnaître sa voix.

Les jeunes femmes désignèrent une tente à une dizaine de mètres de là.

—Elisabeth est là-bas, dans la tente chirurgicale. Elle est en service… ou vient tout juste de terminer.

Sortant de la tente, Annie se retrouva dans la chaleur accablante du mois d'août. Elle s'essuya le front avec la manche de son uniforme et plissa les yeux, aveuglée par le soleil de cette fin d'après-midi. Puis elle baissa ses manches et rajusta ses manchettes.

—Elisabeth! l'appela Judy.

Annie se retourna et marcha en direction du petit groupe.

Tiens, que sont-elles en train de regarder?

Éblouie par le soleil, Annie mit sa main en visière. À côté de Judy et Marge se tenait un ambulancier aux épaules carrées, en uniforme. Il retira lentement sa casquette, tout en la dévisageant ouvertement. Annie se redressa et se passa la main dans les cheveux. Troublée par le regard insistant du jeune homme, elle voulut baisser les yeux, mais sans y parvenir.

Alors qu'elle s'approchait, elle remarqua les beaux yeux bleus, les boucles sombres et désordonnées, et les fossettes de l'ambulancier. Elle écarquilla les yeux de surprise. Son cœur se mit à battre si vite qu'elle sentit son sang battre dans ses tempes.

—Ce n'est pas possible, murmura-t-elle.

Mais elle connaissait ce sourire. Elle l'avait vu, il y a une éternité, sur une coupure de journal, entouré de nichoirs et de pavillons de jardin. Quant à ces grands yeux bleus, elle les avait vus il y a plus longtemps encore, à bord d'un grand paquebot s'apprêtant à appareiller, et au coin d'une rue de Southampton le jour de Pâques.

Michael? C'est toi? Pourquoi... Que fais-tu ici? Les mots refusaient de franchir ses lèvres. Elle retint son souffle. *Oh... Comme tu es beau... Et moi, dans quel état je suis!* Elle avait envie de courir vers lui, mais elle réprima son élan et continua à marcher vers l'ambulancier, les yeux plongés dans les siens. Elle sentait ses genoux trembler.

Son talon se prit dans sa jupe et elle trébucha. Elle tendit les mains et amortit sa chute avec sa paume gauche sur les graviers. La douleur traversa son bras et une vague de chaleur remonta jusqu'à son cou.

Le jeune homme se précipita pour lui venir en aide avant même qu'elle lève les yeux. Il l'aida à se remettre debout, son bras entourant fermement sa taille, puis laissa tomber brusquement sa main, comme si elle avait pris feu. À en croire son visage écarlate, Annie eut l'impression que c'était vraiment le cas.

Il se tenait si près d'elle qu'elle pouvait sentir son souffle dans son oreille. Il ouvrit sa main et examina son éraflure avec la minutie d'un chirurgien. Regardant son visage, si proche, elle put voir les muscles de sa mâchoire se crisper. Mais ses yeux ne croisèrent pas les siens. Comme si elle était spectatrice, elle vit enfin la grande main de Michael prendre la sienne, et sentit ses doigts puissants entrelacer les siens.

—Annie… Annie, répéta l'Irlandais dans un souffle en tenant délicatement sa main.

La jeune femme ne put retenir les larmes qui lui montaient aux yeux.

—Comment m'as-tu retrouvée? murmura-t-elle enfin en séchant ses larmes et en essuyant ses doigts mouillés sur son tablier ensanglanté.

Mais dans sa tête elle se demandait: *Pourquoi es-tu venu? As-tu fait tout ce voyage pour moi? Merci, mon Dieu! Oh, merci!*

Lentement, respectueusement, il porta à ses lèvres la main souillée d'Annie. Il la tint ainsi contre sa bouche en fermant les yeux, comme s'il murmurait une prière.

—Hum, hum, intervint Marge en tapotant sur le bras d'Annie. J'ai dit: hum!

Annie redescendit sur terre.

—Vous feriez mieux de déguerpir tous les deux, les avertit-elle. L'infirmière-major arrive.

Annie retira sa main de celle de Michael. Elle essuya ses larmes et leva le menton pour lui faire face.

—Il ne faut pas qu'elle sache. Je t'expliquerai plus tard. Fais-le pour moi.

—Oh, tu t'es fait une belle éraflure! s'exclama Marge d'une voix forte. Il faut que tu ailles te la faire désinfecter sans tarder, Elisabeth! Attends, laisse-moi t'aider.

—Qu'est-il arrivé? Que se passe-t-il, ici? demanda l'infirmière-major.

—Elisabeth a fait une chute, voilà tout, dit Marge en se plaçant entre Annie et Michael. Ce gentleman l'a vue tomber et est venu nous prêter main-forte. Mais ne vous dérangez pas, nous allons nous en occuper.

Les yeux de l'infirmière-major passèrent d'une fille à l'autre, s'attardant à peine sur la main ensanglantée d'Annie. Elle scruta avec insistance le chauffeur d'ambulance au visage empourpré.

— Très bien.

Elle se tourna à demi, puis désigna Michael d'un signe de tête.

— Dites donc, jeune homme… Les ambulanciers sont cantonnés là-bas, dit-elle en montrant du doigt l'autre bout du camp.

— Oui, madame, répondit Michael en portant la main à sa casquette. Merci, madame.

L'infirmière-major se redressa comme si elle allait dire quelque chose, puis tourna les talons et partit en trombe.

— Elle n'aime pas les Irlandais, lui glissa Judy à l'oreille. Mais ne faites pas attention à elle. Allons désinfecter la plaie d'Elisabeth, et racontez-nous donc tous deux ce que vous tramez !

— Je vais l'aider. Montrez-moi où je peux nettoyer sa blessure, dit Michael en prenant la main d'Annie d'un air protecteur en redressant les épaules.

Les trois filles levèrent les yeux vers lui.

— De l'autre côté de la cantine, là-bas. Il y a de l'eau, dit Annie avec un signe de tête en direction de la tente. S'il vous plaît, oh, je vous en supplie, ne dites rien à personne ! murmura-t-elle à Marge et Judy.

Les visages des deux filles, ravies d'être dans le secret, s'illuminèrent.

— Tu peux compter sur nous, répondit Marge à voix basse. À condition de nous raconter absolument tout ! lança-t-elle en regardant Michael.

Annie ne put s'empêcher de sourire. Elle suivit Michael derrière la cantine.

— D'où viens-tu ? Et comment es-tu arrivé jusqu'ici ? demanda-t-elle sur un ton pressant.

Mais Michael continua à marcher sans répondre.

— Attends. Attends ici, lui demanda-t-il doucement.

Il versa de l'eau d'un tonneau dans une bassine, puis s'empara d'un morceau de tissu propre sur une pile de linge frais.

— Donne-moi ta main.

Avec précaution, il plongea la main d'Annie dans l'eau. Il retira les graviers sur sa paume ensanglantée et essuya les saletés autour. Il vida l'eau sale, puis remplit de nouveau la bassine.

Annie observa son visage, la ligne de sa mâchoire et la longue fossette qui creusait sa joue, qu'elle touchait presque avec ses cheveux. Elle se tenait assez près de lui pour déceler sa nervosité. Sa respiration était saccadée, et elle le vit déglutir avec difficulté.

Elle avait côtoyé et lavé des hommes blessés pendant des mois. Mais jamais elle n'avait ressenti jusqu'à présent le désir de s'en rapprocher, de tout son être.

— Tu devras faire attention à ce que la plaie reste propre, lui ordonna de nouveau Michael en tenant toujours sa main blessée sous l'eau. Le saignement s'est arrêté.

Annie hocha docilement la tête, mais ne put réprimer un sourire. Elle s'approcha encore un peu de lui.

Michael s'interrompit. Il lui jeta un coup d'œil furtif et lui rendit son sourire.

— Michael ?

Pourquoi est-ce qu'il ne me regarde pas ? Il a l'air pétrifié.

Annie glissa son autre main dans l'eau et, retenant son souffle, elle prit les mains de Michael. Elle regarda avec émerveillement ses mains s'ouvrir et ses doigts s'entremêler aux siens.

— Tu es un trésor difficile à trouver, murmura-t-il à son oreille en passant ses doigts sur ses poignets et entre ses doigts. Je jure que je ne te perdrai plus jamais, Annie Allen.

Annie sentit son cœur battre la chamade, tant et si bien qu'elle craignit de le voir exploser. Elle se pencha tout près de lui et sécha la larme qui perlait au coin de son œil.

Michael enfouit son visage dans les cheveux d'Annie et ferma les yeux.

Une minute s'écoula ainsi. Soudain, sans raison apparente, Annie se mit à pouffer, puis éclata de rire, pour la première fois depuis qu'elle avait posé le pied sur le sol français. Elle était aussi surprise par ce soudain accès d'hilarité qu'incapable d'y mettre fin. Elle recula, prit de l'eau de la bassine dans le creux de ses mains et en éclaboussa le visage de Michael, ravie de sa propre effronterie.

Étonné, Michael recula.

Mais elle recommença, le provoquant jusqu'à ce qu'il l'éclabousse à son tour.

Ils étaient tous deux trempés quand Michael l'attrapa par les poignets, une lueur dansant dans ses yeux bleus.

—Ça suffit, Miss Allen!

Les rides d'inquiétude qui creusaient le visage de Michael s'évanouirent. Il la prit dans ses bras.

Elle se laissa faire et il l'embrassa de bon cœur.

Chapitre 55

Au cours des deux jours qui suivirent, l'infirmière-major eut du mal à mettre la main sur Annie. Celle-ci se présentait à l'heure quand elle était de service, comme toujours, mais se volatilisait dès qu'elle avait terminé.

— Elle doit être épuisée. Elisabeth a pris un service supplémentaire cette nuit à la place d'une des filles…, affirma Marge en la regardant dans les yeux.

L'infirmière-major était certaine qu'elle lui mentait. Prise de soupçons, elle se rendit dans la tente qu'Elisabeth partageait avec d'autres VAD, mais s'éloigna en voyant son lit occupé.

Plus tard, comme elle n'apercevait pas Elisabeth à la cantine, l'infirmière-major demanda une explication. Judy lui glissa à l'oreille que la pauvre Elisabeth, incommodée à cause de ses « mauvais jours », était incapable d'avaler une bouchée.

Annie lui raconta toute l'histoire. Michael n'écrivit donc ni aux Sprague ni à Maggie et Daniel. Il décida de ne pas dire à Mrs Vanderbilt ou à Abram Piatt Andrew qu'il avait retrouvé sa bien-aimée, mais était cependant résolu à convaincre Andrew de le réaffecter dans le secteur de Verdun.

— Je déserterai s'il refuse.

Annie écarta les mains.

— Ce n'est pas si simple, Michael.

La mâchoire de l'Irlandais se crispa.

— Owen m'a chargé de prendre soin de toi et de te faire venir en Amérique. Je t'ai perdue une fois, et je n'ai eu de cesse de te chercher jusqu'à maintenant. Je t'aime, Annie Allen, du plus profond de mon cœur. Je refuse de te perdre encore.

— J'ai le sentiment que vous ne me dites pas tout, Michael Dunnagan, déclara Anne Vanderbilt lors de leur deuxième journée à l'hôpital de campagne.

Sans répondre, Michael continua à graisser le moteur de sa Ford.

— Y a-t-il quelque chose que je devrais savoir?

Michael se redressa et essuya soigneusement le cambouis sur ses doigts.

— Il y a quelque chose que vous aimeriez savoir, je dirais même plus que vous *mériteriez* de savoir. Mais je ne suis pas libre de vous le dire.

Il espérait qu'elle comprendrait.

Anne Vanderbilt n'était pas habituée à jouer aux devinettes et aurait été mécontente s'il ne l'avait pas regardée ainsi avec ses magnifiques yeux bleus. Elle pencha la tête.

— Vous l'avez trouvée.

Michael regarda ailleurs.

— Et ce n'est pas tout, devina-t-elle. La fille a des ennuis, n'est-ce pas?

Anne ne parvint pas à masquer la tension dans sa voix.

— Ce n'est pas ce que vous pensez, rétorqua Michael, le visage dur. Elle n'a rien à voir avec ce genre de filles.

— Je suis désolée, reprit Anne plus doucement. J'aurais dû m'en douter. Vous l'aimez, n'est-ce pas?

Michael ne répondit pas, mais son silence était éloquent.

— Que puis-je faire pour vous aider?

— Convaincre Mr Andrew de m'affecter ici, à Verdun, dans cet hôpital. Mais je vous en supplie, madame Vanderbilt, ne lui dites pas que j'ai trouvé Annie. Elle exerce comme infirmière sous une fausse identité.

Anne soupira.

J'ignore à quoi cela va servir. Les probabilités pour que Michael et cette fille survivent à ces terribles bombardements sont assez faibles.

Mais elle lui devait bien cela. Elle l'avait emmené jusque-là, elle l'avait aidé à atteindre son objectif, elle ne pouvait pas l'abandonner maintenant.

—Je peux faire cela. Mais vous n'allez pas aimer la manière dont je vais m'y prendre.

Michael haussa les sourcils.

—Je vous fais confiance, madame Vanderbilt. Et je vous remercie de m'aider. Que Dieu vous bénisse, madame, dit-il en lui tendant la main.

Son regard se posa sur ses ongles graisseux, elle sourit et, de sa main menue, elle serra l'énorme pogne de Michael.

—Que Dieu vous bénisse, Michael Dunnagan.

—Qu'est-ce qu'il a fait ? demanda Andrew, alors qu'ils étaient à table, en jetant sa serviette par terre. Ce goujat vous a-t-il insultée ?

Mrs Anne Harriman Vanderbilt se redressa.

—Monsieur Andrew, je n'ai pas l'habitude qu'on m'interroge, mais qu'on exécute mes ordres, déclara-t-elle, les yeux rivés sur la table des ambulanciers. Je préférerais ce jeune homme.

Elle désigna un jeune chauffeur au physique athlétique qui cherchait à attirer l'attention d'un groupe de jolies infirmières.

Andrew ne parvint pas à cacher sa surprise. Il tenait Anne Vanderbilt en très haute estime, et une telle requête de sa part ne lui ressemblait pas du tout.

—Cela signifierait une réaffectation.

Elle haussa les épaules.

—Cela n'est pas mon problème, n'est-ce pas ?

—Non, bien sûr que non. Mais cela impliquerait d'abandonner Dunnagan ici.

Elle haussa de nouveau les épaules.

Andrew fronça les sourcils. Il n'aimait pas Dunnagan, c'était indéniable. Mais, après tout le chemin qu'ils avaient fait pour chercher cette fille, ne devraient-ils pas mener leur quête jusqu'au bout?

—Je serai prête avec mes affaires d'ici une demi-heure.

Anne Vanderbilt se leva et sortit de la cantine.

—Elle agit comme si nous lui appartenions, marmonna Andrew dans sa barbe en se massant la nuque. Et nous devrions nous estimer heureux qu'elle nous croie à sa disposition.

Chapitre 56

Annie ignorait que l'amour provoquait une telle métamorphose. Elisabeth, la jeune infirmière discrète aux yeux violets tristes, avait laissé place à une jeune femme pleine de vie qui s'épanouissait même au cours des journées les plus sombres de Verdun.

Dans les tentes de l'hôpital, les apparitions de l'infirmière aux joues rosies et aux cheveux dorés étaient un baume pour le cœur des blessés. Les chirurgiens se retournaient sur son passage, la voyant marcher d'un pas guilleret, le sourire aux lèvres.

Les infirmières avaient l'interdiction de flirter avec les soldats, le personnel médical ou avec les rares habitants de la ville quasiment désertée, bref, avec les hommes en général. Elles n'étaient pas autorisées à se rendre à des rendez-vous galants, à aller danser, à sortir ou à partager leur table à la cantine avec des hommes.

Chaque fois qu'Annie et Michael s'embrassaient ou s'enlaçaient furtivement derrière la tente de la cantine, ils prenaient le risque d'être surpris et de ne plus pouvoir recommencer.

Avec l'aide des infirmières – du moins celles qui n'étaient pas folles de jalousie –, ils s'efforçaient tant bien que mal de vivre leur idylle loin des regards indiscrets. À la mi-septembre, l'infirmière-major commença à soupçonner quelque chose. Elle convoqua alors Elisabeth Hargrave pour lui demander des explications.

—Mon frère, qui a péri sur le *Titanic*, m'a confiée aux soins de Michael. Lorsque ma tante Eleanor m'a envoyée en France pour toute la durée de la guerre et que j'ai quitté Londres sans prévenir personne, il s'est lancé à ma recherche. Ce n'est pas moi qui l'ai contacté.

Les faits étaient simples. Annie ne savait pas si l'infirmière-major la croyait, ce qu'elle ferait de ces informations et ce qu'il adviendrait d'eux. Mais Annie vivait un tel bonheur avec Michael qu'il lui était impossible de n'en rien laisser paraître. La directrice en chef tapota avec un crayon sur son bureau de fortune.

— Vous savez que je suis dans l'obligation de le signaler.

— Mais mon travail n'en souffre pas, madame.

Annie n'avait jamais osé se défendre, mais son silence lui avait plus porté préjudice qu'il ne lui avait rendu service.

— Non. Et votre travail est nécessaire ici, en dépit de votre impertinence, dit l'infirmière-major en fronçant les sourcils. Savez-vous que le dernier notaire de votre tante m'a envoyé une lettre écrite de la propre main d'Eleanor Hargrave, devant m'être remise à sa mort?

Annie se sentit pâlir.

— Non, je l'ignorais.

L'infirmière-major continuer à tapoter sur le bureau avec son crayon.

— Votre tante a laissé des instructions pour que je vous expose au danger.

Annie écarquilla les yeux.

— Je vous ai demandé une fois pourquoi elle vous détestait tant, et vous m'avez répondu : « Parce que… »

— Parce que j'ai eu le malheur de naître, acheva Annie.

— Je vous crois, dit l'infirmière-major en penchant la tête. Elle m'a payée généreusement. Et je dois faire un rapport de la situation à d'autres personnes.

Annie retint son souffle.

— Mais me voilà dans une situation assez embarrassante : j'estime ne pas pouvoir exécuter ses ordres. Je pensais en être capable quand je croyais que tout ce qu'elle m'avait écrit à votre sujet était vrai, avoua-t-elle en secouant la tête. Mais je n'en crois plus un mot. Quoi qu'il en soit, je ne peux pas le faire.

Elle se leva et réfléchit un moment à la manière de formuler sa pensée.

—N'affichez pas votre relation avec ce jeune homme. N'écrivez pas à la famille Sprague à laquelle votre tante fait allusion dans sa lettre, ni aux parents que vous avez en Amérique. Ne soufflez mot à personne de cette conversation. Je peux encore changer d'avis et faire réaffecter votre Irlandais. Mais je n'ai pas le pouvoir d'arrêter ceux que votre tante a engagés pour vous faire surveiller, et j'ignore d'ailleurs de qui il s'agit.

—Merci, madame.

Annie n'arrivait pas à en croire ses oreilles, stupéfaite par tant l'indulgence de la part de l'infirmière-major.

—Ne me remerciez pas. Nous avons peu de chances de sortir vivants de Verdun.

Michael écrivit à sa tante Maggie :

«Les Français se battent farouchement pour chaque centimètre de terrain, que Dieu les bénisse !

Pendant l'automne, ils ont pris l'avantage, malgré les terribles pertes subies ; les blessés, les morts et les disparus se comptent par milliers.

Entre les permissions, le service dans les hôpitaux et les trajets en ambulance, notre emploi du temps ne ressemble à rien. Personne ne s'attend plus vraiment à dormir pendant la nuit, ni les ambulanciers, ni les brancardiers, ni les membres du personnel médical.

Vos bons repas me manquent, tante Maggie, tout comme l'arôme de la pipe d'oncle Daniel au coin du feu le soir. Je repense avec nostalgie au bruissement de son journal ou à la manière dont vous repoussez les cheveux qui vous tombent dans les yeux après une longue journée.

Et pourtant je suis en train de vivre les plus beaux jours de ma vie. Je vous expliquerai bientôt pourquoi. Pour l'instant, sachez que je vous aime de tout mon cœur. Je serai de retour à la maison dès la fin de la guerre.

Votre Michael. »

Le jeune homme raconta à ses camarades qu'il s'était entiché d'Elisabeth Hargrave, la timide infirmière anglaise, mais sans qu'elle en sache rien. Chaque rencontre clandestine se limitait à quelques moments fugaces derrière la cantine ou dans quelque recoin sombre à l'abri des regards. Juste assez longtemps pour qu'il étreigne sa main ou qu'elle passe la sienne dans ses cheveux bouclés.

Chaque journée passée auprès d'Annie était un bonheur pour Michael, mais la peur qu'il éprouvait pour sa sécurité ne faisait que s'accroître. Le pilonnage de l'ennemi s'intensifiait. Il ne pouvait être complètement heureux, car il était à la fois responsable d'elle et incapable d'assurer sa sécurité. Il fallait trouver un moyen de la mettre à l'abri, mais comment ?

À l'approche de Noël, il forgea une bague dans un morceau de métal.

Ce n'était pas la bague ou la demande en mariage auxquelles il rêvait pendant qu'il bêchait, plantait et sarclait dans les roseraies du New Jersey en chantant des cantiques de Noël, ou qu'il conduisait son ambulance à toute allure à travers les zones de combat pour évacuer les blessés.

Mais ils étaient en temps de guerre, et la fin du conflit ne se profilait pas encore à l'horizon. Il devait la mettre à l'abri, loin des champs de bataille. Encore fallait-il qu'elle accepte. La promesse d'un avenir radieux pourrait les aider à traverser cette guerre. Et, quand elle serait terminée, ils rentreraient ensemble dans le New Jersey.

Il ignorait encore comment il arriverait à lui faire sa demande alors qu'ils avaient tant de mal à trouver des moments d'intimité. Il s'agenouilla et ouvrit son cœur au Seigneur Jésus, Celui qui le guidait et le conseillait mieux que personne.

Trois jours avant Noël, Michael songea que ses prières avaient été exaucées lorsque Mack, qui partageait sa tente, lui apprit la nouvelle alors qu'il revenait de Revigny, à bout de forces.

—Ils envoient un civil pour célébrer l'eucharistie la veille de Noël dans l'hôpital de campagne.

Mack retira ses bottes, enveloppa ses orteils dans du papier journal pour avoir plus chaud, puis s'enroula dans sa bâche avant d'ajouter :

—C'est contre le règlement, mais c'est le frère de l'un des médecins. Cela ne fait que démontrer notre supériorité dans cette saleté de guerre.

—Il n'est donc pas français ? demanda Michael.

—Et ce n'est pas un prêtre. C'est un pasteur protestant originaire de Lincoln. Il est venu en France pour se rendre au chevet de son plus jeune frère, blessé au cours de la bataille de la Somme, mais il est arrivé trop tard. Il a décidé de rendre visite à son frère aîné avant que quelque chose ne lui arrive, dit Mack en se retournant sur son lit. Ils vont sûrement se faire tirer dessus tous les deux…, marmonna-t-il dans sa barbe. Je vais le chercher à Revigny demain, ajouta Mack en tirant la bâche au-dessus de sa tête. Ferme le rabat de la tente et laisse-moi m'imaginer qu'il fait nuit.

Michael s'exécuta en secouant la tête. Il savait ce que c'était de perdre un frère ou une sœur. La peur de voir mourir un autre être cher le fit penser à Owen et attisa son besoin d'agir. *Un pasteur, un vrai pasteur anglais.* Il répéta ces mots dans sa tête, et une idée s'imposa alors à lui.

—J'ai besoin de ton aide, Mack… et peut-être aussi de celle de Liz et d'Evelyn.

Mack repoussa la bâche.

—Evelyn ?

Le simple fait de prononcer son nom suffit à allumer une petite lueur dans le regard de Mack.

—Qu'est-ce qu'il y a encore, Dunnagan ? demanda Mack.

—Peux-tu t'arranger pour me ménager un moment tranquille avec le pasteur avant de le mener à la tente des officiers ?

—En échange de… d'un moment tranquille avec Evelyn ?

Mack était parfaitement réveillé à présent.

—Ce sera à elle d'en décider. Prends garde à ne pas gâcher votre amitié.

Michael retint son souffle.

Mack le dévisagea.

—Que veux-tu demander au pasteur ?

—Un mariage, avoua Michael en souriant jusqu'aux oreilles. Un mariage surprise qui se déroulera en secret le jour de Noël, entre Annie et moi. En présence d'Evelyn, Liz, ce type qu'elle aime bien et toi.

—Mais tu es complètement fou ! Tu n'as pas remarqué que nous étions en guerre ? Stupide Irlandais !

—Oui je suis fou… fou d'amour !

Rêveur, Michael avait le regard perdu dans le vague. Il attrapa Mack par l'épaule pour qu'il le regarde dans les yeux.

—Tu vas le faire, n'est-ce pas ? Et tu seras à mon côté ?

Mack grogna, donna un coup dans son oreiller improvisé et secoua la tête. Il tourna de nouveau le dos à Michael et marmonna, un sourire sur les lèvres :

—Fais en sorte qu'Annie lance le bouquet à Evelyn.

Chapitre 57

Le jour de Noël, les officiers et les chirurgiens prirent leur repas en premier, puis ce fut le tour des infirmières-majors, des VAD, et enfin des ambulanciers, des brancardiers et des autres. Ce fut une journée plus joyeuse que d'ordinaire. Et si la nourriture n'était pas des plus appétissantes, il faisait bon dans la cantine. Les Allemands étaient calmes et, Michael l'espérait, soûls.

Après que le pasteur eut donné la communion aux chirurgiens et aux membres du personnel, il traversa la tente. Michael reconnaissait le silence religieux qui s'était abattu sur les rangs. Un calme similaire régnait dans le temple de Swainton avant la communion. Et Michael se sentait habité par la même paix intérieure.

Le jeune homme voyait que le pasteur était un homme bon, qui présentait l'avantage d'être un civil, et par conséquent de ne pas être soumis au règlement militaire. Personne ne lui avait donc spécifiquement interdit de célébrer des mariages dans les zones de combat. Il était plus jeune que Michael l'avait imaginé, mais il était marié. Il devait donc être capable de comprendre les tourments de l'amour. Michael ne lui avait pas dit qu'il n'avait pas encore demandé Annie en mariage, mais il était sûr de sa réponse. Plus sûr de sa réponse que de l'issue de la guerre. Pendant tous ses préparatifs, il avait repensé avec émotion au mariage de tante Maggie et d'oncle Daniel le jour de Noël.

Dès qu'il eut parlé avec le pasteur et obtenu sa bénédiction et sa promesse de garder le secret, Michael planifia la surprise avec Liz et Evelyn. Elles remettraient sa lettre à Annie après la communion, puis l'accompagneraient jusqu'à la tente où se trouvait le pasteur. Il savait que cela allait à l'encontre du règlement, mais c'était pour la bonne cause, et puis le pasteur serait là, après tout.

À ce moment-là, plus rien ne pourrait venir gâcher la journée, plus personne n'aurait besoin d'Annie. Le frère du pasteur serait de service à l'hôpital et ne pourrait donc pas se mettre en travers de leur route. Grâce à Mack, ils auraient la nuit pour eux seuls. Il avait convaincu le pasteur d'échanger sa tente contre le lit de Michael : un cadeau de mariage en temps de guerre. Michael songea qu'il pourrait donner le nom de cet homme, ou bien de Mack, à leur premier-né.

Le lendemain, Michael irait main dans la main avec Annie voir l'infirmière-major. Furieuse, elle demanderait sûrement à Annie de partir sur-le-champ. Celle-ci serait sans doute renvoyée chez elle au cours du mois suivant, et il la rejoindrait dès que possible. Même s'il devait attendre la fin de la guerre, au moins Annie serait en sécurité, loin des combats et de l'infirmière Artrip. Tout irait bien.

En recevant le pain et le vin, Annie ressentit une paix profonde. Le partage de l'eucharistie était un don si précieux que la jeune fille en avait oublié la beauté. Dieu l'aimait et avait donné sa vie pour elle ; cela dépassait son entendement. Plus tard, à genoux au pied de son lit, elle pria.

— Owen comprenait ce mystère mieux que moi, murmura-t-elle. Bénissez-le pour cela, Seigneur. Je vous rends grâce pour la vie que Vous avez vécue, la vie qu'Owen a vécue, cette vie que vous m'avez offerte et tout ce qu'elle m'apporte. Apprenez-moi à me sacrifier avec autant d'amour que Vous l'avez fait pour le monde, et qu'Owen l'a fait pour Michael et moi. Bénissez notre amour, Père très saint. Donnez-moi la patience. Aidez-moi à être forte et, je vous en prie, oh, je vous en supplie, faites cesser cette guerre.

Elle s'apprêtait tout juste à se remettre debout quand Liz la tira avec impatience pour qu'elle se lève et lui fourra un tablier propre dans les mains.

— Je sais que tu n'as rien de correct à porter, alors prends mon tablier propre ; je l'ai blanchi hier, il devrait faire l'affaire.

Liz battait des mains comme une enfant.

— Pour quoi faire ? C'est un cadeau de Noël ?

Evelyn écarta Liz.

— Ne fais pas attention à elle. Et si tu te coiffais un peu ? Il faudrait aussi te nettoyer les ongles, avec toutes ces saletés qui viennent se loger dessous…

— Qu'est-ce que vous mijotez, toutes les deux ?

Annie se demanda si elles étaient allées boire au bistro, ou, pire encore, s'étaient procuré des liqueurs de Noël sur le marché noir.

— Elle te l'a donnée, n'est-ce pas ? demanda Evelyn en se tournant vers Liz. Eh bien, alors ? Tu la lui as donnée ?

— Donné quoi ? demanda Annie.

Liz se donna une tape sur la joue.

— Oh, la lettre ! Tiens, la voilà ! Lis-la vite… Par ici, près de la lanterne.

Elle tendit à Annie un papier, plié et replié, sur lequel la jeune fille reconnut l'écriture de Michael.

Les mains légèrement tremblantes, Annie défroissa le papier.

— Il a arrangé l'heure et le lieu du rendez-vous. C'est le cadeau de Noël idéal ! Je commençais à avoir peur qu'il n'ait oublié ce jour ! s'exclama Annie avec émotion, sentant son cœur tressaillir d'allégresse à la lecture de la lettre de Michael.

« Mon Annie bien-aimée,
Quand j'ai promis à Owen de veiller sur toi, c'était par devoir et par gratitude envers le meilleur ami que j'aie jamais eu. Mais j'ai trouvé dans ton amour plus de vie et de joie qu'un homme n'a le droit d'en réclamer sur cette Terre, plus que dans mes rêves les plus fous. Je t'aime, Annie Allen. Je t'aime

du plus profond de mon être, et je t'aimerai toujours. Suis Liz et Evelyn. Une surprise t'attend.

Avec tout mon amour,
Michael. »

Annie se mordit la lèvre, lissa de nouveau la lettre froissée de Michael et sourit aux filles.

—Qu'est-ce que vous avez manigancé, tous les trois ?

Liz et Evelyn échangèrent un regard furtif.

—Je pense que nous devrions lui dire, suggéra Evelyn sur un ton réprobateur.

—Mais il nous a demandé de garder le secret... Cela gâcherait la surprise ! s'écria Liz en se tordant les mains.

—Ça pourrait être un choc, fit remarquer Evelyn. Et si elle ne... ?

—Qu'importe ! s'exclama Annie. S'il veut me faire la surprise, laissez-lui cette joie. Il a dû se donner tant de mal pour tout organiser... Je n'ai pas envie de tout gâcher.

Annie glissa le mot dans sa poche.

—Ah, ça, pour être une surprise, ça va être une surprise ! dit Evelyn avec un air lourd de sous-entendus.

Liz lui donna un coup de coude.

—Vous m'aideriez à me coiffer ? Ce n'est pas tous les jours qu'une jeune fille a rendez-vous avec un bel ambulancier dans une zone de combat le soir de Noël !

Elle éclata de rire, et son bonheur résonna à ses oreilles comme un carillon.

Une demi-heure plus tard, Liz déclara son amie présentable. Les trois filles se couvrirent chaudement pour se protéger du froid et jetèrent un coup d'œil dehors. La nuit était tombée et les premières étoiles commençaient tout juste à briller. La lune éclairant doucement la couche de neige, elles n'eurent pas besoin de lanterne pour se repérer. Elles marchèrent avec précaution le long de la piste déblayée, en s'intimant mutuellement au silence par des petits coups de coude amicaux et des gloussements. Annie ignorait pourquoi ses amies étaient d'aussi bonne humeur, mais cela changeait agréablement de la tension et de l'ennui qui régnaient habituellement dans le camp. Elle commença à penser que Michael avait préparé une sorte de fête. Peut-être qu'il avait trouvé un magasin secret de confiseries, ou bien qu'une lettre de tante Maggie était arrivée. Elle se joignit gaiement à leur petite promenade.

Quand elles arrivèrent devant la tente du pasteur, Annie eut un moment d'hésitation.

— Nous ne sommes pas encore arrivées, ce n'est pas possible ! s'exclama-t-elle en arrêtant ses amies, avec qui elle marchait bras dessus bras dessous. L'infirmière-major va nous demander des comptes !

— Tout est arrangé. Si elle débarque, nous dirons que nous sommes allées nous confesser, lui assura Liz.

— Mais ce n'est pas un prêtre ! Il ne donne pas l'absolution !

C'était une chose qu'Annie savait avec certitude.

— Mais nous ne la demandons pas, nous ne faisons que nous confesser !

— Confesser quoi ? demanda Annie.

Mais Evelyn la poussa doucement dans la tente. Annie vit alors Michael, le regard plein d'amour, et d'un seul coup elle oublia tout le reste. Elle remarqua à peine la présence de Mack, d'un autre camarade et du pasteur derrière lui.

Michael la tira doucement vers lui et elle se laissa faire, le cœur en joie. Quand il abaissa la capuche de sa cape, elle sentit la chaleur de ses mains sur son visage.

— Joyeux Noël, Annie.

— Joyeux Noël, Michael.

C'était seulement un mot, un prénom, mais il signifiait tout pour elle.

Tournant le dos au petit groupe frileusement attroupé à l'autre bout de la tente, Michael la fit asseoir sur une chaise pliante dans un coin et se mit à genoux devant elle.

—J'avais espéré te le demander dans le pavillon que j'ai construit au milieu des Jardins Allen, murmura-t-il en prenant la main d'Annie, devant notre future maison. J'avais prévu de mettre un genou à terre et de t'offrir un bouquet composé de roses blanches d'Owen, de lobélies du même bleu que tes yeux, et de ce lierre grimpant que tu aimes tant. Mais l'été est terminé, et nous ne sommes pas dans le New Jersey.

Elle sentait ses doigts qui caressaient les siens, et son cœur tambouriner dans sa poitrine.

—Mais épouse-moi quand même, Annie. Épouse-moi maintenant, et laisse-moi t'emmener à la maison.

Annie cligna des yeux et ouvrit la bouche, mais aucun mot n'en sortit. Elle la referma.

—Annie? demanda Michael en serrant ses mains. Le pasteur a accepté de nous marier. De nous marier aujourd'hui. Ici et maintenant.

Mais Annie restait assise, comme assommée, sans remarquer la présence du groupe qui semblait attendre quelque chose.

Michael pâlit légèrement, puis rougit.

—Tu m'aimes vraiment… N'est-ce pas?

Annie secoua la tête pour sortir de sa torpeur.

—Bien sûr que je t'aime. Je t'aime de tout mon cœur, tu le sais bien.

Elle parlait si bas que Michael était obligé de coller son visage près du sien pour l'entendre.

—Mais ne me demande pas en mariage maintenant, reprit-elle. Nous ne pouvons pas nous marier pour le moment. Pas tant que je suis liée à tante Eleanor par ce maudit contrat, et que je suis en service pour le VAD, dit-elle, tremblante, en s'efforçant de se ressaisir. Je ne peux pas quitter la France… pas avant la fin de la guerre.

—Mais la guerre peut durer longtemps. Et elle est morte! s'exclama Michael en prenant le visage d'Annie dans ses mains. La sorcière est morte… Elle ne peut plus rien contre toi si tu es renvoyée loin d'ici, avec moi. L'infirmière-major peut te demander de partir pour avoir enfreint le règlement, et je te suivrai dès que possible. Au moins tu seras en sécurité !

Annie cligna des yeux pour refréner ses larmes, atterrée par la simplicité avec laquelle il considérait les choses, perdue dans la chaleur de son amour.

— Nous ne sommes pas seuls, Michael, dit-elle en lui prenant la main. Mon Michael chéri. Nous devons être patients… pour tante Maggie, pour les Sprague, pour la vie qui nous attend. En nous mariant aujourd'hui, nous vivrions dans la peur d'être épiés par quelqu'un qui mettrait à exécution les terribles menaces de ma tante.

— Et si c'était cela notre vie ? Toute notre vie ? insista Michael.

— Oh, Michael ! Dieu du ciel, je ne peux pas supporter cette idée !

Elle se cramponna à lui, enfonçant ses ongles dans son manteau.

Michael sécha les larmes d'Annie en couvrant ses joues de baisers.

— Je suis désolé, Annie. Je suis désolé. Ce que j'ai dit était stupide, dit-il en repoussant quelques mèches de cheveux devant les yeux d'Annie qu'il tint serrée contre lui. La guerre finira bien par se terminer. Et, s'il plaît à Dieu, nous serons tous les deux libres.

Le pasteur toussa discrètement et demanda, toujours de l'autre côté de la tente.

— Je suppose qu'il n'y aura pas de mariage ce soir ?

Annie vit ses amies qui attendaient avec inquiétude, les regardant avec une expression gênée. Evelyn avait les mains serrées autour d'un bouquet de roses en tissu cousues à la main.

Le pasteur s'avança vers eux, hésitant.

— Est-ce que je peux faire quelque chose ?

Annie secoua la tête et s'efforça de sourire, tout en essuyant ses larmes. Elle avait tant envie de se fondre dans le cœur battant de Michael, celui qu'elle avait entendu battre si distinctement… Mais ne s'agissait-il pas du sien ?

— Un jour viendra, Annie Allen, murmura doucement Michael à son oreille, où je te ferai la même demande et où tu seras prête. Je ne te laisserai pas t'en tirer ainsi une seconde fois.

Elle se blottit contre lui.

— Fais-moi ta demande en mariage quand nous serons dans les jardins du New Jersey et que tu tiendras ce bouquet dans tes mains. Je souhaite que nous prononcions nos vœux dans ton magnifique pavillon de jardin. J'attends avec impatience l'arrivée de ce jour, et d'un avenir sans menace et sans ombre.

Michael aida Annie à se relever.

— Tu veux dire que tu souhaiterais quelque chose de plus élégant que ces roses en tissu et nos chaussures sous un lit de camp défoncé dans la tente d'un pasteur charitable ? plaisanta-t-il en souriant avec embarras. Et que dirais-tu d'un mariage secret ce soir et d'un vrai mariage plus tard ?

Elle regarda autour d'elle et sourit, mais sans réussir à en rire.

— Tu sais que j'aimerais beaucoup passer cette nuit de noces ici en ta compagnie.

Elle passa son doigt sur la longue fossette de sa joue.

Il embrassa la paume de sa main avant de la presser contre son cœur.

— Nous attendrons.

Entourés de leurs amis et devant le pasteur, Annie et Michael jurèrent de s'aimer toute leur vie et de se marier à la fin de la guerre, devant le révérend Tenney dans les Jardins Allen. Michael promit qu'il cueillerait lui-même les roses pour le bouquet.

Quant aux fleurs en tissu, Mack les piqua dans les cheveux d'Evelyn. Elle les porta sous son voile d'infirmière pendant deux jours, jusqu'à ce que l'infirmière-major les remarque et les confisque pour en faire profiter les blessés.

Chapitre 58

LE FROID S'INSTALLA POUR DE BON APRÈS NOËL. LA BOUILLOTTE d'Annie, glissée entre ses couvertures et ses lainages, commençait à geler de nouveau.

Les réserves de bois de chauffage étaient encore abondantes car les arbres des collines, vallées et forêts environnantes avaient été détruits depuis longtemps et servaient de petit bois. Mais ce n'était pas suffisant pour être au chaud.

— Si seulement nous pouvions tenir jusqu'à ce que la neige paralyse les combats, dit Liz. Tout sera de nouveau ralenti.

— Pas cette année, répliqua Annie. C'est la grande offensive, l'offensive finale.

— Rien n'est moins sûr, se plaignit Liz. Ce n'est pas la première fois que nous pensons cela… Nous nous imaginons chaque fois que c'est le dernier Noël que nous passons sur le front avant que la guerre s'achève, et pourtant les combats font rage. J'ai l'impression que ça ne finira jamais !

— C'est différent cette fois, la contredit Evelyn.

C'était si rare que tout le monde se tourna vers elle pour l'écouter.

— Les Allemands sont au bout du rouleau, expliqua Evelyn. Cela ne peut plus durer longtemps.

— Que le ciel t'entende, lança Judy. Quoi qu'il en soit, c'est le dernier mois que je passe ici. Du moins je l'espère. Après, je rentre chez moi.

— Quoi ? s'exclama Babs, sans savoir si son amie était sérieuse. Tu nous abandonnes ?

Les yeux de Judy se remplirent de larmes. Elle sortit de sa poche une lettre froissée, qui avait dû être lue et relue.

— Dave a été grièvement blessé.

— Judy !

— Son unité a été presque entièrement décimée pendant la bataille de la Somme. Il fait partie des chanceux.

Mais elle commença à pleurer.

Annie s'assit près de son amie et passa son bras autour de ses épaules. Elle attendit que Judy se calme, sachant pertinemment ce que « grièvement blessé » pouvait signifier. De nombreux soldats étaient marqués à vie.

— Il a été renvoyé en Angleterre pour sa convalescence, expliqua Judy en se levant. Je me fiche de ce qu'ils disent. Si Dave a besoin de moi, je partirai sans hésiter.

— Bien sûr, approuva Annie. Tu devrais même partir sur-le-champ. Si je le pouvais, c'est ce que je ferais.

Les filles se tournèrent avec étonnement vers Annie, qui prenait rarement la parole dans leur groupe, et qu'elles en étaient venues à surnommer « Elisabeth l'inébranlable ».

— Si Dieu le veut, murmura Evelyn, nous rentrerons bientôt chez nous.

Les sirènes commencèrent à retentir vers deux heures du matin, de plus en plus fort. Le pilonnage de l'hôpital commença à deux heures et six minutes. Une pluie de bombes s'abattit, pendant un temps indéterminé.

Les hommes et les femmes encore valides bondirent hors de leur lit, enfilèrent leurs chaussures et leurs capes puis se précipitèrent pour accomplir leur devoir.

À la lumière des explosions, Michael fit démarrer son ambulance et se rangea dans la file qui s'était formée devant les tentes.

— *Évacuez ! Évacuez*[*] !

Le mot d'ordre se propageait de tente en tente à travers tout le camp.

— Attention ! ordonna l'infirmière-major. Soulevez-les avec précaution.

— *Vite, vite*[*] ! cria le chirurgien en l'écartant. Vos efforts seront anéantis si vous ne sortez pas ces hommes d'ici.

Toutes les VAD se précipitèrent pour aider à porter les patients, à rassembler les bandages et les médicaments dont ils avaient désespérément besoin et qui s'étaient raréfiés.

— Annie ! hurla Michael pour couvrir le vacarme, traversant toutes les tentes en courant.

Une explosion forma un cratère dans le sol près de la tente chirurgicale. Des plateaux en métal, des instruments opératoires, des éclats de verre et des cailloux volèrent en tous sens. Michael fut expulsé dix mètres plus loin.

— Monte dans ton ambulance, chauffeur ! Emmène ces hommes loin d'ici !

Michael ne savait pas d'où venait l'ordre. Il devait obéir, mais il ne pouvait pas partir sans Annie.

— Annie, réponds-moi ! cria-t-il tout en priant.

Une autre explosion illumina violemment le camp.

— Allez-y ! hurla le chirurgien.

— Elle est déjà avec les blessés, dans l'ambulance de Mack ! Elle est en route ! s'écria Liz en poussant Michael vers les ambulances tandis qu'elle courait chercher un dernier chargement de matériel.

Il avança en titubant jusqu'à sa Ford pleine à craquer, fit vrombir le moteur et suivit la file d'ambulances qui se dirigeait vers la rivière et la route pour s'éloigner de Verdun. Regardant autour de lui, il vit Liz disparaître dans l'ambulance derrière la sienne et pria pour qu'Annie ait trouvé une place dans l'un des camions devant. Il pria pour qu'elle soit en sécurité avec Mack. Il espérait la retrouver à Revigny.

— Éteignez les phares !

L'information passait d'une ambulance à l'autre.

— Merci, Seigneur Jésus! pria Michael.

Ils étaient des cibles pour ces satanés obus allemands.

Sans rien pour éclairer son chemin, ne serait-ce qu'une allumette ou une étincelle de lumière, Michael avançait à l'aveugle. L'ambulance qui le précédait était à moins de deux mètres de la sienne, et il avait les mains crispées sur le volant de sa Tin Lizzie.

Le bombardement de la zone de l'hôpital et des champs de bataille juste au sud se poursuivit. Michael savait que des renforts avaient récemment creusé de nouvelles tranchées dans la zone visée, mais il ignorait comment les Allemands l'avaient appris. Leurs obus visaient sans aucun doute les renforts fraîchement arrivés, et il leur importait peu que l'hôpital soit rasé dans l'opération.

Michael conduisait dans les champs et sur les routes accidentées en s'orientant grâce au son lointain des tirs de fusils à travers les tunnels de fil barbelé du *no man's land* et des explosions d'obus dans les tranchées.

S'amplifiant à chaque mètre, des gémissements déchirants s'élevaient de son ambulance cahotante et en piteux état, où étaient entassés des hommes gazés et aveuglés, touchés par des éclats d'obus et couverts de sang. Quand il franchit une ornière sur la route, des soldats se mirent à jurer et à hurler des obscénités, tandis que d'autres gardaient le silence. Michael ressentait une profonde pitié envers ces hommes, mais continuait à avancer, priant en silence. *Seigneur Jésus, protégez ma précieuse Annie!*

Et soudain, couvrant le bruit du moteur et des gémissements des blessés, le sifflement odieux parvint aux oreilles de Michael, de plus en plus proche. Des gouttes de sueur perlèrent sur son front. Il ne s'arrêta pas pour autant.

Alors qu'il s'engageait dans un virage, Michael vit le cylindre gris descendre lentement du ciel légèrement éclairé par la lune. Il le vit percuter la route, deux ambulances devant lui. Il entendit l'explosion assourdissante dans une partie lointaine de son cerveau, sentit la violente chaleur du brasier sur ses joues, et se rendit compte que le volant de son ambulance était arraché à son étreinte puissante, tandis qu'il s'envolait vers le paradis.

TROISIÈME PARTIE

Chapitre 59

LES YEUX D'ANNIE REFUSAIENT DE S'OUVRIR. ELLE SENTAIT SES deux bras plâtrés, mais pas ses jambes. Prise de panique à l'idée de ce que cela pouvait signifier, elle s'efforça de soulever sa tête, mais ses muscles ne lui obéirent pas.

— Elle est réveillée !

Annie entendit la voix joyeuse d'une femme. Une voix qu'elle connaissait, mais qu'elle ne parvint pas à resituer immédiatement.

— Oh, tu nous es revenue, Elisabeth !

Liz et Marge parlaient au-dessus de sa tête.

— Tu nous as fait une sacrée frayeur, murmura Liz. Mais tout ira bien maintenant… Tout ira bien !

— Qu'est… qu'est-ce qui s'est passé ?

Annie n'arrivait pas à réfléchir en raison de la douleur dans sa tête. Le regard inquiet qu'échangèrent ses deux amies ne lui échappa pas.

— Il y a eu un pilonnage… tu te souviens ? Ma pauvre, tu es restée inconsciente pendant si longtemps. Le mois de janvier touche presque à sa fin ! Un éclat d'obus s'est logé dans ton cou et ta colonne vertébrale, mais le chirurgien a fait des miracles ! lui assura Liz.

— Un pilonnage ? demanda Annie en essayant de se concentrer. L'évacuation… je me souviens.

— C'est bien. Tu dois encore en subir quelques-unes… des opérations, je veux dire. Mais tu vas te rétablir à présent, la rassura Marge en souriant. Oh, je suis si heureuse !

— Où sont toutes les autres ? Est-ce que nous nous en sommes toutes sorties ?

— Nous parlerons plus tard, dit Liz. Nous devons partir, mais je reviendrai dès que possible. J'accompagne Marge et Judy à la gare.

— Où est-ce que vous allez ? demanda Annie d'une voix endormie.

— À la maison. Je rentre retrouver mon Jack, répondit Marge. Il a enfin obtenu une permission de deux semaines, et ils m'ont accordé une semaine. Je suis tellement impatiente de le voir !

— Et Judy s'en va pour de bon. Dave est en convalescence à Lincoln ; ils vont se marier dès qu'il sortira de l'hôpital ! N'est-ce pas romantique ? s'extasia Liz.

Mais Marge la regarda les sourcils froncés en secouant la tête.

— Quelle bonne nouvelle ! se réjouit Annie, sans pouvoir faire cesser le bourdonnement dans sa tête.

Elle avait oublié ce qu'elle voulait leur demander à tout prix.

— Repose-toi. Je reviendrai te voir dans quelques jours, annonça Liz en caressant le front d'Annie.

Annie murmura quelque chose, puis les deux filles sortirent de son champ de vision. Elles étaient arrivées devant la porte quand Annie pensa soudain à Michael. Elle ouvrit la bouche pour leur demander de ses nouvelles, mais fut happée par le sommeil.

Marge et Liz marchèrent lentement vers la gare.

— Je déteste cette situation, dit Marge. Je ne sais pas comment nous allons réussir à lui dire.

— Je ne veux pas être celle qui lui annoncera, déclara doucement Liz.

— Tu as failli le faire ! Ne lui parle pas de romance ou de mariage ! Tu sais à quel point elle l'aimait ! s'exclama Marge en soulevant son sac de voyage. Il ne faut pas qu'elle apprenne les nouvelles trop vite, elle risquerait de rechuter.

— Je vais faire attention. Je te promets, répondit Liz en hochant la tête.

— Mon Dieu, gémit Marge, comme je déteste cette guerre !

Des médecins allaient et venaient auprès de la patiente dont le dossier indiquait : « Elisabeth Hargrave, VAD ». Des infirmières vérifiaient ses fonctions vitales et des aides-soignants la portaient sur une planche pendant que ses draps étaient changés par des VAD qu'elle ne connaissait pas.

Annie demandait sans cesse à voir Michael, mais on lui répondait qu'il n'était pas à l'hôpital. Elle supplia quelqu'un de parcourir la liste des ambulanciers. Deux infirmières acceptèrent de se renseigner, mais aucune ne lui fournit l'information qu'elle voulait obtenir.

Annie avait si mal à la tête et au cou qu'on lui administrait de puissants sédatifs, et elle passait son temps à dormir. Son sommeil était troublé par des cauchemars récurrents – des visions d'explosions de camions et de roses blanches, la sensation qu'elle volait la tête en bas et en arrière, avant de dégringoler dans une tranchée de lierre grimpant.

Elle dut subir encore deux opérations. À la fin du mois de février, malgré la douleur dans son cou et sa colonne vertébrale, Annie était capable de rester assise dans son lit pendant dix minutes et de prendre un repas solide, nourrie à la becquée par une VAD. Début mars, quand ses bras et ses poignets furent déplâtrés, elle commença à manger seule et put rester éveillée plus longtemps. Sans les médicaments, elle retrouvait sa lucidité et exigeait des réponses à ses questions sur Michael.

Annie demanda des nouvelles de ses amies, Liz, Evelyn, Andee, et des autres filles, mais on lui dit qu'elles avaient été affectées ailleurs et qu'elles ne pouvaient pas lui rendre visite. L'aide-soignant qu'elle interrogea ignorait où elles se trouvaient désormais. Elle n'était pas plus avancée.

Le mois de mars céda la place à un mois d'avril venteux. Les torrents de pluie printanière ne faisaient qu'accroître la douleur d'Annie. Elle craignait le pire pour Michael, car elle ne pouvait croire qu'il l'ait oubliée ou quittée. C'était impossible.

Elle n'osa pas écrire à sa tante Maggie, car ils ne lui avaient jamais fait savoir que Michael l'avait trouvée.

Annie n'avait plus de sensations en dessous de sa cage thoracique. Malgré tout, s'aidant de deux cannes en bois, elle commença à parcourir en boitillant de courtes distances dans la salle où elle se trouvait, puis dans les couloirs. Il était question de la renvoyer en Angleterre pour sa convalescence, mais, pour quelque obscure raison, les démarches nécessitèrent plus de temps que prévu. Annie était certaine que l'un des sbires de sa tante Eleanor s'en était mêlé. Autrement, pourquoi la garderait-on dans un hôpital en France alors même qu'on avait tant besoin de libérer des lits? *Prisonnière à Paris.* Cela aurait fait sourire Annie si elle n'avait pas eu là une preuve supplémentaire de l'étendue du pouvoir de sa tante décédée.

Le 1er mai, Annie rêva de jardins et de soleil. À son réveil, elle découvrit un petit bouquet de muguet au milieu de la salle. Elle referma les yeux et huma avec délice ce parfum familier qu'elle aimait tant. Quand elle les rouvrit, elle vit une jeune femme au-dessus d'elle, un sourire aux lèvres.

—Te voilà! Tu as bien meilleure mine que la dernière fois! s'exclama Liz en reculant et en inclinant la tête. Comment te sens-tu?

Annie dut faire un effort pour s'asseoir, et sentit ses joues rosir de plaisir.

—Liz? Liz! Où étais-tu?

—Après le bombardement, on nous a toutes envoyées prendre un peu de repos. Puis, contre toute attente, nous avons obtenu une permission pour rentrer chez nous. Mes parents ont déclaré que ce n'était pas trop tôt!

Annie hocha la tête.

—Je me souviens des explosions…

Liz secoua la tête.

—Oh, c'était terrifiant! Tu t'es sans doute évanouie sur-le-champ. Mais nous allons bien maintenant... Du moins la plupart d'entre nous, dit-elle en se penchant vers Annie. Babs ne s'en est pas aussi bien sortie. Je ne crois pas qu'elle pourra de nouveau utiliser son bras droit un jour.

—Vraiment?

—Non. Elle ne pourra plus non plus exercer comme infirmière. Elle est rentrée chez elle en Angleterre. Mais elle a rencontré un homme merveilleux et ils vont se marier en juin.

—Se marier?

La peur qu'Annie ressentait sans cesse pour Michael lui oppressa la poitrine.

—Elisabeth? Qu'est-ce qu'il y a? On dirait que tu as vu un fantôme.

—Michael, murmura Annie en se cramponnant au bras de Liz. Où est Michael?

Chapitre 60

LE RÉVÉREND TENNEY ENTRA DANS LE BUREAU DE POSTE AU moment où Maggie McKenica regardait dans sa boîte aux lettres. Elle passa la main le long des bords, s'arrêta, se redressa lentement puis la referma.

— Pourquoi te tortures-tu ainsi, Maggie chérie ? murmura Daniel à l'oreille de son épouse qui maigrissait de jour en jour.

Le révérend Tenney se détourna lorsque les yeux de Maggie se remplirent de larmes. Il vit Daniel sortir avec Maggie, la soutenant pour descendre les marches, s'éloignant des regards indiscrets et pleins de compassion de leur petite communauté.

Le révérend s'approcha de Daniel une fois Maggie installée dans leur calèche.

— Vous avez eu des nouvelles, Daniel ?

Celui-ci lança un coup d'œil à Maggie, mais elle se détourna. Il souleva le sac à main noir posé sur les genoux de son épouse et en sortit une lettre froissée. Le cachet sur l'enveloppe datait du 9 mai 1917. Il la tendit au révérend Tenney, qui regarda Daniel dans les yeux en la dépliant avec précaution.

L'en-tête était de A. Piatt Andrew, de l'American Field Service – récemment renommé ainsi – en France, mais la lettre avait été écrite le 31 décembre. Elle était presque identique à celle que le révérend Tenney avait lue deux jours auparavant dans la maison d'une famille en deuil à Cape May Court House, annonçant un «disparu, présumé mort». Dans le cas présent, l'auteur avait fait suivre le testament de Michael, griffonné à la hâte de sa propre main avec un bout de crayon, et à peine lisible.

«Dans le cas où je viendrais à mourir, je lègue l'ensemble de mes biens et effets personnels à ma famille, Maggie et Daniel McKenica, résidant à Swainton dans le New Jersey, dans l'espoir qu'ils s'en servent pour subvenir aux besoins d'Annie Allen, ma sœur selon la charge que m'a confiée Owen, et mon amie par la grâce de Dieu.

Michael Dunnagan.
American Ambulance Field Service.»

Le révérend Tenny avait la gorge nouée. Il commença à parler d'une voix éraillée, puis se reprit.

— Je suis désolé… tellement désolé.

Daniel hocha la tête et reprit la lettre en silence.

— Si Maggie et vous souhaitez faire célébrer un office…

Le révérend Tenney s'interrompit.

— Ne soyez pas si prompt à enterrer mon Michael, révérend Tenney! lança Maggie avec un accent irlandais plus prononcé que jamais. Il n'est pas mort!

— Mais la lettre…

— La lettre est un morceau de papier qui nous apprend qu'ils ignorent où il se trouve, rien de plus. Si Michael était mort, je le sentirais en moi. Il va rentrer chez nous, bientôt. Attendez. Attendez et vous verrez.

Maggie le regardait avec des yeux d'acier, le visage baigné de larmes.

Malgré son menton qui tremble, elle affiche une détermination plus farouche que celle d'un guerrier, songea le révérend.

Il ôta son chapeau et inclina humblement et respectueusement la tête.

—Pardonnez-moi, Maggie McKenica. Pardonnez mon manque de foi. J'attends avec impatience le retour de Michael, dit-il, sans réussir à sourire.

Maggie hocha sèchement la tête, puis sécha ses larmes et leva le menton. Daniel donna un léger coup de rênes et ramena son épouse chez eux.

Chapitre 61

CAROLE FONDREY OUVRIT GRAND LES RIDEAUX EN CHINTZ DE la chambre de la malade.

— *Bonjour, ma chère*[*] ! dit-elle en dégageant le front d'Annie des mèches de cheveux qui le barraient. Nous sommes au cœur du mois de juin, *ma petite*[*], et les rosiers sont en fleur. J'insiste pour que tu te lèves et que nous allions marcher dans les jardins. Cela nous fera le plus grand bien à toutes les deux.

Annie tourna la tête vers le mur. C'était le seul moyen qu'elle avait trouvé pour montrer son mécontentement. Elle n'arrivait plus à former des phrases entières dans son cerveau, et parler lui demandait beaucoup trop d'effort et d'énergie. Elle ne savait pas pourquoi cette femme qui maîtrisait les deux langues alternait le français et l'anglais en permanence, parfois dans la même phrase. Annie ne comprenait pas tout ce qu'elle disait, en dépit de ses années d'apprentissage du français à l'école et des mois passés à Verdun à soigner des soldats français. Elle ne s'étonnait même plus de ces trous de mémoire.

La femme, qui était là chaque fois qu'Annie ouvrait les yeux, était têtue. Elle l'aida à sortir du lit et noua une robe de chambre autour de sa taille. Puis, mettant un bras autour de ses épaules, elle la conduisit dans un grand jardin par la porte de la cuisine.

Les battements du cœur d'Annie s'accélérèrent. Elle n'avait aucune envie de marcher dans les jardins. Elle ne voulait plus rien avoir à faire avec des jardins désormais. Elle ferma les yeux et se retourna, cherchant le loquet de la porte.

Mais la femme prit les mains d'Annie et la guida, lentement mais sûrement, vers une chaise en osier exposée au soleil. Elle aida Annie à s'asseoir sur le siège usé et posa une couverture sur ses genoux.

— *Du thé, ma chère*. Je sais combien les Anglais en raffolent.

La femme s'empara d'une théière fumante en porcelaine et versa un filet ambré dans une tasse. Elle y ajouta un liquide fort de couleur rouge-marron et remua.

— Bois cela, ma chérie. Bois cela, et tu verras, tout finira par aller mieux, petit à petit.

Comme Annie avait des difficultés à attraper sa tasse, la femme referma ses mains chaudes autour de celles d'Annie et l'aida à la porter jusqu'à ses lèvres. Annie trembla. La femme avait un gentil sourire, mais la convalescente ne voulait pas qu'on la touche. Elle ne pouvait pas, ne devait pas lui faire confiance. Elle ne devait faire confiance à personne.

La femme éloigna lentement ses mains une fois qu'Annie eut avalé une gorgée du thé parfumé.

— Voilà, voilà, *ma chère. Ça va mieux, non* ?

Annie croisa le regard de la femme. La tasse délicatement peinte glissa de ses doigts engourdis, et le thé se renversa sur sa robe de chambre, éclaboussant ses pieds. La ravissante porcelaine de Limoges s'écrasa avec fracas sur les dalles.

Chapitre 62

Jean-Claude Dubois prit une profonde inspiration.
Rassemblant toutes ses forces, il dégagea les broussailles à moitié
brûlées qui masquaient l'entrée de la grotte, gémissant à cause de
son arthrite. Il ramassa son outre de vin à demi remplie, fourra
son dernier morceau de fromage dans sa poche en lambeaux et,
marmonnant dans sa barbe pour faire abstraction de la douleur
aiguë dans ses genoux, il pénétra à l'intérieur en rampant.

Il se retrouva dans l'obscurité complète. Mais, à mesure qu'il
avançait, la grotte s'élargissait et il pouvait presque se tenir debout.
Jean-Claude avança à tâtons contre le mur humide et rugueux
à côté de lui, jusqu'à ce qu'il trouve la corniche sur laquelle
était posée sa petite boîte en fer-blanc et le bout de bougie qu'il
avait fait fondre et versé dans une cruche cassée. Le frottement
de l'allumette sur la pierre le fit grimacer, comme toujours.
Il lui fallut s'y reprendre à trois fois avant que la petite mèche
têtue s'enflamme.

Si l'homme était encore là, il lui donnerait une partie de sa
récolte du jour. Mais s'il était mort pendant la nuit ou était sorti
en rampant de la grotte, qu'est-ce que cela changerait pour Jean-
Claude ? Il ne tenait pas plus que ça à partager sa nourriture ou
son vin, si difficiles à se procurer, mais il ne voulait pas perdre tout
espoir que *le bon Dieu** le laisse entrer au paradis. Il n'avait pas envie
de passer l'éternité loin de sa précieuse Giselle.

Cet homme est une malédiction. Pourquoi n'est-il pas mort ou n'a-t-il pas été évacué comme les autres? Pourquoi fallait-il qu'il atterrisse juste devant ma grotte et non à un endroit où les soldats auraient pu le trouver et l'emmener, pour le soigner ou l'enterrer?

Au départ, Jean-Claude avait pensé que l'homme pourrait lui tenir compagnie. Il pourrait l'aider à se rétablir, lui trouver de quoi boire et manger. Lorsqu'il reviendrait de sa journée de travail, il pourrait partager une bouteille de vin avec lui. Ils riraient, boiraient et parleraient du bon vieux temps. Mais les jours devinrent des semaines et les semaines des mois, sans que l'état de l'inconnu s'améliore vraiment. Cet homme devenait vraiment encombrant, il épuisait le maigre garde-manger de Jean-Claude.

Jean-Claude haussa les épaules. Avant, il élevait des poules, ramassait les œufs de son poulailler et coupait du bois pour ses voisins. Mais ses poules avaient été réquisitionnées par l'armée, et les voisins n'avaient plus eu besoin de bois ; les arbres détruits avaient servi de bois de chauffage, et chacun pouvait se servir librement.

Ses voisins étaient partis suite à l'ordre d'évacuation de la ville. Il ne restait plus que quelques pompiers fatigués et des rats qui festoyaient sur les cadavres. Pour subsister, Jean-Claude n'avait pas eu d'autre solution que de faire les poches des soldats morts.

Il n'avait plus de pain, et plus d'espoir d'en mendier ou d'en voler. Il était contraint de déshonorer la promesse qu'il avait faite à Giselle. Il devait quitter ses terres et suivre la Voie sacrée jusqu'à Bar-le-Duc, jusqu'à la maison de sa sœur, et la supplier de l'accueillir. Il n'avait pas le choix, sans quoi il mourrait dans sa grotte.

Mais qu'allait-il faire de cet homme ? Il ne pouvait pas le pousser sur une brouette jusqu'à Bar-le-Duc. Il ne pouvait pas non plus le laisser mourir là. Le bon Dieu le saurait et il n'aurait plus aucun espoir de rejoindre sa douce Giselle au paradis. Jean-Claude soupira.

Il tint la flamme vacillante de la bougie au-dessus du visage barbu. L'homme gémit, essaya d'ouvrir les yeux, mais s'endormit de nouveau.

Pendant les quatre premiers mois, il y avait eu peu de gémissements, bien que les jambes de l'homme soient douloureusement tordues et ses côtes cassées –à combien d'endroits, Jean-Claude l'ignorait. Quand il avait essayé de remettre ses os en place, l'homme avait cligné des yeux et prononcé sur un ton plaintif des mots que Jean-Claude ne comprenait pas.

L'homme avala les petits morceaux que Jean-Claude lui glissa dans la bouche. Il avait maigri, mais son état s'améliorait. Jean-Claude soupira de nouveau. *Que faire*[*] ?

Il retira le bouchon de sa gourde et fit couler un mince filet de vin rouge entre les lèvres gercées de l'homme, puis il lui donna de l'eau, comme il le faisait quotidiennement depuis six mois. Il souleva la tête de l'homme par ses cheveux emmêlés, l'encourageant à se réveiller et à avaler.

Jean-Claude attrapa l'homme par sa veste en guenilles et le traîna lentement sur le sol pierreux de la grotte, jusqu'à la lumière du soleil matinal. Il avait troqué depuis longtemps l'uniforme de l'homme contre de la nourriture, songeant que celui-ci ne pourrait pas conduire des ambulances de sitôt, même s'il survivait. Et si l'armée le trouvait et qu'il se rétablissait, elle lui donnerait volontiers un nouvel uniforme avant de l'envoyer mourir sur le champ de bataille. Jean-Claude secoua la tête et marmonna dans sa barbe. Le monde dans lequel ils vivaient était insensé, et cette guerre plus encore.

Après avoir installé l'homme gémissant sur la brouette au prix d'un grand effort, Jean-Claude fut trempé de sueur. Pousser la brouette sur la colline rocailleuse qui s'élevait jusqu'à la route s'avéra encore plus épuisant. Le blessé n'arrêtait pas de tomber sur le côté.

À deux reprises, Jean-Claude trébucha et perdit l'équilibre. En essayant de se rétablir, il renversa la brouette dans laquelle se trouvait l'ambulancier, et tous deux dégringolèrent la colline, atterrissant l'un sur l'autre. L'homme hurla de douleur. Après la deuxième chute, Jean-Claude se demanda si le blessé respirait encore. Il était inquiet.

413

Devait-il l'enterrer dans le fossé près de la route ? Devait-il le traîner de nouveau jusqu'en haut de la colline et le laisser là, dans l'espoir que quelqu'un le trouve ? Et si un camion lui roulait dessus dans l'obscurité ?

Jean-Claude secoua la tête. Il savait que Giselle se serait écriée : « Mais que tu es sot ! Tu ne peux pas laisser un homme au bord de la route ! » Il l'aurait alors embrassée sur le front, la joue et la bouche, et tout serait allé mieux. Mais Giselle n'était pas là, et tout partait à vau-l'eau.

Quand enfin il atteignit la route avec la brouette et le blessé, Jean-Claude s'assit par terre, épuisé. Il s'appuya contre la roue de la brouette et enfouit son visage dans ses mains.

Un camion militaire finirait bien par passer. Mais que dirait-il ? Il ne pourrait pas avouer qu'il avait caché le blessé pendant six mois et l'avait nourri uniquement avec du vin rouge et du pain sec trempé dans du bouillon de poule, volés au camp de l'armée.

Ils ne le féliciteraient pas d'avoir sauvé la vie de l'homme. Ils demanderaient : « Pourquoi vous être caché dans une grotte et avoir volé votre armée alors que vous aviez l'ordre d'évacuer ? »

Ils ne comprendraient pas qu'il ne voulait pas abandonner la tombe de sa Giselle. Qui l'entretiendrait ? Il ne voulait pas partir, mais il n'y avait plus de vin, plus de nourriture dans son garde-manger, et l'armée n'avait plus de poules. Jean-Claude avait beau tourner et retourner le problème dans sa tête, il ne trouvait pas de solution.

Au bout d'un moment, Jean-Claude entendit au loin le bruit d'un moteur, tel le bourdonnement d'une abeille. Apercevant au bout de la route un petit nuage de poussière, il se leva. Il avait peur qu'on le trouve avec l'homme.

Il aurait voulu récupérer sa brouette. Elle aurait pu l'aider à convaincre la sœur de Giselle de lui donner du travail et de la nourriture. Mais le temps pressait. Jean-Claude s'élança vers le talus rocailleux aussi vite que ses vieux os et articulations le lui permettaient. Il tomba une fois de plus, déchirant son pantalon, mais se releva précipitamment et courut en trébuchant en direction de sa cachette. Sur la route au-dessus de lui, il entendit le véhicule s'arrêter dans un crissement de freins, faisant voler des cailloux et des morceaux de terre, juste au moment où Jean-Claude retirait les broussailles qui masquaient l'entrée de la grotte. Il entendit la portière claquer alors qu'il rampait à l'intérieur et remettait les broussailles en place.

Jean-Claude se précipita dans le coin de la grotte, s'accroupit et attendit dans l'obscurité pendant un temps qui lui parut une éternité. Il s'assit sur le sol froid et raconta toute son aventure à Giselle et au bon Dieu.

Il reconnut qu'il n'aurait jamais dû voler les poules, même s'il s'était servi du bouillon pour nourrir l'homme blessé. Il reconnut qu'il n'aurait pas dû prendre les papiers de l'homme avec la photographie des jolies filles et de leurs parents, ou la petite plaque métallique avec les lettres en relief qui pendait à son cou. C'était si joli… Il aurait aimé les donner à Giselle, quand il la retrouverait au paradis.

Il savait à présent qu'il avait mal agi. Il enterra son butin dans la grotte pour que le bon Dieu puisse faire ce qu'Il voulait avec. Puis, trop fatigué pour se confesser davantage, il se roula en boule sur le sol et s'endormit.

La nuit était tombée lorsque Jean-Claude jeta un coup d'œil hors de la grotte. Il s'étira, rampa jusqu'à la sortie, frictionna ses genoux esquintés pour faire circuler le sang et pouvoir se lever, puis écarta précautionneusement les broussailles devant l'entrée.

N'entendant rien d'autre que le bruissement des ailes d'une chauve-souris à la recherche d'un perchoir, Jean-Claude gravit lentement la colline jusqu'à la route. Une fois arrivé en haut, il regarda d'un côté, puis de l'autre.

Le camion était parti. L'homme blessé avait disparu. Mais sa brouette était encore là.

— *Mon Dieu! Je vous remercie! Merci*[*] !

Jean-Claude se mit à rire et à pleurer en silence. Il essuya avec sa manche les larmes qui roulaient sur ses joues parcheminées et haussa les épaules joyeusement, s'interrogeant à haute voix sur les «voies impénétrables du Seigneur».

Le cœur en fête, Jean-Claude posa le pied sur la Voie sacrée et prit la direction de Bar-le-Duc, à la lueur de la pleine lune.

Chapitre 63

—JE NE SAIS PLUS QUOI FAIRE, DÉCLARA CAROLE FONDREY à son fils en écartant les mains avec impuissance sur la table du petit déjeuner. Elle refuse de me répondre... à moi ! Jamais je ne me suis sentie aussi... incapable.

Philippe Frondrey avait rarement vu sa mère aussi bouleversée. Il était rare qu'elle perde son sang-froid. Il sourit derrière sa moustache. Ce « petit bout de femme », comme elle l'avait surnommée, osait l'ignorer.

—Il ne faut pas perdre patience, *maman**. Peut-être qu'elle ne peut pas parler. Cette guerre a fait des ravages, dit le soldat aux yeux sombres avec un geste de la main, comme si cela n'avait pas d'importance.

Mais cela en avait aux yeux de Carole Fondrey. Elle redressa les épaules et leva le menton.

—L'infirmière-major de l'hôpital m'a dit qu'elle avait subi un terrible accident de camion pendant le pilonnage d'un hôpital de campagne à Verdun. Mais elle parlait encore quand elle était à l'hôpital à Paris. Un jour, elle a brutalement perdu l'usage de la parole. J'ai retrouvé dans sa poche une lettre qu'une amie avait dû y glisser. Il était écrit qu'elle avait eu le cœur brisé, ce qui expliquait sans doute son incapacité ou son refus de parler.

Carole porta la main à son cœur, une habitude qu'elle avait prise depuis la mort de son fils cadet.

— Mais je ne sais pas ce qui s'est passé, alors comment puis-je l'aider ? reprit Carole. Tu dois parler avec elle, Philippe. Va la trouver, je t'en prie.

— *Moi** ? Et pourquoi ne pas la laisser tranquille ? Elle se rétablira en temps voulu, déclara Philippe en fronçant les sourcils. Je te rappelle que je suis rentré à la maison le temps d'une permission, *maman**. J'ai envie de me reposer, de me promener dans le jardin et de siroter du champagne *avec ma chère maman**, dit-il en lui chatouillant les doigts.

Mais ce badinage, qui faisait d'ordinaire la joie de sa mère, n'eut pas l'effet escompté.

— Tu peux faire toutes ces choses… et lui parler aussi.

Philippe soupira. Il n'avait pas envie de se disputer avec sa mère le jour de son retour. Il se leva et jeta sa serviette sur la table.

— On ne s'improvise pas nurse comme ça, *maman**. Vous voulez sauver cette jeune femme pour l'effort de guerre ; j'ai d'autres priorités, et nos projets respectifs semblent assez mal en point.

Plus tard dans la matinée, alors que Philippe flânait dans le magnifique jardin de sa mère, une ravissante palette de couleurs que la longue et terrible guerre n'avait pas réussi à défigurer, il perçut au loin un fredonnement. C'était un air triste qu'il n'avait pas entendu depuis son enfance, une berceuse à la fois mélancolique et étrangement réconfortante.

Le parc s'étendait sur un hectare et était divisé en plusieurs espaces délimités par un labyrinthe ouvert de hautes haies, de troènes, d'ifs et de buis ancestraux. Philippe ne pouvait dire avec certitude d'où venait le fredonnement, mais il s'orienta dans le labyrinthe jusqu'à en être tout proche. Il écarta alors doucement une haie en fleur pour voir sans être vu.

De l'autre côté de la haie, au milieu d'un petit jardin d'hortensias bleus, une jeune femme vêtue d'une robe blanche était assise à côté d'une fontaine qui gargouillait lentement. Elle avait lâché ses longs cheveux dorés et peignait ses lourdes boucles avec des gestes amples et réguliers, au rythme de son fredonnement.

Ce devait être le fameux « petit bout de femme » de sa *maman*[*], bien qu'il n'eût pas employé ces mots pour la décrire. À en croire son fredonnement mélodieux, elle était tout à fait capable de parler, contrairement à ce que pensait sa mère. Subjugué par sa beauté naturelle et innocente, il eut le souffle coupé et sentit son cœur chavirer.

Décoré pour sa bravoure et son héroïsme sur le champ de bataille, et réputé pour son assurance avec les dames, Philippe Fondrey recula d'un pas derrière la haie en fleur. La sueur perla sur son front et ses mains se mirent à trembler.

Ce matin-là, il partit pour une longue chevauchée à travers les collines de la propriété pour chasser de ses pensées l'image de la jeune Anglaise, puis passa l'après-midi dans l'unique taverne de la ville.

Le crépuscule s'étendait sur les collines verdoyantes quand il se résigna à retourner chez sa mère. Après avoir dessellé, nourri et abreuvé son étalon, Philippe brossa lentement son pelage jusqu'à ce qu'il brille à la lueur de la lampe de l'écurie.

Pendant le dîner ce soir-là, sa mère lui présenta officiellement sa jeune protégée. Une fois le repas terminé, ils s'assirent tous les trois au coin du feu dans le jardin ouvert, l'endroit préféré de sa mère. Tout en sirotant un verre de vin, Carole demanda à son fils de leur raconter les histoires de ses exploits. Mais Philippe n'avait aucune envie de parler de la guerre.

— Elisabeth a soigné nos hommes à Verdun, expliqua Carole à son fils comme si Annie n'était pas là. Tu y étais, mon fils, n'est-ce pas ?

Philippe hocha la tête en soutenant le regard d'Annie pour la première fois.

— Ça a dû être terrible, l'encouragea Carole.

— *Non, maman*[*], dit calmement Philippe, sans quitter Annie des yeux. Pire que ça.

Les regards qu'échangeaient Annie et son fils n'échappèrent pas à Carole. Comme personne ne semblait disposé à parler, elle lâcha un soupir.

—Je suis désolée, murmura-t-elle, en touchant légèrement son front en signe d'excuse. J'ai mal à la tête. Je suis restée trop longtemps au soleil cet après-midi, et je crains d'avoir bu trop de vin ce soir.

Elle se leva et embrassa son fils sur la joue.

—Si vous avez besoin de quoi que ce soit ce soir, *ma chère*[*], ajouta-t-elle en exerçant une légère pression sur l'épaule d'Annie, vous n'avez qu'à sonner et Angèle viendra.

Annie sourit faiblement.

Une fois sa mère partie, Philippe s'absorba dans la contemplation du brandy qu'il faisait tourner au fond de son verre.

Annie se leva, pencha la tête comme pour indiquer qu'elle allait rentrer, puis ramassa sa canne.

—*Pardonnez-moi*[*], mademoiselle, accepteriez-vous de rester quelques instants avec moi ?

Mais Annie s'inclina d'un air contrit et fit mine de s'en aller.

Philippe ne se leva pas.

—Faites-moi plaisir, mademoiselle. Vous avez dupé ma mère, et je ne comprends pas pourquoi.

Il attendit, mais Annie, toujours debout, gardait le silence.

—Est-ce parce que vous souhaitez rester ici ? reprit-il. Vivre dans le château de ma mère jusqu'à la fin de la guerre ?

Même à la lueur du feu, il vit que la jeune femme rougissait.

—Ne vous méprenez pas. Je ne souhaite pas vous renvoyer.

Annie, troublée au plus haut point, se rassit lentement.

—Votre compagnie lui fait du bien. Depuis quelque temps, elle avait besoin de donner un sens à son existence, lui confia-t-il en l'examinant attentivement. Vous savez sans doute que mon jeune frère, Bertrand, l'enfant chéri de ma mère, est tombé lors la bataille de la Marne au début de la guerre.

Une lueur d'étonnement passa dans le regard d'Annie.

—Elle avait besoin de prendre soin de quelqu'un, ajouta Philippe en posant son petit verre sur la table basse entre eux. Lorsqu'on perd une personne que l'on aimait désespérément, on survit plus facilement en se donnant aux autres. Cela permet d'atténuer la terrible souffrance qu'on ressent. Mais je suppose que je ne vous apprends rien, mademoiselle Hargrave.

Annie resta muette pendant une minute entière, les mains posées sur ses genoux, jusqu'à ce qu'enfin elle lève les yeux vers lui. Elle inspira profondément, puis dit doucement:

— *Non**, monsieur Fondrey. Rien… rien au monde ne peut apaiser la souffrance que l'on ressent.

C'était la première fois qu'elle adressait la parole à quelqu'un depuis des semaines.

Les yeux de Philippe s'écarquillèrent, mais il ne bougea pas, de peur d'effrayer la jeune femme.

Annie s'agrippa aux accoudoirs de son siège et se leva. En se tenant au fauteuil, elle resserra son gilet en laine autour d'elle, puis rentra en claudiquant dans la maison en s'appuyant lourdement sur sa canne.

Dissimulée dans l'ombre de la fenêtre de la cuisine, Carole essuya ses larmes et sourit.

Des cris de lamentation presque bestiaux vinrent briser le silence de la nuit. Annie hurlait. Depuis le bombardement, elle n'avait versé que des larmes de colère. À présent, elle pleurait Michael. C'était la première fois qu'elle se laissait aller depuis le jour où Liz lui avait parlé des terribles explosions, des morts et des disparus.

Annie se reprocha de ne pas être partie en Amérique quand Michael et tante Maggie l'avaient suppliée de le faire, en dépit des risques et de sa loyauté envers les Sprague.

Elle se reprocha d'avoir posé le pied dans la maison de sa tante Eleanor la veille de son dix-huitième anniversaire – il y avait une éternité –, et d'être devenue un pion sur son échiquier.

Elle se reprocha de ne pas avoir épousé Michael en secret quand il lui avait fait sa demande en mariage, malgré les menaces de sa tante à l'égard de ceux qu'elle aimait, et le règlement des VAD.

Ses sanglots aigus se firent entendre jusqu'au petit matin. Annie regrettait par-dessus tout de n'avoir pas péri avec Michael dans l'explosion qui avait soufflé camions et ambulances.

Elle ne savait pas comment elle pourrait vivre sans Michael. À cette idée, elle versa encore des larmes amères.

Croyant ne pouvoir en supporter davantage, Carole Fondrey s'était précipitée vers la chambre d'Annie pour la prendre dans ses bras et la réconforter. Mais Philippe, qui montait la garde dans un fauteuil devant la porte de la jeune fille, avait secoué la tête.

— Les vannes se sont ouvertes, maman. Il faut laisser le trop-plein s'écouler maintenant.

L'aube pointait à l'horizon lorsqu'Annie se calma enfin. Devant la porte, le vaillant soldat attendit pendant encore une demi-heure. Quand le coq chanta, il se leva, s'étira et partit se reposer jusqu'à midi.

Deux jours plus tard, il présenta Annie au jardinier de sa mère et désigna un bout de jardin en friche. Ils se mirent au travail ensemble tous les jours de bon matin. Philippe était à genoux, tandis que sa mère choisissait les fleurs et les herbes et donnait des ordres au jardinier, et qu'Annie, dans un fauteuil, un déplantoir à la main, donnait une nouvelle vie à des pots de fleurs en piètre état... Au milieu de la deuxième semaine, le soleil et le plein air, la gentillesse de Philippe et leur travail avaient redonné un peu de couleur aux joues d'Annie.

Philippe Fondrey resta au château de sa mère pendant encore deux semaines. Jamais il n'avait passé un séjour aussi agréable depuis le début de la guerre. La veille de son départ pour le front, alors qu'il se promenait après le dîner dans les jardins du château avec sa «*petite** Élise», comme il appelait Annie, il lui demanda si elle lui permettait de lui écrire souvent. Elle accepta, promit de lui répondre, et il porta alors sa main à ses lèvres.

Chapitre 64

Connie prit la théière des mains tremblantes de sa mère et servit le thé.

Pendant des semaines, elle avait essayé de convaincre ses parents bouleversés de prendre l'air. Un séjour dans le Lake District, même au cœur de l'hiver, leur ferait le plus grand bien. Mais son père avait refusé, affirmant qu'il ne pouvait pas quitter Londres alors que la guerre faisait rage.

La lettre de Maggie McKenica avait changé la donne.

—C'en est trop ! se lamenta Mrs Sprague. Je ne peux pas fêter Noël dans ces conditions, alors que les enfants ont disparu. D'abord Annie, et maintenant Michael ! S'il était encore en vie et qu'il l'avait retrouvée, ils nous auraient sûrement écrit tous les deux. Cela fait presque un an qu'il ne nous a pas donné signe de vie ! Mais cette Mrs McKenica a l'air si sûre de ce qu'elle avance. À en croire ses lettres, il ne fait pas de doute que Michael est vivant et qu'Annie est avec lui !

—Arrête de te torturer avec les lettres de cette femme, dit son mari. Ce n'est pas parce qu'elle est incapable de faire face aux réalités de cette guerre que tu dois te laisser embarquer dans ses fantasmes. Nous devons accepter qu'ils ne sont plus là et aller de l'avant !

Tard ce soir-là, Mr Sprague frappa doucement à la porte de la chambre de sa fille.

—Je suis désolé d'avoir parlé aussi durement, ma chérie. Je me fais du souci pour ta mère. La situation lui paraît insurmontable.

423

Alors pour son bien et son équilibre mental, je te supplie de ne plus parler ni d'Annie ni de Michael. Et je dois te demander autre chose, ajouta-t-il après une brève hésitation.

— Tout ce que vous voulez, père.

— Je voudrais que tu passes le courrier en revue tous les jours et que tu retires les lettres de Maggie McKenica avant que ta mère ne les trouve. Tu le feras, Constance ?

Connie acquiesça. Elle aimait sa mère plus que tout. Elle savait à quel point celle-ci avait souffert cette année. Connie guetterait l'arrivée du courrier et cacherait les lettres d'Amérique, et plus jamais elle ne prononcerait les noms d'Annie ou de Michael dans la maison de ses parents.

Mais cela ne l'empêcherait pas de parcourir sans relâche les salles de l'hôpital de Londres, comme elle le faisait depuis un an. Rien ne pourrait l'en empêcher.

Chapitre 65

Le Dr Narvett regarda le jeune homme silencieux, encore affaibli par la malnutrition et ses opérations aux jambes, enfoncer son doigt dans le pot de terre et déposer délicatement une graine dans le petit trou. Il le vit pencher la tête comme s'il essayait de comprendre ce qu'il avait fait, puis recouvrir la graine d'une fine couche de terre.

Le médecin se caressa le menton en tirant sur le bout de sa barbichette. Il n'avait pas appris au jeune homme à planter une graine. Celui-ci l'avait fait instinctivement. C'était le premier signe de mémoire ou d'intelligence innée, et même la première action volontaire qu'il constatait chez son patient. Le médecin secoua la tête et sourit. Le jeune homme ferait un cas d'étude parfait pour sa théorie.

Pendant des mois, le Dr Narvett avait harcelé le conseil d'administration de l'hôpital, exhortant ses membres à adopter un programme de jardinage.

— En demandant aux patients de planter et d'entretenir un jardin potager sur le terrain de l'hôpital, nous produirons de la nourriture – dont nous avons grand besoin – pour le personnel et les patients, et ce sera une thérapie idéale pour ces vétérans de guerre physiquement et émotionnellement meurtris! Tous les Français savent que le jardinage est bon pour le corps et meilleur encore pour l'âme. Quel dommage que la médecine moderne l'ait oublié!

Au milieu du mois de février, le Dr Narvett reçut l'autorisation nécessaire. Au début du mois de mars, il apprit à vingt patients à mettre en pot des graines de légumes et à disposer avec soin les plateaux de plantations dans la serre récemment construite. Tous les jours, ils guettaient l'apparition des premières pousses.

Mais parmi tous ses élèves vétérans de guerre, aussi bien civils que militaires, c'était le jeune homme qui intriguait le plus le Dr Narvett. Que les leçons concernent l'entretien et l'emploi des outils ou bien la quantité d'eau à verser sur les jeunes plants, il paraissait déjà savoir exactement quoi faire. C'était la première lueur de détermination que le Dr Narvett avait décelée dans les yeux de ce patient.

— Et quel est ton nom, mon fils ? lui demandait chaque jour le Dr Narvett avec naturel.

Le jeune homme ne répondait pas. Il ne paraissait pas entendre ou comprendre la question.

Au milieu du mois d'avril, les pousses furent prêtes à être mises en terre. Le patient travaillait de bon cœur. Quand il eut terminé avec sa parcelle de terre, il s'assit à côté de ses compagnons les plus lents pour les aider à planter leurs pousses, en guidant leurs mains.

Pendant ce temps, le Dr Narvett et son épouse marchaient entre les plates-bandes du jardin, observant les progrès des patients.

— Pourquoi n'as-tu pas renvoyé celui-ci en Angleterre ? Il a l'air guéri, fit remarquer Glenda en désignant le patient qui intéressait tout particulièrement son mari.

— Son corps, peut-être. Mais pas son esprit. S'il retourne dans son pays, on ne s'occupera pas de lui. Tu vois les progrès qu'il fait dans le jardin ? Tu vois comme il vient en aide aux plus faibles ?

— Il va te rendre fou, fit-elle observer, les mains sur les hanches. Tu ne te rends pas compte qu'il est incapable d'avoir une pensée cohérente ? dit-elle en secoua la tête. J'ignore ce qui lui est arrivé, mais il a perdu la capacité de parler et de raisonner. Il sait peut-être planter des semis, mais tu n'obtiendras rien de plus de ce jeune homme.

— Tu es bien sévère, ma chérie, répondit doucement le Dr Narvett.

— Et toi, Armand, tu es un rêveur, le taquina sa femme en lui pinçant le lobe de l'oreille. Et c'est pour cela que je t'aime.

— « Je t'aime », répéta le patient sur un ton monocorde, sans lever la tête.

Le médecin et son épouse restèrent bouche bée devant lui, puis se regardèrent.

Le Dr Narvett hocha la tête.

— *Très bien. C'est un bon début*.

Chapitre 66

ANNIE NE SE SOUVENAIT PAS D'AVOIR VU DES LILAS AUSSI parfumés et colorés que ceux de cette année 1918.

— Tu devrais faire sécher ces pétales et les envoyer à Philippe, ma chérie, sourit Carole. Cela lui fera penser à sa maison, à la vie, et à toi, Élise.

Annie sourit. Elle s'était habituée à ce surnom affectueux que les Fondrey lui avaient donné. Elle s'était habituée à la vie dans ce magnifique château ancien, au chant des oiseaux le matin dans le parc, et aux lettres de Philippe qu'elle partageait de bon cœur avec sa mère au coin de la cheminée lorsque les soirées étaient encore fraîches, ou dans le jardin à l'arrivée des beaux jours. Elle s'était autant attachée à Carole qu'à Philippe, et se demandait si c'était à cela que ressemblait une famille.

Au fil du long hiver, Annie avait parlé à Carole de Michael et d'Owen, de l'amour qu'elle leur portait et de leurs fins tragiques. Cela l'avait aidée à dompter les mots pour raconter une histoire, aussi tragique soit-elle.

Mais elle se garda bien de raconter le mal que sa tante lui avait fait, et n'évoqua pas non plus la gentillesse et l'affection des Sprague ni de sa tante Maggie.

Elle avait appris par une lettre de Liz que l'infirmière-major Artrip avait péri lors de cette fameuse nuit de bombardements, lorsque le camion plein à craquer de personnel avait dévalé la colline.

Annie n'arrivait pas à se souvenir distinctement de l'accident. Elle se doutait que son long séjour à l'hôpital de Paris et sa convalescence en France n'étaient pas sans lien avec la toile tissée par sa tante Eleanor, mais elle n'avait aucune idée de la personne qui exécutait ses basses œuvres à présent. Carole et Philippe Fondrey n'étaient certainement pas capables d'une telle duplicité. Elle pria pour que les sbires de sa tante l'aient oubliée, ou bien pour qu'ils aient perdu sa trace. Mais elle ne pouvait en avoir la certitude.

Tante Eleanor était morte, Owen était mort, et Michael aussi. Mais les Sprague et sa tante Maggie étaient encore vivants. Par amour pour eux, elle resterait où elle était. Sans Michael, elle n'avait plus de raison de s'évader, ni même de souhaiter abréger le contrat passé avec sa tante, stipulant qu'elle devait rester en France jusqu'à la fin de la guerre.

À présent que les Américains avaient envoyé leurs soldats, remontant ainsi le moral des troupes, la guerre s'achèverait bientôt. Du moins c'était ce que tout le monde pensait dans le village. Et, une fois la guerre terminée, Annie serait enfin libre. Libre de quoi, elle l'ignorait.

Carole avait écouté Annie avec compassion. Elle espérait qu'en déversant ainsi sa tristesse la jeune femme se libérerait des fantômes des hommes qu'elle avait aimés et pourrait enfin aller de l'avant. Elle espérait qu'au retour de Philippe, son cher Philippe, qui avait désespérément besoin d'être aimé et de se remettre des blessures de la guerre, Elisabeth Hargrave ne serait pas seulement guérie physiquement, mais également prête à sourire à la vie.

Carole soupira. Elle aussi était hantée pas la perte d'êtres chers.

Cela a été une longue, longue guerre. Il serait si bon de voir de nouveau ces chambres remplies d'enfants et résonnant de rires. Elle sourit. *J'ai l'impression de parler comme une vieille femme.*

—*Eh bien**, dit-elle en haussant les épaules. Peut-être suis-je déjà vieille. Je n'ai plus qu'à prendre mon mal en patience.

À la fin de l'été, Annie était capable de se débrouiller sans sa canne. Comme pendant son adolescence, elle allait se promener quotidiennement, matin et soir, autour de la propriété des Fondrey. Elle reprenait peu à peu le poids qu'elle avait perdu pendant les mois passés à Verdun. L'air frais et l'exercice lui donnaient bonne mine et, au milieu du mois de septembre, elle remarchait normalement. Annie savait qu'elle était supposée retourner soigner les blessés pour participer à l'effort de guerre, au lieu de se cacher derrière les murs de ce superbe château. Il n'y en avait jamais assez sur le terrain. Mais les VAD semblaient l'avoir oubliée. Elle ne se montra pas prompte à repartir, et Carole ne la pressa pas.

Fin septembre, Philippe rentra chez sa mère pour une permission de trois jours.

Sa première étreinte et son premier baiser ne furent pas pour sa mère, mais celle-ci dit en riant aux jeunes gens qu'elle ne leur en tenait pas rigueur. Elle ne sembla pas non plus s'offusquer de voir le jeune couple partir se promener sans elle dans les jardins, longtemps après le coucher du soleil, alors que la pleine lune avait fait son apparition.

Le dernier jour de la permission de Philippe, ils étaient assis tous les trois à la longue table de la salle à manger éclairée par des bougies.

—C'est la Saint-Michel aujourd'hui, la grande fête que vous célébrez en Angleterre, n'est-ce pas? fit remarquer Carole pendant le dîner.

Annie ne parvint pas à avaler le morceau de courgette qu'elle venait de mettre dans sa bouche. Une larme lui échappa.

—*Ma pauvre Élise**, ne sois pas triste, dit Philippe en lui prenant la main. Ne t'inquiète pas. Je ne partirai pas pour longtemps. C'est la dernière offensive. Nous allons gagner… je l'espère avant Noël. Nous allons célébrer Noël comme nous ne l'avons plus fait depuis l'avant-guerre. Une nouvelle année pour notre nouvelle vie.

Il posa délicatement ses lèvres sur les doigts d'Annie.

La jeune femme détourna le regard avant de se ressaisir. Il lui était impossible de parler de ce qu'elle avait sur le cœur, de ce que cette journée représentait pour elle.

Que pouvait-elle dire à Philippe sans ruiner ses espoirs et sa confiance? Elle ne voulait pas le laisser repartir au front avec autre chose que de la joie dans son cœur. Elle leur devait bien cela, à lui et à sa mère. Peut-être parviendrait-elle un jour à l'aimer d'amour.

Avant son départ pour la gare, Philippe repoussa une mèche de cheveux devant les yeux d'Annie et prit son visage entre ses mains.

—Tu seras ici à la fin de la guerre? Tu m'attendras, *ma petite** Élise?

—Je serai là, Philippe.

—J'attendrai ta réponse jusque-là. Tu réfléchiras à ma proposition?

Annie enfouit son visage dans son manteau en laine.

—Oui, Philippe, mais tu dois me laisser un peu de temps.

Il la serra dans ses bras.

—Alors je patienterai jusqu'à la fin de la guerre. Ne me fais pas attendre davantage.

Chapitre 67

Le Dr Narvett tendit la lettre à son épouse et souleva les tentures. De la fenêtre de son bureau, il apercevait le jardin de l'hôpital.

—Ah, dit-elle. Elle est enfin arrivée!

Elle lut l'annonce du transfert de son mari à Paris avec une apparente satisfaction, mais fronça les sourcils en levant les yeux vers lui.

—Tu n'es pas content, Armand? reprit-elle.

Content? s'interrogea-t-il. Si j'ai tant travaillé pendant toutes ces années, n'était-ce pas pour diriger un jour un tel hôpital? N'est-ce pas le poste pour lequel je suis le plus qualifié?

—Non, répondit-il à voix basse. Ironiquement, je n'arrive pas à me réjouir de cette nouvelle. Pas maintenant.

Il laissa retomber les tentures.

—Tu ne souhaites pas quitter Vittel?

Il secoua la tête avec gravité.

—Je ne m'attendais pas à voir ce que j'ai vu ici. Je ne m'attendais pas à arriver à ce résultat.

—C'est ce jeune homme brun aux yeux bleus. Tu crois que tu es parvenu à quelque chose avec lui.

—Je sais que je suis parvenu à quelque chose! la corrigea-t-il. Pas seulement avec le jardinage, mais avec sa mémoire. On dirait que les jardins et le grand air procurent à ces hommes la paix et la

432

tranquillité nécessaires pour que leur esprit se développe… et que leurs souvenirs remontent à la surface. Ce n'est qu'un jeune homme parmi des milliers d'autres qui attendent la guérison.

—Il a oublié jusqu'à son nom! Tu lui as appris à faire pousser des petits pois et à ramasser de la salade! insista-t-elle en tirant sur la manche de son manteau. Qu'est-ce que c'est en comparaison de la recherche que tu feras à Paris? Rien du tout, Armand! Ne passe pas à côté d'une telle opportunité pour des rêves pareils!

Il l'attira doucement vers la fenêtre, qu'il ouvrit grand. Les rayons du soleil de fin d'après-midi projetaient de longues ombres sur les plates-bandes désertes. Presque désertes. Le patient qui intéressait tant le Dr Narvett était assis devant.

—Écoute, ma chérie, murmura-t-il en pointant du doigt le jeune homme.

Glenda soupira, visiblement lassée par cette conversation. Elle se pencha à la fenêtre et tendit l'oreille.

Un chant mélodieux s'échappait par intermittences des lèvres du jardinier.

Elle ne parvenait pas à saisir les paroles ni à retrouver l'air qu'il chantait, jusqu'à ce qu'elle se mette à le fredonner à son tour.

—Ce sont des cantiques de Noël… Il chante des cantiques de Noël!

Le Dr Narvett hocha la tête. Il avait réussi à attirer l'attention de sa compagne.

—Et regarde, juste là, dit-il en désignant une maison miniature en haut d'un poteau, de l'autre côté du jardin.

—C'est une maquette de l'hôpital, non? Pourquoi ne l'ai-je jamais remarquée avant?

Le Dr Narvett souriait jusqu'aux oreilles.

—Je l'ai installée aujourd'hui. C'est notre patient qui l'a fabriquée de ses propres mains, et sans aucune instruction de ma part. Elle est magnifique.

—Mais comment?

—Je l'ai surpris en train de chercher des morceaux de bois derrière la remise. Quand je l'ai vu commencer à construire un nichoir, je lui ai proposé mes outils. Et voilà ce qu'il a réalisé.

—Ah, murmura-t-elle. C'est un artiste.

—Et j'ai encore mieux, dit Armand en souriant malicieusement à son épouse. Je connais son nom.

—*Non, ce n'est pas possible*[*] !

Armand se mit à rire.

—Tu as raison, ma chérie. Ce n'est pas « possible », c'est Michael.

—Tu joues aux devinettes, dit-elle en lui donnant une petite tape affectueuse sur le torse.

Il haussa les épaules, sans cesser de rire.

—Et comment le sais-tu ?

—Grâce à la fête de la moisson la semaine dernière. Avec certains membres du personnel, nous avons discuté des fêtes de la moisson célébrées à travers le monde. L'infirmière Bunnel a parlé de la Saint-Michel et a raconté que sa famille faisait toujours rôtir une belle oie ce jour-là. Le patient a subitement levé la tête et a crié… Mais attends, tu vas voir, ajouta-t-il en se penchant à la fenêtre.

—Toi, là-bas ! Quel est ton nom, fiston ?

Le jeune homme se leva et se tourna vers eux. Il porta la main à son chapeau imaginaire et s'inclina.

—Je m'appelle Michael.

—Et comment le sais-tu, mon fils ? lui demanda le Dr Narvett.

—Parce que maman m'a donné le nom de l'archange. Le prince de tous les anges !

—Et ta maman a bien choisi, Michael !

Le médecin recula, ferma la fenêtre et sourit à sa belle épouse incrédule.

—C'est un bon début.

—*Oui*[*], approuva-t-elle en hochant la tête, une lueur de respect dans le regard. *C'est un bon début*[*].

Chapitre 68

Le 8 novembre, Matthias Erzberger, le représentant de l'Allemagne, rencontra son homologue français, le maréchal Ferdinand Foch, dans un wagon en pleine forêt de Compiègne.

Ennemis de guerre, les deux hommes et leurs délégations négocièrent les détails d'un armistice, mettant un terme à la Grande Guerre par une signature. La cessation des hostilités fut prévue pour la onzième heure du onzième jour du onzième mois.

Des villes entières scandèrent le compte à rebours. Tout autour du globe, des cloches d'église carillonnèrent à onze heures. Des hommes, des femmes et des enfants dansèrent dans les rues et sur les petites routes. La fin du terrible conflit fut accueillie par des cris de joie.

Les populations des pays vaincus levèrent leurs mains et leurs voix dans l'espoir que l'armistice leur apporte la délivrance et la paix. Mais quelle délivrance et quelle paix ? Ils n'étaient pas en mesure de poser la question. Le lendemain de l'armistice, les célébrations reprirent, aussi bien chez les vainqueurs que chez les vaincus.

Malgré l'insistance de Carole, Annie refusa de se joindre aux festivités des villageois le jour de l'armistice et d'assister au premier bal organisé depuis le début de la guerre.

—J'ai besoin d'être seule, Carole. Au calme, pendant un moment. J'espère que vous comprendrez.

—Ah, dit Carole en hochant la tête d'un air entendu. Tu veux te retrouver seule avec tes pensées... avec ton amour, ajouta-t-elle avec un sourire de connivence en caressant la joue d'Annie. Philippe sera de retour pour Noël, je pense. Et alors tu danseras.

Annie pressa le bras de son amie.

—Amusez-vous bien, Carole.

—Un instant, lui demanda Carole qui lui fit signe de la suivre. Viens !

Elle entraîna Annie dans le couloir, puis dans l'escalier menant à sa chambre.

—Je te réservais la surprise pour Noël ! murmura-t-elle. Mais, même si ce n'est pas Noël, nous fêtons aujourd'hui un jour de paix sur la Terre ! Assieds-toi ici, Élise !

Elle poussa doucement Annie vers la chaise devant la coiffeuse, puis se mit à fouiller dans son armoire avec un air mystérieux, sans pouvoir retenir un gloussement. Elle tira enfin de l'étagère supérieure un paquet dont elle s'empressa de déchirer l'emballage. Elle en sortit un rouleau de soie couleur crème, le leva en l'air et laissa le tissu se dérouler sur le lit, telle une superbe cascade ondoyante.

— *Voilà*[*] ! s'exclama-t-elle en riant, ravie. C'est le reste de la soie de mariage de l'usine de soie DuBock, la meilleure de France ! Ils ont fermé lorsque leur dernier fils a été envoyé au combat, mais Maud, la grande matriarche de cette famille, est mon amie la plus proche. Nous avons grandi ensemble ! lui confia-t-elle en soulevant le tissu léger sur son épaule pour mieux le mettre en valeur. C'est une merveille, n'est-ce pas ?

—C'est magnifique, répondit Annie. Vraiment magnifique.

— *C'est pour toi, ma petite Élise*[*].

Carole sourit doucement et fit pivoter Annie face au miroir. Elle drapa ses épaules d'un nuage de perfection ivoire.

—C'est la robe de mariée idéale ! reprit Carole. Nous allons faire venir la meilleure couturière de Paris. Maud saura nous conseiller, je vais lui écrire dès demain !

—C'est trop beau, murmura Annie. Je ne peux pas…

—Rien n'est trop beau pour la femme dont mon fils est épris, ma chérie, murmura Carole avec intensité, écartant prestement le tissu avant que ses larmes ne roulent dessus.

Annie se leva et serra son amie dans ses bras, qui se moqua d'elle-même en disant :

—Ce n'est pas un jour pour pleurer. C'est un jour pour chanter !

Les deux femmes replièrent ensemble la soie aux reflets chatoyants. Carole l'enveloppa avec soin dans son emballage et tendit solennellement le paquet à Annie.

—Je serai absente toute la journée et reviendrai tard ce soir, ma chérie, la prévint-elle. Ce n'est pas tous les jours que nous avons l'occasion de fêter une telle victoire dans notre village.

—Très bien. Tout ira bien, dit Annie dans un sourire en suivant son amie dans le couloir.

Les domestiques prenant part aux festivités, quand la lourde porte du château se referma derrière Carole, Annie se retrouva seule. Elle ferma les yeux et inspira profondément. Le silence qui régnait l'emplit d'une grande paix.

Annie monta l'escalier en marbre qui menait à sa chambre. Elle s'assit devant le grand bureau sous la fenêtre et s'abandonna un instant à la caresse du soleil automnal de fin de matinée. Puis, posant un bloc de papier à lettres devant elle, elle sortit un stylo de son étui, en nettoya la plume et trempa le bout dans l'encrier. Puis elle s'arrêta, le stylo en l'air. Elle devait veiller à choisir ses mots avec soin. Elle avait bien des lettres à écrire, des lettres qu'elle aurait dû envoyer depuis bien longtemps.

La lettre que Maggie Allen McKenica reçut de France de la part de sa nièce sema le trouble dans son cœur. Elle la remplit de joie et de courage, mais confirma aussi la pire de ses craintes.

Merci, Dieu du ciel, d'avoir gardé Annie en sécurité. Mais pourquoi, Seigneur Jésus ? Pourquoi m'avoir fait connaître un si grand bonheur avec la venue de Michael si c'était pour me l'arracher ensuite ?

N'était-il pas le fils qu'aucun autre n'aurait pu être pour moi ? N'est-elle pas la fille que j'ai attendue toute ma vie ?

Pendant que Swainton et le comté de Cape May célébraient l'armistice et que les mères d'âge mûr se réjouissaient de voir prochainement revenir leurs fils, Maggie se débattait avec sa foi. Elle ne comprenait pas ce Dieu qui donnait d'une main pour mieux reprendre de l'autre.

Elle alla au fond du jardin et tambourina de ses poings contre la remise, puis versa toutes les larmes de son corps. Elle resta étendue, prostrée, sur la tombe de Sean par des nuits sans lune. Elle se blottit dans les bras de Daniel.

Mais, au bout de deux semaines, elle se rappela qu'Il était également le Dieu qui l'avait soutenue quand on lui avait imposé ce mariage arrangé, alors que, très jeune, on l'avait envoyée sur des terres inconnues, de l'autre côté de l'océan, vers un mari propriétaire d'une ferme hypothéquée. Il était le Dieu qui l'avait consolée pendant ces années de stérilité. Il l'avait aidée à se relever de la mort de son cher époux Sean, puis d'Owen, ce fils prodige qui n'était jamais arrivé jusqu'à eux. Il était le Dieu qui avait mis Michael sur son chemin, l'enfant qu'elle avait passé toute sa vie à attendre. Il lui avait donné la chance de faire ce mariage aussi tardif qu'inespéré avec Daniel, cet homme extraordinaire.

Et elle prit aussi conscience que le Dieu qui veillait sur elle n'avait pas changé entre l'arrivée de Michael et son départ pour l'Europe. Il l'avait réconfortée quand Annie avait subitement disparu au moment même où elle pensait la retrouver, puis quand la guerre s'était éternisée. Son histoire avec ce Dieu remontait à très loin.

Au bout d'un mois qui lui parut interminable, Maggie s'agenouilla et fit une promesse.

— « Qu'il me tue ! J'ai confiance en Lui. »

Elle s'assit sur ses talons et murmura :

— Que va-t-il se passer maintenant, Seigneur ? Montrez-moi le chemin et donnez-moi la force de le suivre. Mais ne m'abandonnez pas, Seigneur. Restez près de moi, car j'ai besoin de votre soutien.

Maggie écrivit à sa chère nièce, lui répétant qu'elle serait toujours la bienvenue chez elle, si jamais elle avait un jour besoin d'un foyer. Serrant son stylo avec force, Maggie adressa tous ses vœux de bonheur à Annie et Philippe pour leur mariage, en priant pour qu'il les rende heureux.

« Un jour, quand tu seras prête, ma chère Annie, j'espère que Philippe et toi viendrez nous rendre visite avec vos enfants. Nous nous promènerons ensemble dans les jardins d'Owen et Michael, et notamment dans celui auquel Michael a donné ton nom. Les roses blanches refleuriront en juin prochain, le buis continuera à pousser lentement, à sa manière, le lierre s'étendra, et les lobélies bleues attendront.

Avec tout mon amour,
Tante Maggie. »

Chapitre 69

QUAND CONNIE REÇUT LA LETTRE D'ANNIE ADRESSÉE À SA famille, elle fondit en larmes. Elle pleura de joie et de soulagement de savoir Annie vivante et en sécurité. Elle pleura de tristesse en apprenant la disparition de Michael. Elle versa aussi des larmes de fureur à l'idée qu'Annie n'ait pas donné signe de vie pendant presque trois ans. Et elle pleura pour ses parents, pour le chagrin atroce que leur avait infligé la disparition d'Annie, comme la perte d'une seconde fille arrivée tard dans leur vie. Mais elle poursuivit sa lecture.

« Je ne m'attends pas à ce que vous ou tante Maggie me pardonniez pour la peine et l'inquiétude que ma disparition a dû vous causer. Croyez-moi, si j'avais pu vous écrire, faire savoir à au moins l'un de vous ce que j'étais devenue, je l'aurais fait… et plutôt mille fois qu'une.
Je vous expliquerai un jour et j'espère que vous comprendrez que je n'ai pas eu le choix, que j'ai suivi l'unique voie que tante Eleanor avait tracée pour moi. Vous étiez et êtes toujours ma famille. Vous avez fait preuve d'une infinie générosité quand j'ai eu besoin de tendresse et plus personne vers qui me tourner. Je vous dois tout.
Vous m'avez tous terriblement manqué, et le mot est faible. Après l'accident de camion, j'ai séjourné à l'hôpital et appris

la mort de Michael avant d'être envoyée en convalescence dans la demeure de *madame** Carole Fondrey. Elle a fait preuve envers moi d'une grande bonté et m'a traitée comme sa propre fille.

Son fils Philippe, un officier de l'armée française, m'a demandée en mariage. Je ne sais pas encore si je suis prête à m'engager avec lui. J'ai conscience que je dois refaire ma vie quelque part, de la même façon que le monde entier se reconstruit sur les cendres de cette guerre. Je suis très reconnaissante à Philippe de me donner cette chance. Il souhaite m'épouser au printemps, et sa mère a déjà commencé à planifier le mariage.

Si j'accepte, je n'aurai plus besoin de l'héritage que mon grand-père Hargrave nous a laissé, à Owen et à moi. Quoi qu'il advienne, avant mon mariage, je voudrais vous demander, Mr Sprague, de vendre Hargrave House – si cette propriété existe toujours – et de liquider mes biens aussi vite que possible. Je ne remettrai jamais les pieds dans cette maison.

Je vous en prie, donnez la moitié de ce que vous pourrez en obtenir à tante Maggie et oncle Daniel pour qu'ils remboursent leur hypothèque et fassent prospérer les Jardins Allen. Veuillez soustraire de l'autre moitié vos honoraires, et garder un quart de ce qui reste pour votre famille, pour un investissement ou un plaisir qui vous aidera et vous apportera du bonheur. Je sais qu'Owen se serait réjoui de cette décision, et je m'en réjouis aussi. Vous pouvez faire suivre les papiers nécessaires à cette adresse.

Et si tante Eleanor a trouvé un moyen de me déshériter, je vous en prie, ne vous inquiétez pas pour moi. L'unique chose qui m'attristera, c'est de ne pas être en mesure de faire ces cadeaux.

Vous souvenez-vous, Connie et Mrs Sprague, du jour où nous sommes allées nourrir les pigeons à Trafalgar Square?

Oh, j'aimerais tant pouvoir remonter le temps, redevenir la jeune fille que j'étais et tout recommencer.

Mais si j'ai appris quelque chose, c'est qu'il est impossible de revenir en arrière. Notre existence nous file entre les doigts. Si nous ne suivons pas ses fluctuations, nous serons emportés aussi sûrement que des grains de sable sur la plage. Pardonnez-moi. Je me sens vieille et fatiguée ce soir, mais aussi étrangement libre.

Je suis enfin libérée pour toujours de tante Eleanor et du passé trouble des Hargrave, mais à quel prix! J'ai appris par Michael qu'elle était morte. Si seulement il n'était pas venu me chercher, peut-être qu'il... Et pourtant, ces semaines passées avec lui à Verdun ont été les plus belles de ma vie. Je ne connaîtrai jamais plus une telle joie.

Sachez que je vous aime tous tendrement. Je viendrai vous voir bientôt, peut-être avec Philippe. Je voudrais que vous le connaissiez, car sa mère et vous serez notre famille.

Votre dévouée Annie. »

Connie replia la lettre d'Annie et la glissa dans sa poche en soupirant. Tout cela lui semblait si définitif.

La perspective de ce mariage ne la rend pas heureuse. Elle essaie de faire plaisir, de faire son devoir, une fois de plus. Peut-être qu'elle fait preuve de sagesse. Les hommes de notre génération ont été décimés... Une génération entière perdue à cause de la stupidité et de la brutalité de la guerre. La Grande-Bretagne et la France regorgent de femmes célibataires et de veuves. Alors est-il important d'être heureux? Quel droit au bonheur avons-nous à présent?

Connie se redressa.

—Qu'est-ce que je raconte? dit-elle à voix haute. Épouser quelqu'un que tu n'aimes pas est une idée stupide, Annie Allen! C'est l'idée la plus stupide que tu aies eue jusqu'à présent... et tu en as eu un certain nombre, si je puis me permettre!

Connie ne savait pas ce qu'elle écrirait à ses parents. Ils avaient fini par accepter de prendre de longues vacances pendant la période de Noël, alors qu'elle s'était engagée à faire des heures supplémentaires à l'hôpital. Elle espérait qu'ils ne reviendraient pas avant le printemps. Sa mère avait désespérément besoin de se changer les idées, et son père avait tellement vieilli ces dernières années qu'elle était certaine qu'Annie aurait du mal à le reconnaître. Elle ne voulait pas interrompre cette retraite bien méritée en leur faisant part du ridicule projet de mariage d'Annie. Et pourtant ne seraient-ils pas soulagés d'apprendre que la jeune fille était saine et sauve ? Ne devait-elle pas transmettre à son père la demande de son amie concernant les dispositions à prendre pour Hargrave House ? Oserait-elle garder pour elle une lettre qui leur était destinée à tous les trois ?

Connie relut le courrier à plusieurs reprises, réfléchissant avec soin à ce qu'elle devait faire. Une fois qu'elle eut laissé libre cours à son soulagement de savoir Annie hors d'atteinte, elle décida d'employer toute son énergie pour rappeler la jeune femme à la raison.

Le Dr Narvett rangea le reste de ses livres dans la caisse et la cloua avec un marteau. Il avait différé ce moment aussi longtemps que possible. Le conseil d'administration de l'hôpital à Paris lui avait laissé jusqu'au 1er avril pour se décider. Glenda était déjà installée dans leur nouvel appartement à Paris et l'avait attendu pour Noël, en vain. Elle avait alors exigé qu'il arrive avant Pâques. Il ne voulait pas décevoir une nouvelle fois sa si bonne épouse.

Il referma les tiroirs vides de son bureau, retira les diplômes sur le mur et déposa le reste des cartons à moitié remplis dans le couloir pour les déménageurs. Il les suivrait avec le train du matin.

Il avait transmis ses dossiers au nouveau chef du personnel et passé deux jours à parcourir avec lui les salles de l'hôpital, lui expliquant en détail tout ce qu'il y avait à savoir sur les cas particuliers, même s'il savait que ce n'était pas nécessaire. Mais ces hommes étaient ses enfants en temps de guerre, et il détestait l'idée de les abandonner alors même qu'ils pouvaient encore faire tant de progrès.

Ce soir-là, il fit ses adieux au personnel et aux patients. Quand il arriva dans la chambre de Michael, il s'assit à côté de lui sur son lit d'hôpital.

— *Tout est arrangé*, Michael. Vous partirez en Angleterre d'ici un mois. Il y a un centre de convalescence à Londres où vous serez bien encadré pour poursuivre votre progression.

— Merci, docteur, répondit Michael sans conviction.

— Ne vous découragez pas, mon garçon. Le cerveau est une machine complexe. Moins nous le mettons à l'épreuve, mieux il fonctionne. Laissez-le s'ouvrir à vous.

Michael regarda le médecin en fronçant les sourcils.

— Je me suis souvenu d'un nom aujourd'hui. Owen.

— Owen ? Qui est Owen ? demanda le Dr Narvett.

Michael baissa les yeux vers ses chaussures.

— Je ne sais pas.

— Pas encore ! répliqua le médecin en souriant.

Il étreignit l'épaule de Michael.

— J'aurais aimé vous connaître avant la guerre, mon garçon.

Michael lui rendit son sourire.

— Moi aussi, j'aurais aimé me connaître, docteur.

— Vous avez le sens de l'humour, dit le Dr Narvett en riant et en prenant la main de Michael. Gardez-le toujours. Il vous aidera à surmonter bien des épreuves. Alors pour le moment, au revoir, *Michel*. Un jour, quand votre mémoire vous reviendra, contactez-moi. Voici mon adresse à Paris.

Il glissa un papier dans la poche de la chemise de son patient et se leva pour partir.

Michael s'apprêta à dire quelque chose, mais sans paraître réussir à mettre des mots sur ses pensées.

— *Oui*, dit le Dr Narvett. Je comprends.

Il serra une dernière fois l'épaule du jeune homme puis tourna les talons.

Chapitre 70

Michael trouva le trajet en train jusqu'au port fort désagréable, et apprécia encore moins la traversée agitée de la Manche sur le bateau de l'hôpital, plein à craquer de malades et de blessés à l'odeur aigre et d'infirmières aux visages terreux. Il avait l'impression d'avoir déjà vécu quelque chose de similaire, mais ne parvenait pas à se rappeler où et quand.

Le centre de convalescence paraissait bien morne en ce début de printemps. Devant les fenêtres, la couche de neige tombée tardivement était souillée par la suie. Michael n'arrivait pas à comprendre pourquoi il détestait à ce point l'odeur et la saleté du coke utilisé pour chauffer la maison.

Au milieu du mois d'avril, il se jura de ne plus jamais manger de porridge ou de bouillon de bœuf. Il rêvait de petits pois frais grimpant autour des treillages blancs au printemps, des pois de senteur du jardin de l'hôpital du Dr Narvett et d'une laitue, de radis et de tendres feuilles de pissenlit, comme celles que faisait pousser l'oncle Daniel. Il se demanda alors : *Les feuilles de pissenlit ? De quoi s'agit-il au juste ? Où en ai-je goûté ? Et qui est l'oncle Daniel ?*

Chaque jour, de nouveaux souvenirs lui revenaient, les pièces qui lui permettraient de reconstituer un grand puzzle. *Si seulement je pouvais avoir les contours de ce puzzle, alors peut-être que les pièces auraient un sens !*

445

À la fin du mois d'avril, Michael commença à aider le gardien à entretenir le jardin. Le grand air et l'exercice lui redonnèrent des forces. À présent, il attendait avec impatience le lever du soleil pour se mettre à l'œuvre. Un beau jour, tandis qu'il travaillait dans le jardin, Michael s'aperçut qu'il se souvenait de toutes les paroles des cantiques de Noël, strophe par strophe. Il les chanta alors à pleins poumons. Tant pis si le gardien le prenait pour un idiot.

Dans la terre fraîchement retournée et détrempée par la pluie, Michael découvrit deux vers de terre en train de se tortiller. Il pencha la tête comme pour écouter, et soudain une image surgit dans sa tête : celle de deux hommes en train de se battre dans un appartement sordide, pour des pièces de monnaie et des pintes de bière.

Quand il se déchaussa ce soir-là, il se rappela ses chaussures cloutées, les violents coups de botte de son oncle Tom dans ses côtes et le claquement de la ceinture en cuir lui lacérant le dos. Bien que personne ne l'ait touché, Michael eut l'impression de ressentir une nouvelle fois cette douleur insoutenable.

Sa nuit débuta par une série de rêves : un long trajet en train à travers la campagne. La main d'une petite fille aux yeux bleus glissée dans la sienne ; deux sucres d'orge brandis par un homme à la mine patibulaire coiffé d'un haut-de-forme. Des pièces d'or déposées dans la paume d'une grosse main. Et sa Megan Marie, les yeux rougis, ses cheveux bouclés noirs en désordre, la bouche déformée, hurlant de toutes ses forces : « Michael ! Michael ! »

D'autres images traversèrent son esprit à un rythme effréné ; un paquebot géant en train de faire naufrage, de longs sifflements sonores, une explosion dans la nuit. Un froid tel qu'il n'en avait jamais connu et des cris déchirants sortant de sa propre bouche : « Owen, Owen, Owen ! » Une tombe avec de la terre fraîchement retournée à côté de laquelle se tenait une femme souriante aux cheveux gris argenté appelée Maggie ; une fille avec de magnifiques cheveux dorés, en train de courir à perdre haleine.

Michael se débattit de toutes ses forces, se libérant des draps trempés de sueur qui s'étaient enroulés autour de son cou. Son cœur tambourinait violemment dans sa poitrine, et il entendait son sang battre dans ses tempes. Il avait le souffle court et n'arrivait ni à déglutir ni à se débarrasser de la boule douloureuse logée dans sa gorge.

L'aide-soignant du soir se précipita dans sa chambre. Le gardien et l'infirmière-major furent appelés à la rescousse et s'efforcèrent de le mettre sous sédatif. Mais Michael les repoussa tous. Il ne parvenait pas à distinguer les voix dans sa tête du vacarme autour de lui. Malgré tout, les pièces du grand puzzle, avec leurs couleurs crues, se mettaient lentement en place.

Seigneur Jésus, comment ai-je pu l'oublier ? Où es-tu ? Où es-tu, Annie ? Aidez-moi à la trouver, Seigneur Jésus. Aidez-moi à la trouver !

Chapitre 71

—C'EST LA GRIPPE, CELA NE FAIT AUCUN DOUTE. IL DOIT ÊTRE transféré d'urgence à l'hôpital général de Londres. Si nous le laissons ici, tous les patients seront contaminés d'ici demain matin. Il est peut-être déjà trop tard.

Michael entendait, sans parvenir à les différencier, les voix qui résonnaient dans son crâne endolori. Il avait l'impression qu'on lui assenait des coups de marteau juste derrière les yeux. Il voyait le flot de personnel médical défiler dans la pièce. Il avait envie qu'on lui fiche la paix, qu'on le laisse partir, envie de leur dire qu'il devait désespérément retrouver Annie. Pourquoi ne comprenaient-ils pas ?

Mais son corps entier le faisait souffrir comme s'il avait été écrasé par les camions bombardés à Verdun. Tremblant et transpirant tour à tour, il était secoué par des quintes de toux et pris de nausées. Le sang s'écoulait abondamment de son nez. Il n'arrivait pas à former les mots dont il avait besoin. Il savait ce qu'il voulait dire, mais même son cerveau lui faisait faux bond.

Il se rendit compte qu'on le soulevait et qu'on le déplaçait, mais il n'était plus en état de se débattre. *Comment Annie va-t-elle me trouver ?*

Dans son esprit se succédaient à toute allure des bribes de souvenirs et des cauchemars incessants. Après deux jours de délire, il retomba sur son oreiller dans un état de semi-conscience, persuadé qu'il finirait par se noyer dans son vomi.

Connie fut reconnaissante d'apprendre que ses parents avaient décidé de passer le printemps dans le Lake District. Son père lui avait écrit que l'état de santé de sa mère s'était nettement amélioré et que, pour la première fois depuis son mariage, il se remettait au jardinage.

Connie ne regrettait pas de ne pas leur avoir parlé d'Annie ou de ses projets de noces fin mai. *Cela aurait jeté une ombre sur leur bonheur.*

Elle avait supplié Annie de reconsidérer sa décision d'épouser un homme dont elle n'était pas éprise. Mais, comme son amie ne semblait pas vouloir changer d'avis, elle avait répondu avec enthousiasme à sa deuxième lettre, dans laquelle Annie lui faisait part de son intention de se rendre à Londres avec Philippe pour rendre visite aux Sprague, vers la fin de leur lune de miel d'un mois. Peut-être n'approuvait-elle pas le choix d'Annie, mais elle ne tenait pas à perdre son amie une nouvelle fois. *Dieu sait qu'il reste déjà si peu d'entre nous.*

Connie expliqua à Annie qu'elle jugeait préférable d'attendre pour annoncer la nouvelle à ses parents qui profitaient d'un répit bien mérité. Elle espérait qu'Annie comprendrait. Quoi qu'il en soit, Connie avait l'intention de les ménager autant que possible.

Elle s'était bien gardée de leur dire qu'elle soignait par ailleurs les patients atteints de la grippe. Quand ils étaient partis avant Noël, elle ne savait pas encore qu'elle serait transférée.

Mais la pandémie était incontrôlable, frappant par milliers les militaires et les civils. Les malades dormaient sur des couvertures à même le sol, attendant que ceux qui occupaient les lits au-dessus d'eux meurent pour pouvoir prendre leurs places. Le personnel médical, largement contaminé par la maladie, était en sous-effectif. Bien que le nombre de nouveaux cas soit en déclin, la fin de l'épidémie ne se profilait pas encore.

Un jour, Connie passa aux abords de l'hôpital devant un groupe de fillettes, que la grippe avait pour l'instant épargnées.

Elles chantaient des comptines en faisant tourner leurs cordes à sauter :

J'avais un petit perroquet, hi ha hi ha ho
Répondant au nom de Coco, hi ha hi ha ho
Par la fenêtre il s'est envolé, hi ha hi ha ho
Et c'est la grippe qui est entrée ! hi ha hi aïe aïe

Connie secoua la tête, espérant que leurs parents les fassent taire. Mais elle ne voulait pas les faire entrer, car elles risquaient d'être contaminées.

Ce jour-là, Connie avait déjà travaillé douze heures d'affilée dans une nouvelle salle, sans même avoir eu le temps de faire une pause pour boire une tasse de thé ou grignoter un biscuit. Elle avait mal aux pieds, comme si on y enfonçait un millier de petites aiguilles. La douleur qu'elle sentait dans le bas de son dos la faisait grimacer. Son uniforme était maculé de sang et de vomi. Elle avait lavé assez d'hommes, changé assez de draps et nettoyé assez de haricots souillés pour toute une vie.

Elle espérait que le tram fonctionnerait encore lorsqu'elle finirait son service de quatorze heures. Elle n'aurait pas la force de parcourir à pied la longue distance qui la séparait de chez elle.

Connie venait de changer les draps d'un lit qui s'était libéré. La peau du défunt avait pris une teinte sombre et sa famille ne le reconnaissait pas. Alors qu'elle s'approchait avec des couvertures propres, elle entendit le nouveau patient installé dans le lit gémir derrière le paravent :

— Annie !

Le souffle coupé, Connie sentit son cœur bondir dans sa poitrine.

— Ce n'est pas possible, murmura-t-elle. Ce n'est pas possible.

Elle s'efforça de retrouver son sang-froid. Elle avait été déçue tant de fois qu'elle préférait ne pas se faire d'illusions. Elle contourna le paravent séparant chaque lit, dans le but d'isoler les malades tant bien que mal.

Il avait beaucoup changé. Sa maigreur et sa pâleur maladives n'avaient rien à voir avec le beau jeune homme qu'elle avait en mémoire. Il regardait fixement le plafond, mais ses yeux étaient vitreux et elle était certaine qu'il ne voyait rien. Elle agita la main devant son visage. Il ne cligna pas des yeux, mais continua à geindre doucement :

— Annie, Annie.

Connie retint ses larmes. Par habitude, ou simplement parce qu'elle ne savait que faire d'autre, elle s'empara du dossier au pied du lit sur lequel figurait l'inscription « Michael ». Ni nom de famille, ni grade, ni date de naissance. Simplement « Michael ».

Connie, la gorge nouée, commença à parcourir le dossier. Il avait été admis à l'hôpital deux semaines plus tôt, mais venait d'être transféré. D'après son expérience, c'était un miracle qu'il soit encore en vie. Mais reprendrait-il conscience ? Serait-il encore en vie le lendemain ?

Enfreignant le règlement, elle s'assit sur son lit, prit sa main entre les siennes et épongea son front trempé. Puis, avec un linge humide, elle humecta son visage et son cou. Elle mouilla de nouveau le linge et l'appliqua sur ses lèvres desséchées.

— Je suis là, Michael, murmura-t-elle.

Juste avant de partir, deux heures après que minuit eut sonné, Connie ajouta « Dunnagan » sur le dossier de Michael et inscrivit son propre nom en tant que plus proche parent.

Sur tout le trajet de retour, elle se demanda si elle devait écrire à Annie. Mais son mariage avec Philippe était prévu pour le dernier samedi de mai. Et si Michael ne survivait pas ? Si elle écrivait à Annie et que celle-ci annulait son mariage uniquement pour le voir mourir dans ses bras ? Annie n'avait-elle pas assez souffert comme cela ?

En arrivant chez elle, elle était trop exténuée pour monter jusqu'à sa chambre. Elle s'écroula sur la bergère dans la bibliothèque de son père.

En entendant Annie rentrer, la femme de chambre enfila sa robe de chambre et monta de la cuisine une théière et une assiette de sandwichs. Mais Connie avait déjà sombré dans un profond sommeil, et Tilly, après avoir fait un feu dans la cheminée, s'éclipsa de la pièce.

Chapitre 72

Par une belle matinée au milieu du mois de mai, Annie monta doucement sur la petite estrade provisoirement installée au centre de sa chambre. Elle tourna lentement sur elle-même tandis que la couturière, Mme Desmettre, inspectait d'un œil critique la robe de mariée qu'elle avait spécialement conçue et confectionnée à la main pour elle.

— *C'est magnifique*[*] ! dit Mme Desmettre en souriant. Et vous, mademoiselle Hargrave, vous êtes de toute beauté. C'est la robe de mariée parfaite pour un mariage parfait !

Carole battit des mains.

— Oh ! Maud avait raison ! Elle savait que vous feriez quelque chose d'exceptionnel, Deborah ! C'est exactement ce que j'espérais ! s'exclama-t-elle en tendant les mains vers Annie. Et toi, ma chérie, qu'en penses-tu ?

Annie prit de bon cœur les mains de Carole et adressa à Mme Desmettre un sourire plein de reconnaissance.

— Jamais je n'aurais pu imaginer une robe aussi splendide.

— N'as-tu pas déjà l'impression d'être une jeune mariée ? la taquina Carole en la tournant face à son propre reflet dans le miroir ovale.

La jeune femme qui regardait Annie était d'une beauté à couper le souffle. La robe en soie fluide épousait parfaitement ses courbes. Le voile léger et délicat tombait comme une chute d'eau glacée sur ses cheveux remontés en chignon. Ses épaules et le creux de sa gorge formaient un ravissant écrin naturel pour son collier étincelant. Des diamants accompagnés de petits saphirs pendaient de ses oreilles, mettant en valeur le bleu de ses yeux.

La femme dans le miroir ressemblait à une gravure de mode parisienne. Mais pas le moins du monde à Annie Allen.

Annie espérait que Carole Fondrey n'avait pas remarqué son manque d'enthousiasme. Elle n'avait pas envie de blesser ou de décevoir son amie, qui semblait tant se réjouir.

La jeune femme se retira derrière le paravent et ôta précautionneusement la robe. Une femme de chambre frappa doucement à la porte et apporta le courrier du matin sur un plateau en argent.

—Je suis jalouse! lança Carole en faisant mine de bouder. Pas une seule lettre pour moi aujourd'hui, alors qu'il y en a deux pour toi… Une d'Amérique et l'autre de celui qui sera bientôt de retour ici pour t'épouser!

Mais Annie s'interrogea. Le retour de Philippe avait déjà été retardé deux fois, et on ne lui avait pas accordé de permission pour Noël.

«Les guerres ont beau se terminer, avait-il écrit, les efforts pour maintenir la paix se poursuivent.»

Annie s'était forcée à faire part à Philippe de sa déception et s'en ouvrit à Carole le matin de Noël. Constatant à Pâques que Philippe n'était toujours pas de retour, Annie s'était regardée dans le miroir et avait ressenti un soulagement qu'elle ne comprenait pas entièrement.

La jeune fille fit le tour du paravent en nouant la ceinture de sa robe de chambre, et vit Carole agiter malicieusement les lettres devant elle.

—Une mère n'a jamais autant de chance que la mariée! dit Carole avec un rire joyeux en passant son bras sous celui de Mme Desmettre, tandis qu'elles se dirigeaient vers la porte.

Elle se retourna et murmura avec un air taquin:

—Je crois savoir par laquelle tu vas commencer!

Les deux femmes se mirent à rire comme de vieilles amies et refermèrent la porte derrière elles.

Mais Carole se trompait.

Après avoir achevé la lecture de la lettre de sa tante Maggie, Annie la tint serrée contre son cœur et s'assit sur le bord du lit, dans la chambre baignée de lumière.

Au bout d'un moment, elle se posta devant sa coiffeuse. Elle resta longtemps sans rien faire, les yeux rivés sur le miroir. Puis elle retira ses boucles d'oreilles en diamant et saphir en tournant la tête d'un côté, puis de l'autre, et détacha son collier délicatement ciselé. C'était un cadeau de mariage en avance de la part de Philippe. Elle rangea les précieux bijoux dans leur écrin de velours bleu, en les disposant avec soin sur la doublure en satin.

Puis, levant la tête, elle regarda le reflet de la femme sans ornement devant elle. Elle se demanda qui était réellement Annie Allen. Cette découverte de soi n'impliquait-elle pas de faire passer son bien-être et ses intérêts avant ceux des autres pour une fois ? Philippe comprendrait-il sa démarche ? Serait-elle égoïste ?

Que voulez-vous de moi, Seigneur ?

Elle secoua la tête devant l'absurdité du dilemme. Elle n'aimait pas, et ne pourrait jamais aimer Philippe comme elle avait aimé Michael. Il fallait regarder les choses en face. Mais elle avait de l'affection pour lui, et comment ne pas en avoir ? Philippe était un homme bon et gentil, qui méritait pleinement l'amour et l'affection inconditionnels d'une épouse. Elle ne supportait pas l'idée de les blesser, lui et sa mère, cette amie qui s'était montrée si généreuse envers elle.

Qu'est-ce qui est pire : épouser Philippe et continuer à faire semblant, dans l'espoir de l'aimer un jour ? Ou leur dire que je suis désolée, mais que je suis éprise d'un fantôme ? Me pardonneraient-ils ? Et moi, pourrais-je me pardonner de ne pas faire le bonheur de Philippe ? Puis-je me pardonner de promettre mon amour à un autre que Michael ? Comment en suis-je arrivée là ? Où s'arrête le don de soi et où commencent l'amour et le respect de la vie ?

Est-il présomptueux de croire que leur bonheur dépend de moi ? Je ne peux pas être leur salut. Dieu seul le peut.

N'ai-je pas déjà été trop loin en voulant protéger à tout prix les Sprague, tante Maggie et Michael de tante Eleanor ? Et pourtant je le devais, n'est-ce pas ?

Était-ce vraiment le même genre de sacrifice qu'Owen avait consenti en donnant sa vie pour sauver celle de son ami ? Il faut faire la différence entre un sacrifice volontaire et un sacrifice imposé par le chantage, même au nom de ceux que j'aime.

Ces questions étaient si complexes et leurs ramifications si profondes qu'elles donnèrent la migraine à Annie. *Mais peut-être que si Philippe a du retard et que le mariage est reporté d'un mois, je pourrais écrire à tante Maggie... je pourrais...*

Annie fut brutalement tirée de ses pensées par Carole, qui frappait frénétiquement à la porte de sa chambre.

— Élise ! Elisabeth !

Incapable d'attendre une réponse, elle ouvrit la porte d'un coup.

— Ma chérie ! cria-t-elle. Un télégramme de Philippe ! Il arrive en train demain !

Chapitre 73

Connie ne parla pas de Michael à ses parents. Elle doutait de ses chances de survie et voulait éviter de leur donner de faux espoirs. S'ils apprenaient qu'elle l'avait retrouvé, ils reviendraient sur-le-champ à Londres.

Elle n'écrivit pas à Annie, en dépit de longs débats intérieurs incessants. *Tant de secrets*, songea-t-elle avec inquiétude. *Tant de secrets, et un fardeau si lourd à porter.*

Connie passait tout son temps libre au chevet de Michael, bien qu'il n'en sache rien. Elle raconta au personnel de l'hôpital que Michael Dunnagan était son cousin irlandais que tout le monde avait cru mort pendant la guerre ; il était comme un frère pour elle, et elle était tout ce qui lui restait au monde.

Elle avait harcelé l'infirmière-major tous les jours pendant une semaine et l'avait même menacée d'abandonner son poste si on ne l'affectait pas en permanence à l'étage où Michael était alité. Celle-ci avait fini par céder, ne pouvant se passer de l'aide de Connie.

La jeune femme ne savait pas si elle devait prier pour que Michael s'endorme paisiblement pour toujours ou espérer son rétablissement. Parmi les patients qui survivaient à la grippe, certains gardaient de graves séquelles mentales. Ce n'était pas le genre de vie dont elle rêvait pour Michael.

Pendant presque une semaine, il ne cessa de murmurer le prénom d'Annie. Chaque fois que Connie l'entendait, elle dégageait son front humide des boucles qui le recouvraient, passait le doigt sur les légères fossettes de ses joues et murmurait :

— Je suis là, mon chéri. Je suis là.

Satisfait, il se rendormait alors.

Elle n'avait pas encore décidé de ce qu'elle ferait ni de ce qu'elle lui dirait s'il venait à se réveiller. Elle y réfléchirait le moment venu.

Un matin, alors que Connie venait de prendre la température de Michael, il ouvrit les yeux. Elle l'observa, s'attendant à ce qu'il regarde fixement le plafond, l'air hagard. Mais, au lieu de cela, le jeune homme plongea les yeux dans les siens, tandis que sa poitrine se soulevait et s'abaissait lentement. Sa voix se brisa lorsqu'il ouvrit la bouche et murmura :

— Connie.

Elle sursauta et le dévisagea avec stupéfaction, incapable de prononcer un mot.

— Connie ? murmura-t-il de nouveau.

— Oui ! Oui, Michael ! Je suis là !

Les larmes ruisselaient sur ses joues.

Il fronça les sourcils.

— Pourquoi pleures-tu ?

Connie se mit à rire, et ses larmes redoublèrent.

Ce soir-là, la jeune femme lutta pour trouver les mots justes. Deux fois, elle écrivit une lettre à Annie en lui parlant de Michael. Deux fois, elle la déchira et la jeta dans le feu.

Annie sera sans doute mariée lorsque ma lettre arrivera en France. Comment réagira-t-elle en apprenant que Michael n'était pas mort ? Cela ne risque-t-il pas de lui faire plus de mal que de bien, voire de compromettre son mariage avec Philippe ?

Michael aura besoin de quelqu'un pour le réconforter quand il apprendra qu'Annie a épousé un autre homme. Pourquoi pas moi ? Peut-être que, avec le temps, il…

Mais elle n'osa achever sa pensée, pas même dans le secret de son esprit.

Juste après minuit, elle éteignit sa lampe et se mit au lit. Mais elle ne put fermer l'œil, taraudée par sa conscience.

Dix jours plus tard, Michael fut transféré dans un centre de convalescence. Connie lui rendait visite quotidiennement, avant et après son service. Elle prenait plaisir à dégager son front des boucles noires qui le barraient et à lui caresser la joue.

Un jour, elle lui apporta le sac contenant ses effets personnels, celui qu'il avait laissé chez ses parents en partant en France à la recherche d'Annie, trois ans auparavant.

Les mains tremblantes, Michael saisit la bible de tante Maggie et la porta à ses lèvres.

Connie l'aida à tenir sa cuillère et sa fourchette jusqu'à ce qu'il puisse manger seul. Enfin, il réussit à boutonner lui-même ses vêtements et, en quelques jours, il réapprit à marcher en faisant des allers-retours dans le couloir.

Chaque jour, alors qu'il reprenait des forces, il posait davantage de questions à Connie sur Annie : où elle était, pourquoi elle n'était pas venue lui rendre visite.

— Avant d'ouvrir les yeux à l'hôpital, je l'ai entendue. Je sais qu'elle était ici !

Connie n'avait pas le cœur de lui avouer que la voix qu'il avait entendue, les mains qui avaient caressé son front et lavé son visage, et les lèvres qui l'avaient embrassé pour lui souhaiter bonne nuit étaient les siennes.

Elle ne pouvait se résoudre à lui dire qu'Annie, le croyant mort, avait épousé un autre homme. Même si elle connaissait les raisons de son amie, elle estimait que c'était une trahison de sa part, après tout ce que Michael avait fait pour elle, mû par un amour inconditionnel.

Début juin, en arrivant au centre de convalescence, Connie eut la surprise de voir Michael en train de ranger ses affaires et de préparer son sac.

— Où vas-tu ? demanda-t-elle.

Michael vit dans ses yeux qu'elle connaissait déjà la réponse à sa question.

—Retrouver Annie, répondit-il en lui faisant face. J'ignore pourquoi tu refuses de me dire où elle est. Je te suis très reconnaissant pour tout ce que tu as fait pour moi, mais tu sais pourquoi je suis ici, pourquoi je suis venu en Angleterre et pourquoi je suis parti en France.

Connie s'assit lourdement sur le lit qui se trouvait entre eux.

—Je le sais, oui. C'est pourquoi je n'ai pas voulu te révéler certaines choses.

Michael la regarda fixement, puis lui prit les mains en s'asseyant à côté d'elle.

—Dis-moi. Où est-elle? Que lui est-il arrivé?

Il voyait qu'elle avait du mal à parler.

—Nous pensions…, commença Connie qui croisa son regard. Annie te croyait mort… Elle pensait que tu avais péri dans les bombardements, dit-elle en détournant les yeux.

Michael retenait son souffle.

—Et elle a été blessée, ajouta-t-elle.

Michael serra les mains de Connie.

—Annie est…

—Oh, elle va bien maintenant, dit Connie en rougissant. Mais elle a été gravement blessée lors de l'accident de camion. Après le bombardement. Elle a été soignée dans un hôpital à Paris, puis par une femme et son fils à la campagne.

Connie retira ses mains de celles de Michael, se leva et commença à marcher de long en large devant le lit, comme si elle ne pouvait supporter de le regarder.

—Elle devait aller de l'avant, tu comprends…

—Aller de l'avant? répéta Michael.

Elle secoua faiblement la tête.

—Oui, dit-elle en tournant les yeux vers lui et en se tordant les mains. Après la guerre… nous avons tous dû réapprendre à vivre.

Michael ne comprenait pas où Connie voulait en venir. Mais sa poitrine était oppressée et il avait du mal à respirer. Il se leva en s'appuyant sur la tête de lit en fer.

— Qu'est-ce que tu veux dire par «réapprendre»?

— Elle est mariée, finit par lâcher Connie en levant le menton avec un air déterminé, pour se donner le courage de tout avouer à Michael. Annie a épousé Philippe Fondrey... le fils de la Française qui l'a soignée.

— Quoi? Qu'est-ce que tu dis? demanda Michael en s'efforçant de se concentrer sur ce qu'elle venait de lui annoncer, sans parvenir à assimiler ses paroles.

Il recula contre le mur en secouant la tête.

— Non. Je ne te crois pas.

Il s'efforça de réfléchir à ce qu'elle venait de lui révéler, de comprendre pourquoi elle lui raconterait un mensonge aussi cruel et horrible. La nouvelle s'abattit sur lui comme un couperet, écrasant et broyant tout sur son passage.

Mariée! Mon Annie est mariée!

Cette phrase traversait sans cesse son esprit meurtri, prêt à exploser.

— Je ne voulais pas te le dire... pas ainsi, dit Connie en s'approchant de lui.

Mais Michael la repoussa, lui tourna le dos et enfouit son visage dans ses mains.

Si cette nouvelle ne lui avait pas été annoncée par Connie Sprague, celle-là même qui l'avait soigné et lui avait rendu visite tous les jours, qui l'avait soutenu dans sa recherche d'Annie Allen sur les champs de bataille de France, Michael aurait décrété qu'il s'agissait d'un mensonge. Il ne pouvait pas croire qu'Annie avait épousé un autre homme.

Mais Connie avait dit vrai. Au fond de lui, il le savait. Il le savait parce qu'il avait connu une vie dénuée d'espoir par le passé. Il le savait parce qu'il n'avait pas le droit de prétendre à un rêve aussi grandiose. Et, surtout, il le savait parce qu'Annie, sa chère et tendre Annie, n'était pas venue.

Chapitre 74

MICHAEL ÉCRIVIT UNE LETTRE À TANTE MAGGIE DEUX JOURS plus tard. Il ne serait pas en Angleterre pour recevoir sa réponse, et espérait que l'oncle Daniel et elle l'accueilleraient chez eux, bien qu'il rentre sans Annie. C'était une longue lettre, mais il ne voulait pas leur raconter l'histoire de vive voix. Il ne voulait plus jamais avoir à la raconter une fois qu'il aurait posé le pied en Amérique.

« Voilà l'histoire de mes pérégrinations, tante Maggie. Sans le Dr Narvett et Connie Sprague, j'ignore ce que je serais devenu ni si j'aurais été un jour capable de vous le faire savoir. Je suis triste et je regrette sincèrement de vous avoir causé tout ce chagrin. Cette guerre a été pour nous tous source de tant de souffrances…

Mon incapacité à ramener notre Annie à la maison, pour vous, pour moi, pour Owen, est le plus gros échec que j'aie connu depuis l'enfance. À côté, la guerre et tout ce que j'ai vécu ne sont rien.

Oncle Daniel, je vous demande de faire quelque chose pour moi avant mon retour. Arrachez les roses blanches d'Owen, celles que j'ai plantées pour Annie. Elles devaient servir à composer son bouquet de mariée. Je n'ai jamais osé vous le dire, mais c'était un rêve auquel je pensais tous les jours. Je n'ai plus le courage de les voir à présent. Si vous souhaitez les bouturer pour les vendre, vous pouvez planter les racines ailleurs. Peu m'importe, tant qu'elles ne restent pas dans le jardin d'Annie. Faites cela pour moi, je vous en prie.

Mon bateau quitte l'Angleterre le 13 juin et mon arrivée est prévue à New York le 20 dans l'après-midi. Ne vous donnez pas la peine de faire le voyage. Je prendrai un train pour Philadelphie, puis jusqu'à Swainton.

> Votre fils qui vous aime,
> Michael. »

La veille de son départ, Michael se rendit au cimetière de Bunhill Fields, sur la tombe d'Owen. Il sourit malgré lui devant le maigre bouquet de roses jaunes qu'il tenait à la main.

Les fleurs bleues, de la même variété que les lobélies qu'il avait cultivées dans le New Jersey avec les graines d'Owen, celles qui avaient la couleur des yeux d'Annie, s'étendaient tout autour des tombes de son ami et de ses parents. Il ne connaissait pas le nom botanique de ces petites fleurs, mais il avait oublié tant de choses…

— Trésors d'Owen, dit-il. C'est ainsi que je vous appellerai à partir de maintenant, mes jolies.

Il s'assit sur le banc le plus proche de la tombe de son ami et lui raconta toute son histoire. Il lui demanda pardon de ne pas avoir honoré sa promesse de ramener Annie en Amérique.

Michael passa les mains sur la stèle d'Owen, puis se leva. Son regard fut alors attiré par la tombe voisine, celle de John Bunyan. Il observa le bas-relief représentant un homme accablé par un terrible fardeau, et il comprit l'image. Un poids similaire pesait sur sa propre vie.

De l'autre côté de la tombe, il vit que l'homme avait été déchargé de son fardeau en trouvant la croix.

— Je ne sais pas si je peux me défaire de ce fardeau, murmura Michael. J'aimerais tant y parvenir…

Connie accompagna Michael à la gare Victoria. Il la remercia de lui avoir préparé un casse-croûte et pour tout ce qu'elle avait fait pour Annie et lui. Il l'embrassa sur la joue, la serra dans ses bras et disparut.

Longtemps après le départ du train, Connie resta sur le quai, seule, la main pressée contre la joue sur laquelle Michael avait posé ses lèvres.

Ce soir-là, tout en sirotant du thé tiède, Connie tria distraitement le courrier de la journée.

Il y avait une lettre de France en piteux état, et elle reconnut l'écriture d'Annie sur l'enveloppe. Connie ne parvint pas à distinguer le cachet du port d'où elle avait été postée. Après avoir été redirigée deux fois, elle était arrivée sur le paillasson des Sprague au bout de trois semaines. Connie secoua la tête et s'énerva à haute voix contre les dysfonctionnements de la poste britannique depuis la fin de la guerre.

Elle regarda de quand était datée la lettre, et vit qu'Annie avait utilisé son nom de jeune fille. Elle déglutit silencieusement, tourmentée par le remords, puis humecta ses lèvres et se redressa. Elle fut prise d'une affreuse migraine en décachetant la lettre.

« Mes très chers Mr et Mrs Sprague et Connie,

Je sais à peine par où commencer. J'ai déçu mon cher Philippe et son adorable mère. J'espère que vous ne le serez pas également en apprenant que j'ai finalement renoncé à l'épouser. Mais j'ai pris conscience que, en acceptant sa demande en mariage, j'acceptais la voie qu'on me traçait, comme je l'ai si souvent fait, sans écouter mon cœur. Je faisais le choix de la facilité en faisant plaisir aux autres. Vouloir faire plaisir aux autres revient parfois à se sacrifier comme Jésus qui a donné sa vie pour nous, ou Owen qui a donné sa vie pour sauver celle de Michael. Mais j'ai fini par me rendre compte pour la première fois que ce n'était pas ce que Dieu attendait de moi. Il ne faut pas que le don de soi entraîne la destruction des règles divines.

Je ne regrette pas d'avoir voulu protéger ceux que j'aime. Je l'ai fait de bon cœur. Mais j'ai demandé pardon au Seigneur d'avoir manqué d'humilité au point de croire que le salut de ceux que j'aime dépendait de moi. Et, parce que c'était quelque chose que je devais faire pour moi, j'ai pardonné à tante Eleanor d'avoir seulement été elle-même. Elle ne connaissait que le mal. Comme je la plains d'être morte avec sa cupidité et sa méchanceté. Puisse Dieu lui accorder sa miséricorde.

J'ai enfin compris ce que cela signifiait de déposer son fardeau au pied de la croix. Je me suis donc débarrassée du mien lourd de tristesse, d'amertume, de souffrance, d'opportunités manquées, et je me suis tournée vers le ciel avec des yeux pleins d'espoir. J'ai enfin compris ce qu'Owen avait tant voulu me faire comprendre : la joie et la liberté ne peuvent être trouvées que dans la source d'un amour et d'une vérité absolus, dans le Christ !

Pour la première fois, j'ai vraiment réfléchi à la façon dont je voulais poursuivre ma vie. Un voyage exempt de crainte, de culpabilité ou de coercition. J'ignore ce que l'avenir me réserve, mais je m'en réjouis par avance. Quand vous recevrez cette lettre, je serai déjà au milieu de l'océan.

Merci pour votre miséricorde. Merci pour votre amour. Je vous enverrai des nouvelles rapidement.

Avec tout mon amour,
Annie. »

Chapitre 75

LA TRAVERSÉE DURA SEPT JOURS.

— Quelle lenteur ! s'exclamaient certains.

Mais cela ne dérangeait pas Michael. Il se replongeait dans ses souvenirs, et s'efforçait d'accepter la tournure des événements.

Les premiers jours en mer ravivèrent le souvenir de ceux qu'il avait passés avec Owen. *Il m'a sauvé tant de fois : de la famine et du froid à Southampton, de ma propre stupidité à bord du* Titanic, *de la noyade quand il m'a forcé à monter sur un canot de sauvetage.* Michael secoua la tête, encore incrédule. *C'est un avenir qu'Owen m'a offert ce jour-là, en me faisant enfiler son manteau, un manteau trop grand et plein de rêves. Il m'a donné une mission, un objectif, un travail et une famille.*

Que m'a-t-il dit déjà ? Michael se tenait debout près du bastingage, deux jours après le départ du paquebot. *Ah, je me souviens : « Que sommes-nous sans nos rêves ? »*

Michael soupira. *Je ne sais pas, Owen, que sommes-nous... sans nos rêves ?*

Ce soir-là, Michael fouilla dans le sac qu'il avait laissé chez les Sprague avant son départ pour la France. Il en sortit la bible de tante Maggie, appuya son front dessus puis la feuilleta distraitement.

Que ferais-tu, Owen, si tu étais assis ici à ma place et que tu te rendais en Amérique sans Annie ?

Michael mit un certain temps à se rendre compte que c'était exactement ce qu'Owen avait fait. Il était parti pour un pays étranger dans une famille qu'il ne connaissait pas, la tête pleine de projets et d'espoirs. Il avait prévu de se construire une vie en aidant ceux qu'il aimait. Et il avait l'intention de faire venir Annie en Amérique quand il aurait eu la certitude qu'elle y serait heureuse... Parce que ce qu'il désirait avant tout, c'était le bonheur d'Annie.

Est-ce que je peux vouloir la même chose ? Sincèrement ? Vouloir uniquement le bonheur d'Annie ? Et si rester en France pour se marier était vraiment ce qu'il y avait de mieux pour elle ? Si cela valait mieux que la vie et l'amour que je pourrais lui donner ?

Michael faillit s'étouffer. Il ne pouvait se résoudre à accepter cette idée.

Même les plans d'Owen avaient changé. Sans l'ombre d'une hésitation il m'a sauvé, moi, un moins que rien qu'il connaissait depuis quelques jours seulement. Il a renoncé à ses rêves pour un quasi-étranger. Il a sacrifié sa vie pour moi, pour Lucy Snape, tout en me faisant promettre d'assurer un avenir pour Annie, de faire son bonheur.

Michael secoua la tête et continua à parcourir la bible de tante Maggie. *Je ne serai jamais aussi bon qu'Owen l'a été. C'est une chose dont je suis sûr.*

Chaque fois qu'il en faisait défiler les pages, la bible s'ouvrait au même endroit. Michael découvrit un morceau de papier coincé près de la reliure. Il reconnut l'écriture de tante Maggie. Elle avait griffonné quelques mots, et une référence de l'Évangile : saint Jean, XV, 11-14.

Curieux, Michael fit descendre son doigt sur la colonne jusqu'à trouver le passage :

Je vous ai parlé ainsi pour que ma joie soit en vous et que votre joie soit complète.
Voici mon commandement : que vous vous aimiez les uns les autres comme je vous ai aimés.

Personne n'a de plus grand amour que celui qui se défait de
sa vie pour ses amis.
Vous, vous êtes mes amis si vous faites ce que, moi, je vous
commande.

Michael déglutit. C'était exactement ce qu'Owen avait fait.
Il avait sacrifié sa vie pour ses amis, bien qu'ils ne le méritent pas.
Michael retourna le morceau de papier. Tante Maggie avait écrit :

« C'est ce qu'ils ont fait pour moi tous les quatre : Sean,
Daniel, Owen, Michael. »

Michael resta assis jusqu'à ce que la lumière qui filtrait par le
hublot décline. Il n'arrivait pas à croire que tante Maggie le mette
sur le même plan que ces hommes qui avaient répandu le bien
autour d'eux. Ils s'étaient tous les trois sacrifiés avec joie.

Il savait par Daniel que Sean avait aimé Maggie de tout son
cœur, et Daniel comme un frère, et qu'il avait fait de son mieux
pour sauver son frère et ses enfants des griffes d'Eleanor Hargrave.
Il savait que Daniel avait servi Maggie et Sean tous les jours de sa
vie adulte, et qu'il aimerait et servirait Maggie jusqu'à sa mort.
Mais c'était Owen qu'il connaissait le mieux. Owen lui avait appris
tout ce qu'il savait sur l'amour et la gentillesse, sur la force et le
sacrifice. Il ne pouvait y avoir de plus beau don, de plus bel héritage
que celui-ci.

Michael relut le passage de la bible. *C'est là qu'ils l'ont appris. Et*
peut-être y parviendrai-je aussi.

Michael avait l'impression de découvrir quelque chose qui
faisait écho en lui depuis longtemps, une sorte de fil conducteur
qui déployait sous ses yeux l'éventail des possibles.

Il dormit paisiblement cette nuit-là, pour la première fois depuis
bien longtemps. Le lendemain, dès l'aube, il sortit sur le pont et
s'accouda au bastingage, admirant les premiers rayons du soleil
avant même qu'il se lève.

—Je ne sais pas de quoi mon avenir sera fait, Seigneur Jésus, pria-t-il, mais je vous supplie de me pardonner mes péchés. Je vous confie tous les échecs de mon passé, tous mes doutes et toutes les journées à venir. Faites de moi ce que vous voulez, et faites de moi une bénédiction pour ceux que je croiserai sur ma route. Je vous confie aussi ma précieuse Annie, doux Jésus, pour que la vie lui apporte ce qu'il y a de meilleur. Je vous confie son cœur, celui de son époux, leur amour et les enfants qui naîtront de cet amour.

Michael n'essuya pas les larmes qui roulaient sur ses joues, ce n'était pas nécessaire. Seuls Dieu et lui en étaient témoins.

Lorsque le grand paquebot pénétra dans le port de New York, Michael était debout sur le pont. Cette fois, il ne craignait pas les douaniers ou les autorités, il ne craignait pas qu'on le renvoie en Angleterre. Il savait qu'il devrait être reconnaissant de pouvoir appartenir à ce pays libre. Il finirait par s'y sentir chez lui.

Mais, en faisant la queue pour descendre, il ne put s'empêcher d'observer, le cœur lourd, les hommes qui retrouvaient leurs épouses et leurs familles en les embrassant tendrement, et les enfants qui couraient dans les bras de leurs jeunes parents. Cette vision ressemblait à s'y méprendre à son rêve envolé.

Il se détourna, respira profondément, et vérifia les horaires des trains pour Philadelphie. Il avait moins d'une heure avant le départ du train, il était grand temps de se rendre à la gare. Michael souleva ses sacs de voyage.

Alors qu'il se frayait un passage dans la foule, il aperçut tante Maggie et oncle Daniel. Deux moitiés formant un tout, une expression inquiète sur le visage. Des visages familiers, des visages qu'il aimait. Il ne s'était pas attendu pas à ce qu'ils fassent le voyage jusqu'à New York, mais il s'en réjouissait.

Michael, la gorge nouée, se força à sourire. Il se rappela qu'il n'avait pas de moitié, lui, pour former un tout. Il n'y aurait personne d'autre pour lui.

Soudain ils l'aperçurent. Leurs visages s'éclairèrent et ils firent de grands signes dans sa direction. Sautant et agitant les bras, tante Maggie lui criait quelque chose qu'il n'entendait pas, désignant quelque chose qu'il ne voyait pas.

Le soleil de l'après-midi perça les nuages, et Michael mit sa main en visière pour mieux les voir. Il crut distinguer un bouquet de fleurs qui apparaissait par intermittences au-dessus de la tête de tante Maggie. Il cligna des yeux et regarda de nouveau.

Entre le couple âgé, il y avait une jeune femme mince vêtue d'une robe d'été blanche, ses cheveux dorés nattés remontés sous un ravissant chapeau à larges bords, le visage couvert par une voilette.

Le cœur de Michael se mit à battre la chamade.

La jeune femme souleva alors la voilette blanche toute simple, croisa le regard de Michael et sourit en l'appelant, laissant apparaître ses fossettes.

Michael s'élança vers elle en trébuchant, sans pouvoir détacher son regard du visage tant aimé, de peur qu'il ne disparaisse. Il remonta le quai en courant et la souleva dans ses bras en la faisant tournoyer en l'air.

Annie éclata de rire. Puis, attirant le visage de Michael contre le sien, elle l'embrassa, les yeux pleins de larmes, du même bleu que les lobélies glissées dans son bouquet de roses blanches et de lierre grimpant.